朱峙三 著
周國林 胡念征 整理

朱峙三日記
（四）

荊楚文庫編纂出版委員會
華中師範大學出版社

民國十五年（1926年）丙寅日記

正　月

初一日　雨　午後陰　陽曆二月十三日

四時半起，盥漱畢，五時至岳廟行香。歸後與祖宗拜年，與家母拜年，略坐倦甚。今日擬出門拜年，黎明忽雨，遂止。仍解衣寢，病新痊，不能耐寒也。夢出南郭至張蕙蘭家，張號秀青，就字面論，蕙蘭青秀，佳兆也。在其家談甚久，彼似詢近年所得差事，余以功敗垂成或已得而不能即去爲歎。其母留余飯，余堅持不可，秀青遂與其母送余出門，約里許而返。十一時醒，遂起。午飯畢，看書及整理各事。晚間遲生哭，大約系腹痛，一小時不能止，擾擾至十一時寢，仍多夢。

初二日　早陰　午後十二時半見日光

十一時起，飯畢，汪小軒、周粹成、孟廣量先後來，小軒坐一時許去。十二時進香開筆，補寫去年除夕日記，彈琴一時許。十時寫雜俎畢，寢多夢。

初三日　大風　晚小雨

十二時起，飯畢出門拜年，汪宅、盛宅、艾宅、家五爹四處俱新香須親到者。汪未開門。晤石雲衢、孟端溪、王樂峰、周粹成，略坐談四時歸。得各處賀年片，飯畢即覆。改作元旦試筆詩二律，屢改屢棄，費五小時之久，仍不能就。昔年作七律無此窘境也。余作五律最速，他人所畏者余視爲極易，不知昨今兩夕改此二律如此之難也。十時寢，夢與張肖鵠、夏秋舫仍住湖堂，惟床較昔時窄耳。

初四日　大雪　自晨至酉始止

九時起，寒甚。十時飯畢，無聊。改昨日詩，頗費力，仍不愜意。看雜書。今日僅許俊甫來，未坐即去。四時寫元旦試筆詩二份，明日再改與否，不得知矣。九時半寢，夢前清之攝政王來訪，殊爲好笑。祖母忌日。

初五日　風　寒甚

孟端溪來，余尚未起，起時已十一時矣。飯畢檢詩稿，寫後又改，改後又寫，殊爲麻煩，不料今年詩思遲鈍如此。四時半至程次松家略坐談，至王樂峰、王利師、孟端溪處略談即出。晚寫詩稿並補去歲填詞，較作詩爲敏捷也。十時寢，屢醒，微嗽，頗不安。

初六日　陰

十時起，清理詩稿已定，不再改。飯後夏乃卿、馬春丞、周斗丞先後來。晚汪星垣來，坐談未久即去。十時寢。

初七日　晴　早霧　今日雨水節

十時起，早飯畢出城祀先大父、大母。先嗣父、嗣母暨大伯，以路遠不能去。在先君淺厝處多駐半小時。至先姊丈及先姊墓，均隨同更生叩奠。追歸時足力已疲矣。傍晚至杜振卿家坐談久，至鄭植卿家略坐。至王子恒處未晤，至王錫五家談甚久。歸時作詩一首，欲填詞未能也。彈琴片刻，十時寢。

初八日　早霧　晴

十時起，早飯後引更生登北城閱江景，旋歸。夏乃卿來略坐去，至汪星垣家略坐，遇次松，談未久同出。次松來家談甚久去。晚至許俊甫、王子恒、孟春溪，補賀年也。

初九日　陰　晚大風寒甚

十一時起，早飯後寫信數件，來客數次。晚作詩一首補記昨夢，閉門種菜句也。十時半寢。

初十日　陰　大風沙　寒甚結冰　微雪

十時起，早飯後寒甚不可耐。十二時夏宅催客，午後一時開席，二時半畢。晚間填詞一首，十時寢。

十一日　晴　寒甚結冰

十時半起，今日請王利師、王樂峰、石雲衢、程次松便飯。午後尉遲敏深來，又邀仲章坐，三時開席，五時畢。晚十一時寢。

十二日　晴　寒

十一時起，今日請王宅、程宅及尉夫人，正午客來。余與端溪隨更生至程宅坐談，未久仍歸。得廖小山信，爲王利師館事不甚佳，不便再去函也。晚七時得孫宅信旋覆之，至郵局約粹成與同至次松家一談。九時半歸，十時寢。

十三日　雪　寒甚

八時半起，清理各事。午後至南門外傅仁卿處回看，至張叔和處回拜。至王樂峰處略坐，至楊厚庵處吃年酒。晚五時幼虛來談，至七時半去，彈琴二操。爲朱伊仲閱其尊人詩稿，十時寢。

十四日　晴

九時起，清理各事。午後出門二次，寫信二封，閱雜書。晚十時寢，多夢。

十五日　晴　夜半雨

九時起，孟端溪來，留便飯，十一時與之同出，攜更生便道邀象虛出城。人多如鯽，約遊眺一時許進城。便邀雲衢及少松來家便飯，爲竹戰戲，五時畢。出門訪汪煜南、夏乃卿、程少松。歸家略坐，再至王樂峰家談至十時歸，十一時寢。

十六日　大雨

十時半起，清檢各事，午後外出一次。晚間清理往省各件，至十時半畢，十一時寢。多嘔氣事，夜不成寐。

十七日　晴

七時起，幼虛來約同渡江往敏深處，着人邀少松、次松、粹成、雲衢，至十時方集，殊麻煩。十時一刻到江干雇民船渡江，風順，到黃州十時半。在敏深家吃點心後即遊赤壁，縱覽新修各處及景蘇園全帖，心目爲快。三時畢，回敏深宅吃飯畢，即至江干，義渡船在此候。風逆行遲，到縣已黃昏矣。上岸後與諸人遊覽怡亭銘、窊尊石，興盡而返。回家消夜畢，寫中堂一張，爲鳳山姪作也。十時寢。

十八日　陰晴不定　晚九時大雨

九時起，囑厚訓換字畫。午後清理各事。身體以昨日行路多，頗不適，足軟腰痛不可耐。四時半至衛昌權家略談，至趙茂林家略坐。晚至周粹成、王子恒、汪星垣處，談數語即出。清理往省各件畢，倦甚，十時半寢。

十九日　雨　夜二時大風　雷聲作

十一時起，昨夜三時咳嗽，喉癢不能寐。石雲衢來約伴上省，不能決定明日必行也。午後二時趙茂林請吃飯，四時畢。至蕭敦五家略談歸。聞杜宅搬眷，似有大難將臨者，即往探，知贛鄂有蘊釀風潮，大約不久必發。五時半歸，與家人坐談，略清各事。卜課問時局，不甚佳。九時半寢。

二十日　大風

十一時起。昨夜一時半醒，聽風雨聲，未成寐。二時半大風雷聲作，終夜睡不安也。飯後送更生上學，在王利師處略坐，遇春溪，同至王樂峰家坐片刻出。晚至周粹成、程次松處各談半時許回，清理往省各件畢。十時寢，展轉不成寐，此出門慣例也。轉鐘一時稍合眼，夢作一文已叙稿，約三百餘字，中有駢語二句，夢中研究再三，文曰："春花□□不減豔麗之色，春禽□□漸聞歡樂之聲。"上句原系秋花□□，忽謂以秋菊盛稱，菊雖豔麗，與下不續。初醒時尚記強半，繼此記此一聯。起來盥漱時又將花禽下二字俱忘卻矣。

二十一日　早晴　旋雨

四時醒，四時半起，五時盥漱，六時半下河。次松、少松、雲衢俱在河下相候。余與國煌登義渡後即開行，到黃州岸已七時。探船名今日上水有四艘，候至九時半船未來。余恐與去年正月九日事相類，欲返家明日搭小輪，次松等力阻。十二時船尚未到，風雨交作，午後二時更甚，不能上岸散步，鬱悶極矣。三時決意回縣，次松等亦願原船返縣。四時半抵岸，冒雨入城，到家飢甚，吃飯後即寢。七時廖純古來，遂整衣起，與談約二時，九時半再寢。

二十二日　陰　午後四時雨　本日驚蟄

四時醒，四時半起，洗漱畢，同國煌搭安平輪。晤朱雪卿，買得水手之鋪位二，雖窄，尚能安睡四小時之久。午後四時即到校，整理各事畢，倦甚。傍晚冒雨雇車至孫宅，談片刻即出。歸後寫家信，十一時畢，十二時寢。

二十三日　晴

九時起。十時與國煌買書買各件畢，途遇陳同如略談。在子南處吃早飯，晤幼虛，略談。歸後，次誠、同如、雲衢先後來談。夏乃卿請校中同事三時至杏花天，晤閔孝師。五時席散，再至程宅，約子南至黎宅道謝。九時半歸，寫信，清理各件。十二時寢。今日洗澡一次。

二十四日　晴

九時半起，夏谷伢同胡太梓來談回縣事，付錢三串與之做川資。十時出門訪彭愚儂談片刻，至次誠寓坐談，在其寓吃早飯。午後剃頭，回校後上課一堂，雲衢、蜀疆來坐談。晚飯後至孫宅未晤，即雇車至丁宅談各事。

二十五日　晴

九時起，堂課忙。太梓來校，說欲渡江，余以未得蕙芳信不令其去也。午後課畢，出門二次。晚清理各事，十一時寢。

二十六日　晴

十時起，至西街及各處問物價，欲添置器具，始知與去歲價懸殊矣。午後至一師範授課，並無學生上堂，此該校慣例也。校長來校時少，徒取乾薪而已。晚至各處略談，十一時寢。

二十七日　陰

九時起，本日堂課忙，又心念厚訓、蕙芳昨未到，不知縣中局面變幻如何耳？雲衢來談，未久去。余屢欲出，未果。晚飯畢，出門途遇太梓與厚訓來校，詢縣中狀，頗險惡。七時校中開會，太梓來送信，知蕙已來，甚慰！以事未畢不能去。十一時寢。

二十八日 陰 晚大雨

七時半起，八時至孫宅細詢各事，十時回校授課。午後五時至孫宅談各事，看房子，囑蕙芳搬出，較省麻煩也。十時歸校，不□蕙芳看此屋願否？十一時寢。

二十九日 晴陰不定 晚小雨

九時起，十時至孫宅談各事。午後購器具三次，運畢殊麻煩。七時至新居吃飯畢，清檢各件。十時歸校，十二時寢。今日與蕙芳之嬭母略談各事，擬明晨回縣兌屋價，新居系王文達分宅。

二 月

初一日 晴 早七時日食 大風 三月十四日

八時起，清理校中各事，購辦雜物極麻煩。晚至寓中清檢各件畢，九時寢，與蕙芳談瑣事。

初二日 陰 雨 今日春分

九時起，倦甚，十時歸，上課。午後來客數次，添購各物，便訪馬壽軒未遇。晚飯畢，至稚松處談甚久，九時回寓即寢。

初三日 雨

九時起，出門，十時回，上課極勞。午後堂課，四時畢。至鴻槃樓洗澡，五時半回校。晚飯畢，清檢各事，九時回新寓，即寢。

初四日 雨 寒甚

十時半起，早飯畢，至西街木匠店略有交涉，十二時歸。一師有課，以身倦未能去，請假小睡。適該校被除名學生周愛晴等來要求寫信，披衣起，寫信畢，再不能睡。胡抱琴來談甚久去。大雨如注，天忽變寒，寫江西孫壽山信，告其子已就學矣。十時半寢，甚適，二時起一次。

初五日　雨

八時半起，昨夜得美睡，連日勞頓於此償之矣。十時堂課，午後四時畢，隨孫祖德至察院坡購書歸。晚飯畢，至次誠宅略談，十時寢。

初六日　陰

八時起，上午堂課忙甚，下午亦如之。清理校中各事，見客數次。出門三次，購雜件，至次誠宅略談。晚七時至新寓，晚餐畢，略與蕙芳談。九時回校，仍清各事，十二時寢。

初七日　晴

八時半起，清理案上各物，出門一次。午後至程宅及次誠宅略談。日來心緒紛亂，至各處均未能詳談。傍晚一師王生來談。八時九時雇車至新寓與蕙芳略談，十一時寢。

初八日　今日春分

九時半起，飯畢出門往各處看客，午後回校清理應復之件。晚至次誠寓略談，九時半回寓，十一時寢。

初九日　晴

十時半起，倦甚，回校授課，強勉支持。午後小睡片刻。三時課畢，略清各事。晚飯後出門一次，晚間一師蕭生來談。十時彈琴二操，手指生疏，不成曲調矣。十二時寢。

初十日　晴

十時起，清理各事。午後至師校授課，四時回校。晚飯畢，出門二次，至次誠寓略談。十時回校，十二時寢，多夢。

十一日　晴

十時起，縣中來人云，宋大霈軍隊已開至縣中，人民驚甚。宋軍前年過縣成績具在，可爲寒心。午後回寓，與蕙芳略談回校。

十二日　晴

八時半起，上午堂課忙。午後得縣中來人口信及報紙喧騰宋軍到縣情狀，焦灼殊甚。欲遷家中老幼來省，擬今日去函探之。晚得石鏡清、雲衢、全春來省信，知縣中紛亂極，終夜不成寐。

十三日　晴

八時起，探縣中消息不佳，得厚訓信，知家中老幼已搬至胡林。午後至程寓探問，知家中囑余逕往胡林。午後料理各事，心亂如麻，寫信二件畢。十一時寢，難成寐也。

十四日　晴

五時起，匆匆漱畢，雇車出漢陽門，城門尚未開，在茶肆略坐，旋開城。搭漢寶小輪，同船者衛子良，十時半到趙家磯，雇轎往胡二林灣。午後二時半到方丞家，晤及家慈及妻子、甥女、甥媳、兩小兒均好，甚慰。飯後灣中人來詢近事者絡繹不絕，精神倦極，勉與對答而已。晚九時半，宿鳳山家中。帳被積塵，身一動而滿面皆是，終夜不成寐也。

十五日　晴　風

六時半起，進早餐。八時與家母同行，灣中僅有轎一乘，余隨家母步行八里至蕭家口，雇船下駛而逆風生寒，兼之兩夜未安睡，至此真疲困不支矣。十一時抵家，飯畢欲寢，而來問信之客紛至。至周斗丞處一次，爲方丞訟事也。晚王利師、王樂峰來，廖純古來，均未多談。擬明晨搭輪到省。九時遂寢。夢湖堂失慎，救火機水灑及余衣。

十六日　晴　風

四時半起，呼汪嫗起燒茶水。向例系內人起早招呼余，今內人與甥媳尚在鄉未歸也。家母因余呼汪嫗，亦起來幫汪嫗，此心實有未安耳。五時到江干搭安平輪，幸買得一鋪位。該輪拖船三隻，到漢口已六時矣。晤蕙芳，吃飯後談三時許。十時歸校寢。

十七日　晴

八時起，清理各事。鵬程着人來請，知其前日來訪數次，余回鄉彼尚不知也。午後往晤，知余事可望發表，惟余以此時及時勢均不願，答以容考慮再說。旋出仍回校授課，晚至次誠宅略談。八時至寓與蕙芳談家母所示各語及種種後慮，蕙芳涕泣半時，旋辯數語，決意遷至校中住，余略勸之。十二時猶未成寐，多夢。轉鐘二時又與談家事。

十八日　晴

十時起，回校略清理各事。午後訪鵬程述困難意，鵬程力勸。晚至次誠宅略談。九時回寓，心緒紛亂，與蕙芳談各事畢。十時回校寢。得鵬程信，約明晨至繼壽寓談各事。十二時寢，難成寐。

十九日　陰

八時起，范鄂生來校述財廳昨尋余傳見，未得地址，彼已告知。余知此事發表在即，擬請石雲衢幫忙辦筆墨事。旋即渡江訪汪小軒，問徵收局各情，彼含糊應之，蓋不得其詳耳。晚回寓宿，與蕙芳略談即寢。

二十日　陰

八時起，略事清理，雇車至繼壽宅談各事，匆匆畢。出門至各處談片刻，心緒紛亂不安。回寓亦匆匆數語出，尋范坤候談代堂事。昨日午報已登余爲局長事，其實公事未下，薦人者已有數處，以後恐窮於對付矣。晚仍宿校。

二十一日　陰

九時起。十時出門，車過次誠寓，其甥呼之出，與余見。同時有單繼蘇在門口，不便多説話，僅數語。仍乘車至繼壽宅談一時許出，至財廳見黎劭平談借款事，旋出。晚宿寓中，心緒未寧，以後對於各方及同鄉來人應如何辦理，籌畫再三，寢難安枕矣。轉鐘一時與蕙芳談各事，甚焦灼也。

二十二日　晴

八時有人送信來，余遂起，飲湯一盂出門，至繼壽宅，彼尚未起，始知投函者誤至鵬程寓，談片刻。隨同胡升渡江，寓大金台旅館，部署略定。訪杜振卿，知其已遷新寓矣，回車訪之，始知其新寓與余館對門。晤衛初，談片刻出。着胡升渡江送信，候至晚猶未見人來，焦灼甚。雇車至尉宅訪，知已渡江爲余道喜，蓋傅幼虚所説也。談片刻，其母囑爲錢舜卿就事，答以稍緩安置。雇車訪張康侯，亦未遇。九時回館，以電話約小軒來談一時許，與之同出門至火車站立談一時許。至北京館夜餐畢，十二時回館。隔房北方軍人引妓竹戰，喧呼徹夜不能寢，乃遷對門房避之，終夜未合眼。寫信二件畢，付胡升明日送過江。

二十三日　晴　今日清明節

六時胡升起，持函渡江，余叮囑再三去。念今日清明，余仍作客。癸丑清明在宋埠道中，忽思家嚴。丁巳清明在大冶，見祭者偶感作詩，是時先嚴去世已三年矣。前日在縣見先公淺厝處屋漏未檢，曾作函飭厚訓照料一切，不知彼已辦理否？思至此淚涔涔下矣！八時心亂神倦，至附近藥市購洋參一錢服之。

二十四日　晴　大風

九時起，清理積事，來客數次，説語多，心煩口渴不可耐。午後四時渡江辦理各事，均不順手。九時至校略爲清理，十時回寓與蕙芳略談即寢。今日渡江來，仍擬再渡江，以大風遂返，目疾漸作。

二十五日　陰　雨

十時起，略進食，匆匆渡江至新安旅館，此昨日遷寓者也。目疾大作，焦灼愈甚，接洽事無頭緒，夜不安寢。

二十六日　陰　雨

目疾加劇，終日不安。

二十七日　陰晴不定

九時起，右目腫消，左目又腫痛甚苦。遷寓寧波里國華館。

二十八日　陰　風

十時起，目痛未減，心焦甚，至交通館訪獨鶴飛推八字。

二十九日　雨

十時起，午後石雲衢自縣來，述家中各事，目疾略減。

三　月

初一日　晴　四月十二日

十時起，目疾減輕，接洽稍有頭緒，心略慰。午前渡江至校有所接洽，官票低落，影響余事極大。晚十時回寓，與蕙芳談一時許寢，魂夢不安。

初二日　陰　晚雨

十時起，渡江至國華館，接洽事恐有變，甚焦灼。午後由漢返省接洽，煩心愈亂矣。晚復由省過江往漢，心力之疲，此日爲最，事仍無頭緒，宿國華館，魂夢不安。

初三日　晴

十時起，着胡升送信過江發柳少丞。柳曾前談有劉某出款事，但彼說話向不可靠，不得已通信與之，所謂病急亂投醫也。午後晤柳，所談雖不甚遠，余終難信。與吉侯、鳳山同至朱宅候沈子恒來，談言難合。余遂渡江，仍宿國華館。連日縣中謀事人來甚衆，余不能回校宿，亦不能回寓宿也。

初四日　晨小雨　旋晴

十時起，派胡升送信與柳。事未妥，心愈煩，宿國華館。

初五日　陰　風

十時渡江，向易正大借款，談未妥。十一時至次誠處略坐，接洽各事均無頭緒，甚焦灼。晚十二時回寓宿，蕙芳已寢矣，呼之起，略談。稍合眼，夢辦二差事，似到汪星垣家，又夢劉金魁，狀甚苦，又似晤易泮香，旋醒。轉鐘二時似見紅聯二，斜貼之，惟下聯隱約辨"自遠"二字，下五字不甚了之，旋醒。四時又夢見先公。

初六日　風雨交作

七時起，候朱粹如，所談款恐難諧，因王、周所說均難憑信也。往易正大談款事，不諧，嘔氣事多。八時回校，九時寢，睡甚恬。

初七日　晴

六時半醒，七時起，事仍未有頭緒。午後渡江，各處接洽未成。宿國華館，展轉不成寐，轉鐘一時始合眼。

初八日　晴　晚雨

七時起，至萃仁館訪崔、梅，尚未起。八時渡江回校，探吳春山，所談款事支離甚，恐難成也。午後又渡江，仍宿國華館，連日目疾，亦未大痊。

初九日　晴

七時起，今日接洽極煩。午後回武昌，至繼壽宅談片刻即出，至程宅、柳宅各談片刻。黃昏時至繼壽宅談甚久。十二時回校宿，門已下鑰，呼門復起，至房中清理各件。轉鐘一時方寢，多惡夢。

初十日　大風雨　今日穀雨

十一時起，今日風雨，天氣變寒。午後至各處談，以事無頭緒，極煩悶。擬宿校中，十時半以連日倦甚，回寓宿。

十一日　風雨

十一時起，昨夜眠極不安。午後一時渡江與各方接洽，愈無頭，心煩甚。晚宿國華館。

十二日　小風雨

十一時起，昨夕談判無頭緒。午後二時渡江，四時回寓，談一時許。十時半回校，略事清理。十二時寢，甚恬。

十三日　晴

七時起，以昨夜得美睡也。細思過去，默察將來，焦灼無已。午後王、余兩君來，談片刻去。一時至省長署答覆惲畏三催款事。二時渡江，途遇次誠，談數語。渡江後，接洽事仍未有頭緒，焦灼萬分。十一時寢。

十四日　晴

十時起，早飯後至各處略有談話，支離愈甚。午後二時渡江，便與繼壽一商，晚六時回寓，與王、余談及廖彥平事。王極欲拉余，余極欲拉廖者，均爲就事計，恐難成事實。十時仍外出一次，十時半與蕙芳談甚久，即寢。

十五日　晴

十一時起，早飯後渡江，約各方至漢接談，仍無頭緒，心煩意亂。問卜均無好象。十一時宿歸，宿國華館。

十六日　陰　晚大風　雨一陣

十時半起，事無頭緒，連日極悶，不知何時能往沙接事也？午後一時，渡江至次誠寓，談甚久，回寓談各事。晤王文達，知余君昨談事難生效。十時半回校清理信件，十一時半畢，寢。

十七日　晴

八時起，昨夕睡甚恬。午後崔、梅同來武昌，所接洽借款略有頭緒，恐難靠，因近日票潮無解決希望。來客數次，所談無非謀事，令人難於對付。晚仍宿校。

十八日　晴

十一時起。連日有人介紹謝斌如包局事，仍無確實話，聽之而已。

繼壽介紹借款似可靠，心亦略安。午後四時回寓，吃飯後與蕙芳談片刻出，晚十時回校宿。

十九日　晴

九時起，十時渡江與各方接洽。午後二時，繼壽着人來請，余到後見謝斌如與劉靜軒均在座。繼壽介紹，仍談包局事，余極力拒之。又介紹聘謝爲顧問，余答以候明晨到謝君寓中再説。午後三時，渡江回寓，飯畢，晚十一時回校宿。

二十日　晴

九時起，陳少襄與崔、梅先後至，囑余渡江訪謝伯峻，旋單繼蘇來校亦如此説。十時半渡江至寧清里晤謝前局長伯峻，談一時許，旋即渡江。途遇尹仲韓，立談片刻，趁輪到武昌回校。因今日請財廳諸人也，已命胡升持知單催請。與鳳山在杏花天洗澡，於盆中起立時，見陰毛忽有一根白色如銀，余甚惡之，遂拔去之。浴畢再命胡升催請，梓堂已來館招呼。四時已有張慶之來坐片刻。惲畏三來談片刻，謂有事即辭去。單繼蘇來坐未久，以彼回教，不能同席故也。劉季裝來，與談數語去。許俊甫自縣來，余詢及家中均好，匆匆數語，彼亦去。七時，客畢集，八時半散去。九時半回寓，與蕙芳談片刻，即寢。

二十一日　晴　熱

九時起，昨日款已籌齊，擬明日繳省公署。約惲畏三同至財廳取庫收，佈置各事極勞頓。午後在校會客數次，晚十二時寢。

二十二日　晴　熱甚　晚大雨

八時起，鳳山來，清理各錢條及現款，共計三萬元。與鳳山於午後二時至省署，先晤田小階，談片刻，與惲畏山同至財廳取庫收歸。清理各事，麻煩至極。晚大雨，十二時檢點各事畢，寢。

二十三日　雨

十時起，囑黃福、胡升等清理行裝。各處薦來人俱約今午後接見，極煩，午後五時畢。晚九時回寓又見客數次，飯後囑蕙芳準備各事。十二時寢。

二十四日　陰雨

十時起，清理各件，雇車回校，與崔、梅、石商酌各事。午後接見各處介紹人六七次，囑仲章、胡升買各應帶之物，清理校中應帶之物。十二時寢。

二十五日　晴　今日立夏

九時起，胡升、鳳山等先後來校辦理各事，梓堂、雲衢亦趕辦各事。午後見客數次。朱祐亭來校，余面囑其從速回家帶行李各件，約其廿八日同船往沙市。晚間清理諸事畢，八時半回寓寢。

二十六日　晴

十時起，清理各事畢。十一時到校檢點各事，來客數次，麻煩已極。出門數次，至程宅、朱宅辭行。晚十時歸，十二時寢。

二十七日　陰　晚大雨如注

十時起，仲章、梓堂已將大吉船位定好，計官艙二，房艙六、統艙十，其餘各人聽其自定。午後二時渡江，先與校中同事辭行。到漢後住福昌旅館。送行者多，梅敬亭請餞行酒，辭之。五時購參燕、衣料俱齊。五時半曾往六馬頭登大吉船看艙位。六時許俊甫、許厚生請餞行酒於讌月樓，大雨如注，勉强酬應，精神倦極。九時半與仲章到應元記購包車一輛，囑其直寄沙局。回旅館後見客：一爲陳福元，一爲張鵬程。張立群自安陸來，當請其登船宿。汪小軒來談半時去，此時門外水深一尺矣。

今日忙甚，十二時半猶未寢也。囑同行人先往船中宿，余與鳳山、吉侯轉鐘二時許方寢，展轉不寐。

二十八日　晴

七時起，登大吉輪，事忙中又親往亨得利購一錶，匆匆出。輪船云十時開，以致辦事匆促如此。九時半到船，送行者程次松、周子南、許俊甫、周幼書諸人，坐談半時許。葉南村同朱谷士來談數語去，其餘來接見者皆已定赴沙局諸人。十一時船啓椗，送行者散去。余與吉侯同一官艙，雲衢、惠安等俱在房艙。午飯後在正廳中接見已預定職務諸人，傍晚與立群、久旃等在官艙旁欄坐談甚快。晚十一時寢甚安，轉鐘四時醒一次。

二十九日　晴　陰

八時半起，在船中無所事，時或立官艙旁欄看山水而已，尋雲衢、樂峰、鳳山談辦事方法。立群來談甚久，彼之近況余知悉，此次到沙擬俾以一稍優之卡也。晚十一時寢。

三十日　晴　午正小雨

八時起，漱畢向艙外散步，聞已離沙市百餘里。十時半，船過郝穴，陣雨時來。午後一時，抵沙市薑船，雨未止。陳少襄、孫伯勤等上船來迎，雇車至長發棧，略坐定。伯勤出示電稿，始知沙市商會會長汪、胡及團董孫、熊諸人已發電至財政廳歡迎余就職，頗可感。在棧略息，大雨未停，在怡和行借得一包車，往七師司令部、十八旅旅部、警衛司令部、保衛團拜客，均云在俱樂部歡送楊旅長去矣。七時回棧晚餐畢，見客數次，分咐各人辦理急要之事，倦甚。十一時寢，轉鐘三時醒，蚊蟲、臭虱極惡，起二次。雞鳴後夢先公橫臥一榻，余初認不清楚。榻後有高窗，窗上似有人探內，余起視窗上人，見先公，即手牽之起，神色猶昔，衣不華，然不似昔年愁悶狀也。旋又至一室，其牆已缺，云系本籍北門鄭姓出殯。又見先姊，云近見先公否？余當答以近十年未見先公真像爲憾。先姊云似在某家，即起尋入一宅，内有僕應。余問内有朱某某在内否？余即某某之子，乞爲傳達一見。僕答云朱某某已有子在此間。余即聲明余爲嫡子，或者彼爲庶出也。旋引一人出見，黑鬚滿唇，睇視，確非先公，即大呼云，汝爲鴻槃樓尋出之人，爲該樓是問。遂執此叟之手反縛之，即醒。

四 月

初一日 晴 霽

七時半起早，夜不成寐，早起精神全無。各卡來人探問各事，勉爲對付。水警徐區長藍田在局約余相見。九時乘車出門至警署，云徐在隄工局候，晤時甚洽。順道拜客，回棧飯畢辦事一時許。二時至七師司令部晤王師長聚齋，人甚和平，不似邇來北洋軍閥之驕態。談一時許出，順道至旅部，劉漢三旅長尚未至，約改日再見。回棧後，辦理借款手續各事，五時畢。傍晚與吉侯、雋生、雲衢散步江干，談行甚久。七時至十時見客辦事，均極煩。十一時寢。

初二日 晴

八時起，祜亭昨晚到棧，余令其早寢。今晨囑其上樓辦公寫各件並接事佈告，又辦合同等事，又辦印條雜件。午後拜客並前任謝，來客數次極煩。晚十二時寢。

初三日 晴

八時起，見客耿棟臣、徐昆田、吳文齋、孫伯琴、陳少襄皆爲臨時借款事，甚忙。晚監交委員單繼蘇來棧，鄧勉之來，令同席畢，與單閒談至十一時寢。

初四日　晴

九時起，飯後出棧，拜客數處。午後一時見劉旅長，張團長筱湘請客。同席者龍匯東、謝伯峻、徐雋生等共六人。晚七時散，十二時寢。

初五日　晴

八時起，清理各事，各卡員司、卡長俱草草派定。午後囑票總劉耕亭、方國賓入局，擬接收，而謝前任多方挑剔，卒以墊款期條爭執未能接收。余於傍晚到局與謝口角，余不相讓，謝旋避去，再尋之已逃矣。余甚嘔氣，監交單繼蘇亦不能為余出力。擾擾至十二句鐘回棧。

初六日　晴

八時起，籌現款交謝，極費心力。徐藍田、孫伯琴、吳文齋俱為出力之人。囑祐亭寫各卡人員委條竣，晚帶同員役到局交款取印。嘔氣之事極多。謝計已窮，然總不欲交印，經單繼蘇、李無災調停至夜半仍無效，至二時始得牽就允許，先付移交費方接印。余遂攜印回棧，已二時半矣。當即啟用分發上哨、筲箕窪、窯灣各員司名條，飭其即赴各卡接事，蓋三卡最遠也。精倦神疲，於三時半寢。

初七日　雨

八時起，備輿，攜鈐記到局正式視事，接見近卡員司約卅餘人。略憩見客，賀客盈門，至午後略憩，再見客十餘起。晚稍憩，清理各事，囑號房、衛兵等準備明日入城拜客、查卡。四十歲以前無此麻煩勞神之事，辦理稅局確非吾輩所能。此時求進不得，正如一葉扁舟泛大海中，水風順逆，聽其自然而已。將來作惡恐不能免，征收人員有道德心者百不得一。余耳目所不能周，今日訓話，原欲其各憑天良，公私兼顧，使商民不受累。竊恐誨者諄諄，聽者仍不能改其慣性耳。晚十二時寢。

初八日　晴

八時起，早點畢，乘輿出沙市正街，輿中便覽鄉村風景，頗佳。忽憶及余於民國元二年在黃安縣勘案，多有乘輿竟日者，輿夫四、衛隊四、隨衆約十餘人，均與在安邑相似。十餘年來未霑此習，今日又傀儡登場矣！十一時入江陵縣署，晤知事姜繼襄，號曙東，皖之懷寧人，年六十餘，署江陵此其第二次也。談及湖堂陳介庵事。晤馬團長號鶴儔，其餘各團俱留刺未晤，便拜各處客及荆州四卡。晚五時歸。今日倦甚，十一時寢。

初九日　晴

九時起，查沙市附近各卡並拜客。晚囑祜亭寫各處急覆之信，十時寢。

初十日　晴

九時起，十時半查各卡，送單繼蘇行。辦呈報接事文，並囑祜亭寫履歷。書記徐繼元未到差，李佩特爲前任辦移交，僅讓沛霖一人寫字，字極惡劣，不得已囑司票張祖珍代幫忙。祜亭以文牘亦代寫各件。現時用人敷衍，各方面每有此弊。余癸亥在閩海道署中見書記五人，寫字無一佳者，此殆與之同慨。閩省幫辦軍務署中，有一書記寫字極佳。民國元年黃安署中書記陳嘉言、何寶森二人寫作俱好，求之今日，難得矣！晚十一時寢。

十一日　晴　今日小滿

九時起，囑石雲衢辦各處復函并通函至好處約十餘封，祜亭代書，晚七時畢。今日辦事最多，晚十時半寢。

十二日　晴

六時起，略進早點，乘輿出城。前日轎夫八人爲換班，計價極昂，征收局向不定差價。今日只用四人，以二人換班足矣。衛隊亦減去二人，以省各卡招待費。又恐多索錢，反令各卡難於對付，其實羊毛仍出羊身耳。八時半到御路口，未到局。十二時到筲箕窪略視察，飯畢起行。至御路口卡與張立群談甚久。立群爲同學中最有血性者，與余交甚深，此次派此，聞比各卡爲優，不審將來何如？四時歸，答覆各處薦人函並廳長函，十二時寢。

十三日　晴　午後大雨

八時半起，囑雲衢辦各處信，分發江口、涓溪河、河溶三卡人員，囑其即日去。計調劉季奘爲江口卡長，韋海清爲巡查，調萬鐘禄爲涓溪河卡長，巡查囑萬就原人。萬爲余內弟，余此次極不欲其來沙。此人無惡不作，將來恐不免於舞弊，因王樂峰、石雲衢此次擔保其能變好人，故以此卡使之辦理，力求整理。調王元襄爲河溶幫查以上，劉原充郵貸卡幫查。王原派七康司票，萬原派拖巡司票也。鄧勉之因局中收發不願幹，改七康司錢職，今日復不願幹，謂端節已近，急欲回縣，支錢卅串。余留其於端節後復來任職，其實彼別有用意，知夏麟書已得河南警務處長，意欲尋夏謀事也。晚閱各處信，日來各處信到，皆隨到隨覆。十一時寢。

十四日　晴

九時半起，覆各處信件，見客數次，清理積件，擬出門看客未果。午後看書閱報，晚十一時寢。

十五日　晴

十時起，進大仙，囑祜亭寫各處覆信。傳知各卡速報告未到差之員司，並查明不盡職之人。午後囑吳文齋來定請各機關西餐十六份，晚十一時寢。

十六日　微雨　天涼甚

九時起，清理各事，連日各卡人員已派定。人之賢否，有見面已二次上者略爲記之。以貌取人，百不爽一，西哲曾有此語。余歷年奔走四方，亦持此義以衡人也。上哨卡長黃培先舉止欠雅，難與重任，此有特殊關係，將來恐不可靠。查驗劉靜軒滑而近陰謀派。董名聲貌陋粗鄙，毫無可取。曹映芝司錢、陳福元司票，曹陰險，陳爲師範學生曾上余堂課者，似尚可靠。此卡老幹精明之人只望於徐琳卿一人而已，徐年逾六十，爲崔鳳山所薦，余曩日未謀面也。下哨卡長葉南村，上月廿八日在漢口大吉輪與朱谷士同來見余，葉爲人渾厚載福。朱恐不勝任，出語多稚氣而又有紈綺習，此次派河溶卡長亦系特殊借款關係，將來難免不受累也。下哨查驗楊菊如、徐鐵帆俱系征收界老滑之輩，比較之似徐優於楊。此次徐與陳少襄投資五千元，助余繳財廳墊款，經崔、梅關説，未更原職。司票康長松商界中人，前在一師範充會計，亦與余認識，此次爲鵬程所薦，此人頗精細，不審其操守如何耳？司錢黃猶盛，慶雲所薦，市儈小人耳，不可靠。洋旱卡長金品臣，即兆龍。爲鳳山之姊丈，此人前充營長，在黃州辦禁烟，尚無大惡，前日在輪船中見面時面黑多晦，近來局必垂頭喪氣，目陰極矣，恐不永年。金初派查驗，陳少襄系原卡長。此次陳以反對謝前局長之故，不願以卡長名目自居，以表示征收人尚有一線天良者。吁，征收人何曾有良心哉！陳以正查名義幫金品臣作事。查驗黃雨香鼻尖嘴歪，巧於措詞，操守難信，然較之陳尚稍遜也。幫查孫靜海市井無賴，以特殊故派此卡。陳葆初挂號賬粗鄙狡詐，慶雲所薦。筲箕窪卡長黃浩卿系善慶借款條件，黃前在各處辦事，聲名甚劣，相陋不可靠。查驗陳馥生系原人，崔、梅所力保，此人足瘇貌陋，難望可靠。韓少荃司票亦崔、梅力薦，此人似無大惡。黃龍斗司錢，慶雲所薦，黃爲大冶中學生，余曾教以各科學者，操守必好。金龍寺卡長熊漢輔久在警察界充警佐，人甚精練，余在省見過，近知其辦事甚佳，公事亦熟，邇來對於軍隊調換現銅元，處置妥當，可喜也。查驗劉子明，崔、梅同力薦，此人市儈出身，大奸大詐，此時辦事尚可，不審將來何如耳。幫查周壽亭，吳文齋所薦，吳爲筲箕窪正查，向不到差，此次挾經手借款關係，對余有操縱之意。彼自身得優薪，另薦五人爲條件。吳爲人大言不慚，趨附之術甚工，將來定難望其爲余作有益之事也。司錢曹光大年少不更事，繼壽所薦。司票鄒振文前任人員，蔡養樸有函專薦，是以留之，不可靠之人也。七康卡長余派厚訓暫兼。正查司馬子美精明可靠，貌亦長厚，原系上哨查驗調歸者也。幫查梅雲卿，鳳山之叔，食粟而已。司票錢舜卿，尉遲敏深之舅父，原在閩充軍醫，與余認識久，將來可靠與否不能必也。拖巡卡長劉靖宇，慶雲所薦，原系學界，陽新人，老成樸實，此不過派之此卡照料一切。查驗曾池香，征收界老人，余在省見過二次，聞其愛小利，已規之矣。幫查潘業修，程梓堂所薦，人甚精明，可靠與否尚不能定。柳稚華系少華所薦，年少浮甚，頗難靠，已囑劉靖宇留心防止。上河卡長任煥章，年少誠實能耐勞，甚爲可喜。司錢票王久旃多年老友，與之同心辦事，將來必可收效。惟查驗黃煥章目動而語不可信，狡猾與黃浩卿無異，亦以善慶借款關係，已囑任王隨時察看。周懷楚亦不可靠，是少襄之甥，想亦非善類耳。郵貸卡長系厚訓兼差。正查楊華亭系原人馬團長所薦，向不到卡，到卡即舞弊，殊可惡。窯灣卡長徐昆田系藍田之弟，貌陋面麻目黃，人尚似有血性者，此次接事，照料一切借款等事，余甚感之。查驗耿棟臣，商會所薦，此人攻訐者極多，貌陋首低，殊不可靠。幫查系派胡太輔，余已囑其秘密監視。青龍觀卡長孫伯琴，漢陽人，久居沙市，此次亦有借款五千元關係，此人在前清與江湖人有往來，民國後欲脫白，尚重然諾，亦有豪爽可取處，將來不變或可靠也。查驗曹湘生，繼壽所薦，人尚老成。方梓卿，善慶借款關係，此人老而好嫖，殊無可取。司錢票王連煌，陳同如所薦，聞寫算均精細。太師淵卡長黃映時，少不更事，慶雲所薦。查驗劉芝生，滑而狡辯，怡和洋行借款關係，雷買辦所薦也。余漢丞，財廳張慶之所薦，確非善類。司錢票鄧鴻勛，吳文齋之妹夫，盜賊一流，將來必不可靠。河溶卡長朱谷士。查驗孫海丞，系伯琴之弟，浮燥難任事，以借款故暫優容之。幫查王元襄、傅仁卿、朱伯舫，余已屢囑彼三人小心供職並監督他人，恐其舞弊。惟河溶距沙百八十里，鞭長莫及，將來各人合成一氣，則難治矣，此卡可爲隱憂者。草市卡長王樂峰，忠心可靠，則爲余戚，無可慮。查驗王少泉前在蝦蟆磯，據王倫安說利心甚重且好嫖，余已規之再三。張春元爲沈碧舫所薦，大言閣閣，華而不實，難靠也。御路口卡長張立群，同學中至好者，忠實精細必可靠。查驗衛福安，粗鄙可笑，惟尚忠實。常績丞，善慶所薦，少不更事。司錢票胡陽春，菊圃之子，始派拖巡巡查彼不願意，遂改派此，囑其小心學習而已。大北門卡長許發棠，因病，余已命周福送之回縣，恐難痊矣。查驗郭華廷、朱傳淑，郭系軍界所薦，朱系朱穀深所薦，均非善類。司票劉學芳，構亭之孫，年少無知。小北門卡長汪翰屏頗能任事，惟嗜好太深。查驗李佩將久未到差，聞尚在與謝任辦移交，此人非善類。司錢票孟廣泗，稚松之甥，尚精細耐勞。西門卡長關壽昌、查驗鄧斌、李俊義俱軍界所薦，無一佳者。南門卡張鴻勛粗暴好利。查驗張志剛武昌人，小人之尤。饒權江西人，俱軍界所薦，毫無可取。便河正查周德賓系御路口原人調充此職，督署蔣秉忠所薦蟬聯者，故保存之。清河卡長萬鐘祿操守難信，彼屢向余親近者言願爲好人。江口卡長劉季夌系伯英之弟，余由郵貸卡調以此職，劉初出門，將來能勝任與否尚屬問題。余得沙局事，僅劉季夌、張立群、石雲衢、艾幼卿四人爲余所約，均寒微已達山窮水盡者也。伯英尚在滬，論交誼余不能不約季夌來，聞首途時窘甚，到船後即向余索洋三元爲零用，其窘可知也。至總局中辦事人員，崔、梅揮霍，徐雋生、程梓堂慳吝，而梓堂尤鄙。雲衢、祜亭辦公勤慎，毫無外務。祜亭爲次誠所薦，余久亦□之爲書記，到沙後見其寫作均佳，遂以文牘名義幫雲衢作事，此少年老成之人，將來未可限量。庶務石仲章不能作事，虛有其表。統計主任田月波，精細耐勞極可靠。書記曹養吾卑鄙不能任事。讓沛霖外務多，寫字粗劣，此人爲徐藍田所薦。徐德亢上海人，陳團長薦爲蟬聯者，寫字多錯誤，虛有其表。票總劉構亭年老，方國賓奸滑，俱繼壽薦。核算吳恒齋，久在局中辦事，頗可靠。其餘艾幼卿、劉方如等十三人，可取者六七人耳。七時後清理各事，午後雨霽，差馮淮富、王瑞林往荆州城請客，二時見客數次。晚十一時寢。

十七日　晴

九時起，清理各事。午後二時派衛兵馮淮富、袁慕蓮、關志和，傳達王瑞林先往童園招待，胡升、周福、黄福料理一切。計是日到者：師長王都慶、水警區長徐國瑞、保衛團總熊鵬翮、汽車經理廖如川、參謀長吳涵、商會正長汪潤芝、副長胡之奇、報驗所長李以禩、校長孫汝枚、電報局長劉孟侯、郵局長林章、警署長曹偉、團長王襄忱等十三人。六時席散，身倦甚，晚十一時寢。

十八日　晴　風

九時起，昨夜小雨，天忽變寒。今日風緊，余着綢夾衫辦理各事。午後二時又往童園宴客，計到者烟酒局長錢大賢、江陵承審賀方斌、疋頭會長周福亭、三十六旅旅長劉宗儀、印花稅局局長俞承武、警察局長龍永匯、警衛司令張筱湘、團長陳貫群、營長王慶堂等共十餘人。六時席散，回局後略事清理，囑梅鳳山明日往省。

十九日　陰晴不定

十一起，清理文件，覆各處積壓之信。午後一時往王師長處赴席，傍晚方歸。是日同席者皆前日軍界人居多，一爲鹽局經理送行，一爲余洗塵也。王爲人謙而能文，軍界中有數人物，出詞吐氣無北洋軍閥習氣，頗得荆沙人歡心。夜十時清理各事畢，十一時寢。

二十日　陰晴不定

十時半起，清理文件，囑雲衢答覆各處函。出門一次，見客三次，寫家信。晚十一時寢。

二十一日　晴

九時半起，連日甚凉，幾如二月天氣。草市、御路口、小北門各分卡卡長來局繳款，蓋今日爲陽曆六月一號也。晚間徐藍田區長來會談甚久，報驗所長李無災亦談甚久去，十一時寢。

二十二日　陰

十時起，清理各事。午後微雨，往王師長宅一次。覆朱純愚來信，致信與黃松庵師報告到沙情形。晚十一時寢。

二十三日　晴

四時即起，爲王師長送行，船開後余方回局，已九時矣。此等事非余所習慣，入此政界中，酬應煩，人格已漸行卑下，奈何？飯後小睡，午後一時寫今春正月近作詩數首示祜亭。晚間清理各事畢，十時又與祜亭談次誠事甚久。十一時寢。

二十四日　晴

八時半起，食雞蛋三枚，乘包車往荆州城。先至南門卡囑代卡長李某導余游古關帝廟及城樓關帝廟，後往大北門卡，飯畢囑正查朱傳淑導余遊承天寺及藥王廟等處，順謁同學譚宗欽，彼現充文萃中學校長。譚荆門人，起義後未曾晤及，今日始得見之。便謁同學鄭克溫，談半時許。便謁朱魯瞻，理化同學也，於其樓上朱姓看字畫數件，無甚佳者。下午三時回局，略事清理。十一時寢。

二十五日　陰晴不定

七時起，乘車帶衛兵二人、僕二人往草市分卡。連日鬱悶，思與王樂峰一談。王今年本無求余意，此次不過余約其出門一遊耳。此卡正查爲張春元，名鴻，遇人尚精明，惟嫌其有過火處。司錢票爲王少泉，利師之子，此次非用不可。彼先求與樂峰同事，今日大悔，窺其意似以未能即舞弊爲恨。彼曾幹蝦蟆磯司票一次，正以征收界害人之毒且深也。其餘兩巡查人不甚好，暫觀察之而已。午後四時回局，下哨分卡卡長葉南村自漢到，鳳山與之同來，報告省中近事。十時收到謝前任移交各項表冊及文卷，囑文牘科存查備案。十一時寢。

二十六日　陰　午後小雨　今日芒種

九時半起，清理各事。李無災爲報驗所事交涉貨船，歷三小時之久去。下午太師淵分卡人員鄧鴻勛、黃蔭時等舞弊發覺，下條除名，隨時再查看。得次誠自省來信，詞甚略，然余久知其不滿意也。

二十七日　陰

九時半起，連日房中蚊蟲極多。前任佔據後重房屋未退，極可惡。囑祐亭轉飭書記辦處賀節片。晚十一時寢。

二十八日　晴

十時起，厚訓今晨搭同和輪赴漢。節近端午，家中今年應酬開消俱煩，囑渠早歸，料理一切。午後曹疇九到，此人精明外露，貌寢言視，恐不可靠。余爲債權人迫壓，亦只好聽之，看將來如何耳。晚間囑庶務石仲章準備端節各事，十一時寢。

二十九日　晴

十時起，後堂謝任人員均走盡，收支遷入後，余亦挪入謝任正房，清理佈置甚煩，擾擾至午後四時畢。後房置臥榻，擬中秋前後飭人回縣送家母及家眷來局暫住一月即歸。時局不靖，道遠費重，且輪船下上極感困難也。晚間李所長來談甚久去，十二時寢，夢多而雜。

五　月

初一日　雨

六時起，欲往金龍寺查卡，因雨中止。晨崔吉侯、徐雋生往河溶查卡，余遂入汽車棧與之送行，談數語別去。傍晚王能安來晤談，知其今年在鍾祥辦船關，頃自荊州在沙者，坐半時去。晚十一時寢。

初二日　小雨數次

九時起，覆朱右庚、朱粹如等信。十時續瀚秋來謀事，與之談片刻，當許以送川資及名譽職，俟九月初再當函約來沙相助。午後六時至太安棧回看，便往熊魯馨寓回看，值其外出。七時歸，與雲衢、祜亭等閒談，十一時寢。夢艾根甫之父及涂愷臣跪地，不知何意？

初三日　陰晴不定

九時起，飯後出門回看王能安、熊魯馨，俱未晤。午後汪漢屏來繳款，晚囑祜亭覆各處信。十一時寢。

初四日　晴

十時起，囑周福、胡升清理往省各事。傍晚至各處看客，道過絲線街，折而至汽車棧，見茶園人甚衆，天氣已漸熱矣。晚檢點各物，極麻煩。十一時寢。

初五日　晴

九時起，今日端節，囑庶務處辦酒四席，辦茶點。正午局中員司來賀極煩。午後一時曾誠齋自漢來局，未帶行李，談一時許，余囑其與梓堂見，留住局中。二時出局遊覽，經水警署方轉車，途遇馬團長鶴疇。

三時回局再與誠齋談近事。外間員司俱外出甚無聊，在局員司有打雀牌者未能禁止。準備到省各事畢，囑衛兵、傳達打聽下水輪船，知江和明晨可到。分付局中文牘、收支、庶務各科應辦之事。晚與誠齋談至十一時寢，展轉不成寐也。

初六日　晨小雨旋晴

五時聞號房王瑞林在房門外呼船已到埠。五時半起，盥漱畢，略進早點，局中員司、僕從俱起。匆匆乘車到江干，竟上船，住一號官艙，尚未有同住之客。在官廳小憩，同行者局中崔、梅、石、涂、程、艾、石、朱等，下哨葉、徐、楊、七康司馬、曾、金龍寺熊、劉，洋旱陳、黃等及怡和行買辦雷等共廿餘人，衛兵等約十餘人。余皆分別略咐數分班，囑其到局。未去者僅崔、梅、石、程，多談片刻，仍催其上坡。去後，陳少襄又來談片刻去。九時船開，一刻過窰灣卡，船行甚速。十一時午餐畢，入房小睡一時許，起視船已過石首縣，已行三百餘里。再睡至三時醒，忽胃氣起，欲嘔，頭痛甚，服仁丹一包。五時半，船已過監利縣，在官廳中看書寫日記畢，略坐飲茶，散步片刻，七時寢。

初七日　晴　熱

六時，余尚未起，聞胡升來說船已距漢口不遠，何其速也。六時半起，漱洗畢，七時船過金口，八時船抵租界二碼頭。八時半渡江，囑胡升護行李等件先回寓。雇車進漢陽門，途遇曹繼壽，詢語二句，匆匆不能談也。九時抵寓，略事休息即小睡。午後三時出門看客，車過審判廳，途遇胡抱琴，寒喧數語，約於晚間再晤。三時半晤鵬程，四時至各至好處逐一談近事。六時半歸，七時寢。

初八日　晴

七時起，身體倦甚。今日爲余生辰，囑蕙芳至觀音閣進香。憶去年今日在籍時酷暑如蒸，今日着綢衫尚不覺熱。晚至程宅次誠寓略談，十一時回寓寢。

初九日　晴

十一時起，倦甚，連日看客，勞碌異常。午正徐隽生自沙市來，據稱爲疇九事，兼有私事到省，余囑其早日回局。日來廳中有厲行改收現洋之意，各局長到省者多專在候信。余恐此議行，商民多反對，非佳兆也。厚訓自縣來寓，述家中老幼均好，甚慰。晚間出門數次，十一時歸，即寢。

初十日　晴

十時起，飯畢至三一學校，訪問同事諸人，晤者僅三。往財政廳晤沈碧舫，晤黎廳長，談半時許，述沙局值淡月困難各情，賞財廳內外收發、傳達、聽差共廿餘元。回寓後隽生來坐談久，與同出拜客。晚在繼壽處談甚久，交景記利息，談各事，至十一時回寓寢。

十一日　晴　夜雨

十時起，清理往縣各事。午後一時，厚訓因沙市輪船未開來寓，即囑厚訓、國煌、胡升同至三一學校清理各物回寓，再行細細清理。麻煩至極，體倦不支，共清二大網籃。囑厚訓與胡升同渡江，命胡升回縣，厚訓趁輪赴沙市。囑畢雇車出門。晚至次松寓晤其全眷，談甚久，上樓晤傅象虛，囑余薦三一學校事。余以前已與范坤侯談過，當不至無效。象虛囑余情殷，擬終有以成之也。九時辭出，訪郭炯堂先生、范先生均未晤，便看各客。十一時歸，十二時寢，甚不安適。

十二日　晴　夜大雨如注　早陰晚仍雨

十一時起，疲倦甚。飯後呼理髮匠整容畢，往三一學校晤曾、范、劉、周諸同事，談一時出，大雨稍住，雇車回寓。略事清理，飯後撿行篋，冒雨出城至漢陽門，輪船因風雨收班，余雇車仍歸寓，清理各事畢，略談。十一時寢。

十三日　晴　今日夏至

四時起，李端陽爲胡升之弟，昨囑其在寓宿，爲余送箱子，呼之起與同行。余乘車至漢陽門，城門未開，坐茶肆略候。五時開城，搭小火輪回縣。官艙中無熟人，午正行至趙家磯，姜香池、楊大禹上船略與談稅局事。二時船抵縣，到家飯畢，略事休息即小睡。傍晚出門至各至好處坐談，十時歸，十一時寢。

十四日　晴

七時起，來客數次，飯後欲出門，又來客甚衆，酬應極煩。傍晚出門至各戚友處，均談片刻即出。晚十一時寢。

十五日　晴　熱

八時起，來客數次，飯後出門至春溪、王錫五、張叔和宅，均略談即歸。午後又來客，略談均去。晚十一時寢。

十六日　晴　熱

十時起，昨定今日動身。早飯後汪星垣來談，旋來客數次。午後熱甚，四時決定動身，已雇義渡船。動身時小雨如織，星垣送余下河。余同胡升出大北門而船泊於子口卡下。風雨已來，雲泉趕送余上船，略談數語，與星垣、雲泉別去。船開，風雨大至，行至黃州祖師殿下，風雨雷電益厲。在船思家慈甚切，甚悔今日不應行也。船停後，因工人未外出，探有一誤期大輪已到黃，洋划已開，追呼不及，余益悔恨。在船中，風雨悶煩殊甚，蚊蟲復多，焦灼無已，欲上岸，以路滑而未能，自是一夜不眠。

十七日　晴

七時半，德和輪到，余與胡升同上，購得房艙，已有二客在內，俱爲四川人。午後一時半到漢。二時渡江到省寓，大雨如注。傍晚爲周粹成送款，遇程次松，就其家吃飯，九時回寓宿。

十八日　晴　小雨數次　熱甚

十一時起，清理各事。午後出門數次，購各物應用。晚八時至次誠宅彈琴一時許，歸寓即寢。

十九日　晴　熱甚

十時起，身疲甚。午後與胡升渡江，先至王文旃處，後與胡升至謙祥益購紗料、夏布等件畢。渡江時探知江和輪今晚開沙市，已趕不及矣。四時渡江回寓整容一次，九時計算自沙到省到縣用帳。十二時寢，與蕙芳語不合，煩擾殊甚。囑胡升明晨至漢口定船，一夜展轉不成寐。

二十日　晴

六時，胡升自漢回寓，云長沙船今晚開沙市。余即令其定一官艙位置，付定洋並携行李去。蕙芳出門授課，胡升在漢未歸，余餒甚，自炊，殊爲煩惱。午正，蕙芳歸，余上街購白木耳等件，囑付寓中各語，即乘車出門，渡江至王文旃處，用電話約汪小軒來談。囑小軒至電局代發一電往沙局，囑於船到時招呼余起岸。四時至吳鳴岐處，談一時許，至尉宅晤華清、初樵，請余便飯，至心如報館中談片刻出，仍到尉宅，與小軒、華卿、初樵至廣東館吃晚飯。六時半與小軒、尉氏兄弟同至長沙輪船，坐未久，鳴岐送食物水菓到，以其情厚不可卻也。八時半均別去。十時船開，余住爲一號官艙，同房者李亞雄，四川木油商，此人爲前清四川高等師範畢業生，通達世務，聞出門多年。余與談後清理帳務，十二時半畢，寢。

二十一日　晴

十時起，漱洗畢，茶房進加非、茶及麵包，飲食畢，至船首看山水形勢，入官廳與李亞雄談川中近年兵多匪多之狀。午後一時午飯後看書消遣。二時，船過新堤，機器忽壞，行甚緩，修理約二時許。八時到城陵磯。十時結寫各帳，十二時未能畢，遂置之，轉鐘一時寢。夢天氣熱極，忽見陳督閱漢口某報紙中之廣告有一壽字，系白色。陳向余云：此必繼壽所爲者。余邇時正浣漱，答云：前囑繼壽代送老太太之禮已收到否？陳云：物已收到，惟"白雲在望"之"望"字做工不佳耳云云。余夢中細思，今夏陳督太夫人年七十三壽辰，余囑繼壽代辦聯帳，聞聯已受，帳退，僅收壽字及上下款矣。斯夢境何以見此四字，且望雲思親孝子思慕之意，必非陳督佳兆。繼而陳督又欲有所言，余答以余此次出差在急，未能多談，似奉電往奉天者，遂醒。此不知主何兆也？余自昨日上船，忽思家甚切。

二十二日　陰雨

十時起，昨夜感夢，心極不快。五時至六時忽醒忽睡，心神不寧，今晨船過監利縣，余不知也。早點畢，與李亞雄談，據云彼兄弟二人俱供職於福中公司，總公司在河南，現改遷天津矣，英日商股甚多，彼此次由上海回宜昌再轉萬縣做木油生意。李所談多切中時弊之語。晚十二時，船抵沙市。衛兵關志和等、傳達王瑞林等八人俱來船清理行李等件，陳少香、崔、梅、徐及局中各員司在下哨迓余。長沙船無薑船，幸局先接漢電，已備紅船相候，不然則吃苦不便之處甚多。一點鐘乘車到局，與石、程、崔、梅略談改現事，至二時寢。

二十三日　晴

十時起，各卡因改現風潮，征收停止。午後余至商會訪汪潤芝、胡蔭棠商量改現事，局中已發電數次到省，尚無回電。

二十四日　晴　晚大雨

十時起，各卡仍停征收，此事何時解決不得知也。午後發信十餘件往省，囑文牘科趕覆各處信件。報驗所長李無災日日來説改現事，極煩惱可厭。曾誠齋、張立群來談片刻去。晚十二時寢，多夢。

二十五日　陰　晚雨

十時起，清理積壓之事件。午後至水警署晤徐藍田，囑其疏通征收事。二時歸，發信數件。晚與崔程石磋商各事，十一時寢。

二十六日　陰　午後大雨傾盆

十時起，連日陰雨，天氣變寒，聞江水日漲，甚爲可憂。荆沙恃隄爲障，年歲豐歉決之於隄，隄之潰則成澤國，人民爲魚鱉矣！征收改現事至今無回電，仍未有改決之望，殊爲焦灼。午後得家中快信，指摘蕙芳事甚多，悶極，旋作一信歸家。晚十一時寢。

二十七日　雨

十一時起，日來事繁瑣，懊惱萬分。午後得汪聲香信，知萬景潤寄洋三次歸家，計共有百廿八元。事繁悶極，氣極。

二十八日　雨

十時起，連日皆嘔氣之事，征收局之難做於此其極矣！午後三時財廳來電，改現事已有解決，官票照市價收，每串以銅元爲率征收。已復暫告一段落，甚慰。晚十一時寢。

二十九日　小雨旋晴　小暑節

八時半起，連日事繁，今日派各卡及局提紅帳。晚間萬景潤來繳帳及大票根，余問以近事，彼云僅寄洋五元歸家。欺心之人乃至此耶！晚十時半寢。

三十日　晴　熱甚

十時起，聞各卡征收已恢復前狀，午飯後擬外出未果。午後草市卡長王樂峰來局，屢欲辭差歸里。余已許其暫歸，於秋節後再來，彼意似不願在外，且年老思家甚切也。余留其在局，今晚再談家事。三時乘車往下哨卡坐談一時許，過稅甚少，江水泛濫，可爲隱憂。四時半回局，飯後清理各事。晚八時囑廚役備菜酒，與樂峰、雲衢、幼卿飯後閒談至十時寢。樂峰在余後房宿。雲、幼二人去後，余與樂峰談至轉鐘一時方寢。

六　月

初一日　晴　晚雨天忽涼

樂峰於五時即起，余亦醒，起與談片刻，彼欲趁早涼回卡，不便強也。送之出，仍睡至十時起。今日熱甚，未作事，午後欲外出，以事未果。晚雨，十一時寢。

初二日　晴　午後三時大雷雨

十時起，寫信二件，清理各事。午正上哨派人送西瓜一擔來局，分給各人，余不慣食此，且天涼更不宜食。午前辦文件，催行各卡繳款事，與石、朱閒談。十一時窑灣卡長徐昆田來談，南門卡張鐵來胡説一頓，筲箕窪卡長黄浩卿來談近事。三時王樂峰來尋伴回鄉，彼初次出遠門且年老，不能不如此。余留之局中宿，夜酒後飲以阿片，談甚久，寢後與談至轉鐘三時寢。

初三日　晴　熱　小雨數陣　大風

六時樂峰已先起，余醒後與談片刻，送之出。十一時陳賡甫自襄陽來局，談一時許。余請其晚間便飯，彼云今晚趁船歸漢。午後悶極，囑車夫準備至御路口卡晤張立群，談至六時，飯畢回局已七時半。與石雲衢談近事，十一時半寢。

初四日　晴熱　大風

七時起，腹痛泄甚，大約昨在立群卡中當風食物且菜又冷也。八時半乘車至金龍寺卡，值早餐，余以腹痛不能食，坐一時許。至草市已十一時矣，與樂峰談各事兼籌及回縣後事。午飯後仍與樂峰談家事。五時動身，車行甚速，六時半到局。晚八時，鳳山自河溶卡歸，報告該卡員司舞弊情形，內有同鄉四人，聞之甚爲嘔氣。夜與吉侯、鳳山籌商辦法，復與雋生、雲衢等談此事，眞懊惱萬分矣！十二時寢。

初五日　晴　熱甚　晚雨

六時起，清理各事，聞今日樂峰回縣，備洋二百元囑其帶交家中應用。寫信一件。聞近日江水大漲，可爲隱憂。下哨卡、洋旱卡俱淹水，收數極少，焦灼殊甚。午正草市卡雜役送樂峰行李衣箱來局，余即專信至御路口約衛福安，緣樂峰前約衛與之作伴同行也。四時福安來，余囑傳達用電話詢樂峰，知其改期明日起行。命廚房招呼衛之火食，囑衛在局相候。連日焦灼甚，十二時半方寢。

初六日　雨

六時余醒，聞樂峰已來局。七時起，與談各事未畢，着人尋曹湘生來，調至河溶充卡長，面囑各事，令其注意。去後以河溶事心煩甚，飲酒一盞，小睡一時許，是時樂峰已與雲衢、仲章等往下重房屋閒談去矣。醒後心事更煩，竊思傅仁卿爲幼虛所薦之人，王元襄系余因其自江西歸，賦閒來尋余，以其貧而派以此事。朱伯舫則余之族弟，萬鐘祿余之內弟，乃不料竟與孫伯琴之弟及朱谷士等通同作弊，無怪乎前輩人皆以不用同鄉人爲鑒戒也。思之心痛。午後囑人爲樂峰探聽下水船，樂峰與福安外出，七時方回。八時半囑廚房置夜酒，余以心煩意亂不能陪樂峰，囑艾幼卿與雲衢陪之。十二時聞船已到，樂峰別去，余送之出門，心實有所不忍也。樂峰爲人常識甚少，而對於余甚忠實。余頻年出門，家事賴其照拂，此次因其思家甚切，未能強留。命厚訓同胡升、周福送之上船。樂峰去後，余怏怏久之，十二時寢。

初七日　陰雨

九時起，聞近日江水日漲，沙隄可危，連日天雨時行，心亂如焚，深悔今年謀此征收局事。愁悶時以酒解之，其實不能解也。每夜深無聊，看《感應篇》一二則，寢時實不安枕。李無災來談甚久，上哨今日來繳款。午後四時傳達云：王師長自漢口回沙，大吉輪快抵埠矣。余命備車，出門到招商局時知船快到，余登躉船相候。遇徐鍼生、仁廣，始知其已回沙市，立談片刻，王師長已登躉船向歡迎諸人逐一致謝。上岸後余與徐藍田及迎王諸人同至七師司令部茶叙。王師長述武漢近事及湘戰方殷，上游至關重要等語。約半時許，諸人辭出。余回局後困甚，略飲茶，小憩後即寢。

初八日　雨

四時以室外大雷雨驚醒，余遂起，此種雷雨為余四十以前所未聞，聲厲可怖之狀，屋瓦為震，窗紙上呈金黃色。余視窗外及天上，現金黃色，目為之眩，極可怕，仍閉窗寢，或者起山蛟也！午後李無災來述狀況亦同。潘德宣來述，云七康巡拖卡一帶有人親見龍起水中。水警署中有人親見一物如牛，目光如炬，行水中極可恐怖。今日江水更漲，正不知後事如何耳？悶極飲酒，晚十一時寢，心未安，多惡夢。

初九日　陰雨

十時起，連日心煩意亂，頭目暈眩，極不適。上河卡為照票事發生爭執，任漱芳來局叙理由。聞上哨舞弊事，雋生與吉侯所查者又不可靠。總之吃征收飯者無有昌達之人，即初入門者亦為之軟化，可畏哉！午後三時着人至御路口卡請張立群來有事相商。李無災來局坐談久，余約其至最樂舞臺觀劇，云今夕有漢口著名鬚生、花旦來沙演戲。吉侯、鳳山等先曾約余，謂已包廂矣。乘車六時半出局，至該處，人多如鯽萬頭攢動，空氣惡劣，熱不可耐。十一時遂與立群先回局，囑廚人具夜酒畢，又談近事至轉鐘一時方寢。

初十日 晴 熱

七時起，送立群去。河溶卡事至今無信來，甚焦灼。午後書記徐德元來局，談及湘戰吃緊，唐生智已得長沙，葉軍敗退，風鶴頻驚，再緩幾日恐沙市亦動搖矣。傍晚鬱悶至極，邀雋生、雲衢同至暢園啜茗。十時至最樂園觀劇，十時半即歸。十二時寢，心亂如絲，展轉不寐。

十一日 風雨

十一時起，知雋生已往上哨去。午後萬景潤自河溶來，余先得家信知其於前月共寄款百廿八元歸家，其舞弊之巧是其慣技也。此次尚巧爲飾詞以欺余，幸已繳款八百串，大票亦已繳到，後事如何，俟鳳山自河溶歸，必有分曉。今日得家信，知家母疾未愈且多詰責之語皆誤傳也。寄洋廿元接濟省用。十時半寢，心神不寧，夢極雜亂。

十二日 小雨竟日 寒如深秋

十一時起，昨夕夢褷，然醒時甚少。正午萬景潤來局，知其尚未往河溶。財政廳來電借款二萬元，苦難應付。徐雋生、吉侯自上哨回，囑查該卡事，模糊應之。如此等稽查，真誤人不淺，容緩再着人去查，或余親往乃知底蘊耳。晚間清理文件信件，十一時寢。

十三日 雨旋晴

十時起，寫信數件，昨鳳山自省來述各事，繳財政款，各局均系對成數終不能免也。鳳山帶來聯紙甚多，擬緩分書，送各界以爲酬應品。余自接事，已四閱月未執筆，屆時寫法生疏，恐不能免。晚與雲衢、祜亭談時事，並囑分抄各緊要文件爲萬一之備，十一時寢。

十四日　陰黑　午後大雨　寒甚　今日大暑

十時起，得本籍快信，知樂峰已回縣，在輪船被跌幾死，並轉到張資生信，知其曾送禮物至三一學校，彼尚未知余在沙局也。辦理文件各事畢，午後往童園公宴王師長、劉旅長，因王師長準備明日出發往公安佈防也。余今日着綢夾衫去，歸後仍寒，奇矣！局中墨已備就，余寫大聯四副，頗不愜意。初試筆，向例如此。傍晚與祜亭論作書之法，及述余二十餘年之經驗。夜飯畢後，與雲衢談時局，仍囑其急抄局中緊要文件，談至十二時寢。

十五日　陰　午後晴

九時起，備香楮進大仙。得梓堂自省發信，得鄂城樂峰來信，知其下船時被跌情狀，設非衛昌隆同爲扶持，殆矣。午後四時至商會並着人請客，日來時局已變，稅收銳減，心焦灼甚。傍晚至太師淵查卡，僅胡陽春在局，柳次華、孫伯琴不知何往，似此辦事，殊爲可恨。略坐即出，囑車夫聽余指揮行路，月色頗佳，積雨新晴，正多詩料，惟余以積鬱在胸，殊怏怏耳！回局後略進酒食，十一時寢。

十六日　陰　午後晴　熱甚

十時起，今日請客，定酒席在福記番菜館，爲汪潤之下省開財政會議，此行於征收局有關也。午後一時，余往該館，適誠齋、立群已先到，厚訓、仲章、祜亭、吉侯、鳳山俱先在館照料一切。天熱如蒸，始知請客非擇地不可，昨誤聽吉侯語，已悔之無及矣。三時客方集齊，李無災、吳文齋、曹仲和、汪潤之、胡蔭棠、孫仙舫、鄭子玉、丁連三等共十五人。四時回局，心胸極不適。晚大病，寒熱時來，頭目暈痛，終夜未寢。

十七日　晴　熱

十時起，昨夕極不適，今日痰中帶血，想遂昨日伏熱所致。沙市日來江水泛溢，稅收以湘戰、水災影響頓減，心緒如焚，真悔作此局長也。今日飲食俱減，十一時寢。

十八日　晴　熱

十時起，連日江水漲溢，閱報知湘局益不佳，以後危險真堪慮也。午後寫對聯二副，傍晚至聊園乘涼。李無災約余與吉侯至黃姓妓家坐談，適其已出，熱甚。余欲出，彼極力阻止，坐一時許，該妓歸，酬應似極忙，爲余等叫酒一席，其實無所謂歡也。十一時歸局，身已熱不可耐。浴後遂寢，約十二時。

十九日　晴熱　大南風

十時起，清理各文件，覆積壓文件。衛福安到局，述余家事頗詳，樂峰年老，此次在船中被跌，幸彼同行，爲之臨時請醫診治，余深爲感激。午後與吉侯、雲衢商酌應辦之事。傍晚得鵬程信，知省中近事。今夕擬至暢園啜茗未果，十一時寢。

二十日　晴熱　晚風

十時起，清理各事，連日傳聞湘戰吃緊，心極不適。北洋軍閥年來壓制小民之事甚多，以輿論證之，此次湘戰恐不易收束。與雲衢等相與慨嘆久之。晚與雲衢、誠齋至第一飯店之平台上啜茗，此台頗高，沙市全鎮在望。十時歸，十一時寢。

二十一日　晴熱極　午後陣雨

十時起，閱各報探知江水日漲，湘戰愈烈，心緒未安。午後陣雨時來，熱度未減，擬出外，恐氣蒸多毒，未果。十一時寢。

二十二日　晴　熱甚

十時起，清理各事，早飯畢，寫大聯八副。傍晚與雲衢至聊園飲茶吃點心，甚適。十時歸，十二時寢。

二十三日　晴　熱甚　晚雨

十一時起，飯畢寫大對十副、小中對四副，筆力較前二次所書者甚佳。衛兵高和元、雜役李壽磨墨均佳，其餘周福、胡升、胡邦友均粗俗不堪，牽紙亦不得法，真無用之人。今日寫字多，腕覺痛，十二時寢。

二十四日　晴　熱極

十時起，清理各事，早飯後寫六尺對六副、五尺四尺各三副。午後三時忽報大北門卡爲木工打毀，郭華亭被傷，其餘各司員均有微傷。一面以電話通知江陵知事姜曙東維持現狀，一面派厚訓往該卡查明情形具報。前日該卡朱傳淑來局，屢有陳述。余觀此人確非善類，前謀沙局事托楊星階、侯某，繼又托朱穀深介紹，無孔不入。殆余許以一事後，又屢屢以其子事爲托，得步進步，余已早鄙之矣。月前晤朱魯瞻談及傳淑爲人，魯瞻云彼嘗藉彼等名義在外以炫聲勢。其實彼與渠無若何關係，其族亦且遠之，且云謝局長任內已將彼撤辦者，囑余勿用其人。細思余到任時彼願爲導引至荆州朱宅看字畫，與魯瞻見面亦有由也。北門卡此次風潮難免彼不在中播弄。晚十時，胡鳳山來報告，果與朱有關係。繼厚訓回局亦如此說，小人貌陋，余固早料之矣。囑吉侯明晨到卡再查，以定辦法。十二時寢。

二十五日　晴熱

十時起，清理各事，聞湘戰緊急，長沙已在可危中，悶甚。早飯後寫大聯五副、四尺聯三副、宣紙臘紙八言聯三副。晚至最樂園觀劇，十一時歸。十二時寢，多夢。

二十六日　晴熱

十時起，寫信二件。大北門案草草了結，仍命郭華亭暫養，許以隨後再調他卡。正開飯間，聞下哨卡來人説長沙輪船失事，船頭載重已入水矣，淹斃搭客十餘人。洪英今日回漢，幸已脱險上坡，命之來局問各事。晚欲出門納涼，遂約雋生至暢園飲茶，旋至戲園看戲。十一時歸，略進酒食，坐片刻即寢，多夢。

二十七日　晴　熱

十時起，聞戰事愈緊，心甚憂鬱。飯後寫對三付，閱書報約三小時。午後五時擬出門，囑老王備車至長發棧行，至洋碼頭，以水漲入街口不能行，遂返局，仍悶鬱無聊。十一時寢。

二十八日　晴　熱

十一時起，飯畢寫大小聯共十副，日來所書較前次已大進境，手腕靈活見魄力沈厚矣。病已減，飯食已進，惟心憂悶不能釋耳。十時半寢，夢多而雜。

二十九日　晴　熱

十時起，昨夕夢雜身不適，飯後寫大聯三付、小聯五付。午後三時蕙芳自漢來局，晚與祐亭、雲衢至童園納涼，風大熱氣全無。十一時歸，十二時寢。

七　月

初一日　晴　熱甚　今日立秋

十一時起，進大仙畢，倦甚，又覺病象已生。今日立秋。午飯畢，寫聯三付，聞湘戰仍吃緊，唐進葉退，長沙似難守矣。晚七時至暢國啜茗，聞江水日漲，甚爲可憂。十一時歸即寢。

初二日　晴　熱

十一時起，聞川水大發，沙市隄可危，湘戰愈緊，憂心如搗。午後清理各事，四時至七康分卡察看情形畢歸局，坐片刻，欲外出，以事未果，仍靜坐。至十一時寢。

初三日　晴　熱

十時起，飯畢閱報，湘戰吃緊，大局似有變動，心焦灼。午後四時乘車閱洋旱、七康、太師淵各卡，江水泛溢，稅收減少，斯時求退不得矣。晚歸局，悶悶不樂，十一時寢。

初四日　晴

十時起，聞各卡水溢，稅收已停止。草市卡王少泉來，請閱卡以證稅收之不旺，余僅諾諾而已。午後擬外出未果，閱書報各件畢。十一時寢。

初五日　晴　晚涼

十一時起，清理各事。午後二時至草市查卡，天小雨歸。聞江水日漲，心亂如焚。晚十一時寢。

初六日　雨　晚陰

十一時起，辦理各件畢。午後至草市查卡，僅坐片時，與王、孟二人出外，閱看情形畢即歸。今日江陵縣新知事來拜客，羅良經號賡甫，漢陽人，老奸巨滑，目動言視可畏也。厚訓昨日搭輪回漢，今早回局，聞輪船以水大今日貨多，須下午方啓椗。又聞沙隄可危，兩岸人民日夕搶護，心甚危懼，夜間極不適。十二時寢，多夢。

初七日　晴　熱

十一時起，聞湘戰可危，長沙似不能保。昨曾寫一函致朱純愚，誠恐南北戰事勝負判時袁軍或可來沙市。此信致洪江局探送，不審能轉達否？團部孫漢卿副官來局，持張筱湘函爲一友人求免木稅，余已許爲減輕。今夕爲七夕，江水漲泛，沙市隄極可危，聞青龍觀一帶已有各人搶護。連日西南風甚可畏也。天氣熱，余夜不安寢。

初八日　晴　熱

十時起，聞昨夕水大，隄幾潰。近又大發疫症，霍亂盛行，即西醫所稱之虎列拉症，昨日已死十餘人矣。天災人禍相逼而來，非中國之福也。晚至最樂園看戲，十一時歸，十二時寢。

初九日　晴　熱

十時起，飯畢清理各事。午後熱甚，未出門。晚十一時寢。

初十日　晴　熱甚

十時起，聞江水又漲，隄身可危。錢葆堂局長來謁，余以身不適，命號房問其有何話説，如不緊要，容日再見可也。晚擬辦各事，囑庶務喚轎夫八人説值，明日往荆州答拜新知事，並準備各事。十一時寢。

十一日　晴　熱甚

五時起，進早點畢，七時乘輿出局。久未見鄉村各景，今晨見之，心胸開朗。至荆州城，軍隊佈滿，蓋新自湘邊開回者也。見羅知事略談即出，便查大小北門、南門、西門各卡。大北門卡水入尚未退出，歸時經金龍寺卡，亦爲水淹未退盡，稅收亦甚少，心中焦灼無已，略坐即歸，到局時已上燈久矣。清理各事，與吉侯、雲衢等談至十一時寢。

十二日　晴　熱甚

十一時起，飯後閱報閱書，酷熱，室中不能坐。晚十二時寢。

十三　晴　熱甚

十時起，昨與馬團長約共同請客。午後往童園。今日熱較昨尤酷。午後三時客畢集：已卸知事江曙東、新任羅賡甫、張筱湘團長、陳冠群團長及鄧海珊等八人，傍晚方畢。今夕軍隊開往公安、石首等處者極多，時局緊張，愈爲可慮耳。昨曾在局中祀祖焚包袱，今年清明不在家，中元又不能回籍，悶悶無已。十二時寢。

十四日　晴　熱

十一時起，心緒紛亂，今日未辦事。夜間小雨二次，稍解涼。與雲衢等談甚久，十二時寢。

十五日　晴　熱

十一時起，進大仙，略有默禱。飯後各卡繳款者稍多，惟時局傳聞愈緊，江水已略退，此時此景，誠有令人求退不得矣。連日上水船甚少，知武漢近況必不佳矣。十二時寢。

十六日　晴　熱甚

十時起，囑局中清理各事，至要文件須一一辦出。湘戰消息不佳，後顧茫茫，愁腸百結。而局中稽查如崔吉侯、梅鳳山輩自若也，深悔今年孟浪作此事。晚出門至暢園啜茗，心意別有在也。十時歸，十二時寢。

十七日　晴　熱　今日處暑

十時起，湘戰消息不佳。今日作事少，十一時寢。

十八日　晴

十一時起，聞長沙早已失守，北軍大敗，沙市漸有謠言。稅收除上哨卡外，餘則收入甚少，且各卡辦事人以時局關係留款不繳者甚多。若輩本無好人，至此幾如軍心之欲變，欲其聽命令難矣。今日未出門，十二時寢。

十九日　早雨　晚晴

十時起，昨夜魂夢不安，頃聞快利輪船開下水至城陵磯被劫，逃回沙市，船中搭客及賬房損失計六千餘元，幸未傷人。軍隊則系葉開鑫之潰軍，自是沙市謠言極盛。傍晚囑雲衢、祜亭收拾文案緊要之件，以備萬一，並將緊要卷逐一抄齊。晚至轉鐘一時寢，多惡夢。

二十日　大雨

十一時起，各卡人員心已變矣，留款不繳而以長吃征收飯之人爲最，此一班人皆崔、梅所推薦者也。殊堪痛恨。午後看《太上寶筏》數十頁。晚十一時寢，多惡夢。

二十一日　雨　天氣變涼

十一時起，昨夕寢不安枕。今日天涼，着夾衣。午後艾幼卿、吳開春表兄搭武陵船到沙市，述南軍已至城陵磯，曾上船檢查，軍着綠衣云云。似此武昌恐難保守矣，憂心如結。晚至商會，未遇汪潤之，因汪亦系搭武陵回沙者。與雲衢等談近事，仍囑其抄緊要文件，擬在外租房二三間以備不虞。晚十二時寢，夢多惡。

二十二日　晴

十一時起，聞省城動謠，南軍至咸寧趙李橋等處，沙市銀根已緊，人心浮動。各卡稅收減少，即未減者，辦事人亦未繳局，世變如此，爲之一嘆！晚十一時寢，展轉不成寐。

二十三日　晴

十一時起，沙市謠風愈甚，謂電局已用電話探知省中電局，云南軍槍聲已近城隅，吳軍已失利，市面已呈驚慌之狀。晚與雲衢等談近事，至十一時寢，多惡夢。

二十四日　陰雨

十時起，沙市市面驚慌萬狀，電局探省消息愈不佳，駐沙各軍軍心浮動，且近日省中又無餉解發，此更可爲隱憂者也。晚十二時寢，多惡夢。

二十五日　雨

十時起，聞武昌城已閉，漢口、漢陽早已失守。沙市電局探省電局，則謂南軍槍聲已近，陽夏尚在北軍手中，劉佑龍有宣告中立之意，武漢人心驚慌萬狀云云。沙市謠言日熾，午後三時，沙市警衛司令部張、陳二團長命馬弁持片來請客，無知單，亦不知同席者誰何。傳達問其來意，只云有事相商。據傳達胡炳南説，來人語言支離，恐系籌餉。余聞之忐忑不自安，不去不能，乃招崔、梅等商酌，陳少襄亦在局，謂非去不行，遂決意於四時到司令部，陳、張及徐藍田、羅賡甫、龍匯東先在座。陳貫群細問沙市局中比較多少，已露借款意，余則以實告之，繼知藍田水警已奉調部中，爲之餞行。余亦面約其明日至局素餐，因徐系長素食也。歸局後發請帖，添請楊器之會長，此人爲教會中最有道德之人，余近日始與親近。前渠來局數次，已將近情與之細談，設沙地有緊，該處亦可暫避。汪會長新自省歸，此次亦並請入。分付畢，與雲衢談各事，十一時半寢，展轉不寐。

二十六日　晴

十時起，昨在司令部歸寢不安枕，時局劇變如此，自身恐難免禍。局中辦事如崔、梅輩又完全難靠，奈何？計余自接事以來，無日不在煩惱着急中，早知今日，真悔不當初矣。午後二時，徐藍田、龍匯東、孫仙舫、吳文齋、楊器之、汪潤之、胡蔭棠等八人俱到，七時席散。傍晚心煩意亂。十二時寢，展轉不寐至轉鐘二時。夢余似已離局到公安縣就一學校事，邱黼丞爲之主，曾見邱上課一次。傍晚余詢余之寢室在何處，校役黑暗中引至一篾箄所編之小棚內，傍則一廁溷也。時值大雨，衾枕及余衣上俱爲雨沁濕，余大罵邱之無良而出。隨行者有夏炳丞、黃福，若有緊要事狀。途遇北兵數人洶洶而來，余亦操北音，與之答話，尚無留攔，惟夏黃二人已去遠，余心焦灼，乃趕上，時見所帶行李等件無失，心稍安。忽見先叔森亭公在途，又晤相丞二叔，二叔與森亭公似不認識者。二叔手提馬燈一，夏黃爲余所提系一小燈籠，有官銜數字，不甚了了，確非現在局銜也。鬧擾半時方畢，余以家中事詢二叔，彼答云家中老幼俱好，仍在縣中云云。余此時足已軟，不能行，旋由夏弄得一人力車，行未半里，似已到漢口。正值緊急趕路之際，此時夜忽呈深暗狀，無燈，火光忽迎面，杜衛初、振卿二人來接余，手扶余車表親切之意。余亦述渴慕狀，沿途與之談話，杜持一紅帖似請余者，帖內似一戲單。未幾到杜宅，見厚訓似亦隨余至其宅，見杜等居樓上，又無梯以登，下則羅列織襪機數十架，織工十餘人正在酣寢中。振卿囑余勿驚動彼等，似有畏懼之意。忽其姪功伯以一鐵機挾脇下彈之上樓，費力殊甚，現欲墮之狀，振卿則已上樓去矣。余不願意費力登樓，與厚訓、夏炳臣、黃福等正徘徊間忽醒，此不知主何事也？

二十七日　晴

十時起，知漢口已失，武昌被圍，正在緊急中。擬遷至楊會長家居住。午後焦灼萬分。十二時寢，不成寐。

二十八日　晴

十時起，聞電局探武昌局信，城門緊閉，漢口危在旦夕矣。沙市謠言愈大，囑雲衢、祐亭檢要緊文案置於一包袱中以備不虞，心煩意亂。晚十二時寢，僅合眼而已。

二十九日　晴

十時起，近日稅收頓減。午正第七師派軍需馬某持第六路司令王都慶公函來借餉三萬元，該軍需請限日答覆。余敷衍半時而去，此事正不知如何了結，憂心如擣，食不甘味。晚與吉侯、少襄等商酌辦法，只好設法逐日攤籌。十二時寢，展轉不寐。

三十日　晴　熱

十時起，得各處信，知漢口消息不佳，沙電局探知陽夏已於昨日失守，武昌孤城被圍，時局緊張萬分，銀元漲價，人心愈慌。余囑局中傳達、衛隊、雜役須更番守夜，以防不測。晚與雲衢談各事，十二時寢，難成寐，多惡夢。

八　月

初一日　晴　熱甚

六時起，八時備香楮進大仙，祈夢示以後吉凶。聞今日太師淵章華寺尚有水陸道場，徐藍田尚住該寺，擬今晚去進香。晚飯畢，即囑老王備車至章華寺，到時夕陽未下也。王某招呼余拈香畢，晤藍田及羅賡甫、龍匯東，略坐談，熱不可耐。由匯東導引遊各處，此寺規模不小，養僧數十人。晤鄧旭堂，聞系同學鄧莼齋之弟，余托其查鄧小原家何時扶乩。九時回局洗澡畢，與雲衢略談近事。十一時看《陰隲文》孝親各條，十二時寢。因今晨有祈夢之念也，寢後展轉不寐。轉鐘二時夢先公神色如平時，僅云涂二爹之子應該安置一事，每月六串文即可，不過彼尚在吃烟云云，旋醒。

初二日　晴　熱甚　今日白露

八時起。昨夕展轉不寐，今日無精神，屢欲出門，又畏熱，外間消息愈傳愈惡。傍晚吳文齋、李無災來，留消夜，余與彼等談話心不在焉。吳李去後，十時備香楮進大仙，祈夢默奉兩事：一詢家庭近狀，二詢本身事有無危險。十一時寢，十二時不成寐，至愈求睡愈睡不着，入苦境矣。三時恍入夢境，似世已大亂，有人囑余避一通衢之公廁樓上，余竭力上樓時其左右棟尚有矢尿滿處。最先夢袁竹朋與余晤談，未久即醒。余於枕上尚默記有"㢟則成遠"字，"竹朋"二字分析則爲"二個月"矣。旋又恍然睡去，夢先公及先姊、家母等仍居舊室，余自外回家，見先公僅數語，忽不見。先姊、家母此時亦不知何往。內人與外甥女似已走人家去，遲生與厚訓未見，僅見更生衣一新式長衫背面立。旋見室中有舊墨蘭畫二大張，爲橫幅裱成者，紙色黑舊，云此件爲張稚芳送來托售者。余私心度之，謂此可改爲手卷或册頁，又似與先公相與太息張宅式微者。天未曙時已醒。

初三日　晴　熱甚

六時起，昨夕未安枕，午後屢思出門，苦於不能定何方。往招商局訪徐仁廣，談一時許歸。五時飯畢，往楊會長宅，先有客在座，余遂入後宅中暫避。坐半時，又來數客在前室，余遂出，未暇告知楊也。至帝主宮會鄧海珊，談未久，胡升來報，稱王師長病重，已回沙市，但余今日聞王已死矣。當囑周福雇車與余同至王寓，途遇各軍官匆匆有憂戚狀，至王寓門首，猶未知內情。周福投刺，余入後見堂中停棺，知王已殞矣。叩奠後入左房，見徐藍田、汪潤之等尚未散。又聞陳欽舜營長所述武漢各事，並張連陞所説北軍傾向南軍及露出北軍各弱點，此次戰爭北軍不久當瓦解矣。九時半歸局，十時又具香楮進大仙欲祈夢，並決計明晨往荆州承天寺進關帝祈籤判休咎也。十二時寢，難成寐，轉鐘四時恍入夢境，見四大天王，又見一天王手持琵琶者。余曰此風調也，此像余前往承天寺時所目見者，餘無多事，旋醒。

初四日　晴熱

七時起，漱畢乘車往荆州至承天寺進香，就關帝前默祝，得籤語不吉，自是余動往省之念。途過金龍寺匆匆數語而已，晚至楊會長處探武漢信亦不佳。連日家中無信來，殊深焦灼，已通電二次：一致黃州尉遲敏深，一致鄂城郵局轉家中，均無覆電。十二時看《太上感應篇》果報各條，至轉鐘三時方寢。

初五日　晴

十時起，今日聞上下水輪船俱停班，郵局早止兌匯，信亦無來者，電報已不通，謠言大起。各卡稅收頓減，愁悶萬分，此數日內真度日如年矣。晚十二時寢，多惡夢。

初六日　晴

十時起，清理各事。今日長沙輪來沙市，傳武漢息不佳。平和輪明日開下水，自宜昌已來電報，上游盧司令派盧子明營長到漢接洽。此間七師自閻得勝獲得師差後，對於商會索款甚急。余前許之款亦日日相逼，閻爲人粗惡不可理喻，此真無可如何者也，焦灼之情，與誰共語？十二時看《感應篇》數頁，轉鐘二時寢。

初七日　晴熱

五時聞平和輪已到，蕙芳昨已準備回漢。徐雋生、康長松亦均於今晨搭平和輪下駛藉探武漢情形。六時蕙芳、雋生等先後上船。余與鳳山七時到江干，先尋盧子明於第一飯店未遇。上船後已知子明艙位，其衛兵執意不肯通報，謂其初睡。鳳山進房呼之亦不醒。余遂與康、徐談片刻，仍回局小睡一時，其實不能睡也。午後二時，七師派馬軍需來索借款，頗可惡，以後真難對付，舌敝唇焦敷衍其去。晚與雲衢談近事，連日已囑子堂、祐亭等租房在外寢息，以備不虞也。十二時寢。

初八日　晴　燥甚

十時起，連日知省中漢上消息險惡。午後七師派其會計邢雲升號麟閣來局索餉，此人面麻而可憎，直隸盧龍人，敷衍一時許竟不去，可惡已極，此北洋軍閥之善於取錢者。晚欲外出，不知何方，仍悶悶而已。十二時寢，多惡夢。

初九日　晴

十時起，得省中各處信，局中員司接武漢信，知武昌孤城待援，城中民食恐慌萬分，筷子街一帶被礮火毀矣。午後七師邢雲升又來索餉，不可以理喻，此人將來如有好處，天理可不講矣，目動言視，確非善類。余至此亦無法對付，焦灼萬分，晚敷衍至二小時方去。晚十二時清理各事，轉鐘二時寢。此時爲予極難處之境。

初十日　晴

十時起，知武昌城未開，危險萬分，余決意回漢察看情形。雋生無信來局，余恐其已回浙矣，約吉侯、子堂、雲衢等商酌，似非下漢不可。午後至招商局、商會及徐藍田處坐談，均知武昌難守，以後如何，殊難逆料。沙市所駐各北軍驕惰已久，均有此間樂不思蜀之概，欲其一戰難矣。十一時吳文齋來請余早日回漢，以圖鞏固局事，滔滔不絕，余則唯否應之。此人險賊，險狠現之於面，余初接事早已鄙棄之，徒以邇時彼經手有借款，未便示惡意與彼耳①。吳談一時許去後，余至招商局、商會、水警署各坐片刻，聞大吉輪已到埠，余匆匆在楊會長處取緊要文件，又至祐亭所租屋中取衣箱，回局與雲衢分手，出局時已九時半矣。步行與周福、胡升到郵局過來巷內雇得人力車，該車夫匆慌萬分。余囑緩行，語未畢，到洋碼頭吉田洋行後巷，車夫跑如飛，頃刻突倒。余一跌至二丈以外，左手側臥先下，幸頭已戴有草帽，一觸地即昂起，否則眼鼻俱不能保矣。胡天喜牽余起時左手已不能動彈，傷數處見血，左膝有傷見血。車夫尚仆地未起。天喜欲毆之，余謂此天災，皆前定也，何必與彼

---

①　民國廿一年秋，予出差在沙市，尚見此人，似羞愧避予一面者。——作者批注

計較。胡升送衣箱已先上船，長青亦在江干相候。余到大吉輪時，僅買得官艙左邊坑位，去價十元。人多如鯽，余勉強臥下，心煩意亂。十一時胡長青、胡升下船去。余與周福在船，時起時坐，極不安適。

十一日　晴

九時起，船已開行甚遠，船上人皆談武漢戰事。余食不甘味，終日悶臥，又以左腕痛不能成寐。午後張春元來談片刻去，晚間艙外散步。十二時寢，魂夢不安。

十二日　晴

十時起，心不適，左腕痛甚，昨今兩日看《了凡四訓》已畢，此書余已托人印三千本，將來印齊分送各友，此亦有功世教之書也。午後四時已望見城陵磯，大約相隔十三四里，船於此下椗，備明晨檢查，余則終夜不安。十二時以後昏昏睡去，多惡夢。

十三日　晴

早四時半，船啓椗，五時到城陵磯，南軍放槍四五響，船中搭客慌甚。未幾，船又下椗，來一小船載兵士四人上船檢查，有一兵甚凶猛，口音皆湘人。余之衣箱在中廳外面，開余衣箱檢示，幸銜片及緊要件已先自己取出矣。如是逐房檢查，耽延一時許始下船去，船啓椗，自是行甚速。過簰州適上水來日本商船沅江，用鐵筒傳話與大吉輪，謂武漢南北軍今晨槍礮聲甚烈，前途危險殊甚。該輪搭客僉向大吉輪中搭客呼云，此時武漢正在激戰中。余船中人聞此語均驚駭萬狀，船主傳語與各搭客，囑均入貨艙內暫避云云。午後二時望見京口大軍山，有軍列隊未開槍礮，見民船及小輪均懸青天白日旗。三時已望見鸚鵡洲矣。武昌、漢陽南北軍槍聲齊作，向余船中擊射，諸客伏慝不敢言，而茶房三四人則鼓掌談笑以爲快，此真幸災樂禍之徒也。船則鼓輪直進，速力倍加，四時已抵六碼頭。雇挑夫挑行李到京漢旅館，訪潘德宣，知其於昨日同徐雋生返沙矣。晤潘效儒，向旅館挪得房間一，暫爲安置而已。館中避亂人多，房價已較前加二倍矣。傍晚訪心如、尉華清、繼壽，均晤見。十二時發家信，遂寢。

十四日　晴

十一時起，飯畢出門訪稚松、鵬程、初樵、心如均晤，着手調查稅局墊款事。傍晚晤慶雲，十一時晤吳鳴溪。十二時歸館寢，終夜聞礮聲。

十五日　晴

九時起，潘效儒來房中拜節，談近事相與太息。余早點畢即雇車出門，至次松行中談片刻，彼爲行事憂愁萬分。聞南北議開城放婦孺，明日可實行，今晨礮聲未歇也。午後至各至好處探訪消息，晚至尉宅略坐，漢上各街各里分仍燈火輝煌，燒香拜月，甚有聲歌喧擾歡呼及竹戰聲，幾不知武昌有閉城一事者。至城中飢餓垂絕之人民無人憐恤，觀此可以證近來人心之澆薄矣。可見當時漢口人心之壞。嗚呼！國安得不亡哉！與余同住旅館中余略識者：一爲傅廷春之眷屬約八九人，終宵竹戰。一爲某營長之妻與其母，其夫尚在武昌城中，其妻則飲食歡笑如常，且連夕與某北方婦人竹戰，嘻，是誠何心？余以局事後顧，不知如何，家中近狀亦不知如何，心中焦灼萬分，出視月光，益增忉怛耳。十二時自外回，寢不成寐，起三次，往館樓上平台中聽礮聲不絕於耳，旋起旋睡，魂夢不安。

十六日　陰雨

十時起，沙市已有電來報告，潘徐等已抵沙，此電由次松行中轉到。昨有一電由心如館中轉到，皆事前余在局所囑付雲衢辦理者也。今日至各處探消息，探劉伯英不知住何處，已晤方旭初，知次誠近況，望厚訓不來，甚焦灼。晚十二時寢，多惡夢。

十七日　陰

十一時起，飯畢雇車往各至好處探息。午後四時厚訓來館，得知家中近況，縣內各情，囑其購白木耳、參燕等事回家。準備明日回縣先行報告家慈也。晚至鳴岐處談各事，十二時歸寢。

十八日　雨　今日秋分

十一時起，厚訓已回縣，飯畢到各處探信，武昌擬開城放人未果，條件似破裂矣。人民痛苦不知何時望解除也。聞南京北軍已有大隊出發，戰禍延長時局愈緊張，奈何？午飯後又向各處探信，十二時方歸。上樓上平台仍是礮聲不絕。今日往日本租界二次。

十九日　陰

十時起，聞和議已決裂，蔣軍準備攻城，武昌屢次來代表亦無效。余擬明日歸里探視，傍晚至慶雲處聞十五軍已探得北軍已到大冶、黃石港等處，余尚未信也。十一時回館，將衣箱行李等件命周福分存鳴岐、心如二處，就鳴岐寓中宿。準備搭小輪回縣，因大輪近不在黃州停泊故也。十二時寢，蚊多不成寐。

二十日　晴

四時起，漱盥畢，僱一包車，同周福到王家巷搭小輪。船上人極多，無坐位，遇劉佑元，談片刻，尋一茶房給以資，囑覓一睡處。待至一時久，乃引入一貨艙，內黑如漆。余已疲困甚，與周福同入，鋪氊板上亦睡二小時。天明船開，人多擁擠，余未之出也。船行至葛店，周福外出，知鳳山、天喜俱由沙回漢，亦搭此船，囑周福略問近事而已。船行至團風，聞本日自縣開之上水輪云：黃石港已到北兵二千餘，又由大冶、鐵山鋪、碧石渡至者，北軍不少云云。船中搭客聞信亦驚慌萬狀，余心焦灼甚，又聞縣中今日城門緊閉云云。船停甚久仍開行，至縣已三時矣。

余與周福到家後見家母，驚喜交集。家中已準備下鄉，因候余回再決。自是縣中謠風愈緊，大冶探報愈急，縣中又無駐軍，人心惶惶，蓋恐北軍懷報復之謀。囑厚訓往外面探信，余未出門一步，晚飯後略坐即寢。

二十一日　大風

十時起。有人自黃石港回，傳言北兵人數甚多，已到鐵山鋪、楓樹嶺等處，縣中人民驚慌甚。余決意請家母往西畈暫避，余擬明日往漢。清檢各事畢，晚十二時寢，展轉難寐。

二十二日　雨

三時半醒，四時起，盥漱畢，命厚訓同余下河，昨因周福未來，只得隻身往漢。到船時買大艙一鋪位，小睡二時，火光照眼，不能寐，又裝兵甚多。三時半船到劉家廟，湘兵在此檢查約一刻。風雨交作，四時抵漢。幸今日帶有皮鞋雨傘，上岸顧一包車，旋被一兵士佔去，尋半里再顧一車到鳴岐寓中坐談片刻，至漢瀛旅館寓。晚八時約鳴岐來談蕙芳事，心煩意亂。十一時寢。

二十三日　陰晴不定

十一時起，武昌城未開，各代表交涉奔走仍未有效果。至尉宅、心如、慶雲等處談近事，愁悶之極。沙市局中無電來，近日往上游之輪船甚少。午後四時周福來，聞家中擬明日下鄉暫避。十二時寢，夢魂不安。

二十四日　晴

十一時起，今日晤伯英、菊坡。午後外出數次，晚十二時寢。

二十五日　晴

十一時武漢事仍未解決。余昨今兩日訪張、董俱未晤。連日沙局已回數人，上游消息愈惡。晚出門二次。十一時寢，昨遷至法界。

二十六日　晴

十一時起。今日出門三次，知上游事未解決，沙局無信來，余心甚焦灼。昨聞心如來談，十二時寢。今日伯英借去洋貳十元①。

二十七日　陰　晴　小雨數次

十時起，今日聞武昌可望開城，午後至各處坐談，今日遷房間。余於廿三日午後仍遷回到法界京漢大旅館，較爲安全，憔房小不潔，然亦聽之而已。十一時寢。

二十八日　陰　雨

十時起，沙局有電來，仍催余速回局。午後至各處坐談，晚訪張、董俱未晤。於董留名片，於張寫字條，此不過證明余拜會之意耳。十二時寢，仍時時聞槍炮聲。武漢事能否解決，殊難逆料。

二十九日　雨

十一時起，聞今日已開城，出來人數不多。在城門口擁擠而死及槍斃、淹斃之人不少，誠劫數也。晚外出三次，適鳴岐來，請其至大東園洗澡，並至酒館消夜，約用去洋三元。晚轉鐘二時寢。

三十日　雨　寒

十時起，聞今日又放一批人民出城，仍擁擠不堪，死者十餘人。漢口旅居人民紛紛每日至鸚鵡洲接武昌出城難民，漢口各慈善家發錢給粥甚忙碌，殊可欽佩！十二時寢。

---

① 劉伯英十年來每次見面均借錢。——作者批注

九 月

初一日 雨

十時起，周福云今日開城可放多人。午後來客數次，皆催余往上游者。汪小軒已出城，來談各況，殊爲可憫也。晚至尉宅、黃宅談各事，十二時寢。今日袁子青來，余付洋二元與之。

初二日 晴

十時起，早飯畢，聞武昌放人甚多。午後外出三次，接上游來信知稅收不旺，心煩已極。昨晚訪眉宣未晤，擬今夕再去訪之。七時去仍未遇，九時至心如、鳴岐各處坐談。十一時歸寢。

初三日 晴 今日寒露

九時起，昨夜仍聞槍礮聲，今日開城人多。午後次誠來，聞系昨日出城者，彼在交通旅館連銘恩處接得余之紙條而來者。相見後述城中苦狀，云至交處受餓者衆，若再遲十日，不堪設想矣。談一時許，余付洋十元與之濟窘狀。四時外出探知武昌各軍準備明日投降，漢口各黨部籌備雙十節，甚熱鬧。前日王興發回縣，不知彼曾到否？聞大輪彼未搭上，小輪又不能到縣，此人甚忠實，較之縣中此次在局當差之人萬萬矣。晚至各處坐談，十一時半歸，十二時寢。

初四日 晴 陰

晨未起時，聞旅館中人云武昌城已攻破，北軍先有一部賀對庭等已投降南軍矣。聞湘軍在城搜索北軍軍籍各官兵，擾擾一日，城門又閉。今日爲雙十節，晚九時馬路上人多如鯽。走訪張、董，聞均已過江。十二時歸，轉鐘一時寢。

初五日　晴

晨聞武昌城門大開，漢口人民過江者甚多。命太輔探長青及孫宅探信，並便至王宅探寓中寄物有遺失否。晚太輔來館，述及城中近狀，孫宅、王宅俱無事。十二時寢。

初六日　晴

九時起，聞武昌出城者云：武昌初三夜南軍入城，初四晚止，搜索北軍，誠渾亂二日。刻陳銘樞之軍隊已全數調入城維持秩序。劉佐龍、唐生智之軍隊俱爲陳軍令其遷至城外各處駐紮矣。晚至心如各處談近事，余擬赴沙市料理各事。石雲衢等前已回縣，朱祜亭、曾誠齋復於初三日回漢。沙局中事無親信之人料理，以後正不知作如何情狀矣。晚至各處閒談，十二時歸寢。

初七日　晴

九時起，聞今日有大亨輪開沙市，着人送信與程崔等付大亨輪水手帶去。上游風聲愈見險惡，余又擬緩回局，心亂如焚，正不知誰適從也。繼壽連日來，余心煩悶不堪。晚外出三次，十二時寢。

初八日　晴

十時起，今日來客皆勸余勿往沙，曾誠、心如亦如此說，證之時局去實非所宜。午後黃宅送來一電系催余返局，蓋崔吉侯輩只求脫也。晚十二時寢，展轉不成寐。

初九日　雨

九時起。昨日長青自沙市回漢，云情形險惡，似以不回局爲妙。今午胡升、梅鳳山來漢，請余回局並述沙市近狀，非回局不可，余已允之矣。胡升交來程梓堂信一件，出言妄謬可惡之極。此種貌類慈善心如蛇蠍之人，余已早鄙之矣。回局之議已決，晚十二時寢。

初十日 陰 晴 小雨

十時起，清理各事，準備回沙，至各友處談，均勸阻暫緩回沙爲是。余以債權人之催促，非回局不足以了手續，且無以對債權人也。囑胡升、周福、胡太輔清理各事，決計回局。張祖珍時時來探信，張春元亦時來談，余均許之同回沙局。晚十二時寢，憂思不寐。

十一日 陰 晴

九時起，太輔來云長沙輪明日開沙市，傅幼虛、劉伯英等皆勸余暫勿往，余已決意回局。午後命太輔至電局打電與徐藍田，云十二日可搭輪，囑爲維持一切。晚外出二次，心亂如絲。十二時寢。

十二日 晴

十時起，張春元來。午後陳少香來，知其已由沙局歸。徐琳卿來談各事，請余緩赴局。彼説話含糊，余連日嘔氣心煩，鳳山既來，只好與之同往。此人無常識，近聞在沙，日以嫖賭爲事，局中事彼未過問也。聞明午長沙輪可開，清理各事畢。晚間張文欽來談及圓光事甚靈，余與之同至張美之巷訪之，至則圓光者已遷矣，探之對門老嫗，付一條，至仁壽里訪之。圓光者爲李佛波，名毓湘，江西人，門外貼有招生習授廣告。余與文欽晋内晤其人，談一時，頗有道理，余有欲學之意，惜時日來不及耳。歸寓後已十一時半，寢後展轉難寐。

十三日 晴

晨起清理各事，憶昨日李佛波言，余欲決此疑談。午後遂訪其寓，再與談之，彼云可決休咎。余與談上游各情，又欲往鎮江，與李酌商數次，云似以往下游爲宜，遂約以明日午後一時到其寓，圓光決之。自李寓出購零件數事，回寓結帳，定明午到長沙輪□也。十時出門二次，十二時寫信與厚訓，囑其便與雲衢相商，看其能再往沙局否？轉鐘一時寢。

十四日　晴

八時起，囑周福催館中開早飯畢。李植三用電話來詢有話説，余命周福答之，如有緊要速來館，無緊要不必來也。午後一時，至仁壽里請李佛波圓光，結果以往宜昌爲吉，往鎮江爲凶。李謂余有水阨，另畫符一道，即在其家神前焚過，用水吞服之。三時到館，清理各件，遂命太輔、胡升、張春元等先照料行李等件上船，到船已買票繳價矣。繼知長沙輪改期十六日開駛，同和輪明晨可開，遂改乘同和輪。該輪退票價須另給酒資，可惡已極。余等給二元始寢事。又挑行李箱子等件上同和輪，途遇劉伯英與李鶴鳴，談片刻。李囑今晚至伊處宿，余勉强答之而已。到船後，買得第四號房艙，因官舫已滿，無可設法也。該房中先有二客，余在正廳吃飯畢，仍至心如、伯英二處坐談。至十時上船，略坐定，梅敬亭、黃浩卿來談借款事，余答以到沙後自有辦法。十一時與鳳山談片刻，遂寢，魂夢不安。

十五日　晴

六時同艙中二客已來，余醒未起也。九時起，周福、胡升來招呼盥漱畢，出至躉船中散步一次。十一時魯春亭來房中談各事，魯昨余上船時晤見，彼匆匆往岸上去，未及多談者。十二時船啓椗，余心煩意亂，過黃鶴樓下，生無限感慨也。夜十二時寢，船夜間不行。

十六日　晴

八時起，同房二人似軍政界人物，使胡升探其聽差者，始知一爲鄭江灝，一爲陳姓曾充參謀長者也。晚飯後散步艙外，無聊已極，與鳳山談各事，彼亦不知其所以然。十二時寢，船夜深停止。

十七日　晴

十時起，昨夜聞上鋪二人語，知陳系劉之參謀長，因出險回宜者也。

午飯畢，始與談話，晚飯畢，始與深談沙市事。鄭號蘭溪，與肖鵠亦系至友，余便探肖鵠事，彼亦不知。陳號師許，談近日北洋軍閥弱點頗中肯，彼與馬鶴疇亦系至交也。晚至官艙中與魯春亭談三次，聞房中系楊子惠之副官某，目動言視，年少輕浮。今夕船行甚速，十二句鐘船欲停止下椗，已近監利，聞槍聲數響，遂快□行駛。鳳山在官艙中與人下圍棋，駭極，來艙所述也。轉鐘一時寢，多夢。

十八日　晴　今日霜降

七時起，昨夜睡未安且多惡夢，此次之來只好聽之命運。下午五時過窯灣，不勝感慨。六時抵沙市，下哨有人上船來說第七師閻得勝已改委譚某接收沙局矣！到長發棧後崔、程、徐、楊、黃俱在，耿棟臣亦來，徐昆田述各語，略坐後至徐藍田、吳文齋、羅賡甫處。三人俱在公成錢莊，吳語妄謬，余深恨之，然勢已至此，亦不足怪此小人也。十一時歸，崔程略談，余轉鐘二時方寢，心亂如麻，多驚悸狀。鼠嚼物，余睡不能熟，起數次，心愈煩，僅合眼而已。

十九日　晴

昨夜寢未安，九時起，下哨、金龍寺及附近各卡俱有人來謀善後策，但軍隊橫蠻不可以理喻，只有過幾日往宜昌上游總司令處申訴一法耳。晚間寢後，手足時動，心神不寧，兼之鼠來嚼物，不能合眼靜睡。

二十日　雨　寒

十時起，連日棧中來川軍，硬要各住客遷居，讓彼居住，似此情形狼狼之軍隊，其凶惡不減北洋，安望其能保境安民耶，余亦擬遷居以避其氣焰。午後往楊器之處取前存之箱子，在彼處談一時許，相與太息久之。傍晚雇一人力車，置箱於其中。今日往楊會長時亦系雇車，過鎮守舊署時幾跌下，回時亦然。竟入招商局徐仁廣處，昨日往彼處向之借寓，已蒙允諾，殊可感也。梅鳳山、艾動卿均來談，片刻去。余居樓上甚清潔，無雜人，胡升、周福俱留此就宿。十時清理箱中各文件、帳條畢，遂寢。熟睡中夢沙市兵隊多試槍礮震震有聲，又外來一公文似攻訐余者，前半文已裁去，文後無印章。又夢作詩，正起二句曰"時亂年荒說變更，群邪當道萬妖獰"，以下正構思，忽醒。

二十一日　晴

十時起，昨以遷此樓中睡，甚適，今日清理各事。鳳山、伯琴先後來爲議宜昌事，傍晚程子堂來，潘德宣、孫伯琴先在座，幼卿等來商酌各事。今日煩甚，十二時寢，不成寐。

二十二日　晴

九時起，至徐藍田處談甚久，彼對於余事允寫信，彼亦心亂。日來軍事會議情形極不佳，今日沙市軍、商、政各界在招商局後宅開會。余已備一信稿請徐藍田閱後邀人蓋章，與盧司令證明借款事。午後先與馬鶴疇談及此事。晚四時信由徐昆田持來，已有羅賡甫、藍田、鶴疇蓋印，此事甚可感於藍田也。十時與鳳山、周福上大亨輪往宜昌，上船時則官房、統艙俱已客滿，無可設法，又將行李運回，極煩悶。今日下哨、洋旱卡諸人來談，潘德軒談甚久，余將局中移交帳務一再誠懇相托。程梓堂管賬，平時笨拙積壓之帳甚多，向恃潘爲幫忙，余此次不能不深托也。徐仁廣又爲余寫一介紹信與陳師許，囑於盧司令處多説好話，俾借款得有着，凡此俱爲可感之人。余獨恨局中程、崔輩日來趨承新任譚維先，對於余事反爲冷淡不經意，然人情大抵如斯，余復何言。十二時寢。

二十三日　晴

十時起，聞今日平和輪可到沙市，余擬乘之上駛。飯畢清理各事。十一時許勉之來，彼候同和輪下漢，由龍匯東處搬行李在怡和躉船候下水。自十一時談因果報應之説，余囑其力行《感應編》諸書，又囑其刻善書。又談彼有友人蔡慶濂現在盧司令處充參謀，能圓光知人休咎，囑余便訪之。余留之飯畢，已下午四時矣。周福今日往局中云取物，至今不來，余囑胡升打電話尋之，云已出局矣。心煩甚，勉之已去。六時平和輪已到，七時上船，周福仍未來，余決計帶胡升去。八時，朱漢卿送家信來，余與之談半時，又至招商局寫一回信，囑漢卿付郵，蓋恐家中望余也。又同漢卿上平和輪，寫定五號房艙，人多煩擾異常。同房中有二人吃鴉片，氣充塞房中，悶甚。十一時周福已來，遂命胡升仍至招商局宿。十二時余與鳳山在艙面散步，轉鐘一時寢，神魂不安，房中又悶。

二十四日　晴

船以五時開行，余未覺也。十時起漱畢，至船面散步，已過江口卡，余未知，過董市過上哨、羅家河，不勝感想。余今年於上哨屢欲來閱卡，以事中止，竟未一至。六時抵宜昌，寓中南旅館後與鳳山訪盧子明未晤，至魯春亭家坐片刻，至澡堂洗澡畢歸，知鳳山已為盧子明請去矣。旋鳳山歸，談至轉鐘一時寢，多夢。

二十五日　陰雨

八時起，九時至八師司令部，訪陳師許，聞已早出，未晤。至魯春亭宅談片刻，彼留便飯。賀新三來魯寓與見談，蓋四年前舊友也。飯畢再訪陳，晤談半時歸，至城內謁盧司令，聞已往日本領事館道賀去矣。晤許參議，盧子明所先容者，略談借款大概情形，許以盧司令前極力維持。訪魏監督蓮溪，值外出未晤，訪劉道尹，已出署未晤。傍晚至賀新三處談半時歸，無聊至極。今日途遇熊魯馨、熊禮方、潘蔚安，擬明日往訪之。十二時寢，夢一輪船行江中，船名方丈，系書宋字體，船行後見江水陡起，欲平岸。余速行至左岸，水已到余前，至一宅，迅速登樓以避之。則見樓上華麗異常，地板現朱黃漆色，又似舊板見新者。見家母及兒輩，又見先姊背面坐，餘夢甚多且雜。

二十六日　早雨

十時起，寫家信一，寫信與沙市北門卡張立群，囑其代催交代。寫信與七康卡潘德軒，囑其代子堂造帳。寫信寄漢口與程次松，囑其便告武漢同學及至好以近狀，俱命周福送郵。飯畢熊魯馨、潘蔚安、熊禮方來坐談片刻去。賀新三來約以今晚見監督署王科長文舫，王爲同鄉，葛店人，余不知也。午後三時入城見盧司令談片刻，彼極不快，蓋近日屢開軍事會議也。傍晚陳師許來談，爲余維持借款事，頗可感。賀新三來引余見文舫談半時許。王在宜已十四年，公事甚熟。九時回館，宋康益來坐片刻，與鳳山同出。余寫信爲借款數目困，盧司令面囑，余即遞手摺可以證明此借款，又恐數目有誤，囑周福回沙市令程梓堂起稿，如不能起稿，可以數目電覆，俾余好自上手摺也。十二時寢，轉鐘五時周福起，動身回沙，自是余不能寐。

二十七日　陰

周福五時出門，余七時起。午後雇車至北門外周祥順磁器店，探明馮藝林住板栗樹灣，欲去，以路遠轎價太昂未果，仍回館。今日魯春亭請客，三時與鳳山至盧子明處談片刻。五時往春亭宅，同席者田智元、賀新三等九人，七時歸。宜昌近日戒嚴，每晚十時交通斷絕，聞此爲民國以來所僅見者。七時歸，田智元、宋靖吾來談一時許去。十二時寢。夢先公，又夢沙市事，徐藍田爲局長，又夢大冶學生陳繩祖等來談各事。

二十八日　晴

十時起，與鳳山至城內買書，得《勸戒類編》及《說鈴》二部。午後至各街閒遊。二時許至潘蔚安處晤魯馨、禮方等，四時歸館。晚做手摺，鰲叙借款。今日午後五時得沙市電，云借款數目無誤，叙稿至轉鐘二時方寢。

二十九日　晴

五時起，寫手摺至八時畢，手痛甚，盥漱畢。八時半謁魏監督，攜此摺與一閱，緣清理財政，彼在盧處可以進言也。見魏後，彼亦談及彼有墊借之款三萬餘元，坐片刻出。回館，再訪子明，值其已出，留字說遞稟情形。午後謁劉道尹又遇熊魯馨，與之同見劉，知劉尚未起，留刺而出。四時回寓，寫信寄漢口許勉之，談見盧後各情。寫家信一件，以免家中懸念，十二時寢。

十　月

初一日　晴

九時起，與鳳山談各事，囑其到沙市後晤徐藍田說明各節。午後魯馨、蔚安來約余後日吃酒，坐一時許又云余上手摺盧已批准。晚六時鳳山搭輪回沙市，周福已來。晚十二時寢。

初二日　晴

八時起，欲訪馮藝林，雇車至北門外盡頭之地見一古廟，又見遠山近水及船舶等事，心甚閒適。繼問路途太遠，且寓中僅周福，余不敢放心去也。歸後魯馨着人來請明日在花月樓午餐。晚飯後自出門數次，至城內各處閒遊，傍晚歸，看《勸戒錄》及《說鈴》諸書。余連日晨起念阿彌陀佛卅餘聲，又觀世音菩薩卅餘聲，神智俱開。看《勸戒錄》每日約一冊，極有效驗，心神俱坦然無慮，一切難關似覺有可過之一日，不似在漢初返沙時情形。引鏡自照，貌已漸轉黃色，不似從前之黑如煤烟也。聞此間關帝廟極靈驗，明日擬往叩禱並許一願。晚仍出門三次，十二時寢。

初三日　晴　熱

八時起，寫信三件，二寄沙，一寄漢。九時訪陳師許、盧子明，俱晤見，囑其便取總司令批示也。至魯宅，知春亭準備今日入川，下午買禮物數件送去。四時至花月樓赴魯馨等之約，同席黃某云其兄曾與余同學，又曾獻之，黃陂人，云與李龍如相好。八時席散，余歸寓。今日熱甚，改衣夾衣，晚外出閒遊三次。十二時寢。

初四日　晴　今日立冬

昨聞蔚安云，司令部批已郵寄沙局矣，余決意今日回沙。午飯後至烟酒局與熊禮方談甚久，便至魯宅送行。晚小雨，與周福上同和輪。人多且雜，房艙無缺，買得統艙鋪二間，價洋二元。一夜難安也。輪船云明晨開沙。

初五日　晴

早四時開船，余遂醒。九時在船中吃飯，十時遂抵沙市，到招商局。祐亭已到數日，正趕辦移交。崔程二人對新任甚效忠，人情冷暖可畏也。傍晚與祐亭談甚久，涂誠齋、艾幼卿、朱漢卿俱來招商局看余，謂貌已轉佳處，晦氣盡退矣。晤徐仁廣等，亦如此說，或者災消病減，念佛之功也。十一時寢。

初六日　陰晴不定

十時起，至藍田處報告盧司令對余情形。又至陳貫群處說明各節，囑維持各事。彼意多方推卻，此人貌慈心毒，余早知其非善類也。午後訪譚維先說明各節，囑其即日清算交代撥遞余款。三時歸，清理各事，靜思各事，焦灼殊甚。晚間程子堂出言無狀，余甚惡之。崔吉侯來述各事，彼輩無良心之人，此時又不便對付，余仍竭力敷衍以去。天忽小雨，周福下樓取開水致將大熱水瓶撞碎，甚爲可惜！此瓶裝水能保熱度一天半，余去價二元六角。當囑胡升向崔吉侯處借一瓶來以便應用。十二時寢，夢劉金魁仍作苦狀，似余正吃飯，彼來乞食，余遂予之。四時又夢余至安徽桐城縣，有衣物行囊，問人以置何方爲好。又夢一紅衣人捉三白衣人與余相鬥。余是時系着黑衣，被余格鬥脫。又夢見一犬反臥，似垂斃之狀，但甚惡，余以杖擊之。又夢中恍有楊謙順之獄等語。

初七日　雨

七時祐亭起，往局辦移交。余九時起，甚念張立群，謂其今日必來此。言甫畢，周福云立群來矣，談各事，彼云已具呈詞即日回里。余勸以稍留幾日與余同歸，談一時許出。午後余至聖公會取存卷及緊要件。談一時許，楊爲人有道德，在沙所交友以此人爲能共心性，余將來終有以報其善意也。三時至郵局晤林幼欽，談近事，且述余不久即返漢另圖之意。林爲人平和，在沙市機關中與余稍親密者也。晚間又到川軍不少。九時至長發棧與崔、徐、楊等談半時即歸。十二時與祐亭詳談因果報應之說，祐亭並述其曾祖母之烈志，儼然鬚眉丈夫，曾祖母張濂卿之姊也。十二時寢。

初八日　陰　大風

十時起，連日清理各事，移交文件俱由祐亭催促辦理，而書記李佩將、讓沛霖陰賊險狠，殊爲可惡。李由北門卡調回局後余曾加薪十千，又許以多提津貼。今日乃索辦移交費三百千文而後可，此中山狼也！嗚呼，崔、程輩爲余同來，視以爲心腹者，今日對譚維先恭順不已，於李佩將小人輩又何責焉？傍晚立群匆匆自北門卡來，已向譚辭職回漢，匆匆在此一飯，即便上輪船，因王少泉已在長安船相候也。余已寫信三件，托立群到漢後便調各至好有所陳述。立群去後，余心怏怏。祐亭自局歸，以未晤立群爲憾。時值風猛未便至江干，且長安輪泊江心，不便至船談叙。因與祐亭談古今因果報應諸事。十時以後北風愈緊，如隆冬，余僅有薄棉襖在此，祐亭亦未帶皮衣服。客中值此，亦不能堪，况余爲被迫交卸之人，又值小人挪弄，李佩將輩種種嘔氣之事亙積於胸乎。十一時寢，夢雜多悸。

初九日　大風　寒甚

祐亭早起，余令其着余新購之衛生衣到局。十一時起，風寒境慘，顲頷萬分，長安輪又開至招商躉船旁起貨。立群與王少泉同來，談次約余至純陽樓洗澡並便餐，用錢約十三串。立群向重交誼，余六時歸，七時立群仍來談，至九時半去，猶戀戀也。祐亭今日與立群出外談甚久。余十一時半寢，子正夢至汪得深宅，見其家似有喪事者。又夢見劉菊坡之戚周姓。

初十日　大風雨　兼下雪子

十一時起，飯後乘自己用車到劉孟侯局中談一時許，至譚維先處催應撥之款。晚歸後煩惱殊甚。十一時寢，喉中痰積，咳嗽，一夜不寐。

十一日　大風雨

十一時起，余以未帶皮衣來此，身弱已不禁寒。飯畢至劉孟侯處托其向譚維先便催各款，談半時出。至廖如川處談各事，便訪曹仲和未遇，晚歸甚煩惱。十一時寢。

十二日　陰　風稍息　寒更甚

十時起，張祖珍回漢，余已另送洋五元，計其到漢川資可充足有餘也。此次張爲有良心之人，設非彼與祐亭在此，余實爲李、讓兩書記所要挾矣。午後孫伯琴來談，程梓堂送來洋二十九元，錢九十餘串。楊會長器之來，談彼有熟店買皮衣，余遂與之同至該店，購得北口皮袍統子一件，價卅八元，較去歲約貴六元。聞漢價尚不止此，因戰爭影響，今年無口貨來故也。又與周福往購線春，每尺一元四角，此處較漢每尺貴三角，奇哉！十二時寢，夜夢甚雜。

十三日　陰　風雨　寒甚

十時起。十一時孫仙舫、曹仲和同來談一時許去，今日成衣匠來裁衣做皮袍子。午後孫伯琴送沙票二百串來，云送以做衣服者，意之誠否不必問，然總可感激，似較各卡辦事人已稍有良心矣。晚囑周福沽酒與祐亭對飲，益覺無聊。祐亭屢以急歸爲請，至此似亦難留。十二時寢，至轉鐘二時夜夢余已回縣，似一舊宅，先入小房與內子見面，並見小孩不適。家母令余另尋一室，臥帳衣被均系舊者。又如大雪晴後見月下菊花數十種，均置盆中。余吟詩先一句未妥，第二句似"某某雪後妍，但覺幽香趣，何必東籬遷"。夢中研究，謂此詩已出韻矣，遂醒。

十四日　晴　寒

十時起，聞移交事已草草可畢，祐亭午後回局，祐亭急欲下漢，余已許之矣。傍晚洞庭船已到，余遂清理各信，面囑各語，命周福送衣服等件與祐亭同往漢，九時上船去。余悒悒之情不能止也，命胡升沽酒飲。十二時半寢，夢雜心悸，忽於被中出手擊人，誤中床後牆上有聲，遂醒，呼胡升告此事。

十五日　晴

曹仲和來，余尚未起，談一時許，與余同至其家吃早飯，歸後悶極。晚寫信與許勉之，又寫家信並石雲衢信，囑其預辦一稿。竟夜不寐，煩惱異常。

十六日　晴

七時起，以腹漲痛如廁。八時程子堂來說各事。吳文齋、孫伯琴來談各事，吳堅欲請余到酒館吃飯，余素鄙其人之心術，堅決辭之。晚飯後在局門外散步數次，歸後涂誠齋送洋十元來與余濟用。十二時寢。

十七日　晴

七時半曹仲和同潘仲卿來，談及沙市前日來一普陀山芥瓶庵僧名茂道者，不日回滬，囑余往談。余心怦怦動，與之同至其寓，飯後往佛教會訪之，值僧出門，候一時許，談各事，余捐洋五元。茂道，漢口人，旋示以通信處，請余明春可至浙朝山進香。余四時回，茂道今晚搭大亨下漢口，聞尚有幾日耽延也。晚十時寫信二件，與徐仁廣談各事，聞其太夫人亦搭大亨明日到漢，今日已命胡升買禮物六件贈之。十二時寢，展轉難寐。

十八日　晴

昨夜思釋茂道所談各事，余遂有出家之意，繼念人生挂念太多，煩惱愈甚。今晨五時即起，聞徐太夫人已上船，思便爲之送行。寫家母生庚另帶洋五元，囑茂道到山後爲家母念經，爲之祈福壽康寧。到船後已八時半，於統艙樓梯下遇茂道，立談片刻，交上家母生庚並洋伍元訖，再到官艙與徐太夫人見，適仁廣昆仲俱在官艙，談數語。陳師許亦由宜搭此輪，與之談片刻。下樓後又與茂道談片刻，謂時局將來如不靜，余擬年內到山靜養，否則明春決可到山靜養修道。茂道已將地址說明，謂先到滬換輪，直達山中，通訊則寄寧波江北岸定海輪船碼頭對面鎮大錢店轉渠不誤。聞船上呼開船，余與茂道尊重數聲而別，腹飢甚，到局後，囑胡升催下哨送飯來。潘德軒至，遂留飯並面囑各事，因余又須往宜也。潘去後，余檢點各物畢。十二時上湘潭輪，坐四號房艙，朱漢卿與胡升坐統艙，均買鋪位。此船自漢開來未裝客，在此上客甚少，惟與余同房者二人吃烟，迷漫滿室，寢不安，兼以鼻塞難過。船下午六時即停油江口附近，今夕有月色。

十九日　陰　今日小雪

四時船已開行，余七時起，十一時早飯畢。下午三時抵宜昌。速至魯宅，當與胡升、漢卿往山泉堂洗澡竣，至花月樓吃飯畢。至真妙照相館訪潘蔚安、熊魯馨，俱晤見。余說明來繳票根事，彼等謂余爲太迂矣，與談近事至三小時久。至峽州飯店訪盧子明與談各事，彼似心不在者，閒隔不入。余即別去，回魯宅宿，春廷之夫人已具夜飯，遂與朱漢卿、胡升同食，頗可感也！十二時寢。

二十日　晴

早六時起，七時半至關署晤魏督，談片刻，晤王文舫，知中國銀行紙幣發生大風潮。回寓後，解票根至總司令部並見盧司令，彼正爲票潮事着急。座中有楊異衆、張參謀長紹良，又韓會長均籌設維持現狀之法。盧則愁容畢現，余與之談各事，亦閒隔不入也。出司令部後雇車出郭門，又步行至小南門，至關帝廟進香，默禀此次回沙後決意回漢，請神預示凶吉。抽籤數爲四十，文曰："老樹生花滿日春，福生災散户門新。幾多好事今成就，自是疏中卻有親。"解曰："此卦枯木逢春之象，凡事所謀稱心。"將來應驗，余擬寄帳於神前懸挂，遇有必要或親來宜酬神恩也，勿忘之。旋回寓，傍晚再至真妙照相館訪蔚安等談一時許，回魯寓宿。

二十一日　晴　晚小雨

早起囑胡升購一馬桶，因魯宅無廁，極不便也。今日決意回沙，一切事托蔚安招呼。至蔚安處説明，請其今午後四時到花月樓吃飯，並魯馨、禮方、王文舫等共七人。五時飯畢，蔚安始來，云票根總司令部不收，已批退交後任保存。囑余在宜候此件，真煩惱至極。余歸魯宅後遂囑漢卿在此候一日，余先行回沙討欠款。七時由魯宅派人送上武陵輪船。宜埠搭輪，冬季極不便，須走跳板方到河干，而跳板又系單行，約行半里許。此若是老翁或婦孺，行其上不易也，蓋眼一暈則墮入深水泥中矣。上武陵輪後人貨俱多，設法購得二鋪。十二時開行，人雜不能寐。

二十二日　陰　晚雨

早六時，船已到沙市。余於五時漱畢，不勝感慨。到招商局後囑胡升約程崔來問移交事，九時至水警署晤徐藍田。午正晤譚維先，囑其撥款，彼仍含糊，余以强硬語答之。晚至楊器之會長宅談各事並取件，回寓後得祐亭、立群自漢來信，遂決意早日回漢。寫家信一件，囑厚訓就縣請雲龍驤吃飯，旋理各事。崔、程來談數語去。十二時半寢，終夜不安。

二十三日　陰

六時起，心煩意亂甚，盼翰欽歸。午正湘潭輪到，余出門望之，客起岸後，見漢欽已歸，甚喜，並知上游各情。艾幼卿來局，送到厚訓致幼卿信一件，探余行蹤，家中尚不知余確在何處也。康長松昨自省來沙，來此談省中各事，余決定今晚回漢。晚間崔、程、楊、徐、黃、孫、劉等請余至福記飯店吃飯，爲餞行也。熊漢輔、曹仲和等親送河干搭湘潭輪，已買得官艙正廳一鋪，價十五元，真奇昂矣。繼知今晚不開，傍晚程梓堂來談半時去。黃福、胡升、漢卿等，余爲之購票及買鋪位，去價十九元，囑渠等早睡。余十二時寢。

二十四日　陰

早六時，李壽送程子堂信來，並洋貳佰元，囑還省中款，而於余囑撥之預備訟費彼則未撥，且書中措詞囑余勿用交際費，似此毫無心肝之人殊可惡也。九時余上岸二次，晤徐仁廣談各事，午正請子堂來説各語。二時半開船，過招商局及下哨卡，余憑欄望之，殊深惆悵耳！未幾，過窯灣卡，此卡余屢擬查閱而卒未至者，今日過此，快快更甚。四時黃孝緝之兄在船約定時中與某二人爲竹戰戲，擾擾一夜不成寐。余細觀黃之爲人，出言吐氣一無賴小人也。

二十五日　陰

六時起，心煩甚，看《果報錄》數十頁，飯後憑欄散步。此船昨夕十二時停駛，今晨四時半開，日來江水淺閣，上下水夜間均停止，且行甚緩。午後黃某又約人竹戰，大言不慚，同輪聽者肉麻，真可厭也。晚船過城陵磯，漢卿下船，到岳州尋其某叔。湘兵上船來檢查行李衣箱等件，並查洋人及船主住艙，一時許方畢。晚十時過新隄，今夕本可到漢，乃此輪行過簰洲仍停駛，無聊已極。十二時大風雨，余睡後屢起，真生無限感慨也！

二十六日　陰

船四時半啓椗。余六時醒，七時起，早飯後船已望見京口。正午抵漢，住大同旅社十四號。當以電話告知汪浪石，囑其轉告袁夏村來館一敘。飯畢，至心如處談片刻，至吳鳴岐處，車未到，途見夏村自漢陽渡江來者，余下車與談數語，即同雇車回旅館與談各事。黃福尚未來館，余已着胡升尋二次，不知彼已過江否，心甚焦灼。與夏生同出，欲訪盧兵丞談話，途遇劉伯英，又同折回到旅館談甚久去，夏村遂在此宿，談各事。

二十七日　晴

八時起，早飯畢，訪程稚松、尉華卿，晤錢舜卿，談片刻出。途遇單繼蘇，同至朱次誠新寓，值其外出，僅晤其妻。晚訪郭炯堂，述各語，囑其轉達張、董維持墊款事。九時至慶雲寓略談即回寓。昨夏村所辦信稿今日囑胡升發出。寫家信令厚訓到漢來搬行李等件，擬明日過漢陽訪汪浪石。十一時寢。

二十八日　晴

十時起，飯畢清理各事，已晤各至好。漢口無多手續，擬俟厚訓、周福到即行回縣，以免家中老幼懸望也。午後雇包車與胡升過漢陽，在龍王廟渡河時曾池香呼余略坐談，彼於八月初在沙局拖巡卡請病假歸漢者，今就龍王廟卡查驗矣，此人尚有良心。余略與敷衍數語，即渡河到漢陽公安局晤浪石，談二時許，渡河雇車回館。劉季奘來請客，謂伯英明日請余及浪石於讌月樓，談片刻去。十二時寢。

二十九日　雨

十時起，十一時飯畢。午前已晤稚松、心如、王文旂，午後與夏村往各處會客，均未遇，至辦公處晤張偉卿。四時余與夏村回館，五時伯英處着人請客，謂已齊矣。至谦月樓時，晤劉伯威、黃岡人。林子香，旋胡升來尋余，謂王文旂同汪小軒來，有要語相聞，到館與汪談，無所謂要語也。坐半時往伯英處開席，同席者浪石、夏村及熊晋懷等共八人，十時席散回館。鵬程已先來館候與談片刻別去，約以明日再會。十二時寢。留夏村在此宿，又談一時許乃寢。

三十日　雨　寒甚

晨起渡江，前一次以人衆未能上，回寓，後周福、厚訓已來館，再渡江，以人多船小危險甚，余未敢上，只得在䑿船暫候。旋來船稍大，人亦多，值董必武、賀立卿過江來，與之談數語，不便多説也。渡江後入城，見城門已拆去，街中蕭條甚。乘車訪梅仙未晤，留字去。訪傅幼虛亦未晤，仍渡江。今日在省，僅途遇陳福元，未遇其他熟人也。浪石自漢以電話囑余明晨候彼，有要語相商。晚至心如、華卿、繼壽諸寓談片刻歸，十二時寢。昨日太輔自省來，因留此宿，約以後日同回縣。此次行李等件甚多，需多人照料爲妥。

十一月

初一日　陰

八時起，用電話詢汪，知其不能爲力。余昨晚訪涵天嘯問卜云：今年大危險已過，自是以後問謀望不能成就，明年流年運氣俱好，必有可爲，二月中已有順利氣象矣。凡事前定，今日益信，遂決意回家調病省親。飯後清理各事畢，先以各件囑漢卿、胡升、太輔、周福、厚訓等押運上船，余至稚松處吃晚飯，遇幼虛夫婦談甚久。六時雇車至六碼頭上瑞陽輪，欲訪伯英，恐來不及，命胡升請劉季奘到輪來談話。八時半劉去，九時開船，夜二時抵黃州。人多下船時頗危險，洋划子拖行里許，人尚有未下畢者。幸余隨行人多，行李等件得以無失。三時乃抵洋棚，雇船渡江，到家時天尚未曙，雇挑子三人，多給酒資。因今晚天氣太寒，刻值工潮澎湃，對於若輩不能不敷衍也。見慈母無恙，家中老幼亦好，甚慰。天曙時略就寢。

初二日　陰　晚大風雨

十一時起，聞王樂峰曾來看余，以未起，略坐即去。午後王興發來，余命之請樂峰晚間來談。晚飯後，樂峰來談一時許去。九時大雨如注，幸余已歸，不然在漢可生無限懊惱也。十二時寢，魂夢甚安。

初三日　大風　寒甚

十一時起，王少泉來看余，周淬成來時余尚未起，未談話遂去。今日未作一事，十一時寢。

初四日　大風　晴　今日大雪

十時起，余交卸後尚未遞禀，與財政處説明交卸情形，今日始擬文稿。王利師、汪星垣、石鏡清先後來，午後周淬成來，王久旃來，凡自沙歸之人皆來看余，晤談至晚十時方畢。此次潔身歸來，所幸者三：一無錢不能使人注目，且無貪污之名；一沙地與鄂隔千二百里，今身體無恙，虎口已離矣；一省中各機關均知余接事未久，墊款甚鉅，且無附將軍團、軍閥等名詞，容余安然來往武漢、本籍間。凡此三事，誠爲可幸，向使積財暴富，今日處此戰禍中，誠有不堪設想者也。十時叙文稿，粗粗有頭緒。十二時寢。

初五日　晴　寒甚

十時起，辦理文稿册子，先囑厚訓請王少泉來幫忙寫册子，午後四時尚未齊。忽聞本邑十字街朱義興失慎，聞系一小兒嬉戲，以洋火投入棉花中，一煞時兆焚如矣，一時許方熄，飽受虚驚。余親爲寫手摺至夜分，僅寫一半，緣字數太多也。十二時目已不能開展，遂睡。

初六日　晴

十時起，寫稟於午正始成，再寫信與董、張，囑爲於財政處維持墊款，俾有着落。文函辦齊後，囑厚訓渡江搭大輪到漢呈遞。傍晚萬子雲來，周淬成來，俱談甚久去。余至樂峰等家回看，坐談至九時歸。十一時寢。

初七日　晴

十時半起，寫昨日未畢之信：一致伯英，一致初樵，一致魯馨，皆有所托。接外來信：一蕙芳，一黃師，擬明日答之。晚十時寢。

初八日　陰

擬過黃州，八時半起，旋以天陰未果。午後出城，至先公淺厝處及祖父母、先姊處進香，帶漢卿、更生、周福、洪英同去，祀畢便至程良善家談片刻。汪億臣呼余，乃向良善借錢二千與之去，便至夏乃卿家一談。歸後晚飯，乃卿來問各事，余逐一解釋與聽，謂生乎今之世，爲富不仁者頗難處矣。乃卿去後，來客數次。今日倦甚，作事多，十二時寢。

初九日　陰　小雨頗寒

早太輔來，飯畢去。十一時與漢卿、周福至將軍廟爲先君安葬看地，當日未帶地師同來，余觀其形勢不甚佳也。午後三時歸。十一時寢。

初十日　陰雨寒

八時起，得程梓堂信知其已由沙歸，因寫信三件與厚訓，囑其上省晤之並詢各情。十二時寢，展轉不寐。

十一日　陰雨

八時起，清理各帳目並列應詢吉侯、子堂各事，囑厚訓往晤少襄、鳳山，並往尉宅問各事。十二時寢，不成寐。

十二日　陰雨

厚訓三時即起，余與說各事，並囑其到省後便詢董、張。厚訓出門後，余小睡至九時起，清理各事，來客二次。以昨未睡熟，十時即寢，夢甚多，至轉鐘三時又夢甚雜。

十三日　雨　寒甚

十一時起，連日天雨寒甚，未出門，客來亦稀，清理各件及帶回各物。夜十時即寢，轉鐘三時聞敲門聲，知厚訓已歸，與談數語，令其睡去，明日再談。

十四日　雨寒甚　下小雪子

十一時起，連日未出門。午後得二信：一曹仲和，一程子堂，出言可惡，此種貌慈心毒之人，吾早爲其所欺矣。晚十時寢。

十五日　雪

十一時起，覆子堂信，指其欺世盜名，函中以僞君子目之。發誠齋、立群各一信。午後接伯英自漢發來一電，約余往漢。余以天寒作一函付梁棟臣帶去，因梁今晚搭輪往漢也。傍晚外出一次，十時歸，十一時寢。

十六日　晴

十一時起，清理各事，擬往漢，午後決意到漢一探近情。傍晚與厚訓同渡江搭大輪，七時半長沙輪到，遂與厚訓同上，買得鋪位二，頗安適。因該輪載客甚少，轉鐘四時已抵漢。即到國民旅館，云伯英已過江，未回。當至漢瀛旅館訪季裝，知其已睡。余與厚訓另開房間宿。

十七日　晴

十時起，到國民旅館訪伯英，已知各事，午後遂遷居該館。胡升來館招呼，囑厚訓與胡升買各物回縣。聞石雲衢已回漢，擬明日約其來談。各至好有來館者均問沙市過去事。十一時寢。

十八日　晴　今日冬至

十時起，與厚訓至黃陂街爲周淬成買皮貨，行二里許無當意者。歸後囑胡升再與厚訓同去購之，令厚訓明日回里，余決擬暫居。孫壽山來談，曹仲和來談，崔、梅、徐俱來談辦局事。今晚厚訓回縣，十二時寢。

十九日　晴

九時起，到省訪張、董俱未晤，至程宅談片刻即渡江。午後徐、楊、崔來談片刻去。連日在外吃飯，極感不便，晚間寢後又被薄極不安。明日擬過省暫居孫宅似爲妥適。至尉宅、心如各處談甚久。七時與伯英出門洗澡，陰毛中又發見白毛一根，與三月廿日所發見者無異，且約略似原毛孔中發出，此不知主何事也？十二時寢。

二十日　陰

七時起，清理各事，準備過江。午前到心如、尉宅各處坐談，午後三時渡江訪董、張均未晤。九時到孫宅，十一時寢。蕙芳已來省受訓。

二十一日　晴

十一時起，飯後會武昌各友。午後至傅宅略談，至次誠寓談後，過江訪伯英、心如各處，五時過江回寓。與蕙芳細談各事，今日彼假歸宿。

二十二日　陰晴不定

十一時起，倦甚。午後訪劉菊坡未晤，晤卓焜堂談近事。傍晚至各處坐談，訪次誠談甚久。三時後過江到伯英處談片刻，仍渡江回寓，已上燈矣。十二時寢。

二十三日　晴

十一時起，來客二次，午後出門一次，旋渡江訪伯英、繼壽等未晤。午後六時回寓，十時寢。

二十四日　晴

十一時起，連日事繁且無頭序，自身無可進行，惟家居又非相宜耳，悶甚。晚十一時寢。

二十五日　雨

十一時起，寫家信一件寄示厚訓，謂前日已遷居省城矣。今日無事，晚外出一次，十二時寢。

二十六日

十一時起，飯後訪菊坡已晤，至三一學校晤鄧、曾諸人略談。晚十時歸，十二時寢。

二十七日

十時起，飯後出門見各機關均籌備過陽曆年，甚熱鬧。傍晚至菊坡處略談，十時歸，十一時寢。

二十八日　今日為十六年一月一日

十一時起，飯後出門會客，午後過江一次，今日過江輪船人多，擁擠不堪。晚五時渡江，途遇廖小山，回寓後飲酒一盞。十一時寢。

二十九日

十時起，連日事仍無頭序。午後仍渡江一次，傍晚歸。至次誠宅坐談甚久，十時歸，十一時寢。

三十日

十一時起，飯後出門無所事，往各處閒談而已。十時歸，十一時寢。

十二月

初一日　晴

十一時起，飯畢渡江，傍晚歸。今日事無頭緒，擬再候一星期，如無所謀，仍歸去也。訪菊坡未晤，十一時寢。

初二日　陰

十一時起，飯後出門數次，訪劉鼎琳未晤。晚十二時寢。

初三日　陰　今日小寒

十時起，飯後渡江，與伯英談各事，傍晚歸。十二時寢。

初四日　晴

十一時飯後過江訪伯英、心如、尉初樵各處，忙甚，自身事毫無進益。晚至三一學校晤曾蘭友，十時歸，十二時寢。

初五日

十一時起，飯後過江訪伯英，談片刻，至心如處、尉宅談一時許，便過漢陽晤汪浪石。旋過河至積稼嘴雇車，至王家巷搭輪，過江回寓。十二時寢，多夢。

初六日

十時起，今日未過江，在武昌訪各友，均未晤。晚十一時寢。

初七日

十時起，飯後出門二次，晚間至丁國澄家略坐談，便至鉎筆雄命館卜課，云開春吉。十時歸，十一時半寢。

初八日

十二時起，日來精神困倦，所謀未遂，殊深焦灼。下午三時渡江至心如、伯英處略談即渡江歸寓。晚間武昌玩燈，連日漢口亦玩燈，此有何益處耶？交通不便，舉國若狂，奇哉！晚看滬報及漢口報，十二時寢。

初九日　晴

十一時起，飯後渡江，傍晚回寓，聞石仲章自縣來云家母近患咳嗽疾，命余回縣。擬明日搭小輪回縣。

初十日　晴

十一時起，飯後清理各事，傍晚渡江至王文旂寓吃飯，遇鄭之僑約同行。十時至王家巷探船，頗麻煩，十一時至柳家巷搭小輪。人多如鯽，余與之僑約二人作竹戰戲。十二時開船，至陽邏停止不行，因縣黨部干涉，旋來二船相傍停駛，欲候至四時再開。各船客人鼓噪，乃相繼開行，到縣時已天明八時矣。

十一日　晴

八時抵家，知老幼均好，心甚慰。午後約朱祜亭來吃飯，雲衢已回多日，遂便約之，談甚久去。晚十時寢。

十二日　陰

十時起，清理各事，看客二次，來客三次。晚十時寢。

十三日　陰

十時起，飯後往雲衢、祜亭處奉看，來客數次。晚十一時寢。

十四日　陰　寒

十一時起，飯後得省寓蕙芳轉來沙市熊魯馨信，又劉子明信，並附藍局長公函一件，囑填借款表。設非魯馨此次在沙充總稽查代爲照顧，此真難爲力矣。當命周福請雲衢、祜亭來家辦文填表，並囑祜亭代書各件，未竟者帶回營部辦理。晚六時方畢，十二時寢。

十五日　陰晴不定

十時起，飯後清理文卷，祜亭已將各件送來。余擬明日同雲衢往漢，將應帶各件檢齊，備明晨往黃州搭大輪也。今晚爲先公忌日，具酒楮祭奠，不勝感慨。命厚訓約雲衢明晨在江干相候，十二時寢。

十六日　晴

五時起，六時至江干與雲衢遇，到黃州後往日清公司候一時許。適怡和商輪先到，遂與雲衢同上坐統艙，買鋪位二，略睡一時許。到漢往伯英處，聞其已渡江，至文旂、心如處略談，沿途人多玩燈，不能行。傍晚渡江到省寓。飯後往菊坡寓未晤，旋仍雇車返寓。十二時寢。

十七日　晴

十一時起，飯後往三一學校及鳳山寓談遞稟事。午正渡江至稚松寓探知魯馨、禮方等均回，遂訪魯馨，知藍局長之妾尚未動身，遂將借款照片及余寫之函托其到沙交藍局長，文則余另付郵挂號寄沙。晚渡江回寓，十二時寢。

十八日　陰　今日大寒節

十二時起，飯後渡江至伯英、稚松處略談。傍晚渡江回寓，十一時寢。

十九日　晴

十時起，來客二次，飯後往鳳山家談各事，衛福安來談承辦稅局事。晚至王文達家略談，十一時寢。

二十日　晴

十二時起，飯後外出二次。晚十二時寢。

二十一日　晴　寒

十時起，連日所謀無把握，値歲暮，擬回里，俟明春再作計較。午後渡江訪伯英、心如、繼壽各處，談片刻。傍晚渡江回寓，十二時寢。

二十二日　陰

十二時起，倦甚，飯後渡江訪伯英、心如、蔚安等均晤。午後五時渡江訪菊坡，知肖鵠已來漢。菊坡以肖鵠名片留字示我，遂知地址，擬明晨渡江訪之。至柳少丞寓，告以肖鵠地址。九時半回寓，十二時寢。

二十三日　陰

十二時起，倦甚，日來諸事無頭緒，甚焦灼。飯後渡江晤王文旃，便探下水船，購海菜及紅棗、冬筍等件，雇包車往葉開泰購鹿茸丸、雪梨膏等件。傍晚渡江回寓，十二時寢。

二十四日　陰

十一時起，清理各事，飯後往劉南田、劉鼎三各處均未晤。雇車往漢陽門，渡江至文旃、心如各處談片刻，午後四時回寓。今日爲小除夕，囑胡升略買零物，晚間飲酒一杯，與蕙芳談甚久。十二時寢，寢後疲甚。

二十五日　陰

十一時起，身體甚倦。午後清理各事畢，命胡升送余渡江。三時到漢陽門，在躉船上聞胡升云：董必武在船上，遂與立談片刻。到漢三時半，將包袱送往王文旆處，途遇王思雲，約余明日搭瑞陽輪回縣，蓋今晚無下水大輪也。心焦灼萬分。文旆堅留余吃飯，謂小輪危險萬分，前日老熊來云又撞一隻，壞人不少，況今夕所開之襄康船小，不能多載。余以歸心似箭，不可留矣，遂與王思雲攜包袱出門，欲雇包車，是時已不可得。行已里許，思雲又提不起，足不良於行。余心憫之，問其距柳家巷尚有若干里？彼云相距尚有二里許，余遂囑其仍返文旆宅。到時文旆甚喜，且謂明哲保身，不可不妨。余尚一笑置之，遂與思雲在其家吃飯，談甚久。至伯英處略談，彼欲余不渡江，余答以俟到江干無差船即返。八時到江干一碼頭，知楚威差輪九時開武昌，遂決意回省寓。九時抵漢陽門雇車，到寓已十時矣。談二時許，清理各事，寫信三件致鼎三等，囑胡升付郵筒。圍爐坐至十一時寢，蕙芳又歷言昔年事。

二十六日　晴　寒　晚小雨

十一時起，倦甚，飯後出門一次。午後一時往王府口永和樓洗澡，二時歸寓，坐談一小時。四時渡江至文旆宅，值其請同事晚餐，堅留余吃飯，余在寓已吃過，未甚飽，遂加餐焉。晚候王思雲不至，彼云今晚同余搭大輪。余於九時半欲上輪船，文旆堅留余談。十時上船，人多如鯽，幾無立足之地，尋至房艙中，見孟律之得一坐位，甚慰。旋以包袱交汪聲香之妾保存之，余至船頭散步，蓋各艙中空氣熱濁，呼吸迫促，不可耐也。在艙中遇萬熙、張展程、鄭萬選，皆冶校學生，共談一時許。十二時，艙外小雨，寒氣逼人，艙內人多，熱氣逼人，此時真不可耐。轉鐘三時，余遂入艙假寐。

二十七日　晴陰不定

　　四時船開行，八時半到黃州，人多，下船時極危險，洋棚來船三隻，擁擠不堪。十時到宅，清點各物，準備明晨吃年飯，循舊例也。略事休息，飯後小睡一時許，來客數次，問省中事，余一一答之。囑家人辦酒肴畢，余先寢，已十時矣。

二十八日　晴

　　六時起，七時進香祀祖，七時半吃年飯，八時半畢。午後出門二次，來客數次。晚清理各事畢，十時寢。

二十九日　陰　晚風雨寒甚

　　九時起，飯後來客數次。午後囑厚訓貼春聯畢，清理各事。二時囑家中備酒肴，四時祀祖，此向例也。五時囑厚訓出城進香。晚間佈置燈燭，十時祀竈神，十一時吃團年酒。今年政變，余所受之恐懼，辛苦嘔氣之事，為自有生以來所無。今日家庭中得以歡聚團年，寧非快事耶！酒畢往西街嶺汪西垣家與翰章略談即出，歸後清理日記稿及雜件畢。欲往岳廟祀岳王，聞駐兵未退，恐不便。今歲杪本邑駐賀龍軍隊約一萬餘人，佔居民屋者不少，居民極感不便。除夕氣象與去年大異，此真天時人事之不可測也！轉鐘一時余已疲思寢，二時遂解衣寢。

民國十六年（1927年）丁卯日記

　　是年正月至三月間時往武漢，在縣宅居未久，即接劉伯英、朱次誠及省寓函電，至則無一定之語可□，無一可就之事。而周知安、衛福安、梅鳳山無識之人，意欲予再爲馮婦，財政處偶有一消息，即謂屬意於予，可任稅局也，真是癡心妄想。予自沙市交卸後，已無餘蓄，乃以上下川資用净矣，不知當時何以癡夢如此。伯英、次誠見面即向予借款，無則請予向各友轉貸，此人六十歲時死在重慶，一生無主張，說話實無可信者也。朱次誠傲而不求作事，抗戰時窮困以死，予雖對此二友借貸無怨言，或者前欠彼二人之債歟？

　　在縣時有新交友黄志雲，廣東人，時爲江漢關子卡主任。章振旅，安徽人，時爲吾邑新成立之電報局長。周淬成，黄岡人，任郵政局長，均來與予訂交，誠心相見，黄尤與予善。予以沙市重負已釋，縣府黨部及各機關人士，均不以貪污目予，乃得相安無事，胸臆恬然，無事在家作畫寫字。有暇即與黄、周、章等及縣中閒者如張叔和、姚福坪、程少松及各舊友，王久旃、文旃，幾於無日不見，甚或隔日在各處叉雀牌爲樂，飲酒小吃於各家，或遊山看江景爲樂，亦未意出閒是非也。縣署黨部亦是後輩之敬予者，予不敢往來，除答拜外，實不敢求見面，僅彭師、姚生夙有感情，然亦不敢往來，慮人注視。

　　書畫進境，爲人作品極多，凡是縣中戚友所求，無不應者，夜間彈琴練指，故琴學亦大進也。日記中所記親友，現時存者不過數人，相距卅四年前，歷史新陳代謝，天然定律耳。

辛丑六月廿九日，峙三閱後誌

正 月

初一日　雨　二月二日

十時起。去歲除夕天雨，路濕極寒，余自汪同昌回後，已十二時矣。轉鐘至一時，倦極，解衣寢，雞鳴時聞鞭炮聲甚稀，不似去年元旦時氣象。紀昨夕夢亦甚雜，醒時似難記憶。余起後浣漱畢，焚香祀祖，與祖宗拜年，與家母拜年畢，略坐，囑家人備早飯畢，無所事事，欲出門而未能也。細思去年辦局事，經過許多危險得以有今日，亦幸矣。晚六時寢。

初二日　雨雪

十一時起，早飯畢，彈琴一曲，身倦思寢，勉強支持。午後四時焚香發筆寫日記。晚飯後坐片刻即寢。

初三日　雨雪

十一時起，來客數次，午後彈琴二曲，看雜書。晚進神，初試道家術頗驗，十一時寢。

初四日　晴　今日立春

九時起，十時進香迎春。午後來客甚多，出門拜年，勉強應酬二處旋歸，準備香楮進神。呼更生看光，請先君歸示各事，十一時畢，十二時寢。

初五日　晴

十時半起。昨擬請客，以彭子芳師有事未能來，擬改明日。今日所請者，張叔華等八人。晚七時席散，十時看道書，十一時寢。今晚至杜振卿宅談甚久。

初六日　晴

十時起，來客數次。夏乃卿來，余尚未起也。飯後彭梓芳師來，同出城看山。先看祖山，後尋一官山，蕭、傅、張三姓共葬之墳，得十餘處，不知其爲官爲私也。歸後足力倦甚，客尚未來，候至午後六時始開席，彭、姚、周、徐等共八人。晚八時方散，十一時寢。

初七日　晴

十一時起，飯前出門拜年，僅應酬三處。余攜厚訓、更生至祖塋及先公淺厝處拜年，午後二時半方歸。至汪同昌吃年酒，四時半畢，歸後清理各信，寫信四件。晚看書彈琴約一時，十一時寢。

初八日　晴

九時起，清理各事，覆各處信。午後周淬成請客，彭師約看地，寄語來人請彭師候至四時出城，余即赴周淬成席。同席者夏乃卿、黃志雲、章振旅、杜振卿等八人。余食未久，即與彭師出城，由幼門族叔指導前行。初不知此地之遠也，到山時日已銜山，草草了事，與彭師擬來日再詳細一看。歸時月色昏黃，今晚約行路十二里，足已無力，彭師足力健，尚不覺其苦也。留彭師夜酌畢，已十時矣。倦甚遂寢，多夢。今年仍每夕有夢，以正月初一夢雜未能記憶，擬非有特別易記者不書。

初九日　晴

十一時起，來客數次，飯後出門一次，略有酬，黃海濤約人來聽琴。晚閱道書，十時半寢。

初十日　晴

十時起，清理各事，寫信三件，彈琴一時許，午後三時，張叔和請客，同席者周淬成、章振旅等共七人，菜多而佳，酒後叔和請余彈琴，盡歡而散。街中爲拉夫及商戶東家與司事爭價風潮，市面竟成一種恐怖之狀，終夜不安，較昨夕爲尤甚也。十二時半方寢。

十一日　陰　晚雨至天明

九時起，來客數次，黃雪堂談地理甚久，頗有見地。石雲衢、周子書、王樂峰、杜振卿先後來談時局，傍晚方散。余即出門至郵局略坐，至電報局談甚久，兼看其接電解釋電機用法。十時歸，十二時寢。

十二日　陰　小雨

十時起，飯後至東門王久旆、劉漢槎、汪小軒、萬子雲家拜年，僅晤汪生，談片刻即出。至王元興、王樂峰、黃雪堂、石雲衢家晤王、石，略談歸，發茂道函。傍晚杜安卿來談武漢事，王利師來談館事，朱純愚自大冶來談，甚久去。八時半，請神三次，一次問先公葬地，二次爲家慈病，探知無禍災，三問漢口一星期內平靜否，似示以無甚緊要事。九時半畢，十一時寢。

十三日　雨

九時起，清理各事，閱上海報。昨約朱純愚吃便飯，囑周廚子辦菜。午後一時劉漢槎來談，二時章振旅來。旋囑厚訓催各處客，四時客到齊，計朱、章、汪星垣、石雲衢、杜安卿共五人，六時半畢。晚九時請神，問先公葬地，仍現"大""五""一"等字，其山形仍有電桿二、墳四，與初四夕所見者同，不知確在何處也，三次問神，均云距城在五里內，擬將來定局後再續問。十二時寢。

十四日　雨　晚曾見月光　旋雨

十一時起，閱上海報，飯後汪小軒、朱純如並其二子同來，談朱次丹事甚久。午後二時，王長卿、王樂峰同來，談近事甚久。三時，電報局催客，略坐即開席。同席張叔和、姚漁青、周淬成、姚福坪，五時畢。

至郵局略坐，得梅鳳山信，囑余即往省進行稅局事。歸後小憩，至王樂峰家坐談一時許，歸後食粉湯一盂。洗臉，至岳廟進香。去歲廟中駐軍，前日方退盡，今年元旦余未去，今夕補之，此近卅餘年變例也。余自五歲時，見元旦日雞鳴時祖父、父親具衣冠，率後輩用香楮虔誠至岳廟進香，有時用豬首進神。先祖謝世後，父親率余及姊丈艾承倫循此例於岳廟進香，惟不用豬首耳。甲寅先公見背後，乙卯元旦，余率甥艾厚訓進香最早，蓋不待雞鳴而即去也。戊午年家運不佳，次子、長女夭折，臘月中余染疾頗重，己未元旦恐未能入廟行香，乃於是年除夕十一時入廟進，此創例也。自是以後，除壬子余在黃安縣署未歸，癸亥余在福建軍署未歸外，其餘均在家度歲，元旦日必往岳廟進廟以盡景仰之忱。今年元旦則以勢不能入廟，不能不行此變例耳。十一時寢。

十五日　晴

九時起，彭梓師於八時着人來約出城看山，十時飯畢，約蕭敦五同行。候敦五吃飯畢，出城時已十一時矣。先至寒溪學堂，後欲看汪同昌葬地未果，循路下至郭家壟，約行六里。彭師與敦五研究甚久，再看後山，正脈山陡，步上極艱，行半點鐘，僅至中部，造極時足已軟，不能直立矣。三時後行至樊口，看堤閘約一時許，至樊口街上茶樓小憩。今日樊口仍閉市，買點心甚難，僅購得小餅十枚充饑，五時半至樊口雇小舟歸，到家已上燈。吃飯畢，彭、蕭散去，六時半至汪同昌略坐談，與淬成至電報局談甚久出。今日得衛福安快信，請余即往省，然以時局如斯，進行何益？晚補寫去歲未竣日記至十二時畢，轉鐘一時寢。

十六日　雨

十時起，清理各事。午後欲出門未果，得信二，皆催余往省者，暫看幾天再說。晚間彈琴二時許，十一時寢。

十七日　雨

十一時起，寫對聯二副。午後一時張叔華、周淬成、章振旅來談，石雲衢約往省。清理字畫約百件，與周、石等批評閱看，着人請彭梓師、姚漁青俱來看字畫，劉佑元亦來看甚久，便留晚飯，看四小時畢，皆歡心以去。晚七時，余與厚訓共同清理至十時半，猶未畢也。余再清理裝置至十二時畢，腰痛始寢，夢先公談笑如平時，並謂余已得孫女矣，抱之嬉戲片刻即醒。又夢與夏秋舫、張肖谷似仍住湖堂者。余晚間入余之室，無人在內，張、夏似未回室。室中安有電話機，余逡巡於機畔，置衣於床，仍出外，途遇前校監周鳳璋，亦無多語。四時半醒，記之甚晰。

十八日　雨　寒　今日雨水

十時起。連日風雨愁甚，屢欲出門不可得。清理文件字畫古玩，麻煩二日仍未畢，腰痛甚，亦無可如何也。擬將各石圖章整理，無暇，明日終當了之。晚十一時半，文件字畫清理已畢，方寢。

十九日　雨　寒甚　大風

十二時起，昨夜腰痛甚，睡亦不安，飯後寫大對聯二副、小聯四副、四尺屏一堂、虎斑紙對一副，皆係酬之作。姚漁青對頗佳。看上海報。今日作事最多，傍晚涂誠齋來說有琴一張送余，余即囑之送來，乃雲芝和尚得之小顚和尚者也。小顚余未之見，由西山住持而後聞曾爲洪山方丈及漢陽歸元寺方丈，光緒季年負時譽。邇時僧人能字畫者少，能琴者更少。我邑先輩文士多與之交，盡老成凋謝，無從探悉小顚僧之果有本領與否，果能琴與否也。調弦上琴音，大而浮，然發音尚明晰，留之備一格也。余所得琴，以辛酉冬得之省垣萬發祥古玩店中之龍門風雨一琴爲至可寶。此琴爲明代呂忠節公遺物，爲該店購自武昌尚書第劉幹臣宅，大約此物曾爲劉所藏。劉好古而不能琴，余是年初學琴，而竟獲可貴可寶之琴，真物各有主矣。此琴聲清越而走音極妙，較之今夕所得天淵之別，因並論之。彈此琴畢後，因並論及前琴耳。此琴背面刻"碧澗流泉"，下刻"小顚之寶印"五字。即字嫌複，字體篆文，均未免俗，不知當日何以得盛名如此。總之物以稀爲貴，僧道略具美術才易得，故同光以來，名僧、名道士，各省各縣皆有，而名儒名士則一省中僅數人而已。此真盛名之下，其實難副者矣。轉鐘一時寢。

二十日　晴　寒甚　早結冰

十一時起，飯畢，清理前昨兩日未竣書籍、文玩等事，整理三琴，"碧澗流泉"琴音浮而狂，不足貴也。午後涂誠齋送書來，六經講書，無甚用處。王樂峰來談，晚仍清理零件及整理琴弦，清檢各圖章至一時轉鐘方寢。

廿一日　晴　早寒甚

十時起，清理各事，早飯後擬外出，仍以事不能檢清，甚麻煩也。午後二時寫信一件與彭梓師，請擇期葬先公。周福來，命其送屏與郵局，小對與電局，四尺屏與葉夢卿，小聯與姚漁青，皆月前所索書者。四時半，彭師與漁青來談甚久去。傍晚余方出門，先至蕭敦五宅談擇期安葬先公事，再至王次齋宅，探明日有無上水船。再至王樂峰宅略坐談，再郵局晤淬成、電局晤振旅，皆談片刻出。與淬成至汪星垣宅，未晤。途遇星垣、茂林、敦五，談數語歸，略坐。今夕為先祖忌日，略具酒食，進香焚紙畢，再具香紙進神，九時畢。清檢往省物件，十時半寢。

廿二日　陰

昨夜十一時寢，至轉鐘一時，猶未入睡耶，此出門慣例也。僅合眼三小時，五時半起，六時漱畢。與厚訓下河渡江到洋棚已七時半，到王次齋洋棚中，人數極多，候大吉輪未到。八時鄂城小輪已開到黃州，裝人約三十餘。八時半，瑞和輪已到，余費錢一千二百文購一鋪位，甚適。行至陽邏時，乃知余下鋪所睡者乃賀庸僕與一石姓陽新人，遂談時事約二小時。四時到漢，上坡時與黃仲卿遇，蓋彼亦於今日同搭此輪也。至心如處，途遇工會靚燈，人多如鯽，途為之塞。五時訪伯英未晤，當即渡江到寓，至鴻磐洗澡，至同慶吃飯畢，出門遇黎子秋，即到其寓，談片刻出，至劉菊坡寓未晤，遂回寓。蕙芳已歸，與談各事，至十一時半寢。

廿三日　雨　夜風雨尤大

下午一時起，倦甚，飯後至梅鳳山宅談一時許。今日省中又因某事罷工，無人力車，行路頗難。三時歸，着胡升送文稿與梓堂閱。午後四時，以雨濕路滑足軟未果，乃至水陸街，訪夏復初未晤，至易雪師處略談即歸。連日武昌翫燈，途爲之塞，漢口亦然，此南軍得武漢後之近狀也。十二時寢。

廿四日　早雨兼雪

上午四時，大風忽起，兼雨雪子。十時起，因昨鳳山約至其家吃午飯也，身疲倦甚。十一時雇車至鳳山家，坐片刻，梓堂來閱渠所擬稿件，飯畢，擬渡江，以風大折回。至崔吉侯寓未晤，至傅宅略談即出，至次誠宅，未遇。武昌翫燈人多，車不能行，傍晚歸，飯畢，十二時寢。夢群鱔纏余身殆遍，余似送客狀，魚先欲咬余，繼余念佛急，各魚乃相安，此不知主何事，醒後甚煩悶。

廿五日　陰

十一時起，往訪王仲友，途遇蔡仲謙得知其住址，至王仲友處，未晤，至劉鼎珊家，均未晤。訪劉南田，談片刻，旋回寓吃早飯。渡江，以船中人多不能入，仍起坡，折而至次誠宅，其夫人云其已到公安局，乃雇車至局晤次誠，談片刻出。過漢口，先訪心如，訪稚松，再到尉宅，均晤談。傍晚渡江回寓，值武昌翫燈，人山人海，舉國若狂，車不能行，到寓飯畢，清理各事畢。十二時寢。

廿六日　陰

十時半起，清理各事。午後二時渡江，訪文旂、伯英談各事，傍晚歸。船上人多，擁擠不堪，到寓後，饑甚，飯畢閑談，十二時寢。轉鐘三時，夢見山畔，有虹二道，一虹內有日，一虹內有月，皆光彩奪目，繼夢一孩已死，二人抬之行，繼又夢一事。繼夢余正襟衣冠危坐，似有待者，忽外間來一差人，促余去，余云何事，見捉差人云，到後自知。余乃隨之去，進一大署之內，進門有一兵，持槍向余放之，僅見黑煙出，未聞聲與彈。差人導余進去，見殿宇宏敞，燈燭輝煌，一王者送客出，余隨行，有五六衣冠之士，王者遠望余等，皆點額似相迎者。余覺身已有罪，不敢正視王者。王者亦已見余，仍點首前請，余之差人自後呼曰："廣陵府求見。"蓋即余之銜也。旋有差來接紅手本，同來之五六人，亦先以紅手本付之，繼則聞余所犯罪，似判暫候。送余入一方室中，外為鐵板製。余入室內，見下係水，因憤極，一躍入之，忽然騰身而上，足已沾水矣，足寒甚，遂醒。

廿七日　晴

十時起，昨衛福安屢約余往周芝安寓談稅局事，今晨擬去，雇車出門，至福安寓，約之同往。見周談甚久，就其家吃飯，其同寓陶姓一孩病死，哭聲甚□，殊不安也。飯畢，即就大堤口雇民船渡江，晤伯英談進行稅局事。傍晚回寓，十二時寢。

廿八日　晴

十二時起，身疲倦，飯後渡江晤伯英，托其探局事，以便答復周芝安。傍晚雇民船回省，先到芝安寓，談一時許，回寓宿。

廿九日　晴

十時起，劉季奘來取款，梅鳳山已允許為余借二十元，遂開一條，囑季奘往鳳山寓親取。余飯後過江晤伯英談各事，云款此時只有廿元之數。午後三時回寓，四時飯畢，五時出外訪菊坡及次誠，談甚久，十時歸。連日武漢皆翫燈，塞途人衆，車不能行。十時半自外歸，十二時寢。

三十日　晴

十一時起，十二時飯畢，渡江，向王文旃左十元，送與伯英備用。便訪心如、繼壽、華清，至天元慈善堂取余前印之《了凡四訓》，此書多，不能自取，僅取七十本，交李佛波先生先爲分送，明日當飭胡升舟取。晚七時渡江，先到漢陽門衛福安處遞信，請其納□周芝安處，談各事，就衛宅吃飯，至周處談一時許，雇車回寓。十二時寢。

二　月

初一日　晴　三月四日

十時起，囑太輔辦飯，食畢欲渡江，以連日渡江，諸事無甚把握，遂命太輔過江送信與伯英。午後一時，至保安門外看龍燈及演各種故事，人山人海，途塞不能行。三時半見十字街有古井記，係述此井爲明萬曆時物，井欄亦有字刻萬曆年號。四時回寓，又飭太輔辦晚餐。傍晚至閱馬場看農民協會翫龍燈，便至後知靈命館李先生處談一時許，頗有見地。出長街又見翫燈者數處。十時歸，十二時寢。

初二日　晴　晚大風

十時起，衛福安來談各事，飯畢清理各事。午後二時過漢陽，途值漢陽某會翫燈塞途，遲遲行車，到公安局時已四時矣。請石雲衢看文稿，並校對各數目畢，逾時大風忽起，余遂雇車，至集家嘴過河，再雇車至王家巷，渡江回寓。劉季獎來，述及稅局事。遂與乘車同至衛福安寓，由長街行，又遇翫燈塞途，到衛福安寓，囑其轉告周芝安云事已有六七成可靠。十一時半歸，十二時半寢。

初三日　陰　今日驚蟄

十一時半起，飯後渡江，風甚緊，至伯英處，知其已爲人請去吃酒，遂由張佛卿引余至一江春，約伯英下寓，與之晤，談局事。午後二時渡江至衛福安寓，與之同至周之安宅，候甚久方歸，就其家飯畢，與之略談。傍晚歸，又值沿途觀燈塞途，不便行走。到寓後看道書、抄符咒各事，十二時畢。轉鐘一時寢。

初四日　陰　風雨

十時起，囑胡升辦飯畢，看《乩壇真義》，某僧所著書也，書中就全球上凡屬髡乩而臨壇者，皆狐與黃鼠狼二種，引書又龐雜厭看，且落筆出以己之臆斷，僅可取者，不過十之三四耳。張韓卿自漢口送信來，略與談，竟去。午後二時飲酒一杯，倦而小睡，半時起，再看此書至四時半，風雨交作，無聊極矣，再看此書至夜間十二句鐘，已畢。轉鐘一時寢，夢先公神色不異平時，似在本邑四眼井舊宅，看各種家藏之書畫。余向先公云：當有五元所購之花卉，條子未見也云云。三時醒。

初五日　晴陰不定

十時起，十一時飯畢。梅鳳山來談，旋福安、陽春來坐。余命胡升至漢陽公安局取文稿，四時伯英來談一時半去。飯畢，至陳乾弢家中談片刻出，次誠處略坐談。十時半歸，又值觀燈塞途。回後十二時寢，展轉至轉鐘二時猶未睡熟也，夢殺人甚衆。

初六日　晴

九時起，囑胡升辦飯食，昨胡楊春過漢陽，囑其便請石雲衢今晨來寓。十時雲衢來，留之吃飯，談各事畢，與之同出門渡江，晤心如、伯英，三時到漢陽，途遇觀燈，至江文波署中略坐。訪曹仲和，卒不能尋其寓址，便雇車出漢陽東門，至積稼墩過河至漢口，再過江回寓，吃飯畢。胡陽春來談片刻去。十二時閱《申報》畢，轉鐘至一時寢。

初七日　陰　晴

十時起，胡升弄飯畢，食竟出文昌門。雇民船至漢陽，雇車至李植之家，欲探仲和住址，途逢漢陽各界遊行。至李寓，知已早遷矣。至公安局晤浪石，並囑人打電話問李植之，知仲和地址係三槐嶺小巷，擬明日再去。至縣公署，知江文波已出遊行，遂雇車往積稼墹。途遇傅象虛，剛□河干時遇江文波，下車與之略談數語，渡河到漢，雇車至伯英處略談近事。至李佛波寓，值其吃飯，遂就□一碗，略談片刻。至江干，值小輪已收班，不得已雇民船，與二人同乘到武昌紗廠前上岸。舟子以晚不識路，送余上坡，時見電燈甚遠，余起岸而足已陷泥中，真行不得也。後來一船起坡，聞人聲近，遂緩緩度過難關，與之同行，行半里方至周芝安家，值彼出，略坐，有周福之叔回縣，因便托彼囑家中帶衣履來省。芝安回，與談稅局事，九時雇車進城，又值玩燈，途爲之塞，行一時許方到寓。十二時寢，夢甚雜。

初八日　陰雨

十時半起，倦甚，康長松、陳福元來，余尚未起，囑胡升問其有何事。早飯後，向女士瑛來談朋臣事，極爲可憫。午後二時衛福安來，坐談，語言拉雜，余極厭，聽一時許方去。寫信與江文波，命胡升送去。今日武昌又翫燈、演戲。晚八時風雨交作，聞街上遊行，呼口號不絕，風雨春寒，亦云苦矣。十時寢，展轉至十二時方熟，今夕御重衾，甚適也。夢先公如平昔，又夢見銀元滿地皆是，余兩手各挑一握，口中隨云：此雖多，有何益？六時醒，殊堪自笑。

初九日　風　雪子　晚見月

十一時起，十二時飯畢，無處去。午後一時至三一堂晤曾蘭友、林菊生，談甚久，並看《申報》。午後三時歸，則車子已罷工矣。步行回寓，無聊已極，飲酒二盞，飯後欲出，至王府口折回。今夕仍翫燈，皆軍界爲總理二週年紀念者也。十時歸寓，展轉不安，遂寢。十二時夢余在家，似出門狀，堂屋前有二人並輿，一乘輿背置行李，一乘又另雇有挑夫一。余欲上輿，忽思先公自云，曩日出門，必先與先公相酌，今日出門，未見先公云云，遂大哭失聲驚醒，已三時矣。醒時極呈不安之狀，此不知主何兆也。

初十日　陰風　晚雨兼下雪子

十時半起，倦甚，飯後渡江到漢陽，雇民船行至中流，大風浪，余駭極。至漢陽東門起坡，雇車至三槐嶺，晤曹仲和談近事。坐未久，孫仙舫來，蓋彼自去歲到漢陽後尚未歸也。談一時許，與曹同至公安局，與汪浪石談數語，交文稿與石雲衢，囑其把局中書記繕寫，約以明日飭胡升往取。出局後雇車至積稼墹，渡河到漢，至伯英處，略談即出。至心如處未晤，至李佛波處取書，即渡江回寓。飯後至菊坡寓晤其尊人。至次誠寓談甚久，歸寓後寫家信，十一時寢。夢入一大屋內，中堂屋停有柩，後重有輓聯布製者曳飄不定，忽一輓着火，余當即救之不及，忽又延燒樓上矣。至前重呼人，則後面地板已着火，旋四壁皆火，眾人與余遂大呼，火起，遍時欲搶物，則無從搶起。余大呼曰：急宜搶柩出，他何足計！桌上置有一鼎，即余家所素藏者，余順手置入茶几中。余狂呼眾人，"速抬柩，速抬柩"之聲不絕。正慌亂尋繩時，天忽大雨如注，火遂熄。余驚醒時正鐘鳴二下，渾身汗出如瀋。

十一日　大風　寒甚

十一時起，聞閱馬廠人呼叫聲甚厲，知今日武漢各團體為慰勞北伐軍在公共體育場集合，今日武昌無人力車。午後二時因次城約至其寓進香，遂往永和樓，洗澡畢。傍晚聞體育場擠死四人。七時至次誠寓進香，十時步行回寓，至水陸街口始雇得車一輛回。王少泉、胡陽春俱在寓候，談一時許方去。十二時寢，夢乘大輪正行江中，忽煙囱被焚，船已沈水，余與數人即躍入排列三四之小輪上，則聞隔壁小輪船又着火矣，余蒼皇又避入一小輪，遂脫險矣。

十二日　晴　風寒未減

十時起，十一時渡江至伯英處，聞振卿昨曾訪余，遂便訪之。值嚴惠之在其家，與談一時許，出乃至伯英處談一時許，渡江入平湖門，逕往次城家進香，施術仍無效。晚十時回寓。十一時寢。

十三日　晨大霜　寒甚　晴

七時半周之安來，余尚未起，談一時半方去。十時早飯畢，渡江至文旆處，左洋一元爲零用，日來窘極矣。至伯英處略談，至漢陽公安局取昨日囑繕各章。至曹仲和處略坐，雇車出漢陽東門，雇民船往漢口，行至破布廠下，風大浪大，余遂起岸行，雇車至李佛波寓閲《申報》，知上海情況。五時半渡江回寓，飢甚，囑太輔購食物弄飯畢。十二時閲《漢報》，轉鐘一時寢。夢余似在辦公，外有送二西瓜來者，一黃心可食，一已壞不能食，余謂此時非食瓜之時，且此瓜已壞，何能食？遂以好者分衆食之，余未食。時又有人送來瓜，亦無佳者，來人似黃陂口音，與余談話，但余此時似□正印，彷彿收司法官如承審之類，如昔年在安署之狀態耳。三時遂醒。

十四日　陰寒

十時起，今日未出門。記去年今日在三一學校，鷄鳴時出漢陽門搭輪回縣，到趙家磯乘輿往胡林，因縣中正值宋大沛軍隊到境，紛亂不堪，屈指一年，不勝感慨。晚至劉鼎三、蔡仲謙處，均未晤。十時歸寢。

十五日　晴

八時，梅雲卿送沙市藍局長寄來公函一件，十時飯畢。余十一時渡江晤伯英，便訪振卿，正午與伯英同過漢陽，訪浪石。余因欲覆藍局長文，並囑雲衢辦上財政處文稿，因就浪石局中宿。

十六日　晴

八時起，由漢陽過河，乘車往漢口心如處接家信，云衣服有便人可帶到。至文旆處探船，余決計今晚回縣取衣服，因天氣漸熱也。十時渡江到省寓，則知昨晚石學銘已帶衣服來寓矣。飯畢再渡江至李佛波寓坐談。吃飯後與之同至美味齋，看其新買安全吸入器，日本貨也。至伯英、心如處略談，晚九時，乘差輪渡江後與潘蔚安步行入漢陽門至萬發祥談各事。回寓後閱滬、漢各報，知京奉於陰曆本月初十日大雪，爲四十年來所無，又知日本中部於本月初四日大地震，較之民國十二年陽曆九月一日之大地震亦無稍異也，聞損失之數在五十億以上，人口死者十三萬，此次死者二千四百五十九名，傷者四千餘人，財產損失之數尚未查出，其災似甚小矣。然日本大地震至此已四次矣，查第一次大地震在七十年以前江戶時代，第二次即民國十二年九月，第三次在民國十四年五月廿三，兵庫縣一帶，此則第四次也。晚十一時寢。

十七日　晴

十時起，飯後渡江訪伯英，在文旂寓談甚久，訪心如未晤，至佛波寓談甚久。六時渡江回寓，十一時寢。

十八日　晴　今日春分

十時起，訪次誠未晤，聞其家人云已至余蔚文宅，遂至余宅訪之未遇也，遂至梅宅取文件歸寓。唐吉卿來回看，談一時許去，余仍外出至陳乾燮家詢各事畢，回寓。次誠來談片刻去，再乘車至陳宅訪伯英，已晤，遂與之至季獎寓看琴，並欲訪某道人，至則某道人正習吐納術，不見客。藏琴之家以一小孩有病，約以改日再看，又折而回關帝廟陳宅吃飯，途遇賀良輔，范允仲師，均各便談幾句。陳宅飯畢，至次誠寓看畫及字。戴文節畫册、黃大癡條幅皆偽物，梁同書字真而不精。回寓後略息即出至唐吉卿寓晤及范瀛槎及陶某，談一時許，出至許勉之家晤見，略與談各事，歸寓已十一時矣。十二時寢。

十九日　陰　晚小雨

九時起，決計今日回縣。十二時飯畢，久候天喜不來，甚煩悶。雇車三次均未妥，自鄂、湘提高工人生活以來，人民受工人之要挾不淺。午後之時始雇得一車，過司門口，遇天喜，同至江干，上船後彼云傘袍未帶來，余即令其起坡往寓取之。渡江後至曾心如處晤太輔，云今晚無下水船，甚焦灼。又至李佛波寓，面約余明日到其家授習各事。傍晚渡江回寓，清理各事，與惠芳談甚久，十二時寢。

二十日　雨

十時起，十一時飯畢。冒風雨渡江到漢陽門時，風大，船顛甚，然以約期回縣，又不能不歸。至心如處，問胡天喜則云已到省。余與太輔衣服俱濕。余雇車至伯英處，略坐談，大雨如注。雇車至李佛波寓，衣更濕，坐未久，太輔來報告謂大船未必能開，因上海已罷工，船上已裝客及兵不少，此殊爲麻煩之事。又令彼探聽小輪，余在李寓候信。飯畢，又親往大吉輪探信，見船上貼有"此船不開滬"之語，悶悶。再尋一茶房問之，謂明晨四時可開，因貼條以拒軍人之上船者。遂復至心如處，天喜以與太輔同來，蓋彼以雨大，昨在大智門宿也。遂令太輔與天喜先上船購鋪位，余十二時上船，周功書與余同上船。太輔來云，已向一湘兵私買得一鋪位，去洋一元，又另給紙煙錢四百文，遂以彼私占之鋪位讓余，是彼不給價與茶房並賺茶房之錢。連年輪船茶房凶橫需索，自去年十月起，無日不爲軍人挾制毆辱，此真報應甚速矣。今日余自武昌乘車到漢陽門，受車夫挾制，今晚自新聞報乘車到六馬頭，又受車夫挾制，且多需索一次價。其實近來車價已較去春加二倍已上，若輩猶心不足也。鄂、湘均提高若輩生活，似此情形，往後將不堪設想矣。在船未合眼，五時昏昏睡去，天將明，檢包袱，則一大手電燈爲與余同坐之兵竊去，湘籍軍人可畏如此。

廿一日　陰風

七時起，艙中空氣極惡劣，悶不可耐，九時到黃州，旋即渡江到家，家人尚未起。閱蕭敦五所看日期，至小西門外定碑石，又至蕭敦五家略談。傍晚約彭師來談一時許去，十一時寢。

廿二日　風雨　兼下雪子

九時起，飯畢清理沙市局任內各案卷，分數貼存於箱，費時甚久，腦爲之暈痛。午後四時姚漁青、周淬成來訪，談甚久。趙茂林來，余已睡，未晤。傍晚至樂峰處，知其病足，略坐即出。九時歸，十時寢。

廿三日　晴

九時起，清理各事。飯後獨自出門至大南門外，轉至普山，又至先公淺厝處，再至萬壽橋先姊墓，又至學堂傍，再折而入大南門歸。來客數次，傍晚至周淬成處略坐即出。十二時寢。

廿四日　早晴　午陰　晚雨

十時起，周福來，余寫信約彭師出城，天忽起雲，彭師來，遂與出大南門至射圃山，折至大西門，進小南門歸。今日擬看地未果，遂與彭師分手各歸。午後四時幼卿、漢卿來談沙市局事。傍晚漁青來，淬成、易泮香、章振旅同來談甚久去。十時彈琴、調弦。十二時寢。

廿五日　陰雨

九時起，飯畢清理各事。午後漢卿、福安來談稅務局事，刺刺不休，余頗厭聞。適其時電報局來請余，遂欣然去，爲竹戰戲，九時半畢。十時歸，十二時寢。

廿六日　早霧　晴

九時起，十時飯畢，熊小堂來坐，談久去。後余攜更生出大南門至小西門，在萬壽橋一帶閒眺，再折至大西門看演文明戲。午後三時歸，飯畢，彈琴一時許。晚十二時寢。

廿七日　晴

九時起，連日睡甚美，人亦安適。午後來客數次。晚寫致各處信。余回已久，不能不向彼等諄諄囑托也。寫至轉鐘一時寢。

廿八日　晴

厚訓三時起往漢口買紗，余囑其送各處函，並囑以各語。余九時半起，午後出城閒眺。晚至電報局探信，無甚新聞。十時歸，十一時寢。

廿九日　風雨

九時余尚未起，厚訓自漢回家，一挑夫爭腳力擾攘，凶橫甚，余益起其值以去。時局如此，若輩之凶橫有工會以輔翼之，不可抗也。飯後出門談二時許歸。傍晚彈琴未出，十二時寢。

三　月

初一日　晴　四月二日

九時起，得省中各信，午後俱爲答覆，清理文件及書籍各事。晚未出門，十二時寢。

初二日　晴　大風

九時起，飯後清理各事，午後四時王久旂來坐談，旋張械章、范朗仙同來坐談，欲聽琴，余慨然彈與聽之。范、張去後，余與久旂同至萬子雲處略坐，便往許叔文處立談片刻，歸後清理文件。晚至電局探各事，十一時歸寢。

初三日　晴　晚小雨

九時起，十時飯畢。至孟丹溪家略坐，出大南門折而至普山，再至仰山廟，上西山頂，經廟後山頂上路甚平，此余平昔未經者也。行至山路上，遇彭梓卿，立談片刻。至頭道營、二道營、三道營等處，見海軍所立之小石柱。至寒溪塘山頂上看江水，沿寒溪塘小路歸。又至側耳聽蛙，孟姓祖墳略駐閱之。今日見十五師軍士鏟草修路，傷於孟山矣。今日遊山看水甚久，極適。四時歸，飯後彈琴。晚七時至電局略談即歸，十一時寢。

初四日　雨

九時起，飯畢，補寫未竣日記，午後電局來約爲竹戰戲，晚十時畢，十一時歸。連日竹戰有輸無贏，理所固然耳。十二時寢。

初五日　陰今日清明節

九時起。昨今兩日聞漢口日租界事風聲愈險惡。午後一時出城祭墳，先至先祖父母及先姑及普山祖墳，次往先公淺厝處，再次則先嫡、大伯、先姊、姊丈、仰山公、曾祖母、曾庶祖母，依次先後尋往祀畢，同厚訓、更生等回。飯畢已四時半矣。傍晚至電局聞日租界風潮甚險惡。十時歸，十二時寢。

初六日　陰

九時起，清理香楮，準備往胡家爐坊祀胡姓曾祖。午後帶同更生、厚訓出南門，雇船到李家下灣，尋祖墓祀畢，就原船回到大南門時，足力已倦。歸後小睡，聞敏深今日來縣，傍晚至電局探彼，正爲竹戰戲，未暇與多談也。余出回家，九時淬成同敏深來，留消夜後復與同至電局探信，並約振旅、淬成等明日來家吃早飯。十二時歸即寢。

初七日　陰晴不定

八時起，今日請敏深來。十時周、章俱到。早飯畢，與敏深等四人渡江至關上看戲，約二時許，熱甚。遂雇船往黃州城，先到赤壁一遊。

軍隊已退出，余等得安然縱覽，一大快事也。約遊一時許，至敏深局中吃飯畢，雇船過江，便至瘞尊石、怡亭銘等處縱覽，入城時已上燈矣。晚九時至電局探日本租界事，風聲險惡。十時歸，十一時寢。

初八日　陰　小雨

十時起，午後王子恒、許叔文來談，晚至電局談甚久，聞日界風潮不能決。十時歸，十二時寢。

初九日　大雨

十時起，清理各事，晚至電局探漢口信，聞已和緩。十時歸，十二時寢。

初十日　雨

十時起，午後清理文件、各書籍。晚至電局談甚久，十時歸即寢。

十一日　雨

八時成衣匠來補改各衣服。晚至電局，聞漢事已有和緩態度，大約再過幾日可望解決矣。十時歸，十二時寢。

十二日　北風甚厲　晚小雨

十時起，清理各事，成衣匠補綴各應用衣服已齊。午後來客數次。晚至電局談甚久，十時歸，十二時寢。

十三日　陰　熱

七時起，午後張叔和、孟丹溪來，晚至電局，知振旅今晚往漢，因而托各事。十時歸，十二時寢。

十四日　晴

八時起，太輔自鄉間來述各事，飯後叔和、丹溪、姚福坪來。晚至郵局略坐，至樂峰家略坐。十時歸，十一時寢。

十五日　晴　熱甚

八時起，飯畢至張叔和家爲竹戰戲，丹溪、福坪、振旅同局。傍晚歸，清理各事，十二時寢。

十六日　晴

九時起，飯後出門至大南門外散步，由小西門歸。晚十一時寢。

十七日　雨

八時起，飯後檢閱各書籍。晚至郵局，略談即歸，十二時寢。

十八日　雨　天沈悶極

六時，二貓鬥於屋上，聲震喧。余起逐之，旋睡至九時起。今日天沈悶異常，礎濕如滴，地面現水，光滑而難行。晚六時章振旅自漢歸，來家談近事，謂日界事甚緊張。電光閃爍，章恐雨到，辭去。後大雨已來，挾山倒海之勢，未幾，街水盈尺矣。十二時寢。

十九日　晴寒

八時起，連日着單衣猶熱，昨雨，天氣變寒。午後來客二次，晚出門閒談。十時歸，十一時寢。

二十日　晴　今日穀雨

八時起，清理各事。午後出城閒眺。傍晚至電局，十時歸即寢。

廿一日　晴

九時起，早飯畢，張叔和約至其家爲竹戰戲。傍晚歸，十二時寢。夢有人毆死田述群，余爲之作不平鳴。

廿二日　晴

八時起，午後四時飯畢，上大北門城至雨臺山，略駐視。至大南門下城，在王次齋家略坐，又出城閒眺，由小南門歸，十一時寢。

廿三日　晴

八時起，飯後彈琴、閱報。晚出門一次，十一時寢。

廿四日　晴

八時起，飯後看書報，晚至電局一次。十時歸，十二時寢。

廿五日　晴熱　南風大

八時起，飯畢與淬成、振旅至樊口，到北門江干時十五師軍隊已全上船待發。余等到樊口後天甚熱，至茶館略憩，食炒麵一大盤，甚佳。午後五時方歸。今日遊興頗適也。晚程少松來談一時許。十二時寢。

廿六日　晴　熱甚

七時起，早飯後孟丹溪來問各事。晚至電局，聞漢事已漸和平。九時彈琴，十二時寢。

廿七日　晴　熱甚如五月天氣　寒暑表八十三度

八時起，飯後寫字、看書、閱報。午後一時倦臥一小時，黃志雲來，余起，與談一時許去。晚彭師同劉子厚、張某來奉看。去後余旋至電局談各事。十時歸，十二時寢。

廿八日　晴　熱甚　寒暑表八十四度

八時起，午後來客一次。晚至電局略坐，十一時寢。

廿九日　雨　大風

八時起，飯後自畫扇葉二張，一墨蘭、一松。午後電局來請爲竹戰之戲。晚十時畢，十二時寢。

四　月

初一日　陰　大風　寒甚
此月陰陽曆同日　今日即五月一日

八時起，自寫扇頁二面。午後清理各事，晚至電局談各事。十時歸，閱報至十二時寢。今日縣中大遊行，五一勞動節。人數甚多。夢雜可異。

初二日　晴

八時起，看書寫字。飯後清理各事。黃志雲派其子來請客，並將余之琴取去。四時往志雲家略坐，談其女公子欲學琴。余力薦黎朗如可任此職，彼年老且無多事，余則未能也。晚間飯畢，遂彈《平沙》一曲，與彭師、叔和、振旅、淬成一同入城。回家後清理文件，寫信一件。十二時寢。

初三日　晴

七時起，往曹治安家，回看曹仲和，至則知已遷至梁宅矣。與治安略談出。出城看刻之石碑。旋入城，往少松家略坐。午後至電局談一時，旋爲竹戰戲，晚七時畢，至仲和家略談。十時歸，十二時寢。

初四日　陰　晚雨　夜子正雨止　有星

八時起，飯後看書報，午後周淬成請客並爲竹戰戲。傍晚酒畢即歸，今日見滬報，略知近事。十一時寢。

初五日　晴

八時起，飯畢整理書籍，午後寫扇一柄、畫一柄，漁青送來者，興趣俱不佳。晚外出一次，十一時寢。

初六日　晴　今日立夏

七時起，飯後看書及報。午後清理書籍。孟端溪著人來請爲竹戰戲。三時到其家，象虛、叔和同局。傍晚歸，彈琴一時許，看各種詩集、碑帖等。十二時寢。

初七日　晴

七時起，飯後寫前歲未竣各詩稿，至程宅一次，晚至電報局略譚，記去年今日余在沙市接事，不勝感慨。晚彈琴一時許，清理文件畢，十二時寢。

初八日　早陰晚雨

六時半起，寫文稿及未竣詩並補綴之。至晚尚未竣，倦極，十二時寢。

初九日　陰

八時起，補寫未竣詩稿，午正聞大遊行，各鄉均有農民來。午後二時余由大北門出城至大西門，見人山人海，萬頭攢動，由小西門下城歸。午飯後振旅、淬成、志雲、仲和來坐談甚久去。十二時寢。

初十日　陰

七時起，得省函知崔吉侯因嫖與人爭風，爲人打折其足，已抬至醫院療治矣。似此無良心之人，勿乃報應甚速耶！晚至電局談片刻，知武漢近事。十時歸，十二時清理各事。忽聞飛機軋軋聲鳴天際過。寫詩稿並補綴錯誤，至轉鐘三時寢。

十一日　雨　晚雨甚大

七時半起，清理詩文稿已畢。午後二時至黃志雲處看江景，談時事甚久。章振旅、周淬成來，又坐談至三時，沿北門往大西門、小西門入城，經江家院往張叔和家，因張今日請客也。五時開席，肴多而佳美，六時半畢，余後出便往高魯生家略談即歸。夜雨甚大。清理文詩及日記各稿，俱已竣事矣。十二時寢，夢余至一澡堂洗澡，日本人所開設者。又在其處理髮，供役者皆日人。余與之作英語，彼能會意。此不知主何事也。

十二日　晴

八時起，清理各事。偶檢石章，見有二枚有碎痕，遂磨去之，甚費力。飯後小睡。張叔和來邀余往西山寺看佛教會典禮，余以路滑辭之。清檢案上積件，四時，振旅與叔和自西山歸，又來約余至南城上看鄉景畢。便至李龍如家談片刻出，又至高魯生家談片刻出，歸時已上燈矣。十二時寢。

十三日　晴　早大霧

七時半起，擬今日渡江訪黎朗如聽琴，命厚訓至沈福田家看其能同去否。早飯畢，福田命其子炳琳來家，與余同渡江。遂約淬成、振旅，便邀志雲雇船過江。船行甚緩，到黃州時約需二小時，進城至郵局始知敏深已渡江，彼此相左，甚奇。遂命炳琳先遞信與黎宅，少頃來云，黎已在家，約余等相見，遂與志雲等同去見黎。知六十餘歲，貌清不類商人。稍坐請其調絃，彈《漁樵問答》一操，手法、彈法與楊時伯所傳者略異，段落亦大同小異，其不同者楊緩而黎彈甚急。據稱傳者爲我邑金牛鎮余，派則浙也，余聞次誠轉述，此操爲金陵派，武昌田述群硬指此派爲川派，有黨同伐異之習也。黎彈畢後余亦爲彈《平沙落雁》一操。坐片刻，郵局着人來催，余等遂別黎，到局各食麵一盂，與淬成、志雲至聞幼浦家慰藉，因彼長子聞鳴九去秋病殁，余尚未吊之也。坐片刻出，再至郵局，知敏深尚未歸，遂至電局晤局長汪仲權，皖人，去歲調來黃州者。余慮天有風，遂與淬成等出城，仍就原來船回縣。志雲今日興高采烈，必欲余等至其家吃麵，窺其意似今日生辰，余等堅詢之，彼未承認也。到其家酒菜均備齊，似有待者，因彼之子女約今日回縣，或者有慶祝之意耳。四時敏深亦來，遂就其家吃酒，五時半畢，敏深上船回局，余等遂各分散回家。王久斿來坐談甚久去。余外出至電局探武漢事，云甚平靜。九時歸，聞夏村來，擬明日請其吃午飯。十時清理各事，十二時寢。

十四日　晴　晚小雨

八時起，清理各事，飯後淬成、振旅、周子書、石鏡卿先後來談甚久去。艾幼卿來坐談，衛子良談片刻去。午後二時夏村，久斿已來，三時半飯畢，黄志雲來談甚久。四時半與幼卿、志雲、夏村、久斿同出大南門散步，過小南門，小西、大西門至陵家河下，轉至志雲家談甚久。看江景甚適也。傍晚歸，便至孟愚溪家坐談甚久去，回後又往電局一次，云武昌平安無事。九時半歸，十二時寢。

十五日　晴

七時起，泥瓦匠來檢屋。飯後清理各事，彈琴一小時，袁夏村來坐談甚久去。余今日檢大聯一副、小長聯二副以贈之。檢《了凡四訓》拾本，囑其分贈鄉間。四時，彭子芳師同羅□□來談甚久去。孟愚溪、王久斿、夏村來坐談。今晚縣中慶祝黨部成立，各工會提燈遊行，約千餘人，八時半方畢。九時出門一次，在子恒店中略談。歸後飲酒一盞，欲以消抑鬱耳。十一時半寢。

十六日　晴

　　七時起，彈琴二操，夏生來，云今午趁便船回去，飯後清理文稿雜件。萬子雲、王久旆同來坐甚久去。清理各石章，欲辦印譜一套，正清理，黃志雲來，云時局有變，坐談甚久去。電局送來梨子四枚，自漢帶歸者也。傍晚許叔文來談，九時余至電局坐談。十時歸，清理文詩各稿，印譜已辦就。十二時寢。

十七日　早天黑似欲雨　大風如深秋　寒甚

　　七時起，木匠來整書房，飯後仲和來談片刻去，王久旆來。午後三時郵局送報來，閱二頁，倦極睡去。袁子青來呼余起，與談各事。晚飯後至周子書家談片刻，出至少松家略坐，出城看碑石，擬明晨至刻工家寫字，便由大北門至子卡、黃志雲處食麵餅三枚。七時過城便至電局、郵局、曹仲和寓各談片刻。回家清理各事，辦理印譜已竣事，十二時寢。

十八日　晴

　　六時半起，盥漱畢，出城寫先祖父母、先叔碑石，囑石工早日刻齊，預定廿六日安立此事。先公在日即欲立碑，徒以研究兩姓事，遲遲未果。至民國甲寅，先公病重時，屢以立碑爲念，然距先祖父母葬期今已廿五年矣。回思往事，心有餘痛。寫字費一時許畢，與更生同回，則袁子青、曹仲和俱已來家，余晨起，已命厚訓接袁、曹來吃便飯。十時飯畢，子青辭去，午後曹保和、仲和、久旆、子雲坐談甚久，傍晚縣署送對聯來寫，余恐其墨陳濇，遂趁時書之淬成。淬成同來談近事，隨後余與之同出至叔和處略談即出，欲至志雲處，以天晚未能也。擬明日裱房。十二時寢。

十九日　晴

　　八時起，囑厚訓裱房，余亦爲之幫忙。飯時金岳生來，停箸來陪，慮其有何話説，繼知爲某君送扇來乞畫，已許之矣。談近事，久旃、子雲同來談，志雲來談。十一時敏深及黄州電報局汪局長同二司機生並淬成、振旅同來，談甚久去。今日客來甚多，説話勞神，又兼料理裱房事，腰爲之痛矣。傍晚方畢，遂出門至振、淬二君處坐談，出便遇楊厚安，亦□去與之談各事。十時回，十一時寢。

二十日　晴

七時起，清理各事，飯後至黄志雲處略坐，聞武漢近事，又聞近日回縣之人極多。志雲曾往余家告近事，彼此相左。回後路遇汪同昌，見軍隊已紮入其家矣。先是余在曹保和家坐談甚久，亦有軍隊入宅求駐，曹婉卻之。到家後即囑家人清檢各事，恐軍隊繼續來，難於推卻。傍晚少松來，知其家亦紮兵，今晚幸無軍隊來。十時彈琴，十一時半寢。

廿一日　晴

八時起，今日軍隊愈來愈多。飯後有軍隊來看房屋。十一時余囑家中小心。午後二時軍隊已來，先尚可以理喻，在前重駐紮，繼則搬入堂屋中矣，麻煩至極。四時余至電局探信，途遇西垣，邀入室談片刻，出至粹成處，至電局略談，電局亦紮兵，殊爲麻煩。五時歸，志雲來談近事，約半時許，聞彭師於今晨已雇民到團風回黄安矣。六時以後未出門，軍隊十一人駐堂屋，喧囂至極，借給茶水，至轉鐘一時彼輩乃寢。余卧書室中，展轉不成寐也。

廿二日　晴　今日小滿

七時起，昨夜睡未安，足酸軟，右手亦酸痛，以駐兵故。□在室窗盡閉，悶極，早飯僅食一碗飯，後至黄志雲處略談近事。緊急駐軍又多，午後二時回家，久旃、志雲、叔和、西垣、端溪、仲和先後坐談甚久去。悶極，傍晚幼卿、樂峰先後來談，聞近事益迫，此時駐軍未開盡，設問道有兵來鄂城，大局有不堪設想者。終夜展轉不寐，轉鐘一時，余起爲軍隊燒茶，三時又囑人料理軍隊。三時一刻駐軍始開去。余囑厚訓上大門，四時寢。此爲劉鑫葉□□潰下之軍隊。

廿三日　晴

九時起，黃志雲來時余未起，聞與厚訓說各事去，飯後余至志雲處談各事甚久，漁青、少垓同在志雲家談各事。午後謠風甚熾，傍晚尤甚。余至電局、郵局及各處略坐，出城一次，至萬泮香處回看，均略談。今日身體疲勞，十一時彈琴一操，十二時寢。

廿四日　晴

八時起，飯後出城，今日早飯最早，食畢僅九時也。至王利師家略坐即出城。遇厚訓來找余，謂志雲已來家，有要語相聞，匆匆歸，後知爲漁青籌畫。縣中局勢似不利，因僉云陳家輶已發見夏軍也，慌亂紛擾，至兩時之久。余爲先公安葬事出外計六七次，心亂如焚，坐卧均不適。午後五時黃海清來知各事。傍晚又出門三次，聞局面又略鎮靜矣。途遇夏乃卿，談各事。再訪蕭敦五請說明各事，十一時半寢。

廿五日　晴熱

六時半起，清理安葬先公各事，九時早飯畢，至蕭敦五處，約其出城看先祖父母塋，爲立碑事。便至電局探問，無事。歸家後裱房一小時畢，以竣前數日之功也。午飯前命厚訓等囑工人抬碑石至朱家塏，耽延約三小時方歸。八時開午飯畢，囑洪英等搬書箱入正房，二小時方料理畢，傍晚又清理各事。小松來坐談片刻出，與之同至王子恒家略坐即出。十時半寢。

廿六日　晴熱　風

四時半起，家人俱於四時起煮飯，五時分咐各事。周福、周德樹、艾幼卿俱於何姓等抬柩人同時到，已六時矣。擾擾殊甚，約廿餘人。八時半開酒席三桌，食畢出城普山立碑，及請先公柩同時並舉，十時，先公遺櫬起行，余鼻酸涕下。先公遺櫬停西門園外已十二年矣。壬戌冬擬安葬普山，未果。去臘廿三擬安葬普山又未果，今春原定二月廿四安葬朱家塪姚家壟祖山。余二月廿一回縣繼商敦五、彭師，又以時間關係擬改期於今日爲安。十一時半遺櫬抵山，十二時開井，土色褐色甚潤。井開畢時，徐姓有粗人來干涉，云井已開上，余不欲與計較，遂囑何姓開井人移下尺許。三時已交申初下□，余亦敷衍徐姓號春臣者以去，此人年六十五，即徐姓請來理論者也。此人來時尚無多語，去後亦未多説好話。惟徐姓界已訂入老墳之内，不知禮門五爹在時何以不與計較議論耶？四時半按葬已畢，壟亦做好。余與敦五先行回縣，足軟身疲，又以熱不可耐，旋走旋歇，五時半到普山看祖父母壟及先叔碑，均豎立甚好。入城到家後身已疲不自持矣。飯畢，思昨今日連普山豎碑者計由何姓所雇，共十八人來此幫忙，粗人計周福、周德樹、洪英、李明、六兒、洪司夫六人，又請艾幼卿在家招呼來客。蓋晨間家母及内人、外甥輩均出城送柩也。七時洗澡一次，小睡一時許，九時叔和、振旅、淬成來談。今日至城外送柩者有程少松，余等出城後，振旅、淬成、漁青均來家問路程，欲出城送柩，爲艾幼卿及家慈婉言致謝再三始去，此甚可感也。九時半炒飯一碗，食竣遂寢。夢余似居一大舊宅，已睡於側室。中室門未關，見堂屋外壁間有一大白色龜，身徑約三尺許，四足散動。首昂，旋變一大獸，非虎非豹，狀獰惡向余。取一桿，聲聲未中，此獸又變一老人着毛絨，有花之美麗，古衣冠，冠若東坡式。旋又來一女子，亦衣美麗，絨衣古裝，老人遂賺此女易衣冠，老人着女衣冠前行，囑女子着老人衣冠後行，蓋爾時老人已有噬害女子之意也。同行出門，余慮設老人反身再來入余室，將奈之何，正憂懼中，忽聞窗外槍聲一發甚碎，遂驚起，執洋火欲燃燈探，慌亂殊甚，忽醒。然此猶似夢中境，此不知主何事，或者葬地之幻境歟？他日或有以證矣。

廿七日　晴　熱甚

七時起，清理各事。飯後小睡。十一時周淬成同聞幼浦來坐，談片刻去。午後天熱如伏，奇甚。今歲兵災、旱災，其象大見，後顧茫茫，其爲可慮也。今日擬在家休養，二時後清看各書箱，已失去《外國遊記類編》一部，不知何人借去未還也。傍晚郵局送來漢報十餘份，取其最近者閱之。八時至淬成、振旅處坐談，晤張叔和。九時半歸，又閱報至十二時畢，寢。

廿八日　晴　熱甚如伏

六時起，漱洗畢，至夏乃卿宅道賀，其子昨夕新婚也。飯後出城至朱家塆復土。天熱如六月。行一時半方到，厚訓、仲章、更生同去。六兒提祭品及雜物到山後奠酒焚楮，約半時歸，至普山祀先祖父母、先叔畢歸，足軟，熱甚，洗澡後約休息小睡半時許。厚生來與談片刻，留在家吃飯，余則往曹仲和處吃飯。因仲和今晨曾來約也。晚至志雲處略坐談。至電局、郵局略談，與叔和、端溪遇，回時已九時半矣。十時半寢。夢沈碧舫談及借款、文卷事。又大冶學生陳暢如請余入澡堂，又至同鄉會，余有所發言。

廿九日　晴　熱如六月　大東南風

七時起，清理各事，八時半飯畢。十時小睡，十一時志雲着人來請，謂已在電局相候，余到後談各事，知時局又緊張矣。十二時歸，清理各事。下午四時夏乃卿來坐談一時許去。六時余出城至志雲處談甚久，黃昏時入城。昨見禾秧田中水已竭，今日益以赤日如火，風烈如六月，今年早穀恐難熟矣。天災人禍集於一時，徐行徐思，正有苦吾民之歎矣。到家後吩咐厚訓令何姓及刻碑石工人並酒飯俱來取款。此次葬先公計用款百卅餘串，若前年臘月安葬，人工未漲價，僅半數足矣。九時至電局探近信，無甚要緊事。歸後囑甥婦磨墨，預爲明晨寫對聯各件之用。十一時方畢，夜夢甚雜。

三十日　晴　熱如三伏

五時半聞敲門聲甚急，熊嫗起來開門，余隨起，則陳暢如自武昌搭民船回縣，道經鄂城，停舟來訪。余問以近事，留早餐，彼辭去，謂舟不可久泊也。陳去後，余思臥，旋睡去，至十一時起吃飯畢，寫金花箋二副，一贈章振旅，一贈蕭敦五。寫扇二握，並畫之，非得意筆也，張叔和着人來請竹戰戲。二時半去，七時畢，天熱如三伏，奇哉。晚間未出，清理各事。十一時寢，夢見一人臥天空之下，上有各行星朗耀如月。天王、海王及彗星在焉，余謂此人可謂獨寢不愧天地神明云云。

五　月

初一日　晴　熱較昨日尤甚　五月卅一號

七時起，清理各事，今日擬將書箱移動，無人幫忙。午後不得已令內子幫助。更生持取輕物，並搬書籍，費三小時之久方畢，汗出如瀋，勞煩已極，腰痛萬分。洗澡後洪英來，囑與幫忙裱房。四時半畢，洪去後余親爲洗房中地板，費二小時畢。今日作事多，甚於苦工矣。再洗澡一次，晚九時至振旅處坐談片刻即出。更生今日未吃午飯，大熱，想係傷食傷暑耳。請子恒來療治一次。王久旃於五時來，談一時許去。清檢房中雜物，倦甚。十一時寢。

初二日　晴　熱如伏

七時起，清理書籍，飯後檢點各事。傍晚至黃志雲家，晤其夫人，略論各事即出，循大西門，進小西門，在少松家略談歸，清檢各事。十二時寢，多夢，且不倫事尤多。

初三日　晴　熱甚

六時半起，清理各事。挾銀洋開消雜項。余自去冬十月回漢後至今已閱七月餘。未就事，且近更窘，時局何時可定，不得而知也。端節後似非到省函之謀事以紓目前之困不可。晚至汪同昌、王子恒、章振旅各處略談。十時歸，十二時寢。

初四日　晴　熱　晚大西北風，天氣變涼

七時起，清理案上各件，日來擬伏案寫字，遂將筆硯墨盒香爐文具整理一次，飯後章振旅來坐談片刻去。命洪英持片探志雲歸否，回信云未。午後四時半曹仲和來談，知志雲已歸，志雲亦命來請余往談。傍晚出城，風大，涼甚，在志雲寓談各事甚久。出訪黃雪堂、愚溪，談片刻，至電局略坐，至郵局與淬成、福坪、少松談甚久。歸後鄧勉之來談片刻去。今夕聞福坪述周子模家於四月八日買鱔魚放生事，甚奇；又聞黃志雲述其負義友李姓槍斃事，亦奇。自民國以來，報應甚速，真諺所謂"眼前報"。乃世人不覺，仍專心作惡者，何耶？轉鐘一時寢，夢先公卒後復活，着大布衣褲，高談雄辯。余不勝其喜，有友來賀，余謂此爲至誠所感云云。此時先公似未殮，當時家人白先公云，設早殮則不能回生，遂將空櫬抬入後院空屋中。三時醒，此不知與葬地有關係否。

初五日　雲　北風　天氣變涼

六時起，清理佈置各事，寫詩稿，憶去年今日早八時各卡來賀者約四十餘人，皆附近者。余勉爲支持，其實身體因公甚勞，已疲憊不堪矣。今歲在家，縣中已有禁止賀節之明文，省卻多少煩惱。午後四時，王子恒來，程奠山來，略與談片刻去。傍晚寫詩稿日記，記沙局各卡辦事員司之賢否，其實佳者不過三數，繼思不必書此以留痕跡，橫豎辦徵收人何曾有一佳者，遂棄之。晚十二時寢。

初六日　陰

七時起，忽頭暈目眩，不能自持，三起皆如之。十一時更甚，大吐痰沫。午後振旅、久旃、淬成、少松先後來坐談，正值余大吐，汗出如瀋，吃虧不小。傍晚仲和來與談數語，並未起床。黃舜卿來，余未見之也。計今日吐七八次，晚稍好，子恒來診脈二次，服藥二次，水米未入

口，身疲甚，十時寢。

初七日　晴

七時起，頭暈已大減，思食，進飯半碗，粥半碗。正午淬成、振旅、少松來談甚久去。三時衛福安來，聞昨日省歸者談近事出。黃志雲來談甚久，汪西恒來略談出。子恒來二次看遲生泄疾，服藥，未大減。十二時寢。

初八日　晴熱　今日芒種

七時起，盥漱畢，進祖宗，今日爲余四十二初度。午後來客數次，久旃來坐談甚久去。六時至志雲處坐談甚久，入城後至電局略坐，談知下游事吃緊。晚間清理各事，寫詩稿至十二時寢。

初九日　晴

六時半起，今日精神已恢復矣。清理書房中各事。飯畢着老王催客。午後一時振旅來云，自署中出，已晤見彭師，余即作函約彭師來吃飯。三時，客均集，彭梓師、敦五、振旅、叔和、少松、久旃計八人。五時畢，六時散去，九時至電局，探知近事不佳。旋縣署有人至電局，所談亦同。十時歸，清理各事，頗麻煩。十一時寢。

初十日　晴

七時起，清理各事，連日風聲緊急，鄉間久旱不雨，災象已成，其所謂"天災人禍"也。午後出外三次，來客數起。晚十一時寢。

十一日　晴

六時半起，清理各事，城內謠風甚，有人來述大冶及黃石港近事。夏軍已槍殺工人約三百人。午後消息愈緊，三時謂夏軍已到燕磯矣。傍晚略平靜。今日曹保和來談近事及以後政局如何，研究再三，總之時局如斯，雖明慧人亦所不能料也。九時至電局略坐即出，十一時寢。

十二日　晴　熱

六時起，頭暈不適，早飯未進多食。看遊記約一小時，焚香彈琴，俱不快意。午後五時半叔和、福坪、少松、振旅來，坐談甚久去。晚外出二次，夜間食餅三枚，十一時寢後口渴甚。

十三日　晨小雨一陣　午後又小雨一次　晴悶

六時半起，飯後看遊記。十一時仲和來談未久，志雲來談，仲和先去。看遊記約三小時，天悶熱，睡不適。午後四時半至志雲處坐談，旋叔和來，與共談至天晚入城。歸後食飯一大碗，蓋今日上午、下午二餐均未飽也。九時至電局坐甚久，十時半歸，十一時寢。

十四日　晴　晚小雨　夜分大雨一陣

七時起，今日謠言漸少，飯後振旅、淬成、仲和同來坐談久，又約叔和同至志雲處談甚久出。傍門外入大西門，至電局食醬麵，惜過冷，余僅食半碗，爲竹戰戲，傍晚畢。今日姚漁青自省借用電話與振旅談武漢平靜。晚至□漢宅談甚久，歸後彈琴，十時半寢。

十五日　晴熱　午後小雨二次　五時小雨一次

七時起，清理各事，飯後至叔和家談甚久。見高魯生自壽詩八首，叙言多俗氣，見陳時若和章優於高，儻加功精進，必可成好詩。刻章尚不知門徑。午後二時與叔和至周子告處，未晤，至電局談甚久，熱甚，歸後清理各事。午飯後至志雲寓談甚久。遇一眼科醫生，董姓，大治人，述大治事甚詳。傍晚入城，七時半飲酒。吃夜飯畢，至各街散步，途遇叔和自蘇明臣家出，遂與至蘇家略談；出至四眼井遇少松談數語，回家略坐，至十一時寢。

十六日　晴熱　午後忽涼　小雨數次　轉鐘子時大雨

七時起，今日擬清寫詩稿，刷洗各石章，已略佈置矣。飯後正整理各事，張稚芳、黃□□同來談坐久，正午未去，志雲來約至振旅處爲竹戰戲，吃麵一碗，甚佳。傍晚飯畢仍擬繼續，遂遲至十一時半方畢。到家後略事休息，飲茶二杯即寢。夢慶雲、鵬程與余談各事甚久。

十七日　雨

九時起，昨夜自子時大雨，至天明未歇，涼甚，鄉間農事，大約可救半數，設早雨十日，聞尚有九層收穫也。民以食爲天，無奈今年天氣不順民情耳。飯後寫信三件寄省，寫詩稿。午後又寫三頁，小睡一時許。傍晚至電局坐談甚久，八時歸，晚飯後又寫詩三頁，手痛遂停。十一時寢，夢先公歸家談各事，余謂可以傳醫學矣。又夢振卿、衛初似指示余所藏各文玩在一大會館中，正清理也，又夢梅卿一扇，已被余刓其兩旁矣。又夢陳海觀述及某軍隊欲過其家，雞鳴時起一次。今夕極不適，又惡夢甚多。

十八日　雨

八時半起，天氣變寒，着夾衣。九時命更生認字。近一月來，未益教一字，昨始補寫，更生能強記，不知將來如何耳。飯後至電局、郵局約周、章二人出城至志雲處，行至中途遇某君，聞船已放矣，遂折回至叔和家竹戰。傍晚畢，歸後彈琴，十一時寢。

十九日　晴

七時起，飯後至叔和家與志雲同去略談，出小南門外至黃宅，立談未久即出。至魁星閣小立，經儒學入文明樓，傍城行進大南門，經江家院至電局爲竹戰戲。晚九時半畢。歸後彈琴一曲，洗各種石章，十二時半方畢。轉鐘一時寢，夢至王子恒家借燈籠，似有兵荒之狀，甚爲恐怖，三時醒，時家母亦醒，遂與述之。

二十日　晴

七時起，清理圖章，飯後仍整理之。十時仲和來略談，與之同出，約振旅至志雲家竹戰。午後五時畢，飯後在江畔小憩，甚適。傍晚入城到家，洗澡後少松來，略坐即去。九時至梓衡家略坐談即出，歸後彈琴二操，十一時寢。

廿一日　雨　旋晴又雨

七時起，頭悶痛，天雨，地上濕氣大升，室中悶不可耐。午後檢《俞曲園集》閱，未久，黃炳璋送和詩十首來，甚佳。彼前四日來談，余以乙丑四十自壽詩示之，初不知其能和也。黃已向雷朗如學琴棋，使專心致志，將來可成名家矣。黃去後，姚漁青來談武漢事甚久。余此時已入窘境，似非急於就事不可，每日七事非錢不行，長此牽延，將奈之何。漁青索前次送來絹幅，催余畫，已面許之矣。晚間清理顏色等事，頗麻煩。余自去春至今未理丹青，前次偶作小件畫扇，均不得意，值此情景，爲人作畫已屬無聊。清理至十二時方畢，遂寢。

廿二日　晴　悶熱至極

六時起，七時清理顏色，八時半着手爲漁青畫絹幅，大膽爲之，蓋余從前作畫，必再三凝神聚氣而後執筆也。九時飯畢，十時調粉染脂作《三秋圖》，十二時大體已具矣。傅象虛來坐談，看余作畫一時半。請振旅、仲和來竹戰，二時，余畫成矣。今日悶熱至極，堂前磴階俱濕潤，滑而難堪。竹戰未久，志雲來，余退下休息，然頭悶已極矣，五時方畢。六時飯畢客走，八時至滓成局中略坐，至電局坐談甚久。九時半歸，十一時寢。

廿三日　雨　寒甚　着夾衣　午前十時北風大起　今日夏至

六時半起，七時爲志雲寫《松柏長青圖》，補祝其夫婦五十雙壽也。

落草太繁，致全紙幅已滿，點綴小景及石似可相稱。然松針柏點麻煩極矣。午後始成，今日□淬成、振旅、志雲公請劉省吾、姚漁青吃酒。十一時約叔和來家，十二時至電局爲竹戰戲。午後三時開席，六時半竹戰畢，七時回家，清理各事。今日風大如深秋，天時之不可測如此。十一時彈琴二操。風烈弦動，琴聲清剛，真有乾裂秋風之慨，此古人所以注重秋夜彈琴也。彈畢即寢。

廿四日　陰晴

五時半起，六時半爲周淬成作山水立軸，寫高垂柳二株，意態頗活，效元人法也。坡石皴擦用斧劈兼披麻，十時半佈置粗定，十二時大體具矣。叔和、福坪同來，坐談甚久，振旅來，遂與同出至叔和家爲竹戰戲。高魯生來，余偷閒未入局，至春溪家談一時許，出仍至叔和家，飯後歸，清理各件。久旃、振旅先後來坐談。八時半至少松家略坐即歸。十二時寢。

廿五日　晴

六時起，七時爲姚漁青寫畫幅款，略題數語，文另錄入題跋類中。八時寫大聯三副、小聯二副、小屏一堂、大屏二堂，至十一時止，身倦頭痛。墨已摻入，墨汁沁色不堪，故今日所書不快意，且無一副一堂可觀也。墨汁余向不喜用，因縣署中人已辭行，又來催索，聊以應之耳，僅漁青一畫尚可。午後二時吃飯，極不適，小睡後忽欲嘔，遂醒，頭愈痛甚。志雲着人來請，旋振旅、淬成來，遂與同至志雲家坐二時許，適縣中商會爲劉省吾送行，至志雲家宿，彭師亦來，又談二時許，傍晚入城至淬成家吃水餃。今日飢甚，食又過量。九時歸，十時彈琴，十二時寢。

廿六日　晴熱　晚大雨

六時起，七時爲章振旅作山水條幅，長短與淬成同。一人彈，一人立聽，《高山流水》在望，十一時大體具矣，十二時烘渲畢，明日或可足成之。正午振旅、淬成、叔和、象虛、少松、志雲、樂峰、仲和、福坪先後來，遂爲竹戰戲，傍晚方畢。飯後大雨如注，天已變涼。七時至淬成家食湯粉一盂。九時半歸，清理雜件。十二時畢，遂寢。

廿七日　晴

六時起，七時補書，淬成、振旅山水條俱成功，然渲染殊費力也，九時畢。爲孟春溪作花繪折枝條幅，布置太密以至畫成殊費力。月季、紫菊、野菊、松枝、蘭花聚於一處，即俗所稱"四季平安圖"也。午後五時方畢，中間衛福安、夏乃卿來，略有耽延，其實去功較山水猶多二時耳。六時，久旃、振旅先後來談，便約至志雲家乘涼閒談二小時。傍晚入城至電局食麵一盂，談一時，與漁清同出。歸後爲志雲寫松柏長青圖，款字多幅窄，亦落款題記變格也。十二時寢。

廿八日　晴

六時起，七時爲曹仲和作《松菊猶存圖》，仲和去歲在沙市，後余歸半月，去歲屢囑余作畫，無暇應之。午後一時方成，又補綴淬成、振旅各人未竣之畫，殊麻煩。漁青來辭行，情殊戀之，談半時去。子蘭、少松、振旅、淬成來，志雲來爲竹戰戲，六時方畢。七時至志雲家爲漁青送行，談一時許，歸後洗澡畢，着衣至樂峰家送洋五元，囑爲轉送萬宅，談片刻出。至子蘭家送行，至梓衡店中略談。九時半歸，彈琴一時許，清理各事。十一時寢。

廿九日　晴

六時半起，七時清理各事，八時半飯畢。九時叔和來請寫小紅條幅，送張躍龍壽禮者也，爲之打格子，費時半點鐘，打成後書五律二首，詩不佳，字以筆爛，僅看得過去耳。鄧勉之來，姚福坪來，爲張條書就，後有餘墨，爲福坪寫小對一副，爲志雲寫條幅一張。午後一時幼卿來談，余先與姚、張同出至志雲家略坐，後叔和、福坪欲爲竹戰，旋振旅、淬成來。午後三時余與振旅、淬成同歸，到家略坐，淬成、振旅取條幅去。五時半飯畢，六時彈琴，王子恒來談甚久去。晚七時至電局坐談，十時歸，彈琴甚久。十一時寢。

六　月

初一日　晴　午後五時半雨　陽曆六月廿九日

六時起，七時清理畫件。仲和條幅已落款，飯後寫立軸六幅，志雲之女及其三子各一張，佳者其女一幅，次則其次子一幅，四幅畫法不同，一臨碑，一仿伊墨卿筆。爲叔和、福坪各寫一立軸，爲志雲寫扇頁，筆法專師《黑女誌》。午後仲和、樂峰俱來談甚久去，今日寫字甚多，忙碌至午後五時乃止。傍晚至振旅、淬成二處略坐談，並在淬成家食糯米粥二盂，甚美。蓋余近已二月未食粥也，物以稀貴，豈不信然。九時半歸，十時彈琴，十一時寢。

初二日　晴

六時半起，清理案上各件，太輔來，命之與太炳搬廚房於東邊。余居此宅今已十一稔矣，廚房西曬，一交夏，令生火弄飯廚房中不能容人，酷暑時則汗出如瀋，前於沈姓搬出後，余決意遷之也。正午，電局來請客，三時吃飯，同席者福坪、叔和、淬成、志雲、振旅與余六人，六時竹戰畢即歸。途過四眼井，見新開茶肆正唱坐臺，喧擾已極，到家後聞國煌述及其家有人報告爲土豪，細查之，無其事。至春溪家略坐談，九時歸。十時彈琴二操，十一時寢。

初三日　晴

六時半起，七時清理各事，熊小堂來談片刻去。飯後清理各畫稿，此前、去兩年所辦教本，今日整理之。午後一時志雲、振旅來坐甚久，余與同出至叔和家坐甚久，便至魯生宅略坐，抄《怡亭銘》一段歸。飯後王利師來談甚久去，王久旃來坐片刻，與之同至志雲處，途遇仲和，便邀之到志雲宅甚久。江干風靜，隔江山色清麗，傍晚霞色冶艷可愛，惜無此照相具以攝之也。燈後入城至郵局，遇叔和看提燈會。九時歸，十時半寢。

初四日　晴　午後三時大雨如注

六時起，清理各事，飯後寫雜件。正午志雲之子來請至其家，云叔和在彼處候。午後一時去坐談甚久，與叔和同出至振旅處，天已有雨勢，三時半大雨。晚飯後出至淬成、振旅處略坐。八時半歸，九時彈琴，至十時寢。

初五日　雨　午後三時略晴半時許以後大雨如注

五時大雨傾盆，平地水深一尺，余起視各處，漏痕甚多，旋睡，六時半起，八時至電局探信，知武漢平靜無事，九時歸。飯後清理畫稿，十一時欲出門，旋正十二時至張叔和家，見已駐兵，余未入，沿大南門城歸。午後為袁子青寫條幅一，略參以《黑女誌》筆法，又為之作花卉小幅一以□之。子青前年遺此紙一幅囑畫者，余今日以其畫紙作書，另以一紙為之作畫也。此幅用筆速而活，較前為春溪、漁青所作，筆已熟矣。自晨至晚大暴雨六七次，天井中積水盈尺者亦六七次，自昨至今大約江水須添二尺餘，晚飯後不能外出，仍執筆為畫。七時自九時正，看《談藝珠叢》等書。彈琴一小時，十時寢。

初六日　雨　本日大雨十餘次　每次溝澮皆盈

六時半起，今日五時起，大雨如注未歇也。為子青作畫已畢，自寫山水綾幅已成功，畫宣紙四尺立軸一件，作玲瓏石，大體已具，明日可補成之。清理各字畫稿。今日五爹燒靈，以雨大不能去，各街水深尺餘，行人絕少，各商又以新行國庫券軍隊持用，無款可找，亦閉門不開肆。聞今午軍隊已開大冶者不少，途中大雨，不免吃苦，惜今日無人作《塞上曲》《戰城南》之類以喻之也。八時臨王夢樓字一幅，十時寢。

初七日　雨　自晨至晚大雨十餘次　僅正午停雨約一時

七時起，清理各事，飯後寫單條數件，看書、小睡各一時。正午志雲來坐二時，與同出至振旅處，至淬成處，均略談即出。午後看書一時許，室中鬱悶之極，焚香不燃，天潮濕極重。五時久旃來略坐談，傍晚又雨，清理各字畫稿。十一時雨更大，天井今日水滿約六七次。十二時更大，夾以電聲，轉鐘時余遂寢。

初八日　雨　自晨至晚未停

七時半起，昨夜雨聲未歇，黎明又大雨如注，八時更大，此余四十以來所未見六月間有此極大之霪雨也。縣中駐軍聞今晨擬開赴大冶者，不知已起程否。中國邇年以來，南北新舊軍閥自相殘殺，寧非劫數歟！鄉間禾苗經此大雨後，生機停止，自不待言，竊恐由生機自五月大雨救旱起至六月霪而忽變為殺機也。民以食為天，此雨如再不止，後患不堪設想矣。正午雨更大，天井又水盈尺者六七次，直至晚九時雨猶未止也。今日勾字畫甚多，寫條幅一件，晚看雜書，各房漏雨，帖子已濕，書房中帳子亦濕，街中各肆進水之家皆是，此誠未有之事。十一時寢。

初九日　雨

六時起，昨夜十一時睡後展轉難寐，近半月未宿書房中，且雨自昨夜至今晨愈落愈大，天井積水不退，屋漏又添數處，天意如此，有非人力所能預測者。自六時至十一時雨大未歇，午後尤甚，各街水深尺餘，直至晚八時，雨始住，然小雨猶時作也。近三十年未見此雨之大且久者，奇哉！十二時雨止，天有星，轉鐘時寢，御棉被，熱不可耐，時起坐，五時天曙，仍睡去。

初十日　晴　今日小暑

八時起，清理案上各件，一小時乃畢。連日雨漏，各件俱胡亂堆集也。飯後看書一時，看報三時許。張叔和來談一時許去。傍晚至郵局、電局俱未晤。至梓衡肆中略坐，上燈後歸。梓衡看庚申疾，談片刻去，淬成來談一時去。十二時寢。

十一日　晴

七時起，清理各事，飯後寫各件，將日畫石略補數筆。午後至電局，約振旅至志雲處談甚久，旋與志雲、淬成等同來家，又坐一時許去，傍晚至淬成處消夜後談甚久，歸已十時半矣。旋看報及清理各事，至十二時寢。

十二日　晴　熱甚

晨起，黃志雲命其子來請今日下午四時吃飯。早飯後補昨日所畫石，已成功。午後仲和來談甚久，與之同至郵坐談二時，至志雲宅談笑甚久，振旅等爲竹戰戲。余以精神倦怠未入局。六時始開席，七時畢，略談，傍晚入城。歸後看報，十一時寢。

十三日　晴　熱甚

六時起，清理各事，飯後清理書箱，整理書籍，曬各件衣服及紙□字畫稿箱。前日積雨，潮濕甚，今日特爲清檢，搬堂屋□桌曝之庭中，皆躬自爲之，汗出如漿，身體倦甚，洗澡二次，麻煩至午後三時乃畢。四時收檢各件，五時，田生靖自大冶來述及近年自粵自汴歸各事，談時局政見，余唯唯否否應之。留之夜餐，十時乃去。今日熱甚，余乘涼至十二時寢。

十四日　晴　熱甚

六時起，清理各事，飯後至署中回看張步奎。午後電局請吃飯，二時去，六時歸。天氣甚熱，入夜手不停扇，揮汗如雨，寢不安席，轉鐘一時僅合眼而已。

十五日　晴　熱甚

六時起坐，飯後曬各信件、雜書，整理書箱，安置雜件於書箱之上，渾身汗出如瀋，洗澡畢已頭暈欲睡。黃炳璋同殷玉堂來坐談琴棋畫及雜事，約二時許去。晚至電局談一時許出。今日久旒自黃州來述及軍隊近事，甚快人意。縣中今日到軍隊約千餘人，覓民房駐，未久即開拔，如此酷暑，當軍人者果所爲而拼死耶，奇哉！十一時余在天井中寢，轉鐘二時至房中，手不停扇，寢未安，天明時始昏昏睡去。夢先公已活，與余談各事，余大哭遂醒。

十六日　晴　熱度較昨更甚　午後三時雨

六時起，清理各事，寫屏二堂、聯三副，朱昆山所請者。此書不愜意，揮汗如雨，吃虧並無佳趣，一切牽紙等事皆更生爲之。午後天氣更熱，四時叔和來約至志雲處，至則彼已至電局矣，小坐未定，風雨大來，天已變涼。七時雨住，至電局約談一時即歸，天氣已涼。彈琴至十二時方寢。

十七日　晴熱甚　本日初伏　午後四時雨

六時起，成衣匠來改衣服，正午叔和、象虛同來，欲爲竹戰戲，余以天熱辭之。午後至電局，彼等竹戰，余則偃臥休息而已。四時大雨，天改涼，七時歸，十時彈琴，十一時寢。今晨曹仲和、夏乃卿來談甚久去。

十八日　晴　熱甚

六時起，補綴黃志雲畫件已成，寫款。爲汪浪石寫屏一堂，作三行，寫不佳，不如兩行好看，且易成功也。爲朱昆山寫對三副。正午暑氣大熾，志雲攜其子來談，三時與之同至叔和家略坐即出。晚至電局略談，至郵局略談，聞黃州黨人有過江來暫避者，不知何意。彈琴二操，十時清理各事，明日仍擬寫各件也。十一時寢。

十九日　晴熱　午後四時大雨如注

六時起，寫對聯三副，不佳。曬各紙件，並網藍。正午志雲來云，其次子自武漢歸述近情，囑余暫勿往省。午後看書，四時後大雨，天氣變涼，聞今日黃州黨人來縣者尤多，蓋駐軍驅之也。晚至電局談一時許歸，十一時寢。

二十日　晴熱

六時起，畫折枝幅一件，爲周子南所作者。十一時幼卿、仲和來談一時許去，正午食西瓜，極不佳。洗腳後往電局，知振旅同志雲到余宅返，在電局候之。二時，叔和同志雲俱到，在局爲竹戰戲，余就局中食麵一盂，五時歸，夏村來談一時許去。久旃來談近事，頗快人心，天網恢恢，何曾漏凶人哉！十一時寢。

廿一日　晴　熱

六時起，清理各事，八時換堂中各墨刻字畫。麻煩極，汗出如瀋，十時畢。飯後夏林來坐談，十一時昆山、雲泉來約余至懷忠祠吃飯。昨已屢辭不獲已，十二時去。天熱坐至午後三時方開席。三時半即歸，過電局略談即出，到家後洗澡。五時周斗丞來談。旋振旅來坐，未久與同至志雲處坐至晚八時歸。今日縣中工會黨人俱逃避一空，又聞各處述前日樊口某黨人來縣請兵至樊口開槍事，首飮彈者即請兵之黨人也。設彼不來縣中請兵，可貸其一死矣，真所謂天意之巧於報應也。因附誌之因果之説，余當益信。十一時寢，熱甚，起坐數次，殊煩悶。二時仍睡去。

廿二日　晴熱甚　揮汗如雨

六時起，寫小屏四張、小對一付，用墨盒書，筆氣尚可。午後閱報，見天津今年熱度目前已達百十二度，奇哉。志雲來坐談片刻去。晚間熱甚，不成寐。

廿三日　晴　熱甚

六時起，天氣大熱，午正悶極，子南來談一時許去。午後至電局略談。七時與淬成同至志雲家談至上燈，後入城，熱甚，夜難成寐，起三四次，天明時始再合眼而已。

廿四日　晴　熱甚　午後四時大風雨

六時起，七時斗丞命其子來約余吃飯，以天熱決計辭之，且觀音閣隔水，設天變風起將奈何。寫子青、子南花卉條幅款。汗出如瀋，夏乃卿、鄧勉之、王小斋先後來談甚久去，四時風雨改涼，夜彈琴二時許。今夕風勁，濕潮已收，琴聲碎且美。九時半看《江村消夏錄》及《校碑隨筆》十餘頁，十一時寢。

廿五日　晴　熱甚

六時起，清理各事，畫條幅膽瓶月季。十一時竣，午後來客數次，旋至電局略坐。四時就其局吃飯歸，十時彈琴，十一時寢。

廿六日　晴　熱甚　比較前數日尤熱　今日大暑節

六時起，七時爲黃志雲寫五尺中堂一張，大對二付，午後看書並考校《聖教序》。前歲所得三奥俱全高陽縣文即諸字無缺，真舊拓也。六時久旂來坐，七時淬成約至雲家乘涼，今晚江干無風，熱不可耐。九時歸，十二時寢，展轉難寐。

廿七日　晴　熱甚

六時起，八時厚訓之岳母來述省中事。午正家母感寒疾，請子恒來疹視，余足疾大發，牙亦痛，兼天熱。此境真難處矣。三時叔和、福坪、少松來約明晨往西山乘涼，晚間足疾甚，未出。十二時寢，展轉難寐。

廿八日　晴　熱甚

五時起，五時半叔和來約，七時余攜更生同往。天熱，行路又以足疾甚，行甚艱，到山寺時已疲不能行。牙痛又劇，在寺中睡二次，下午七時步行回家。熱甚，洗澡後倦而臥於竹床，足疾痛甚，晚未安寢。

廿九日　晴　熱甚　較昨愈烈

六時起，清理各事，午後熱較昨尤甚，食西瓜二椀，稍解涼。二時熱不可耐，三時以後看雜書。六時淬成來約出門，以足疾辭之。晚就寢後不成寐。

三十日　晴　極熱

五時半起，清理各事，早飯畢看書二時許，午後天氣酷熱，手不停扇。看雜書消悶。志雲送來罐頭二個，開一個食之，心志稍寧。今日堂屋中桌椅俱爲陽光蒸熱，傍晚無風，擬外出，以足疾未能也。十時擬彈琴，以熱止。十二時寢，展轉難寐。

七　月

初一日　晴　熱極　陽曆七月廿九日

五時半起，六時將室中各書箱打開，今年天貺節大雨，未能曬書。

今日特開之，以免生蠹耳。午後天熱如火，傍晚淬成、久旃、振旅先後來談，知省中聖約瑟學校賀龍留守軍隊駐其中。上月廿七天熱，將槍彈炸藥曝發，死三百餘人，路人及居鄰多有遇難者，巨災也。此與上月初南京火藥曝發相似。九時久旃等去，十時清理各件。十二時寢不安枕。

初二日　晴熱　晚八時　東風起稍涼

五時起，將室中各零星書籍整理入箱中，費二時許始畢。午後熱甚，剃頭一次。幼卿來談各事，今日縣中到十一軍，約二團人，仍縶民房。聞此軍昨在中途中暑，斃者約卅餘人，自去年廣東革命軍到鄂後，約計寧、贛、閩、浙、湘、汴，死者不知多少，真所謂威尊命賤者。午後四時至郵局發二信，至電局略坐。至志雲家坐至九時進城，同在其家談者有張叔和，歸後以天涼欲彈琴，因倦遂止，十二時寢。

初三日　晴　熱甚

五時起，飯後看書三小時。午後子恒、衛子良、春溪先後來談去，仲和談片刻去。傍晚欲外出，懶甚，且思熱。十二時寢，轉鐘二時大雨，旋止，仍熱不可耐。

初四日　晴

五時起，以雨後稍涼，飯後清理各事，午正仍熱，午後尤甚。今日未作事，僅看雜書而已。四時志雲來，與之同出至城外納涼，九時歸。十二時寢，熱不可耐。

初五日　晴　午後二時大雨

五時起，清理各事，擬寫信覆各處。午後大雨，小睡一時許。晚擬外出未果，十一時寢。

初六日　晴　天氣稍涼

六時起，飯後至叔和家坐談一時許，與同出至振旅家，因振旅今日請吃飯也。午正爲竹戰戲，晚七時歸。十時彈琴，十一時寢。

初七日　晴熱

五時郵局來片請吃飯，六時起，後淬成又來約，彼昨日與余晤未言及也，勿乃太多情，十時半去。志雲、仲和已先至，午正來客甚多，天熱不可耐。午後四時吃飯菜，多以熱甚，不多食，歸家洗澡畢，因志雲約今夕至其家彈琴，傍晚去。叔和、象虛、黃炳章俱先到。江畔風涼，頗有雨意，九時消夜，食飽，略坐談，彈琴一曲，歸時已十時半矣。甥婦動胎欲產，一夜未睡，雞鳴時僅合眼而已。

初八日　晴　晚涼

五時起，知產婦稍安痊，八時飯後清理各事。子恆來説明產生之理，謂其元配妻曾三日方下，聞之心亦不安。正午樂峰來坐談一時去。余牙痛甚，略睡一時許，乃卿來，知甥歸臨產，談數語去，四時以後家中人俱懸懸。五時振旅、淬成引陳祖謙來坐談半時去，六時以後叔文來略坐談亦去。此時甥婦已臨盆矣。至十時猶未產，聞聲嘶苦慘狀。十時半家中慌甚，兒頭聞抵產門，三時許不得出，將交十一時，遂決計請西醫婦科，對門衛姓新自大冶歸者擅此術也。余整衣默禱祖宗前並祀土地，許以甥婦以後自身須懺悔。此婦平昔咒咀長上，屢誡不悛也。印《感應篇》百本散發各處謝本坊土地三事，祝畢起立，甥女來報，兒已墮地未哭云云。少頃衛醫同其妻入門，聞兒未哭，云可救，當即入產室略事撫□，即聞啼聲三回，已甦矣。母子皆痊，雖醫湊巧，亦抑神靈鑒察，乃克臻此。十二時醫去，轉鐘二時余牙痛劇，三時入室睡，展轉不寐，牙更痛，且牽及滿口牙皆痛矣。焦灼萬分，屢睡屢起，計合眼不過半時而已。

初九日　晴　涼

四時起，牙痛甚，飯後電局來請吃飯，正午去，爲竹戰戲，因黃雷堂先來約也，傍晚方畢。九時歸，十一時寢。

初十日　晴　熱

五時半起，頭痛牙亦痛，看書一時許，十一時黃舜卿來略坐即去。正午叔和、仲和、象虛、少松、淬成、振旅先後來坐談甚久去。四時看《政藝叢書》至晚八時止。十一時寢。

十一日　晴　午後雨　立秋

五時起，清理各事，午正淬成同敏深來，余留之吃午飯，談甚久去。四時天大雨，繼以西北風，涼甚。志雲來約至少松、叔和家，俱未晤出，乃與志雲至其家納涼，風大甚，適食荔枝，亦心恬然矣。晚七時入城，十一時寢。

十二日　晴熱

五時半起，飯後清理雜事。今日祀祖，午後二時半諸事辦齊。三時虔誠進香，四時始畢，熱甚。五時吃飯，傍晚少松來，坐談一時許去，十時寢。

十三日　晴熱

六時起，清理各事，飯後來客數次。十一時至夏乃卿家略坐即出，至電局。四時午飯畢歸，七時半至電局，便約振旅等至大西門外看盂蘭會。九時歸，十一時寢。

十四日　晴

六時起，清理各事，飯後擬外出，振旅來坐談久，淬成來，旋與之同至教育局回看，便至志雲家坐甚久。午後三時歸，吃飯畢，春溪、勉之先後來談。傍晚至少松家坐談一時許，至振旅家與叔和晤，九時半歸。十時彈琴，十一時寢。

十五日　晴

六時起，清理各事，連日足疾加劇，不良於行。午後來客數次，晚看雜書一時許，彈琴一曲。十二時寢。

十六日　晴熱

六時起，寫信二件，飯後幼卿來談。傍晚思外出，至志雲家，聞其已至電局，余遂囑僕搬椅就其門外小坐，晚乃入城，熱甚。十二時寢，起數次。

十七日　晴熱甚

五時半起，清理各事，遲生腹泄，已現病狀，請子恒來診。午正叔和來談甚久，與之同至電局小坐。聞武漢局面小有變動，劉佐龍已被看管矣。晚至志雲家談甚久，淬成、振旅、仲和俱在七時入城，則小北門已閉矣，改由大北門入城。遲生疾未減。余以熱甚難寢，一夜無眠。

十八日　晴　熱甚如中伏

五時起，遲生疾略減。午後子恒來診視，振旅着人來請吃點心，並送一些以敬家母。午後一時去，三時回。晚間天熱如火，不能寢，咄咄怪事也。

十九日　晴熱

五時起，遲生病狀如昨，泄亦未止，縣中無好醫，焦甚。午後仍熱不可耐，晚間遲生病似加。十二時寢後起數次，精神未安。

二十日　晴熱　小雨有風

五時起，遲生病狀未退，午後子恒來談病理，一時許去，來家數次，晚仍熱甚。十時後遲生病現重，泄未止。厚訓定明晨同汪浪石到武穴，余今晨曾請汪吃便飯矣。昨晨汪來與談薦久斿、勉之及贊助其用，端溪均已允許，定於明晨同去。連日因遲生病着急，又因與汪接談用人事，説話過多，精神早倦。晚十二時寢，起三次，遲生病未減，心焦灼甚。

廿一日　晴熱甚

五時厚訓已下河搭船，余未之覺。六時至河干，與浪石、久斿、雲衢等送行，略談片刻即回。回後頭暈痛，午後子恒來看病，遲生病似加重。鄉間來客數次，樂峰、淬成、振旅先後來問遲生病狀，坐片刻出。晚熱不可耐，十二時寢，旋起，終夜不安。

廿二日　晴熱

五時起，無聊實甚，遲生病未見減輕。午後來客數次，晚爲遲生祈神。縣中來軍隊甚多，擾攘不堪，昨晨幾爲紮駐，幸余先已抵門拒之矣。聞令□爲用國庫券，紛亂尤甚，一班輿論，自去秋南軍由縣過境，及紮駐縣中者已十餘次，以此次軍隊爲最壞，官兵多湘籍。嗚呼，如此軍隊，尚能望其作戰救民耶？十時誠心進香，請先君回家，禱祝各事，並許一願，爲遲生祈病早愈，今晚服胡醫生藥也。十二時寢後旋起，轉鐘一時，遲生泄更甚，余已慌亂萬分。四時略清減，惟神氣覺爽耳。

廿三日　晴熱

五時起，遲生病狀似減，神智略清，且索食，目光已與前數日異，似清醒矣。索飯時能抬頭望，此昨日祈禱見效者也。吴老表來談鄉間窘狀，余亦無力助之。午後樂峰、炳璋、黃世兄來，略談均去，看《申報》二時許。晚間春漢、少松、叔文均來談，詢遲生病狀，坐一時許去。遲生自午正泄後，此時未泄已約九小時，如再減輕，可望痊矣。今晨許俊甫來談衛初已回縣稟事，□可行，余已轉囑照辦。十二時寢，仍燥甚，轉鐘時起一次。

廿四日　晴　午後雨

五時起，視遲生疾已有轉機，自昨午至今未泄，僅小便六七次，足手俱冷汗出如漿，聞之有酸氣。午後且索食，此昨晚再祈禱先君之效也，將來擬印送《感應篇》諸善書贈人。傍晚來客數次，聞南京浦口事緊急，時局將有重大變化矣。十一時寢。

廿五日　晴　午後小雨

五時起，視遲生疾大有轉機，索食。連日未服藥，今日以西洋參五味煎火喝。午後淬成等來談片刻去。晚閱各報，並聞南京緊急萬分，浦口失已數日，證之縣中自寧歸者，其說不虛。十二時寢，起二次。

廿六日　晴　小雨

五時半志雲着人送豆豉來，云其二世兄自潯歸鄂。八時半淬成、振旅同來，談片刻去。仲和來，午後余至志雲家探近事，遇叔和、象虛略談即出。今日遲生病漸見佳象，已數進食，大約調理數日可望復元矣。晚至電局還牌帳，了結各事，看其新裱字畫。余今年所作甚多，亦一時之興也。至淬成家看字畫，坐片刻歸。清理各事，十一時寢。

廿七日　晴熱　晚小雨　今日處暑

六時起，看遲生疾已大痊矣，甚慰。正午叔和、象虛、少松、淬成同來，坐甚久，欲為竹戰戲，余始辭之。繼洪英來，命其買物，遂留張等在此便飯。四時志雲同其二世兄來，亦留吃便飯去。八時，余至樂峰家，囑國煌買參餅各件，訓甥之岳母明日往省，帶餅以為禮物也。今午發賀新之朱次誠信，並覆訓甥武穴信一件。十時寢。

廿八日　晴　風涼甚　小雨

六時起，遲生病已大退，索食急。飯後命人送厚訓岳母搭船。十時半下河，午後一時船未到，又回。二時又去，三時赴輪行矣。午飯後至志雲家坐談甚久。晚至電局探漢口信，仍緊張。九時歸，十時寢。

廿九日　晴　小雨數次

五時半起，清理各事，飯後小睡，十二時起，至電局略坐談，至少松家、叔和家各談一時許歸。晚雨，至電局探省中信，因余□須往省一探也。至董海濤家詢近日武漢各事甚悉。九時歸，十一時寢。

八　月

初一日　晴

六時起，清理香燭等事，後至岳廟進香，帶同更生去。飯後淬成、振旅、馮濂溪同來，坐談甚久。敏深着人來說漢口局面不佳，囑暫勿往。衛福安來云省垣近日已安靜，惟缺鹽米。余久擬往武漢一查近局，今晨送信往志雲家，曾探小輪，云今晚有開行者，船小不可坐。明日可大搭寶楞，頃已與仲和約明日當搭寶楞去。午後淬成來，帶同更生至志雲家坐半時歸，再至電局，福坪等爲竹戰戲，六時畢，吃飯歸，略清衣履，擬明日往漢。八時半又出門一次，取改做之綢衫歸，十時寢。

初二日　晴熱

六時起，清理各事，九時仲和來約往漢事。午後熱甚，略事清理衣服畢，出門二次。晚飯後出城至志雲家，象虛、叔和先在座，少松亦來詢之。彼云緩數日往漢，上燈後余與叔和等同入城至家，略坐，囑數語，買日本蚊香備今夕之用。再至志雲家，十時晚餐，乘涼。十二時略事休息，忽聞船到，遂起至小北門，聞賣票人云，此時須往樊口卸貨，三句鐘方到小北門。余遂與仲和及志雲二世兄仲麐仍回志雲家小睡，其實不成寐也。三時半，漢年汽輪到，人多如鯽，上船後得一小艙二鋪，去價三元。船開後尚不甚熱，天明時略一合眼耳。

初三日　晴熱甚如伏

天明後熱甚，午正酷熱如蒸，船行又緩。汽船用油上水，較用炭者遲甚。午後四時到陽邏，人多幾傾，此自革命軍來後，交通長滯，行旅維艱，其困難形情不可言喻，商賈受損失尤爲不淺。嗚呼，"福國利民"四字刻已騙人不着矣！五時半到漢口，□源通棧，曹漢臣來談數語畢，即雇車至租界換車，計今夕已晤者曾心如、尉遲華清。京漢旅館李某具悉滬上各事。九時回棧，十一時寢。

初四日　晴熱甚如伏

五時半起，六時至王家巷渡江，知輪渡改至一碼頭。又至一碼頭搭輪，七時半到武昌，見長街有開肆者不過七八家，其實皆空架也。車至孫宅約八時半，飯畢略事休息，雇車訪鳳山晤談一時許。至長湖堤、□景街等處探康雪卿家，已遷至陳宅，轉至乾癹處，又不悉其住址。至電話局，至次誠寓，知已渡江就事矣。未晤，再至乾癹原住址探訪，已晤談各事，知季奬亦往上海。乾癹出示伯英函，未述多事。晚歸孫寓，洗澡後稍休息，十二時寢。

初五日　晴熱如伏

六時起，早餐後至鳳山寓，就其家早餐畢。雇車至漢陽門渡江起坡，往仲和家談數語出，雇車至西林寓談近事。至心如處，至佛波寓談甚久。今晨由鳳山寓出門時至許勉之寓談甚久。午後至文旂處，知夏村自蕪湖歸，當着人請至文旂家，談皖事甚悉，在文旂家吃飯後已四時半矣。匆匆渡江，洗澡後至次誠寓談甚久，出歸孫宅。十二時寢。

初六日　晴熱　午後小雨

七時起，倦甚，早飯後渡江，途中遇雨，因攜有志雲所裱畫，此昨午至林宅取歸者也，漢陽門一湖南傘店索價昂，較去歲一傘已增五倍，余惡其人。適雨止，仍就車至漢陽門搭輪至一碼頭，包服交存文斾處。雇車至佛波家談各事，至西林處談各事，再至文斾家吃飯畢。雇車至源通棧，約仲和同歸。洗澡後食麵半盂，搭寶楞輪，船上人多，九時即開行。雨後風涼，計程今夕十二時以後可到縣。□船至趙家磯，風雨驟至，舵工不力，船遂淺擱。此時約十一點鐘，兼之人聲嘈雜，舟左右傾，風電大作，驚駭萬狀，船中上漏下濕，一夜無眠，且無坐地也，行旅之苦，爲余四十以來所僅見者。大風身寒，益不可受，舟中人無一不生怨望，擾擾不休。

初七日　風　晴

三時半，祥安下水輪到，此船係昨日由漢後開者。寶楞輪呼救已答之矣，殆天明拖之不出，遂開去。寶楞輪遂令群客上坡，施術約一時許，船身已活，離岸後再渡群客上船，遂開行。到家已早飯後，略進食，即小睡，三時半起，聞淬成等來探問，余未覺也。四時晚餐，志雲、淬成同來，談各事去。洗澡後，雷朗如同黃炳璋來奉看，談一時去。傍晚余訪子恒，開一藥方，因連日在省受熱，昨夕又受風濕，須清鮮調理也。便至電局一談，歸後消夜遂寢。夢有人約余，謂已得差，一爲北直大興縣某局差，一爲河間某局差，聽余自擇。余意欲就下游事，狐疑不定，諸友聚談，謂緩緩自擇計，似由否而泰之狀也。入寢而安神，天明未醒。

初八日　小雨

六時醒即起，清理各事，掃書房。天氣已變涼爽，剃頭一次。午後四時飯畢，至志雲處略坐，發信五件，滬二漢三。傍晚入城至仲和家略坐，取《了凡四訓》歸，消夜後即寢。

初九日　陰雨

七時起，清理筆硯，寫四尺中堂三張，作大筆玲瓏石，粗具形式，明日當足成之。蓋秋節前分贈王、黃、姚三醫生也。午後小睡一時起，寫《聽泉圖》小立軸，頗佳。又臨日本某博士所繪《漁父圖》，此己酉在湖堂爲賽會之作，原本已失，民國己未，余轉向李益三家中勾得者，此即己酉爲益三所臨副本也。二圖均粗具形式，容補成之。天涼，作事甚多，爲馮濂溪、張叔和寫扇二件，頗佳。四時半至少松家略坐談，至振旅、淬成處略坐談。八時歸，今日腹中不平，泄四次，且有氣響，此係前在武漢受熱所致。十時諸事清理畢，遂寢。

初十日　晴　涼爽似九月

六時起，清理各事，七時補寫昨日各件，僅《漁父圖》成功，餘均未竣。十一時仲和同曹保和來談。未久，象虛、鏡清、子書、叔和、少松、振旅、淬成先後來，志雲又來，坐談甚久，看字畫約一時許，午後二時去。余腹泄自晨至此泄四次，腹鳴，極不適，至振旅處略談，至淬成處未晤。至子恒鋪中，請其看病，至子南家略坐談，因今夕彼曾來宅討省中信也。九時歸，吃藥。九時半厚訓自武穴歸。十時彈琴二操畢，略坐，記去年今日余此時正在沙市被迫搭大吉輪到漢，疲臥官艙中，手痛萬分，心亂如麻，誠不知有今日也。十時半寢。

十一日　晴　午後四時大風暴小雨

六時起，清理各事，八時補未竣之畫。午後一時敏深同其叔父來，留之吃飯，並約馮濂溪、章振旅爲竹戰之戲，傍晚畢，與敏深及其叔至電局、郵局談甚久。八時歸，消夜後與敏深等談至十一時半寢。

十二日　晴

五時起，腹仍痛泄，昨泄四次，似已減輕，今日仍脹痛，泄四次。九時與敏深至郵局，十時淬成着人來請吃早飯，畢即歸，仍補畫各件。午後二時至電局吃薄餅，頗可口。三時送敏深渡江，至志雲家坐談甚久，四時半歸。晚至王利師處，未晤，至雷朗如處回看。至春溪家略坐，至子恒處請其開方服藥。八時歸，消夜後服藥寢。

十三日 晴

五時起，腹痛未大減，泄二次，午後叔和、志雲來略坐即去。今補綴王子恒、黃舜欽、姚福坪之畫，俱成工。晚外出換錢二次，備明日開銷之用。九時半彈琴，因今晨雷朗如來，各琴俱已調絃甚準也。十一時寢。

十四日 晴 燥 今日白露

六時起，清理各畫畢，孟端溪來談片刻去。午後忙開消秋節各賬，腹痛略減，仍時時泄。傍晚福坪、淬成、梓衡先後來談片刻去。今日書室中添書桌，清理各事，麻煩三小時之久，八時半方畢。

十五日 晴燥

六時起，清理各事，來客賀節者數人。午後淬成、福坪先後來談。傍晚進香後與家母拜節，旋出外至鏡卿、少松等處賀節，因正午鏡卿同王利師、孟端溪已先來也。便至郵電兩局賀節，餘走各處，如馬春丞等均係今晚已先來者。八時消夜。余以腹泄，至今尚未吃葷，十時彈琴三操，聲清實，甚快意。十一時寢，轉鐘三時牙忽痛甚劇，蓋今日曾飲酒二次牽及之也，泄二次，坐片刻仍寢。

十六日 晴燥

六時半起，來客數次，自此以後客來者衆。午後牙痛甚劇，極煩惱。叔和等來談甚久，余以牙痛未發言。傍晚牙痛止，至樂峰、愚溪、春溪、叔和、俊甫等處賀節，皆答拜也。歸時已八時，聞永鄉來潰兵，約四十人，已搶劫數處矣。消夜後坐至十時，未聞有何事。十時半彈琴，十一時寢。

十七日　晴燥

五時牙痛劇，遂起，以冷水含口中略止。今日請客，昨已約矣。德樹來辦酒席三桌，上午十二時開一席，午後四時開兩席。上午程燕山、王國輝等八人，下午張泳湘、黃志雲等十二人並爲竹戰戲，殊麻煩也。至晚八時始畢，九時彈琴半時許。十時至十一時看雜書，十一時半寢。

十八日　晴燥

五時起，牙痛甚，飯後周淬成夫人來。余腹痛。十一時至志雲家坐談甚久。傍晚至少松、振旅、淬成各家坐談片刻。出至南門外約雷朗如、黃炳璋明午來家吃便飯，未晤，當留刺出。歸後彈琴一時許，十一時寢。

十九日　晴熱　午正如伏

五時牙痛甚，遂起。飯後清理各事，十時雷、黃同來。十一時張叔和同蘇朋臣、易子敬、許雲甫等七人來說明修理義渡情形，坐一時許去。今日清檢各字畫屏對，甚麻煩。雷、黃同看，至午後五時止，尚有三分之一未寓目也，傍晚辭去。馮廉溪來聽琴，因客已走，坐未久亦去。牙痛甚，命厚訓請對門衛醫來視，云牙磁無甚毛病，囑余勿取。旋痛亦漸止，聽其自然而已。晚間至叔和及曹仲和家一次，略談即出。今日午正着夏布袿褲，入夜猶赤膊，奇哉。十一時半天忽小雨，旋大雨，轉鐘二時尤甚。余十二時寢，轉鐘時起視屋漏，旋睡去。

二十日　雨寒

五時半起，因昨已請女客，晨大雨如注。八時未見周德樹來，九時尚不買魚，遂命厚訓向各處辭客，改期明午。仲和來談數語去，午後清理各事，看雜書、彈琴，傍晚至電局再約客。八時歸，街中軍隊戒嚴。十時寢。

廿一日　晴陰不定

六時起，八時德樹未來，余焦灼甚。九時半命厚訓買魚歸，蓋欲自辦也。十時買畢，德樹來。十一時清理各事，十二時客到，僅周夫人、章夫人同其女到，黃、程、曹俱已辭謝矣。四時酒畢，五時客去。六時清理各事，看雜書，十一時寢。今日厚訓往武穴。

廿二日　晴

六時起，清理各事，早飯後至黃志雲家，未晤，春溪來談半時去。午後一時志雲、叔和、淬成及叔和之戚陶某來看畫，坐談一時許去。傍晚至電局、郵局略坐談，電談請客，便就其家晚餐，出至孟愚溪家坐片刻，淬成亦至，與之同出。朱漢卿叔父聞被憲轉所，便托淬成說之。今晨爲先母題五尺條幅一，此即從前向袁夏村索回者。晚十一時寢。

廿三日　晴

五時半起，清理各事，飯後振旅、淬成、象虛來談甚久，與之同出至志雲家談後竹戰，五時畢，六時歸。至叔和家取藥，至春溪家未晤。晚八時看報，至十一時止，遂寢。

廿四日　晴

六時起，清理各事畢，後來客數次，至振旅家吃早飯，與同出至許三爹處奉看，未晤，緩擬請其吃飯，因前爲先公謀葬地，許曾屢次看山也。十一時至福坪、叔和家約至電局竹戰。午後五時畢，七時仲和、振旅等約至許雲圃花行中消夜。九時歸，十時半寢。送許大對一副畢寢。

廿五日　晴

五時起，飯後剃頭。黃炳璋來約上西山，謂雷朗如明日回黃州，須與餞行也。十時至叔和家，周子書、子模、石鏡卿等在座，談一時許，與張等同出至西山，到寺時余牙痛甚。午後三時酒畢，四時半歸。至電局略坐即歸，晚看雜書，十一時寢。

廿六日　晴

六時起，昨已約志雲等過黃州。七時振旅着人來探信，八時半飯畢。九時半淬成等已到齊，志雲餞雷朗如，余等亦同座。十一時渡江，十二時半抵黃州，至敏深家坐談後茶點畢。志雲、叔和等遊赤壁，余與敏深等爲竹戰戲。五時飯畢，七時半戰畢，與敏深談至十時半寢。

廿七日　晴　東風

五時起，六時與尉柱臣至街上一遊，冷清至極，黃州在清時遇府考之期，熱鬧非常。癸卯科試，余與先公過江購書籍，見之全盛氣象也。今晨見此景象，誠有感耳。七時半早飯，八時半至電局。九時半渡江，東風不利，船到州尾後，舟上□殊費力。十時半到家，愚溪來略談去。接上海來信，朋臣近能學辟穀，三日一食，並述□，然一月一食也。使人人能習此術，"餓"字可免，戰爭可息矣。十一時半小睡，轉鐘一時起身，極不適。進砂仁、仁丹等藥，胃中未消化，頭暈甚。今日船上飯後遇風，有此景象也，傍晚更甚。聞淬成來一次，未進房即出。七時叔文來談片刻去。余勉強坐至十時寢。

廿八日　晴陰不定　晚小雨

六時起，漱畢，題先公畫蘭條幅二件，飯後寫屏二堂，一爲尉遲敏深所求者，二爲高魯生所求者。午後志雲、淬成、叔和等來坐談，約以午後三時至志雲家，飯畢。四時出城至志雲家坐二小時，尚未見馮廉溪來，余與叔和等遂歸，入城至淬成家略坐。晚彈琴一時許，十時清理各事。十一時寢。

廿九日　晴　今日秋分

六時起，清理各事。午後出門二次，來客二次，寫《倡和集》稿已成功。晚至電局談片刻，十一時寢。

三十日　晴

六時起，七時王利師來，云已就漢口金宅館事，並同姜姓來索書大紅對，已允之矣。八時黄雪堂來，云請至其家爲竹戰之戲。九時許毓山來，余請其今日吃早飯者，十一時去。余略清理各事，至黄宅爲竹戰，同局叔和、少松、象虚。午後七時畢歸。九時補綴《乙丑倡和集》誤字至十一時半畢，十二時寢。

九　月

初一日　晴

六時起，八時姜姓同王利師來面索寫聯，余辭以十時再來。料理飯後乃爲書之大紅聯二副，又汪星垣來索書紅聯一副，又春溪來索書白宣紙聯一副，又爲姜姓補寫一副擱筆，後頭暈痛。十一時振旅、淬成、福坪等來談一時許去。余與春溪、利師至樂峰家閒談。午飯後整理各抄本，忽前宅來人報萬岳母病故，四時半又來人云尚未卒。五時半叔和、鏡卿等七人來，云明日爲利師餞行，就城外登高。余心煩意亂，順口應之而已。晚命内人去看，云城閉早，岳母尚未死，明晨去看亦不晚。十一時寢。

初二日　晴熱

六時起，探知岳母已故，内人去看。飯後至樂峰家説明原由，請其代應欵爲岳母衣棺之費。午後四時乃畢。王師餞行在城外，余未能去也。傍晚至少松家略談即出，歸後補綴《倡和集》已成功，擬明日送去切齊，此一手跡心血也。十一時寢。

初三日　晴

六時起，飯後仲和來談片刻去。檢同如詩册，送乾泰順切齊。十一時至志雲家談至午後一時，與叔和同至電局爲竹戰戲，四時畢。五時歸，六時看各書報。十一時寢。

初四日　晴　晚雨入夜甚久

六時起，清理各事，飯後黃炳章來談一時許去。十二時志雲來談，其三世兄亦來談片刻。出至電局爲竹戰戲，余未入局，搭成而已，傍晚方歸。今日聞縣署中云，冶邑有假借共產黨名竄入擾亂情形，晚十一時寢。轉鐘二時半，牙痛大作，遂起咳嗽，勿□，神不安，四時再睡，多夢且奇離也。

初五日　雨

七時起，清理各事，寫雜件畢，午後看各書報，傍晚至電局略談即出，淬成來談片刻去。十時彈琴，十一時寢。

初六日　陰　午後西北風

六時起，清理各事，整理案上書籍。正午叔和、福坪、淬成、振旅先後來，約至志雲家竹戰。談片刻，看字畫，與更生出城。傍晚六時方歸，歸後略坐片刻，至電局談一時許歸。看雜書，十一時畢，十二時寢。

初七日　陰晴

六時起，寫雜件。飯後春溪來坐談片刻，同出至叔和家未晤。至電局，知志雲等俱在此竹戰，就電局吃飯，傍晚歸。看書報約三小時，十一時寢。

初八日　陰晴不定　小雨數陣

六時起，清理各事，今日準備往姚家壠省先君墓也，近已四月餘未往矣。飯後愚溪、樂峰來略坐即去。硝磺局持帖請今午後二時吃飯，打□字去。十一時出城，與漢卿、更生同去，到姚家壠已十二時，祭掃畢，囑看山人將墳尾略填，略一視察即歸，歸時足軟甚，到家已一時半。硝磺局來催請，二時余到，已先有春溪、福坪在座，談星相說二時許，因同席葉、盧均通此術也。五時席散歸，晚七時至厚安處，晤鄭雨屏，談寧、皖事甚悉。坐半時許出，至仲和宅談笑，先有福坪、淬成、振旅在也，並爲竹戰。九時半消夜歸，寫各雜零事，十一時半寢。

初九日　雨

六時起，昨約志雲等八人於今日午後二時至西山登高，言明各人備一菜自帶去，午前小雨如織，恐不能如約。午正福坪來，云同人已齊集振旅處。一時余與福坪帶同更生同至西街嶺，遇振旅等，謂已至志雲處齊集。去後各持食物登月亮石之小山，擬佈肴酌酒，山雨忽來敗興，仍至志雲家飲酒一時畢，並爲竹戰，至傍晚歸。記去年今日余尚羈遲漢上。午後胡升自沙市來請余回局，正心亂如焚之時，豈料今日尚能從容若此耶？甲寅重九，在本籍挹爽亭賦詩，丁巳重九，在金湖賦詩，庚申重九，在漢皋填詞，癸亥重九，在榕城鏡湖寓賦詩，此均堪記錄者也。傍晚自北門外歸，十時彈琴，十一時看書畢，十二時寢。

初十日　晴

六時起，清理各事。午後福坪、叔和來坐談片刻。至象虛家竹戰，因渠請今日吃飯也，傍晚畢歸，後至樂峰家閒談，九時歸。十時彈琴，十一時寢。

十一日　晴

六時起，寫黃炳章聯一副，尚可。午後至仲和家竹戰，因仲和請今晚吃飯也，傍晚畢，至電局略談即歸。十時看書，十二時寢。

十二日　晴　熱如夏

六時起，清理各事。飯後寫大紅聯一副，甚佳，爲章振旅作也。今夕爲家慈七十三壽辰，備酒二席，晚約諸友來家祝嘏。午後清理各事，至志雲家閒談，至稚松家回看。黃雪堂着人來請客，謂今日係喜酒，□不可不到，下午四時歸，佈置各事。傍晚志雲來祝嘏，略坐即去。七時半春溪、振旅等十三人齊集，酒後竹戰至十一時畢去。清理各事，殊麻煩，十二時寢。

十三日　晴熱如伏

六時起，進香，爲家慈拜壽，昨夕來客次第來賀。電局送席來，辭不能卻。午前十一時叔和、春溪、雪堂、志雲、福坪、雲圃、淬成、少松、仲和等十一人先後畢集，竹戰至四時半畢。今日奇熱，洗澡一次，上席後各熱不可耐，汗出如漿，奇事也。杜衛初來，余剃頭未晤，傍晚至其寓回談，略談即出。十時清理各事，十一時看雜書畢即寢。

十四日　晴熱如伏，今日寒露

六時起，飯後寫金花牋四尺聯一副，圓熟頗佳，爲周淬成作也。正午至志雲處談一時許，至電局略談即出，熱甚，如三伏，歸後洗澡一次。傍晚至叔和家未晤，至樂峰家略坐即出。至子恒家略談，七時歸，彈琴，趁月色，音碎剛勁之氣與秋相應也。十一時寢。

十五日　晴熱　風

六時起，清理各事，寫屏一堂，爲曹漢丞作也，書不愜意。午後至電局子卡坐談一時許歸。與叔和至次松家略談即出，晚閱雜書，看後寢。

十六日　風雨寒甚

六時起，七時自出買各物，因今晨約次松、振卿等便飯也。八時至振卿處略談即出。十一時客來，午後飯畢閒談因果報應事二小時。晚寫字寫雜件，十一時寢。叔和、春溪午後六時來談。

十七日　風　寒甚如隆冬

六時起，八時寫屏三堂、對三副、中堂一件，爲朱雲泉、周淬丞作也，佳者二堂。今日寫字多，頭暈甚。午後二時志雲、振旅、叔和先後來談，余外出三次，便寫一函與敏深，約其渡江一敘。晚至叔和家看帖册、扇面等件，佳者三分之一，然亦難得之物也。八時半歸，寫各件，十二時寢。

十八日　陰　寒甚如隆冬

六時起，清理各事。周福、胡太輔先後來，寫屏一堂，爲振旅作，頗佳。寫小聯二副，午後至志雲家略坐，同振旅等同至仲和家、叔和家坐談。晚至電局吃蟹並晚飯，至淬成處談甚久，遇振卿、叔和、福坪等。九時歸，十時寫聯二副，十一時寢。

十九日　晴　寒

六時起，清理各事，寫聯三副。飯後外出，來客三次。愚溪來約明日吃飯。晚至振卿處略談。十時彈琴，十一時寫聯二副，十二時寢。

二十日　晴

六時起，清理各事，飯後至志雲家談甚久，午後二時歸。福坪、叔和同來，愚溪來催客，遂與同出至愚溪家談古玩書畫等事，周少嘉曾詢及也。杜振卿同席，四時散出。傍晚至電局祝振旅卅八歲誕辰，並爲竹戰之戲。晚八時開席，十時散出，回後寫聯二副，十二時寢。

廿一日　晴

七時起，清理各事。飯後叔和等約至電局略談即出，至仲和家竹戰。午後四時許，雲甫請吃飯，四時席散。歸後寫聯二副，寫信二件，十二時寢。

廿二日　晴　燥

六時起，清理各事，黃炳章同其叔來坐談。飯後與更生同出城至先祖父母、先叔墓視察。緣自四月間立碑後，僅去一次也。焚楮進香畢歸，寫信二件。午後小睡一時許，四時至電局，六時歸，至子恒家問藥方。九時歸，十時寫聯三副，十二時寢。

廿三日　晴　熱

六時起，清理各事，飯後至叔和家，與同出至電局略坐，同至志雲家未晤。再至郵局爲竹戰戲，晚七時畢，九時歸。十時寫大聯二副，十二時寢。

廿四日　晴　燥

六時起，鄉間來客。飯後清理各事，春溪來，同至叔和家略談。傍晚與叔和、振旅至仲和寓中坐談甚久。九時歸，十二時寢。

廿五日　晴熱　着夾衣

六時起，清理各事，七時爲彭梓師寫六尺屏，畫蘭四張，午後成功。在張叔和家竹戰，晚六時畢，七時歸。八時蕭敦五來坐談，看字册及沈師畫，余編各詩樂，十時方畢。十一時寢。

廿六日　晴

六時起，八時半至黃志雲家，托其帶畫屏四幅與彭梓師，並信一件，談至十時歸。飯後寫信至武穴。振旅來談，與同出訪叔和、福坪未晤。至淬成局中得厚訓信，知其發失紅疾，當旋回信中批一方：□芍、當歸、半夏三味當茶喝，此方□昔在安署服之有效者也。傍晚叔和、沈福田、福坪先後來坐談，與同至振旅、仲和家各坐片刻。九時寫屏一張，十一時半寢。予正夢壓胸甚苦，轉鐘三時醒，仍睡。

廿七日　晴　燥

六時起，清理雜事，帶同更生買魚肉。飯後王樂平來談武穴諸事，叔和、福坪、象虛、振旅先後來坐談。後爲竹戰之戲，下午六時畢，七時至傅幼虛家談甚久出。八時至電、郵局略坐即歸，看《申報》至十一時半寢。

廿八日　晴　燥

六時起，寫聯一副。飯後仲和先來，繼福坪、春溪等來，爲竹戰之戲。傍晚畢，至郵局略坐，七時歸，寫雜件，十二時寢。

廿九日　晴　燥　今日霜降

六時起，連日天燥，着夾衣。幼虛來談甚久去，飯後堂軒、愚溪先後來談皖、寧有戰事，近已延至潯矣。正午與幼虛至夏乃卿家坐談。至郵局坐談，分手□余至電局爲竹戰之戲。晚歸，寫聯三付，十二時寢。

十　月

初一日　晴　燥如初秋

六時起，清理各事，午後至志雲家爲竹戰戲，仲、叔、振旅均同局。傍晚入城，今日閱《申報》知宣化及張家口等處上月十八九下大雪，廿四五等日熱度，寒署表九十八度或至百零之度。天時劇變，前史目爲奇異者亦不過如此，然證以今年男女奇變，貴賤不分，異言異服，真奇至不可思議之境矣。晚至郵局略坐，九時歸，寫聯三付，十二時寢。今晚着夾衣，如初秋，奇事也。

初二日　晴　熱

六時起，清理各事，寫聯二付。飯後春溪、福坪同來，約至王樂峰家略坐出。至志雲家，至電局、郵局坐談甚久，再至郵局竹戰。晚七時畢，八時歸。今日較昨尤燥，着夾衣猶熱，夜靜亦不能御棉。

初三日　晴　燥

六時起，飯後象虛來談片刻去。閱報，知江蘇松江公園桃花盛開。《申報》某記者曾折一枝着於申報時評矣，奇哉。午後一時汪同昌來催客，非到不可，遂與叔和等同去渠家行禫祭禮。余向不諳禮節，遂與春溪等至仲和家爲竹戰之戲。傍晚畢，至郵局閱《申報》，知南京下令討唐生智，謂其勾結奉軍。今年三月，唐等在武漢下令討蔣介石，亦謂其勾結奉軍，因果報應何其速也。八時歸，九時寫屏一張，十二時寢。

初四日　晴　風緊

六時起，飯後至仲和家。十一時半至振旅家爲竹戰戲，春溪、志雲、福坪同局，小有爭執，不歡而散，余亦好笑而已。晚寫聯二副，聞武穴卅五卅六軍畢集，風聲甚緊。時局如此，雖聖人者出，亦不可收拾矣。十二時寢，夢與肖谷、□聲、菊坡省同學湖堂月試，旋又夢伯英、昆季，又夢一羊頻觸余身，雙角顯然。

初五日　晴

七時起，清理各事，春溪來。匆匆數語去。飯後至幼虛家，與之同至春溪家未晤，至叔和家談甚久。福坪、象虛、志雲來，遂與同至志雲家中談甚久歸，知厚訓已回武穴，緊急，余寫一信送郵寄浪石，旋至汪寓告知武穴近事，途遇周子書，與之同至少松家坐刻出，至電局探信，至郵局略坐，至仲和家略坐，九時歸，寫聯一付。今晨許雲甫送來之紙不可寫，十二時寢。

初六日　晴　燥

七時起，清理案上書籍及雜件。飯後仲和來略談，與同出至北門外，探上水輪船信息，知武穴軍隊尚未撤動，正午至電、郵二局略坐，談一時，志雲、振旅、蓮溪在此作竹戰之戲。幼虛來，遂與同至少松家，因敏深夫婦今日來縣，敏深至少松處奉看也。鄭子題、鄭華清來奉看，晚轉鐘一時方寢。敏深今夕在此宿。

初七日　晴　熱

六時起，與敏深談各事，福坪來談，至郵局吃早飯，至幼虛家吃晚飯並爲竹戰戲，傍晚送敏渡江。今日天燥甚，蚊蠅尤多，奇事也。閱漢報知直魯聯軍已佔領開封、鄭州矣。晋閻亦敗，武穴聞有寧軍佔領之説，以後變化如何，殊□料。九時至淬成局略談歸。十一時寢，轉鐘二時大嘔吐。今晚傷風合鼻塞，甚難過，天明時昏昏睡去。

初八日　晴　燥

七時半起，清理各事，飯後叔和、春溪同來，約至志雲處坐，帶更生同去清理捐款事，歸後小睡。二時許叔和、志雲來呼余起，談一時許去。傍晚至蘇朋程家將捐款繳清，便與張叔和至春溪家談片刻出，至電局探信，至幼虛家略談，約其明午到家吃便飯。十時半寫雜件，十二時寢。

初九日　晴　熱

七時起，今日約幼虛吃飯，因彼明日往省也，飯後出城至志雲家，約其來陪。正午振旅、叔和、少松、雲甫先後來竹戰。二時半幼虛、淬成等來，四時開席，六時畢。散席後余至電局探信，九時歸。十時寫聯二副，十二時半畢，轉鐘一時方寢。合眼後聞暴風雨至，雷聲甚厲，奇事也。二時忽止，僅風寒而已。

初十日　晴　燥

七時起，清理各事，飯後聞下游戰事緊急。正午少松來催客，因渠今日爲傅幼虛餞行也。春溪、蓮溪先後來坐談一時，至少松家，四時半席散。傍晚至電局，聞黃雪堂七十生辰，遂便約少松、淬成等往祝嘏。黃留食麵，七時散席，再至電局略坐出。十時寫聯，十二時寢。

十一日　晴　燥

七時起，清理各事，連日晨起俱着夾衣，天氣晴燥如新秋，奇事也。飯後小睡，正午往黃雪堂家拜壽，聞電局云彼處拒絕甚，僅囑其達意而已。午後剃頭一次，至姚福坪家竹戰畢，吃飯菜多且美，傍晚歸，聞下游戰事愈吃緊。九時寫聯三副，十二時寢。

十二日　晴　風

七時起，清理各事，聞下游戰事愈緊，閱漢報一時許，至淬成、振旅、仲和、子恒、樂峰家各坐片刻出。晚至淬成家談甚久，九時歸，十二時寢。

十三日　晴　大北風

九時起，清理各事，聞下游戰事更緊。正午至樂峰、□質卿家略坐談，購青洋緞不可得，寫信托王樂峰之水客帶二尺，爲神匾之用也。二時至郵局已晤志雲等。遂爲竹戰戲，傍晚畢，至電局坐談，至汪星垣家看李開佚所書紅對，不佳，坐片刻歸。寫聯一副，十一時寢。

十四日　晴　夜月色佳

八時起，清理各事。午後至郵電局坐談，旋出至仲和家竹戰，遇嚴森階，傍晚畢。聞下游軍事又緊。九時寫聯二副，十二時寢。二時鼻寒傷，展轉難寐，三時睡熟，夢一着短軍服人欲余買其圖章，約以明日午前九時兑價，其地則曠野有橋梁、沙漠及少數村落，余已應之，次晨與少松、叔和等同去。先有三兩人在此放獵槍，昨日所約之短衣人未至。余遂與少松等返至電局坐談，並囑及彼小心照門，恐有滬上叫票詐財各事。再與彼等同至曠地，則短衣人未在，而忽來短肥類似流氓着短衣者攔余去路，且索財。余與之力角，且呼救，叔和等遠遠望之，亦不來相助。余憤極，兩手猛用力將此人撞卧於地，其死與否，不得而知也。追至叔和等立處，則云見余已勝此人，故不必來援云云。猶記當與此人角鬥時，彼自稱爲寧波人，後又自稱爲商城人，夢醒時天欲曙矣。

十五日　晴　今日立冬

八時半起，飯後檢字畫，振旅來談片刻，仲和來，遂與同至志雲寓中，立江干，見招商局之江天輪，並大輪二隻、小輪一隻，載下游潰兵甚衆，入黃州城。雷朗如自黃州到志雲家，與坐談各事。午後二時爲竹戰戲，傍晚畢。八時入城，九時半看書報。十時寫雜件，十二時寢。

十六日　晴

七時起，清理各事，聞下游潰兵已至黃州、蘄水、陽新等處，風聲漸緊。午後出外二次，傍晚至電局探信，知下游信緊。九時歸，寫聯二副，十二時寢。縣中來潰兵，在東門有搶劫行爲，槍聲頻作。

十七日　晴

七時起，街市各店未下門，緣昨夜東門受損失者數家。八時後潰兵向商會索錢甚急，十時聞已籌集洋二千餘元付之以去，至大西門外分款。正午又到一批潰兵，此皆自東門入城者。一時漸散去，仲和等來約余至志雲處坐談甚久，三時歸。五時後至郵電局略坐，傍晚探街市信，略靜。看各書至十二時寢。

十八日　晴　大風

八時起，清理各事。飯後春溪來坐片刻去，至郵局探信，聞潰兵俱已乘輪船開行矣。正午忽黃州兵士放槍示威，此間仍有未去盡之兵，紛紛起岸，縣中人心又恐慌，二時後聞潰軍悉數退去。振旅等來爲竹戰之戲，傍晚又聞大批潰兵到，市面大恐，各家閉門。八時潰兵逐家奪門借食宿，索被擾攘，十二時後略止。余已將大門緊閉，幸未入也。隔壁牆上王同興各店友行牆上，不知搬運何物也，終夜擾擾不安。

十九日　晴　燥

七時起，知軍隊已全開拔，並拉夫三百餘人，送至丁橋而返者甚多。潰兵在丁橋放火焚商店四十餘家，此卅六、卅五軍皆唐之部下，去歲破武昌城後，唐軍大掠一晝夜，其貪財無紀律，安得不敗。傍晚至電局探知武漢風聲甚緊。十時寫雜件，十二時寢。

二十日　晴

七時起，至電局探信，聞上游風聲愈惡，且有奉軍大勝、信陽失守之説。午後至志雲處略坐談，旋聞大冶四十四軍葉開鑫來縣，已挂火車矣。縣中仍有潰軍三五來，幸未擾商，此蓋尾數，狼狽不堪。在北門見者數起，與志雲、仲和同至寒溪塘西山下學堂等處遊覽兩小時歸。聞葉軍不久即至，候至四五時仍無消息也。四時，朱茂林來請吃便飯，至大北門，彼云□宅中晤樊口征收局長丁□□湘鄉人，談一小時。軍界中人略識大體者。傍晚登城，見下游來兵艦三隻，又大商輪一隻，皆載十九軍與七軍等來攻武漢者也。黃州蔣世傑軍初閉門不納，繼開城。蔣軍先退至團風矣。縣中聞大冶六軍程潛部頃刻到，候至十一時又寂然，十二時寢。

廿一日　晴

七時起，聞大冶軍隊前線已到，飯後至叔和家坐談，與叔和、福坪、志雲、春溪等出小南門、大南遊覽，並至聖宮察看一時許，損毀不堪，皆前賀軍在此駐紮時所爲。不勝感慨矣。午後之時仍未見軍隊來縣。傍晚聞已來大隊，距城六七里，以夜晚人多不便入城，縣中歡迎旗遍插各門首，亦趣事也。去年七月，葉爲唐擊退潰下游，今日唐爲下游各軍進逼，已退至岳州矣，葉適後至報復□抗。天心若有主宰者，軍閥何不悟哉！軍猶火也，不戢自焚，獨惜唐輩未多讀書，至飲□不悔耳。七時看各書，八時彈琴。九時叔和、振旅等四人來坐談，旋與同出門一遊。十時歸，十二時寢。

廿二日　晴

七時起，縣中軍隊來去甚多，飯後更甚。四十四軍、廿一軍紛紛絡繹不絕。午後至志雲處未晤，至郵局坐甚久，聞軍隊在徐平夫家，已將其子洪忠抓去解省矣。傍晚聞有人至樊口具保未准，晚八時至電局略坐，至郵局談甚久歸。十一時寢。

廿三日　晴

七時起，仲和來談片刻去，飯後欲至志雲處閒談，徐平夫來央余至黃雪堂家開會，爲救其子也。十時半去，十二時客齊集，共十五人，象虛、春溪與余擬電稿二、函稿二，致杜氏兄弟與夏乃卿、曹漢丞。一懇情不催控，一請就近挽調，午後三時方畢。四時至仲和家，五時吃飯，後並爲竹戰戲。八時歸，十一時寢。連日天晴燥，猶有蚊蠅，天時人事俱變遷矣。轉鐘三時咳嗽，鼻塞甚，自起燒茶飯，工作二小時仍睡去。

廿四日　晴　晚小雨

七時起，清理各事。飯後至志雲家談一小時，至電局爲竹戰戲。傍晚歸，彈琴看書約二小時，十二時寢。

廿五日　雨

八時起，清理案上書籍各件，整理房中各件，神氣清爽，連日書房中積塵未掃故也。飯後至電局、郵局略坐，歸後寫中堂一。得敏深信索畫件，余已許之矣。十二時寢，以足癢被厚不能安眠，又由寢室中遷入書房，展轉難寐。

廿六日　雨

七時起，清理各事，飯後至電局略坐。至叔和家看報吃晚飯。傍晚歸，寫雜件，十二時寢。

廿七日　晴

七時起，飯後至電局探信，知武漢政局尚未大改，午後至郵局坐談。晚歸寫雜件，十二時寢。

廿八日　晴

七時起，飯後至志雲家坐談，旋入城，至各處略坐。午後三時在淬成家爲竹戰之戲。晚八時歸，看雜書，十二時寢。

廿九日　晴

七時起，飯後至志雲家坐談，午後至電局爲竹戰戲，傍晚歸，聞乃卿自漢歸，言有要事相聞者。今午在志雲家晤喻方山，談寧方各事。晚看各報，十二時寢。

三十日　晴　今日小雪

七時起，清理各件，畫石二張，已具大體矣。飯後福坪來約至志雲家坐談，旋入城，至電局吃飯。晚歸，聞馬春丞引公安局來奉看，杜業軒來談，坐一時許去。晚十二時寢。

十一月

初一日　晴　燥

七時起，清理各事，飯後至郵、電各局坐談，傍晚做軟區，此送寄宜昌關帝廟懸挂者，去年十月廿日在宜所許之願也，十二時方鉤寫畢，遂寢。

初二日　晴　燥

七時起，八時半黃舜欽來云，先公墓地後尾土崩，擬今日去看，旋因日期不佳，擬明日雇工挑墳，便托人帶信往胡林，命天□明晨到縣料理此事。晚九時半進香圓光，問余謀事，現一田姓，又云劉姓，又一王姓，十一時畢，十二時寢。

初三日　晴　熱

八時起，飯後與胡軒省、厚訓、更生同出城挑墳，未到姚家壟，先遇董先生，便約其看先公墓地，謂葬宜南向，此向不過平穩而已。余謂只求平穩，他非所望也。午後回，足疲甚，到家小睡一時許，晚飯時志雲、福坪、叔和同來談一時許。余檢點軟區，用包裹宜昌，並專函賀新，三囑其至關帝廟親爲懸挂，且致默禱也。傍晚至電局，去約於明晨往漢。八時振旅云，今晚十時須上船，余遂檢點各事，準即上輪船宿。九時半余與厚訓出城，同行者振旅、仲和、黃仲甫，到河干後，汪仲銓云張伯謙說話難靠，今夕有泰豐輪開，余決意搭泰豐，振旅堅持不可。到船後鋪行李，幸同行人多，尚不寂寞，然展轉起坐不寐。

初四日　晴　午後四時大風

昨夜不寐，五時半船開行甚遲，因外幫之鐵油船太重，即余等坐船也，十時半同船之高維勤起來開煙燈，始與余等談話，十一時開早飯，飯後小睡一時許，三時半中飯，後又小睡一時許，高君燒煙吃，手口俱未停，其癮大可知。此人通英文，丹徒人，正大總公司執事人也。午後四時半，船過葛店，已起北風，五時以後過陽邏，風甚緊烈，六時半至五通口，風大不能行，遂下椗。今日無聊甚，先是大副某云今晚八時準可到丹水池，九時送余等到江岸，雇車到漢，詎知天意難測如此。九時後寒甚，幸仲和及老方隨有臥具甚多，否則不堪其苦矣。輪中水手數人起岸住宿，請其便帶麻雀牌一副以消此長夜。余與仲和、振旅另覓一水手成局，十二時畢，遂睡。大風，船簸頗難受。

初五日　陰　大風寒甚

七時起，風大，船不能行。八時余與仲和等起岸至五河口一看情形，此地為黃陂一小集，居民約百家，雜貨零市俱有售者，煙館尤多。早點後，余等以船既不能行，擬雇肩輿暨挑力至湛家磯搭火車，十一時尚不能決定，此時風未稍減，江中白浪滔天。復回船中，吃飯畢，雇得肩輿一挑子三，正午起行，二時抵湛家磯，車已開矣。站中巡丁云，今日五時半尚有短票車一次，余等恐有誤，到漢太晚，戒嚴期中，恐不良於行。欲雇肩輿三乘，苦不可得，僅雇得挑夫三人，余等步行，四時至江岸，足軟甚，已難成步矣。而行李與振旅等相左，余與仲和、伯甫在後，焦灼萬分，旋覓至一茶肆，始相遇。雇人力車至三元里，再雇挑子至匯源棧，略事休息，與仲和、振旅至月華樓洗澡、吃飯畢，雇車訪心如，訪李佛波，略坐回棧。後與仲、振二人同至甲子旅館晤田煥彩，談至轉鐘一時方寢，展轉不寐。

初六日　陰

七時起，八時與仲、振等至中漢旅館看房間，因仲和擬遷寓也。至文旃寓略談，至日界訪程次松，知已遷居武昌矣。子南留吃早飯畢，訪西林，知已往滬。午後二時至匯源棧，知振旅已先渡江。余飯畢，此風已平息，余雇民船渡江，五時到寓，蕙芳未歸，遂雇車至陳宅探伯英近狀，聞其尚在滬也。傍晚回寓晤惠芳，問各處近狀，飯畢談各事，十時寢。

初七日　陰

八時起，倦甚，九時至梅鳳山寓坐一時許，出至小板橋章宅，晤振旅及其五弟，就其寓早飯畢，至三義殿街程宅，晤次松，坐片刻，與次松夫婦同渡江至甲子旅館，與田焕彩談各事。仲和來館，與同出。午後三時至雲□里十九號，訪桂某未遇，傍晚至甲子旅館，遇雲龍驤，亦住甲子旅館，因請余與仲和、紀于、夏村、呂星野及仲丹之子。十一時席散談各事，至轉鐘二時寢，展轉難安。

初八日　陰　小雨數次

九時半起，與仲和至漢皋館定房間，約後天請雲龍驤至宴月樓，便請紀于、子青、夏村、李鎮之作陪，發函後與仲和同至漢壽里訪高維勤即前日同船到漢者也。高爲人甚爽直，前日曾來寓奉看，今日便答之。回甲子館後因寒，至匯源棧換羊皮裘，冒雨渡江。午後四時到寓，脱衣小睡。六時起，吃飯畢，至次誠寓談至九時歸。十時寢。

初九日　晴

九時起，倦甚，十時寫家信付郵。十一時至次誠寓吃早飯畢，與次誠同至伯香寓談片刻。至幼虛寓未晤，途遇振旅談數語，至抱琴寓亦未晤，留刺出，僅與其太夫說數語。至石仲鴻家談片刻，出至范允師家談片刻，至章宅晤曉霞、松年，與松年同出到青龍巷看皮貨及舊衣服，未購妥，便至丁國丞處談數語出。途遇潘德宣、康長松，知鵬程已由滬歸，遂到鵬程宅談半時，劉鼎三來，同坐談片刻出。聞今日有搶劫事，遂早回寓，九時寢。

初十日 陰 風

七時起，連日身體疲倦不適，十時至章宅約振旅同渡江，因今日請雲龍驥等酒，天有風，非早渡江不可。早點畢，與同渡江至匯源棧，約仲和同出，余至尉宅，又至同德里訪彭師未晤，回漢皋旅館，久候客不至。子青來談，囑其在館候彭梓師因今日約其晚間來館一談也。九時至宴月樓，漢丞、斌丞來，便叫四五菜，食畢去。振旅今夕回縣，匆匆去矣。十二時雲龍驥、夏村、子青、海霞等再來，又至宴月樓酒敘畢，回館，雲等竹戰，余則與夏村等先睡，子青談話，亦不成寐。

十一日 晴

八時起，龍驥、夏村別去。余與仲和、海霞至茶肆略坐，進早點，至立興里譚少坪寓吃早飯，樓上所住者爲熊力樸，余在沙未見其人，因囑譚致意。蓋此時熊尚未起床也。飯畢便訪夏，復渡江，便至次誠處談甚久，出門遇熊暉策、連冠吾，立談數語。至文昌閣吃飯，出至劉季奘寓略談，回寓後見劉省吾、曾誠齋名片，知其來訪。傍晚又出門一次，七時半歸，八時寢。

十二日 陰 雨 晚寒甚

九時起，身體疲倦，飯後擬渡江，胡升自曹漢丞處取箱子歸，述黃志雲已來，仲和今夕往沙市，囑余必渡江。匆匆渡江抵漢後志雲、仲和俱外出，遂就仲和房中小睡二時。至王利師處談二時許，就其處吃飯，雇包車歸，與志、仲二人談至夜分寢。北風甚烈，寒甚。

十三日 陰 北風緊

十時起，飯後至日界訪程少松，至後花樓五福里訪談。思臣問普陀山茂道所帶之口信如何，談因述及龍匯東落迦山事，甚有趣，可見惡人朝山心不誠耳。二時出，三時半再至日界晤少松與金定九，談國光事，至夜分寢。

十四日　陰晴不定

九時起，至盧兵城寓探汪浪石信，聞汪前日來省也，到盧處晤夏子青，與同至范伯高處談片刻，再至兵城處吃早飯。後車行至江干，見有輪船渡江，在躉船上晤袁竹朋，談數語，知我縣縣長已換李愈友矣。渡江後已三時半，到寓略坐，外出至次誠寓略坐。六時回寓，九時寢。

十五日　晴　今日大雪

十時起甚倦，到劉鼎三寓中未晤，至鴻磐樓洗澡，與賈仲明談甚久。六時歸，十時寢。

十六日　晴

十一時起，飯後至陳乾癹家雇民船渡江，至仁里巷訪彭梓師，聞已到武昌，至生成里訪劉伯威，久候方歸。晤談後與之至亞洲旅館訪方子樵未遇，至輔堂里尉宅晤華清吃飯，後又至生成里，值伯威外出，與林紹南談甚久，又至仁里巷，訪彭師，知宿武昌，世兄囑余明晨到劉省吾家相晤云云。九時回生成里，在伯威處宿。

十七日　晴

八時起，至中央旅社訪盧兵城，至後花樓買熱水瓶即熱水袋，至日界次松家略談，飯後至一馬頭候輪，遇喻斌如。今日船中人多，甚擁擠。五時半回寓，十時寢。

十八日　晴

十時衛福安來，以倦甚欲不起，聞其為謀事而來者，囑其往徐淩卿，在蝦蟆磯充正查，衛誤聽為卡長也。十二時至曾雨村宅，彼正自皖歸，述各事，留余在其家竹戰，八時畢即歸。周福自縣中來，述各事出，十時寢。

十九日　晴燥

八時次誠來呼余起，約以正午在鴻磐樓相晤，因賈仲明昨約余看畫也。十一時往鴻磐樓，十二時次誠來賈藏董邦達册頁，《小蓬萊圖》頗佳，張得天題首，後跋約卅人，皆當時名士，精品也。又出示趙撝叔畫四幅，一桃子，二花卉俱着色濃厚，皆贗鼎。另一小條畫松係真跡，係何子貞大對，真而不精，鄧石如大聯係真跡。仲明留便飯，食畢與次誠萬發祥店略談出。余欲至周滋安處，無車可雇，就一理髮店理髮畢，便至幼虛家談甚久，吃飯。小松來略與談即出，至次誠家略坐。九時回寓，得心如轉來各信，十一時寢。

二十日　陰雨

八時起，倦甚，十時飯畢，十一時渡江，雇車出長街，途遇陳炳庚。自云新委武昌警察二署之長，余與之匆匆數語即別，渡江至心如處取信並得厚訓函，知王利師於本月十五在漢身故，已運回縣中入殮矣。傷哉！窮人命薄，利師今歲辭縣中事來此，滿擬明春事傍已入□境。余前夕見利師精神談話俱如平時，未之異也。就新聞報館發一信與汪浪石，囑其早來省，寫就親送漢局。晤戈卓元，知之一學校在總局辦事，尚有數人出往戀業銀行□，即行渡江。在輪中晤蕭步雲，談近時各事。渡江回寓寫二信，十時寢。

廿一日　陰

九時起，至警二署訪陳炳庚，知其已易名爲毓根矣。飯後訪劉省吾，囑其作函與李愈友薦厚訓事，當即作函發出。午後渡江晤周幼書，便托其買紙至廬兵城事。晤胡劍侯談一時許，渡江後至王文達處略坐。九時回寓，十時寢。

廿二日　陰

九時起，周福來托帶各物回縣，陳署長來談片刻，飯後渡江晤心如、李佛波，談能否與張渭泉診眼疾，坐片刻出，雇車到大碼頭渡江，會鄭汝屏，談片刻，與周福、雨屏雇舟至武昌磚瓦巷周滋庵宅，緣周請今日吃飯也。傍晚畢，至三一學校晤曾蘭友，談片刻，至次誠寓談甚久歸，十二時寢。

廿三日　陰　大風

十一時起，飯後至橫街丁國臣家爲次誠托售屏去也，訪杜均秋略坐。今日武漢戒嚴，車行至察院坡不能通過，因時中書局爲共產黨機關，正在搜查中。至幼虛宅，未能通行，即折而至次誠家吃飯。八時歸，十時寢。

廿四日　陰　大風　晚七時雨

九時半起，飯後至二署打電話談各事，又至電報局打電話至鄂城，囑厚訓渡江至匯源棧晤許雲甫，取蕙芳帶來之衣服。渡江，在船中晤次誠，同起坡，與同至抱琴寓，未遇，留字出。至雨村家略坐談歸，至王文達家談片刻回寓。十時寢。

廿五日　大風寒甚

十一時起，身體倦甚，飲湯一盂，至次誠寓，就其寓吃早飯。十二時半與同至郭良卿家，未晤，至徐行可宅，亦未晤，至抱琴家未晤。至曾雨村家僅晤其夫人，示以報紙，知詹大悲、李漢俊均於昨日被衛戍司令部拿獲槍斃矣。至幼虛處未晤，至羅卓如寓亦未晤，至鴻磐樓看畫，胡公壽一幅，贗品也。至電局打電話至鄂城與振旅講話，約厚訓來並囑各語。傍晚歸，十時寢。

廿六日　陰

十一時起，飯後渡江至匯源棧晤許雲甫、夏乃卿，至彭師處未晤，匆匆渡江回寓。厚訓自家中來談各事，十時寢。

廿七日　陰

十一時起，與厚訓同至鳳山家，略談即出，至鵬程家談各事。至次誠寓談甚久歸，吃飯再出至蕭發祥各處略坐歸。十時寢。

廿八日　陰

九時起，十時半飯畢，與厚訓同渡江至伯威寓、兵城寓，並晤胡劍侯談各事，午後三時歸。四時至雨村家吃酒，因雨村今日生辰四十歲，同席者彭子佩、向明齋夫婦、同學蔡麟陔。七時酒罷即歸，十時寢。

廿九日　晴

十時起，倦甚，今日在寓寫覆各處信，午後三時出門一次，十時寢。

三十日　晴　今日冬至

十時起，十一時飯畢，渡江至心如處。午後六時至伯威處，與同訪子樵，至貫忠堂候至十時，子樵始來，寒暄數語，伯威等有事相商，余則無所謂也。十時半余至佛波處宿。

十二月

初一日　晴熱　夜轉鐘大風

七時起，早點後雇車往訪彭師，晤仲蘇，談片刻，劉南松等在座，彭、程等堅留余飯，余以尚早，卻之出，訪兵城未晤。今日劉省吾請客，在漢口杏花樓，余以時尚早，至王文旆寓約其同往看石雲衢，談片刻，匆匆渡江。在船上晤周炳章，監利人，從前在麻城署陪余同勘烟苗者也。周曾爲五峰縣承審，今日同船，述及此次□陽新司法委員不能接事，而回省坐片刻。張春元來與談，情甚殷，托余寫信薦與新任蝦蟆磯征收局長。周菊村堅約至其寓寫信，並留飯，寫後至寓蓋章出，余亦再渡江至漢，在文旆家談甚久。晚五時至杏花樓，先到者馮巖、號岐吾，黃陂人。張含英、廬某、彭梓師，候程仲蘇，十時始到，十一時酒畢。今夕戒嚴，出門時人力車亦稀少，至李佛波處宿。

初二日　晴熱甚如春三月

八時起，至伯威寓，聞浪石自武穴來漢，住漢皋旅館，即至旅館探問，知已渡江往余寓矣，匆匆渡江回寓，知其曾來，留言約余今夕至伯威寓相見。余飯後渡江至伯威寓晤浪石，談武穴各事。六時至匯源棧，十時至心如處宿。

初三日　陰　大風寒甚

七時起，至漢皋旅館與浪石談數語，約其明晨到寓早飯。至一碼頭，無輪船渡，以風順乘大船至平湖門起岸，風愈大。到寓後知張春元已送到五十元。飯後以連日睡未足，解衣寢。午後三時春元來，起與談片刻去，晚飯後外出一次。七時歸，十時寢。

初四日　晴　傍晚大北風

九時起，倦甚，十時浪石來云已晤見張難先矣。恐未能登臺，十一時飯畢，浪石別去。午後渡江輪船中遇許勉之夫婦過漢口尋李佛波圓光，因其長子已逃去當兵矣，並約余先□於李處。十二時至黃海濤寓談片刻，至伯威寓略坐即出，至李佛波寓送洋二元，因其妹改嫁也。至幼書處托其買紙，付洋訖。三時至佛波處，見正爲許圓光。五時渡江至五琴堂探彭師信，六時回寓，知彭師已來一次，留言數行，約明日渡江。十一時寢。

初五日　晴

九時起，袁子青來孫宅搬家，頗麻煩，余留子青便飯，彼欣然諾之，余並無菜可留客也，十一時袁去。余至次誠寓寫信五件，一致樊口征收局、一覆菊坡、一致彭師、一覆兵城、一覆仲和也。至鴻磐樓洗澡，四時半至武昌縣署晤王夢村，探石際平住址，便至次誠寓坐談，至丁國臣家看畫一時許。六時歸，十一時寢。

初六日　晴

九時起，飯後渡江至彭師處，知已外出，至伯威寓略坐，至文旆寓吃飯。至幼書店中取紙，至龔雲拔棧中談片刻，至尉宅略坐。至石際平寓未晤，僅晤其子幼平，新升十九軍參長者也，談片刻出兵城寓，聞渭泉已歸，至中央旅社訪之，與談各事，出至心如館中宿。

初七日　晴

九時起，至彭師處，已晤見。至伯威寓，至文旆寓，均略談即出，匆匆渡江回家，仲和來述沙市各情形去。至源源旅館訪孟春溪，晤福卿，知其前日曾來，仍居匯源也。至次誠寓略坐，至春元家吃晚飯。八時回寓，十時寢。

初八日　晴

九時起，昨得渭泉函約渡江，飯後雇車至江干，乘輪到漢，至渭泉館中約其同至佛波寓談治目疾法。余因傷風鼻塞，極不可耐，吸阿片數口，未有效，至文旆、伯威處坐談久。至匯源棧宿，因今日春溪、仲和在此約談近事也。自開發數藥，一劑服之。

初九日　晴

八時起，盥漱後渡江，今日輪船拉差，僅一小船渡人，人多擁擠，到武昌後仲和分手去。余回寓，頭痛鼻塞不可耐，脫衣寢，身體發熱。浪石來，進房坐於床側，談話半時去。孫壽山自陽新歸，余亦不能起與談也，四時半，心煩不耐。六時起始進食，九時再睡。

初十日　晴

十二時起，病稍減。今日未出門，晚十時寢。

十一日　晴　夜寒甚

九時起，孫宅搬家，余牙痛甚，厚訓來云，春溪自漢來電話，囑余今午至幼虛宅相候，便留子青飯，子青云金梁園已得官礦局長。余約次誠同去見幼虛，蓋次誠近日更困也。一時去，遇幼虛夫婦同出門，遂轉至傅宅談各事，幼虛又爲次誠先設法，余次之，余謂只許次誠採用可耳，余事無甚關係。蓋金之爲人性情乖張萬分，余何能爲其僚屬耶？二時至姚漁青寓，知未歸，便訪林濬清，知與春溪同出矣。便訪次松，談甚久，留吃飯，五時回寓。聞徐淩卿曾送洋百元來，以余及內子不在寓，往訪厚訓，亦不在局，已攜款回宅矣，囑余今晚去晤，蓋明日黎明彼又往沌口矣。六時半雇車至徐宅，夜寒重，八時到，候至九時徐歸，談片刻並云已代向宴月樓交涉，請客不必付款，交洋百元作爲零用，殊可感也。十時歸途寂寂，並無人力車，連日武昌有搶劫事，余行殊有戒心。行至糧道街，始雇得人力車回寓，略坐即寢。

十二日　晴

十時起，飯後渡江，今日牙痛甚，擬至趙醫生處取之。搭輪渡江，船止到王家巷，遂至匯源棧，知仲和已回縣，雇車至租界。往兵城寓略談，至渭泉寓、至彭子佩寓略談，至文旂處吃飯。至心如館中寫聯二副，遂就其館中寢。

十三日　晴

八時半起，進早點。九時至彭師處晤仲蘇，以其留之切，遂就寓吃早飯，談一時許，出至隄街，遇曹漢丞，亦欲買舊物。雇車至佛波、渭泉處，各談片刻出。至匯源棧取物渡江，至次誠寓略坐即歸。十一時寢。

十四日　陰　今日小寒

九時起，倦甚，飯後至次誠寓略談，與出至萬發祥、王聚堂，均談片刻出，至鴻磐樓洗澡一次，五時回寓。聞周兵胲請吃飯，遂乘車去，就其家寫聯二副，吃飯畢。九時歸，十時寢。

十五日　陰　雨

九時起，身體愈倦，章振旅來奉看，羅敬畏來，余尚未起，與章、羅談片刻去。十二時至周斌胲吃飯後，寫匾字四。次誠來坐談久，與同出，至次誠寓吃晚飯。七時回寓，十時寢。

十六日　雨

八時下雪，十一時起。飯後至孫壽山新寓略談，寫信六件，皆積而未覆者也。至巡道嶺周子書店中托買湖色綾，至胡抱琴家未晤，至雨村家略坐，五時歸。今日爲先君子忌日，七時進香焚楮畢，無限感慨。十時寢。

十七日　晴

十一時起，飯後渡江至李佛波處覓一周姓整牙上藥，云不可取。至惠泉寓、子佩寓略談，四時半渡江，五時半到寓。十時寢。

十八日　晴　晚大風　寒甚

十一時起，倦甚。飯後寓中添電燈。十二時至次誠寓談甚久。傍晚歸，寫信三件發出。十一時寢。

十九日　晴　大風　早結冰

九時起，飯後渡江，遇彭子佩過來，隨與同返漢。至文旂寓談各事出，途遇陳恕初，云劉應孫自宜昌來，便約同晤。至交通旅館，劉係余去歲往宜欲晤見之人而未遇者也，彼充川軍旅長，為劉殿三之姪，人甚精明，談片刻出。途遇柳少華，便約余明日至其店中早飯，且有要語相聞。五時至渭泉寓吃飯，六時洗澡，九時為彼請神，所示眼疾仍與李佛波所述略同。十一時半就其寓宿。

二十日　晴　早結冰

七時起，早點畢，兵城來略談，余先出雇車至柳少華店中，吃飯後寫聯七副，佳者少，因無興趣也。四時至文旆寓未晤，即渡江回寓，飯後七時半請神示各事，頗驗。十一時寢。

廿一日　晴　寒甚　結冰

八時起，早點畢，渡江至匯源棧，托鄭華樸帶布回縣。至柳少華店中吃飯，再寫對三副，少興趣。至周寓整牙，至張渭泉寓談後即渡江，雇車至司門口購衛生衣回寓。與蕙芳同至振旅寓，傍晚歸。至文達處談片刻，寫信二件，十一時寢。

廿二日　晴　大霜

八時起，清理各件，陳君長請余寫紅聯贈人，已允之矣。十二時章振旅夫人來寓，二時開飯，四時方畢，別去。余亦至次誠寓探信，知祜亭今日曾來省，惜余未晤之也。傍晚回寓，福安來談片刻去，十時寢。

廿三日　晴

十時起，倦甚。飯後桂光裕來，桂號夢卿，即張春元所說之人，談片刻去。至電報局打電話至鄂城，與淬成談各事，訪傅幼虛未晤，訪周樹棠談一時許。至林潯清寓談片刻，至程稚松寓，知其又遷漢口矣。至郭良卿寓晤談片刻即歸，飯後寫信二件，十時寢。

廿四日　陰

十時起，飯後渡江至文旆寓，遇老熊，便托其寄書歸，至佛波寓未晤，至伯威寓未晤，至渭泉寓談片刻，漢丞約吃年飯。四時去，遇許俊甫談各事，飯畢渡江至卓如家未晤，至次誠寓談片刻回寓。蕙芳具酒食，今爲小除夕，小聚團年，與去歲同感，客邸有此，亦暫消寂寞而已。□□至十一時寢。

廿五日　陰

十時起，清理各事，飯後厚訓來云，今晚特別戒嚴，請余□渡江發信二件。十一時文達來述各事，渡江後至心如館中取茶葉，□至文旆處略談，其正夫人亦欲今晚同歸。至伯威寓談片刻，彼云前日省政府已有去電約伯英歸鄂。五時至文旆寓吃飯，六時上泰豐汽輪，漢丞送余上船，購房艙位二元，去票價一元三角，可爲奇昂。六時半萬斌如、萬秀山先後入房艙，茶房索價每人一元。今夕漢黃鄂碼頭有行劫者，客搭被劫者數人，幸余已早上船矣。人聲煩擾，終夜未睡。

廿六日　晴　大霜

五時半，船到縣，天未明，起岸進大北門遇朱錦標牽余上岸，啟門到家，問老幼，俱安好，解衣在書房宿，約二小時起，飯後樂峰、春溪、志雲先後來，傍晚至電、郵兩局略坐，至仲和、星垣家略坐，七時歸。鄧勉之、叔和、月亭同來坐談片刻去，十一時寢。

廿七日　晴

八時，萬子雲來呼余起，飯後志雲來坐談去，寫信致□元，寫春聯並子恒屏一堂，發之□端溪、鏡清同來，午後至次松□與同出看夏乃卿，略坐談出，次松來坐談去。飯後寫□各事。十一時寢，轉鐘三時道孫哭驚醒，自是不成寐。

廿八日　陰　晚雨

四時起，五時囑老周起燒水換字畫，手凍痛，☐十一時換各件未竣，掃舍宇。厚訓歸，午後余至志雲☐晚叔和、志雲來談甚久去，八時余至郵局，遇其吃午飯，☐至☐時方略☐後寫信二件，補抄日記，十一時寢。

廿九日　雨　今日大寒

昨以勞倦作事多，睡後甚恬，十時起，十二時吃年飯，寫信一件寄省寓，發各處賀片。謝電報局長來坐談半時去，剃☐一次，午後三時至仲和家坐談半時，付洋四元與周福，送張姨，付周福一元。晚寫雜件至十一時寢。

三十日　大雨　晚有風　寒甚

九時起，清理各事，整理書室中各件，案上各物，囑厚訓貼春聯，寫三片。午後三時出門，因街中積水，不能行，折回。樂峰來坐談片刻去，四時半祀祖宗，焚包袱，具酒饌，舊例也。六時畢，送租金與杜紫卿，晚飯後清理各事，八時到淬成家略坐，同至仲和家談片刻出，十時潔身，十一時飲團☐☐畢。補寫省中臨時日記，今年不記夢事，余實無夕無夢也，僅奇異者略記☐已，計今歲無夢者不過一二日，自三十五歲以後，大☐舒耶☐弱耶，真不得而知☐以精力☐睡。

民國十七年（1928年）戊辰日記

正　月

初一日　陰　陽曆一月廿五日

五時醒，囑厚訓起，備香楮，盥漱畢。進香，開門出方，至岳廟行香，舊例也。敬謹默祝畢，回家與祖宗拜年，進司命神畢，與家母拜年，分派賀年片。囑厚訓出門拜年，囑老周在前重招呼應客，余即寢，十二時再起。飯後與家人談各事。午後四時具香燭告天地，開筆寫祝詞，寫詩稿六頁，戊午舊作戊辰書之，分贈志雲等六人。傍晚方竣，心中快然，九時寢。

初二日　陰　風寒甚　晚雨

十時半起，早點後至王宅，爲利師叩奠，至孟春溪家略坐，到李大生叩奠，到月亭家叩奠。歸縣署，馮小初、李國驤、張月軒來坐談甚久去，春溪、厚生、小軒先後來談甚久去。傍晚至雲衢、小軒、久旂各處，均未坐，至樂峰家略談歸。十二時寢。

初三日　雨

十一時起，星垣、斗丞先後來坐談去，檢各書籍，清理案上各件，寫雜稿，清理去歲日記已竣事。張叔和、周子模來坐談一時許去。晚間備包袱進香，因初四爲先祖母忌日也。八時祭畢，十一時寢。

初四日　雨　晚大風

十一時起，飯畢囑老周料理各事，今日春溪之次女來過門，照例須備筵也。仲和來坐談未久，春溪之女已到。余與仲和出門至星垣郵局、電局坐片刻。志雲、福坪來，又與同出至福坪家坐片刻，至叔和家，至榮甫家，均未久坐。至縣署答拜，曉初、國驤、月軒、濂溪兼晤黃幼甫。又至典獄署略坐談，幼卿來謂己之名已發落，熊小堂亦在備取之列，囑余維持，遂便托幼甫及國驤向司法委員梁某關説蟬聯。四時出歸家，女客未盡去。飯後清理各事畢，曉初來説屠宰稅局事，明日去探問，十一時寢。轉鐘四時，烈風雷雨，醒後二時仍睡。

初五日　雨

十時起，飯後至郵局略坐，至電局坐談，聞省中警信，至縣署略坐，至仲和家略坐出，寫知單，接春酒，先請縣署及志雲等八人，晚間寫昨日詩稿數頁，有更改字，十一時就遂。十二時寢，詩續成。

初六日　雨　大風寒甚

十時起至郵局、仲和、志雲三處略坐。今日請馮小初等八人，午後一時同到小初、國香、志雲、幼浦、服初、淬成、月軒、厚生、廉溪。五時上席，七時畢，九時客去，畫。十時寫信五件，十二時寢。轉鐘一時未熟也，夢甚雜而奇離。先者不能記憶，僅記余從夏乃卿屋頂出，夏宅自火者數處。

初七日　晴　大風寒甚　結冰

十時起，太輔來，飯後子南、幼卿、志雲先後來談。晚間叔和、仲和、春溪來談，且云省中有事，其實謠言而已。十二時寢。

初八日　晴　寒甚　結冰

十時起，寒甚，飯後太輔去，囑各語。午後叔和家坐談，客衆便出，至黃炳璋家未坐，再至叔和家，與同出至端溪家亦未晤。至電局坐談，謝服初等八人今日請余與馮廉溪，六時開席，七時半畢回。聞鄧雲卿來，即回看，而約其明日到家吃年酒。九時歸，厚訓明日往省，面囑各事畢。十一時寢。

初九日　晴　寒　結冰

十時起，清理各事，飯後嚴席珍先來坐一時許，福坪、樂峰等先後到，爲竹戰兩局。鄧雲卿在衛茂浦家吃酒，午後二時請余去作陪，僅吃四菜，回宅招呼各客。四時半開二席，坐十八人，盛會也，席散已七時半矣。姚福坪等四人最後散局，十一時去。余清理各事至轉鐘一時寢，夢本地已有人力車，較武漢通行之人力車爲大，余乘之行，迳至武昌，換錢給車夫，則有本籍小票與武漢小票向錢市換之，則見商人羅列小錢及袋六七十枚，余正換錢時，忽醒，此夢真奇離矣。

初十日　晴　寒

九時起，請周斗丞至北門外看木料，彼答云須明日飯後。余欲外出，斗丞來，遂與同去。先晤志雲，由志雲約協丞談話，看木料不够整副，配定後當號字爲記，明日當約人再看也。歸後來客數次，仲和約吃飯，陪其西席，蘇某、田煥彩亦在座，與談數語歸，後外出一次再歸。聞王書華自省回署，來奉看未晤，余擬明日答拜，便探省中情形如何。十二時寢，轉鐘二時聞人來書室中取茶葉，云家母氣疾又發，思好茶，自是醒後，展轉不寐。

十一日　晴　寒

九時起，十時浣漱，問家母疾，知略減。劉漢槎來談甚久去，飯後來客數次，久旃、浪石、小齋、仲和、叔和、淬成、斗丞先後來談甚久，看圖章、印色等雜件去，至公署回看略談。鄭子題來談王樂峰事，傍晚去看，略談即出。晚至仲和處，聞其外出，遂歸。春溪與叔和同來談甚久。今夕月光好，書華、國驤來談片刻出，十一時寢。

十二日　晴

九時起，胡林來客三人，陪與飯後去。王長卿請年酒，細閱知單，近四十人，遂向來人面辭。蓋今日丁局長遠欽亦同時請余也。午後一時至城外各本家拜年，便至志雲處談片刻，二時至丁寓略談近事。三時開席，李愈友縣長及梁司法員、馮小初股長、周子恒、王小齋同席，四時畢，五時回。六時又外出至叔和家談甚久出。寫省寓一信，覆張立群一信，擬明日發出。十一時寢。

十三日　晴陰不定

十時起，清理各事，午後出門得省信，知伯英不日回鄂，當具一函覆鵬丞矣。厚訓來信，談禁煙局事，亦已作覆。來客數次，晚間清理案上明日新春擬作詩。王小齋推門來，□□談數語去。十二時寢。

十四日　早陰午後晴　晚月色極佳　今日立春

八時起，立春節祀天地，九時具香楮敬謹祝之。柏□陔來請客，余已辭之。十時飯畢，十一時攜更生出門祀先祖父母、先叔、先君子畢，足疲，不良於行，尋近路至州尾，雇舟歸。志雲來坐談，曹漢丞來奉看，余未之見也。四時半立春詩成，書之於箋，分寄各友，晚至淬成、仲和家略坐。十時歸，改詩稿，十二時寢。

十五日　陰　大西北風　晚無月

八時起，梁逢甲來，余詢各事畢，進香祀天地。仲和家催客，到後同席者曹山公、漢丞、志雲等七人。十一時畢即歸，清理各事，囑老周請明日春客，至厚安處，與之同往鄭雨屏家略坐出。午後二時，仲和來約至志雲處，因彼請今日午飯也，出城遇黃雪堂，同去。四時客到齊，開席，五時畢，入城至馮廉溪處略談出，回家進晚香。城中自十三夕起，龍燈極盛，今日尤熱鬧。黃州自初八日起至十三日，城鄉民相報復被殺者多，城中則不能安寢八九日。相隔一江，何苦樂不均如此！九時外出一次。

十六日　陰　大風寒甚　午後三時結冰

八時起，整理案上各件。汪宅約吃早酒。十一時半畢，午後囑洪英催客。二時丁遠峰來，三時鄭雨屏來談甚久。王小齋、楊厚安、王書華、曹漢丞等畢集開席，六時半方竣。七時外出一次，廉溪、幼甫、服初、淬成來，俱未坐去。晚間春溪、樂峰來談，淬成來，均坐未久去。清理明日往省信件，十時半寢。

十七日　陰　大風寒甚　早結冰

九時起，換堂屋、書房、箱房各字畫，飯後畢，進署晤書華、濂溪，各談數語出。仲和來，雨屏來，久旃、志雲、幼卿先後來談，余擬明晨往省，清檢衣服畢。厚生來談西席先生事。晚至斗丞處未晤，至丁伯純家略坐即出，至仲和、淬成署中各坐片刻出，九時歸，十時消夜，十時半寢。夢余仍就三一事且不願，又有夏秋舫同事，情節支離。

十八日　陰　寒甚　午後四時大雪

九時半起，飯後漢卿來囑老周問郵局有信否，買板炭五十斤。午後久旃、叔和、子雲先後來談。余至十字街看樹，與斗丞所看之樹價稍廉，亦未定局。至次松家便托各語，談一時許回，後至電、郵二局略坐談，傍晚雪大。至樂峰家略談，九時半歸，雪愈大。十一時寢。

十九日　大雪　自晨至未末始止

十時起，飯後大雪未止。至電局打電話與章小霞，未能接，乃由謝服初用電報告知小霞轉省寓，令厚訓照電行事，歸後再繕一快信寄寓，說明一切。趙林茂來請陪西席蔣先生竹戰。余送信至郵局，聞淬成、服初至叔和處，遂至叔和處談半時出，至茂林家竹戰，天氣甚寒，余起首牌即和三翻，未有奇事也。八圈將畢之，第二牌又和三翻，中間曾輸錢，至此又趕足，戊辰第一次竹戰得此結果，或者今歲朕兆得好起場、好收場，惜不能有所餘也。"財不入庫"之説或者在可信不可信之間耳？九時半歸，十時半寢。

二十日　陰　寒

晏起，此爲去歲所無之事。午後一時，敦五着人來問訊，余始起床。昨因早睡，轉鐘二時夢壓忽醒，展轉二小時方安，鼻塞不可耐，黎明時方睡熟也。飯後敦五來談甚久，小齋來説各事，熊獻青自黃石港來，余留與吃飯。勉之來談牙帖事。久旆、小齋傍晚方出。余至丁伯純處略談，八時半歸。十時與獻青談至十二時寢。

廿一日　陰　寒

十時起，俊甫、勉之先後來談。午後叔和、小齋、仲和來談，志雲、繼生來談。二時看畫、彈琴，三時至電局，因周謝今日春酒也。同到者縣局各機關約十六七人，四時席散，至仲和家略坐。歸後與獻青談至十一時寢。

廿二日　早大雪　午後陰寒

七時起，今晨爲王子恒道賀，蓋其子昨娶婦也。前送聯一副，今補送拜錢二元。午後徐文軒請客，同仲和先至郵局坐談，志雲來，遂與同去，四時席散歸，後熊獻青別去，命漢卿送之署中。小初托人來探余在家否，請之來，六時半至，談各事，云縣長請厚訓至金牛充糧櫃主任，余已面許之矣。春溪來略談即去，九時馮小初別去，命漢卿尋熊小堂來問各事去。十一時寢。

廿三日　晴

九時起，清理各事，飯後得省寓信，知羅已調宜昌局，余事無頭緒，蕙芳事已能蟬聯，但頗費經營矣。正午至仲和家略坐，至志雲處略談，午後三時歸。四時志雲來，浪石來，仲和、小齋來談甚久去，晚六時頭暈痛。七時半略愈，清理往省之物，十時半寢。

廿四日　九時大霧　晴　霜　結冰

二時醒一次，四時再醒，五時半起。老熊已燒茶水畢，後與家母談片刻，七時到江干，天已明矣。候王小齋、朱漢卿未至，遂搭船至黃州，抵岸寒甚，大霜結冰。八時，漢卿、小齋俱到，八時天忽大霧，十時三刻，大福、武昌二輪同時到，二划子各上有客。余與小齋初意搭大福，不料分船，乃至上武昌輪，奇哉。到漢口至日本界下邊起坡，與小齋急行至華景街，雇車至一碼頭，趁末班船，七時半抵省宅吃飯畢。九時寢。

廿五日　晴

十時起，倦甚，十二時飯畢。下午一時至厚訓處，與談數事，囑其即辭職，薦王久斿代替，囑語即出，至漢陽門渡江，往劉伯威處談片刻。至中漢旅館會王小齋，至仲蘇寓探信，至周幼書店中寫信與小齋帶歸家。至渭泉寓略談。渡江已晚六時矣，到寓吃飯，十時寢。

廿六日　晴

九時起，倦甚，劉省吾、劉子厚來談片刻去。厚訓已請假，準備明日回縣，午後二時至次誠寓談片刻，至周斌陔寓略坐，至章倬甫寓未遇。晚七時歸，孫壽山來略談去，十一時寢。

廿七日　晴

九時起，飯後渡江訪伯威、文斿、渭泉，均晤見，至佛波寓，未起床,至王達五寓交志雲信件,三時渡江,遇浪石談數語,至伯高寓略坐。至抱琴家未晤,至雨村寓談各事,至徐琳卿寓知未歸,途遇季奘、呂德階,又同回寓談各事出。十一時寢。

廿八日 晴

十時起,倦甚,夏村來,留早飯,方國賓來談片刻出,至唐吉卿、至次誠寓,良卿在座,欲為其子圓光□亡也。至季奘寓未晤,再至次誠寓,旭初、繼蘇均來,良卿來。傍晚請神,竟不來,此二次在次誠寓所演者也。此宅是否大仙所阻,他日當研究之。九時歸,十二時寢。

廿九日 晴 今日雨水

十時起,飯後渡江至各處談片刻,余事實無頭緒也。寫一信與菊坡。午後四時回寓,十二時寢。

二 月

初一日 晴 陽曆二月廿一號 陽曆閏多一天

十時起,飯後至漢口訪文旂、尉華卿、伯威,均晤談。午後五時渡江,便至幼虛寓略談,傷風鼻塞極不可耐。七時歸,清理各事。十二時寢。

初二日 晴

十時起,倦甚,鼻塞未愈,至次誠寓訪祐亭,正午渡江至伯威、文旂二處未晤。至佛波寓,便圓一光解決,此月有事可就,在鄂在皖,不能定也。五時渡江回寓。飯後十一時寢,鼻塞不可耐,徹夜不安。

初三日 晴

十一時以病未起,頭痛甚,晚間尤不可耐,飯食減少,終夜不安。

初四日　晴

昨夕寢不安，病亦未減，七時半錢舜卿來看病，午後一時始起。仲和來談各事去，呂德階來說煙酒局事，黃慶雲來坐甚久去，幼虛來談片刻去。傍晚楊老三來談自鄂城搭泰豐輪上水，在五通口江畔被匪搶劫事，以後行李有戒途矣。十一時寢。

初五日　晴　熱

八時起，昨服舜欽藥，神氣已清，浪石來與談數事，飯後同渡江至文旃、伯威各處談各事，傍晚歸寓，飯後與王文達略談。清理各事。十一時寢，轉鐘二時忽夢中見家母吐血，狀甚危險，且頻呼余及厚訓，吐劇時呼余名愈急也，余則汗出，惶恐萬分，旋中止，似已愈矣。醒時余淚猶未止也。

初六日　晴熱

八時起，記昨夕夢，心于邑難安，思家切，擬今日寫信回縣問周淬成。厚訓既往金牛，家中諸事無人代支持也。飯後渡江訪伯威、文旃均晤。晚渡江回寓，飯後與蕙芳談家事。十二時寢。

初七日　晴熱

九時起，飯後著皮裘熱甚，至文旃寓略談，至伯威寓約浪石等至丁遠峰家吃年酒。□陔、雨村不日即往寧，丁因便餞行也，余以熱不能耐，遂趁輪渡江，已七時矣。龔少山來談謀事，事已加函與之，請其面見幼虛，再爲之力。去後清理各事，十二時寢。

初八日　晴熱甚

八時起，至劉季燊寓看其母，略談，午後渡江至伯威、文旃各處。傍晚歸，聞鵬程來，未晤去，清理各事。十二時寢。

初九日　晴　熱甚如三月中

八時起，渡江訪曹漢丞，未遇，晤仲和、劉藍田，談片刻。午後因天氣已有風意，匆匆渡江，途遇端屏，立談片刻，約其明日到寓再談，遇鄧海山談數語。四時回寓，飯後清理積事。十二時寢。

初十日　晴熱甚如三四月天氣

八時起，浪石來，早飯畢，同出門，余至鵬程寓談甚久，鵬□伯英信。至鳳山寓，未晤，熱甚歸。至浪石處，未晤。今日天氣愈熱，蠅蚊滿室如初夏，天空白雲擁集，彷彿余髫齡在程塾讀書時也。車過紫陽橋，見翠柳新抽，和風拂面，又似余丁未肄業湖堂時情況。天涯遊子，眷念故園，思之悵惘。午後五時回寓，晚飯後清理各事，十二時寢。

十一日　曇　日光呈白色

三時大風忽起，雷雨驟至，勢挾山嶽，一刻鐘即止。囑蕙芳起，閉電燈，旋睡去。九時起，龔少山來談謀事，坐片刻去。正午到教育廳訪喻斌如，已晤，面囑各事。晚六時回寓，十一時寢。

十二日　晴　風

八時，曹漢丞來，余尚未起，與談片刻。寫信一件，付之帶交武昌署太輔。長青來裱房。正午至少山棧晤之，便托其帶外套回家。傍晚後，有生送棉袍來，飯後余換袍至次誠寓取琴棋歸，途遇大雨，歸寓琴囊衣服俱濕，略憩調弦，彈《平河慨古引》等操與張志恒及蕙芳聽。蕙芳寢後，余與志衡再談至轉鐘二時寢。

十三日　大東風　陰晴寒甚

十時起，倦甚，飯後擬到漢，至江干，因風大折回，至萬發祥略坐，至中興棧訪張嘯青未晤，至三一學校訪鄧宗賢、張文明、陳仁周，俱見。

訪曾蘭友未晤，傍晚歸。嘯青來談甚久去，十二時寢。

十四日　晴

八時起，飯後帶長青渡江，至讌月樓晤柴期石，漢陽人，徐琳卿所介紹者也。談包席事出，至文旂、子佩、佛波、渭泉各處，間有晤者。訪佛波、吳仲行，俱未晤，晤王達五，至杜永興住宅晤寶卿，聞振卿已遷之張美之巷矣。折回至漢口飯店，與文旂、夏村、子佩談數語出即渡江，舟中遇郭良卿、劉光漢、吳祥國談往事。抵武昌後車行，途遇浪石，囑其來寓一敘，到寓飯後分寫請客帖子，命胡升明日付郵。今日臥房已裱好，甚快意。十二時寢。

十五日　風雨交作　今日驚蟄

九時起，倦甚，飯後命長青分送各帖，今日未出門。晚彈琴一時許，清點各事，寫信四件。十二時寢。

十六日　雨　大風寒甚

九時起，清理各事，預備明渡江各事，未出門。晚十一時寢。

十七日　陰晴不定　風寒甚

十時起，倦甚，天氣已開明，太輔來寓，囑其送琴與次誠。開飯時得斌如函，知蕙芳位置保留，甚慰。十一時與長青、太輔渡江到讌月樓，正午一時用電話知單催各客。午後一時，陳肖白到，汪浪石到，旋李佛波來，尋劉省吾不着，到處尋彭梓師。二時雲龍驤來。三時開席，喻斌如來，曹仲和來，胡劍侯留函，知其與肖鵠昨日東下矣。肖鵠何時到漢，余則未之知也。四時半席散，與仲和至雲龍驤處略坐談，與文旂同出至其寓中談甚久，九時至心如館中取包袱上船，坐定後覓睡鋪不可得。十一時與萬子雲、小齋坐談至轉鐘二時，僅合眼而已，官艙中竹戰二桌，擾擾難安。

十八日　陰

四時半，大福輪啟椗，天甚寒，臥官艙中不敢出探視。七時盥漱，八時半進稀飯一盂，九時半已約略見黃州。十時半到，渡江後已十一時，先至志雲家略坐。見其長子，即新自粵滬歸者，坐片刻即歸，見家母顏色甚好，病已大退，談各事，知厚訓今晨已往金牛。飯後至各緊要處略坐談。傍晚至郵、電二局，至張叔和家略坐，十二時寢。

十九日　晴

早起，至樂峰家略坐談。至雲衢家弔唁，與俊甫談查帖事，便訪久旃，回家早飯畢，來客多，應酬繁，午後二時國驥、小初來談各事。四時志雲請吃飯，便送洋五十元與余協丞。至志雲宅，先有雷朗如在座，彈琴一曲，同席者國驥、曉初、春溪、叔和、趙少坪，席散略坐看江景。六時半歸，來客甚衆。九時去，後寫大聯七副，十二時方寢。

二十日　晴

七時起，寫聯三副，請蔣朗寰吃飯，親往說明，早飯後來客甚衆。晚出門二次，八時叔和等來談，十時去。寫對聯八副，十二時畢，轉鐘一時方寢。

廿一日　晴

七時起，清理往省各件，飯後來客數次，出門二次。王汝霖來云已與許俊甫說明牙帖事，並帶函來。書華約今晚到署酒叙，蓋熊小蟠、張諧音新自省來也。電報局請吃飯，陪蔣朗寰午後二時去，約朗寰，便請敦五爲我卜之，往皖不及在省就事，又卜之，則云發表在交育節云云。到電局略坐談，開席上菜六盂，忽署中號房來催客，不得已去，到署後見熊、張，略叙後開席。七時畢，坐談一時許出，因王汝霖明日往金牛，再送函囑其帶交厚訓，至則云遲一日再說，與愈友談片刻出。清理各件，頭爲之暈，十二時半寢。

廿二日　晴風

九時起，熊小堂來，余未晤。十時黃雪堂來催，余面辭之。蓋署約余約今晨陪張、熊二人遊赤壁，昨在電局食未終席辭去，心殊歉，然再不欲逃席也。候至午後，竟無信息，囑老熊去打聽，則云改明日矣。石鏡卿、傅象虛、周子書、劉漢槎來談一時許去，清理已寫各聯，蓋章，殊繁瑣，二時許方畢。出門一次，來客二次，足疲神倦。傍晚俊甫送洋廿元來，此查帖費也。命人清王汝霖來，分十元與之，屬其到金牛後與厚訓辦理各事去。久旃來談各語去。至公安局回拜，見周鏡鋒談甚久，遇胡某，前辦理樊口隄閘之人，今日窘狀難堪，天理循環，可畏也。歸後清理各事，頭暈甚，至十二時方畢，寢。

廿三日　晴

九時起，清理各件，分類安置各字畫箱。俱行整理，頗費精神，頭腰俱疼。飯後志雲送信來，並談各事，署中派來催且索大筆去，爲寫聯也。午後二時去寫聯十副、屏二塊，立久腰痛，佳者不過半數耳。五時開席，同席者小幡、諧音、新司法委員陳竹軒，餘則曉初等三人及李愈友。傍晚畢，歸後叔和、淬成、久旃、敦五、茂林、仲和來談，聞浪石今日已歸，曾來訪未晤。比即與久旃等同出至浪石家晤談，略坐，聞省中各事甚詳，歸後子恆、小堂來談甚久去，清檢各事，爲署中所寫對蓋章。十一時半畢，寫信與菊坡云，不久即來皖云云。十二時寢。

廿四日　晴

八時起，清理各事，飯時來一信，王文旂所發也，云漢禁煙局新局長已接事，囑向志雲探之。正午持信去見志雲，知與新局長無感情，坐片刻出。與同遊山，至大西門入城，至電局晤服初，至郵局略坐，至仲和處未晤。晚飯後攜更生出城祀先祖父母並胞叔畢，兼焚香楮與長子純學、長女純兒、次子太錚，不勝感傷。長子純學以光緒丙午三月廿日亥時生，殤於宣統庚戌七月初十丑時。先公邇時值大病，後感傷長孫，以致痛心不抑，白髮叢生，皤然衰老，未四年即謝世，臨終前數日尤引爲大痛心事。今亡兒墓已傾頹不堪，見之殊爲心痛也。與更生彳亍山中，頗生無限感慨，遇黃舜欽、石鏡卿同來，略與談片刻別去。入城後小睡未穩，子恒來與坐談片刻，傍晚仲和來，志雲、淬成、張遠鵬來談未久，曹漢丞着人來取行李。九時，親囑老熊送上輪去歸家，又清理各事畢。春溪來談片刻，小齋來談至十一時半去。十二時寢。轉鐘二時醒一次，約半句鐘。

廿五日　晴

四時醒，五時囑老熊起燒水盥漱畢，與家母談各事。余每以出門爲苦，且前一夕慣例不能寢，何時足食足衣不出門耶？令人生無限感慨矣。七時與老熊出門，到江干後汪浪石、王樂平已在江干，遂同上船到黃州略坐，日輪大員已到，余等已上怡和公司划子，該船水手騙余等云隆和已來。候至十一時隆和猶未到，而盛京輪已過去，余等不能趕上，繼而江大輪又到，怡和划子不肯送余等上船，經多客吵鬧，日清公司划子又開，乃將余等送上該划子，尚騙人曰，隆和輪已在後面來矣，此真可惡之奸猾者也。上江大輪後買一鋪位，甚悶，以昨夜未寢，飯畢遂睡，船過團風。余方醒，到漢已下午五時半，匆匆雇挑子上小輪渡江後已六時半，到寓飯後略坐。十時寢。

廿六日　晴

九時起，倦甚，飯後渡江晤文斾、伯威、丁伯純，與文達同至趙開華處談禁煙局事，訪佛波、渭泉均晤見。傍晚渡江回寓，聞鄭雨屏來過，浪石、良卿、次誠均來坐片刻去。寫家信一件，十一時寢。

廿七日　晴

傅端屏來，余尚未起。九時起，與談各事。飯後渡江晤渭泉、文斾、心如，尋彭師數處不得其地址，至尉宅未晤，敏生聞其過省城矣。五時半渡江，便至公礦局訪彭梓師，未遇。入平湖門，途遇少松，略談數語，至次誠寓坐談片刻出。八時回寓，飯後略坐遂寢。

廿八日　晴

彭梓師來，余尚未起。八時盥漱畢，劉敦銓來略坐談，與彭師同出至官礦局晤幼虛、少松、劉典卿、吳吉階等，略坐談即出，渡江與彭師至錦春里訪石際平，坐談半時，與同至譙月樓吃便飯，便約敏深、昆季、張立群共五人，三時畢，至文旃寓未晤，訪渭泉亦未晤。五時渡江至鴻磐樓洗澡。七時半歸寓，飯後寫信數件寢。

廿九日　晴　熱甚

梅鳳山來，余剛起，留與早飯，談甚久，出至漢口，午後三時歸，至財廳訪汪浪石未遇。至范先生寓，探知伯高已往皖。端溪乞得范先生一函，已先去矣。送橫披與聽楳館裱之。途遇屈鐵錚談數語。四時回寓，汪浪石來，留與飯，傍晚出，七時寫聯一副，彭師代求者也。與張梓衡談至十一時半。十二時寫畫幅款畢寢。

卅日　大風　天氣變涼　今日春分

七時起，王連璧來談甚久，昨因鵬程來約余今日早飯，九時半去，略坐。慶雲來。飯後請神，為鵬、慶問各事也，問事甚久，下午四時半方畢，看光童子已倦矣。五時歸寓，張嘯青來談片刻去，清理各事，九時寢。

閏二月

初一日　陰　大風　陽曆三月廿二日

七時半起，陳毓根來，高並明來，陳談甚久去，飯後至彭子文處托買紙，至丁宅略坐。途遇次誠，與同至糧道街送對聯裱，與同至郭良卿宅請神，爲其次子探尸身也。傍晚歸，得文旆信，知煙禁局長仍未交，約余明日渡江往接洽云云。十一時寢，轉鐘二時大雷雨。

初二日　雨　寒甚

九時起，倦甚，閱報。飯後雨更大，午後三時雇車至春香室探裱畫如何，尋彭子文爲看琴事。會小丁，問托買紙事，四時歸，吃飯，浪石來，余問以財政廳事，彼不知也，六時去，七時文達來坐談一時許去。九時半寫楷屏二幀，補前夕未竣者，子文所乞也。十一時寢，轉鐘四時大雷雨甚劇，囑蕙芳起閉電燈，展轉難寐。

初三日　雨　寒甚

九時半起，寫信數件，飯後清理各事，午後三時悶極無聊，雇車至橫街看裱貨。至五聚堂略坐即出，回寓後無所事，擬明日無論如何須渡江也。晚十一時寢。今夕諸神判皖事可先就。

初四日　早雨　午後晴

九時起，倦甚，飯後渡江已十二時矣，至文旆寓探各事，至石際平寓略坐談，至佛波處略坐，至陳同如寓談片刻，至程次松寓未晤，略憩即雇車到一碼頭渡江，車行卅五分鐘方到，渡江後已六時矣。回寓後浪石、斌如俱在此候談。斌如去後，浪石談漢口征收事，甚久去。九時余與蕙芳寫文件至十二時方寢。

初五日　晴　午後大雨一陣

九時起，清理各事，飯後渡江，船中遇徐遠志述皖省各事，余去冬應該往菊坡處，上坡後跳板脫頭，跌者數人，余亦在此板上，幸與徐談話，未及覺察，僅足趾小痛而已。到文旆處吃午飯，到伯威處略坐，到杜振卿處未晤，途遇陶宣階，談各事，再訪文旆，與同訪龍驤，聞已開赴黃陂矣。再至同友旅館訪陶寅陔，傍晚歸。浪石不在寓，談一時許去。余與蕙芳寫文件。九時半進香請神，問休咎，皖事先可就，武漢事亦可成，且云皖三日後有信來寓，與前夕請神所問相符也。十一時看報，十二時寢。天欲曙時，夢余已得一差，似往麻城，隨行者有袁夏村、汪小軒、尉遲敏深，離漢後已行約六七十里，至集鎮亦有少數紳耆歡迎，先過小村，三犬獰惡，因先呼村僮牽之，叱去，未傷余，再則稍候，夏村等已到矣。再欲前進，則小軒臥病不能起，夏村亦臥，僅敏深能起，似欲回漢口，三人所臥則在廁中板上矣。余見其狀甚怨帶彼等來，意亦欲折而回漢爲汪治疾。旋醒。

初六日　陰　小雨數次

八時起，九時半早點畢，渡江後已十時矣，至陶寅陔處，未起，略候與談，有一妓約陶吃早飯，陶堅邀余同去，略坐即出。至伯威處談甚久，至杜振卿略坐，至牌照局晤趙，聞在長陽旅館，遂訪之，遇蒲圻李克堂，亦係包辦禁煙者，遂約與同出，至譙月樓酒叙，便約立群作陪，三時半畢，別去，至立群寓略坐即渡江。五時半回寓，接淬成、志雲二信。今日在陶處晤熊樹藩，號鎮山，蘄水人，前省會議員也，便談命理，甚精，已托其推之，約明日往訪之。九時半進香請神示各事，十二時畢寢。

初七日　陰晴不定

曹漢丞來，余尚未起，八時起與談各事，知仲和已來，並交來先君照像一件。九時半渡江訪仲和談各事，晤汪福坪，新自寧回者，略談，就其寓便飯，訪伯威、文旂。傍晚歸，聞涂愛軒來坐候，余明日當覆一信也。清理各事，十二時寢。

初八日　晴陰不定

早八時起，九時至曾蘭友處，約其介紹訪殷子恒，其實殷與余久認識者也，曾答以今日午後三時方得閑，余遂渡江訪仲和、伯威各處。午後一時渡江至三一學校訪曾，云須候至三時方可同行，余遂往剃頭，三時再至校，與曾渡江訪殷子恒，先至鴻順里聖公會，知殷住崇德里。復折回至殷宅，聞其已往劉家廟矣。晤其女公子，約以明日正午再來，與曾匆匆渡江。計今日馬車、人力車行約用錢三串餘。到江漢關上輪船，尋坐位不得，見徐凌卿在後艙，遂與語，知今日方到。船抵武昌，約凌卿、蘭友便至鴻磐樓吃飯，途遇汪浪石，亦便邀之。與凌卿細談各事，凌卿面求余書對聯，並代張根香乞一聯。張爲征收界老人，余屢約見而未見者也。張於徐爲中表，遂慨然允之。酒散後便購紙歸寓。時聞同居對門房中董姓被盜，擾擾數小時，詢其緣由，亦所謂損財有定數也。九時寫大對二副、五尺對二副，以二副給凌卿、二副給張也。凌卿爲人對於余頗忠實，相貌清而不俗。余在沙市初見面已賞識之，今年六十矣，私德甚好，對於余猶不忘舊主人，視沙局中受余好處，至今未與余往來者，誠有天壤之別矣。十二時寢。

初九日　曇

八時起，檢點昨日書聯，正蓋印，凌卿來請余寫信薦其婿鄭某及其姪與居勵今充查驗，余慨然許之。九時寫信畢，並檢對聯與徐，欣歡而去。余遂同蘭友渡江訪殷子恒，談一時許，彼已具早餐，畢至寓居訪詢，則勵今已於昨夕行矣。午後一時與子恒訪李亞東，雇車至馬路口，行二里許，至日本□同文學校後面一西人住宅中訪李，李於余等未到時已往法界矣。遂與子恒談半時許出，留刺與李，答意而已。昨今兩日渡江三次，於余自身事毫無裨益，勞神損財，求人說話。細思亦何自苦，自尋煩惱耳。使余自足於衣食，無七事之累，室有琴書自足以娛，僕僕風塵中，豈非自貶自賤乎。與殷別，出竹籬，經古德寺，日本人所建立者也。經菜圃約半里，黃花正發，野趣娛目。將入租界中，一望綠楊，江屋掩映，甚幽。四日本婦女與一男手執桃花，款段嘔歌，點綴此景，真堪入畫。余此時亦緩行，領此天然風趣，復生無限感慨。過鐵路孔後，雇車至石際平宅，值其出，留刺。出至李佛波寓，談片刻，便就其寓吃飯出，雇車至仲蘇寓，則云尚未歸，遂匆匆渡江到岸，雇車至糧道街催所裱字畫，回寓已七時半矣。王文達約余至蕭宅，談稅局事，恐難成。晚餐後書日記，十一時寢。

初十日 陰 晚雨

八時起，九時渡江，晤伯威談數語，出至石仲章處，囑其代買紙，明日當往取之。至際平寓談數語出，至心如館中略坐，至官礦局訪幼虛，並約彭梓師，知已渡江矣。午後四時回寓，先至次誠寓略坐，晚間請神示皖事，云可就廳中科長，三日內有信到，十一時畢。十二時寢。

十一日 雨

七時，方國賓來，欲托薦漢口事，余未之許。此人前年在沙局太無良心，余在困中，彼尚落阱下石也。即余不存報復之念，薦與他人亦轉而害他人矣。囑蕙芳答數語，令其出。浪石入房中談數語出，十時起，倦甚，腰痛。十一時雇車至幼虛處，彼昨已函知今日吃便飯也，同席者馬茶村、彭歷如、龔雲拔、汪浪石、邱嗣廉及余，共七人。午後二時席散，與浪石同至裱店取裱件。聞王書華自縣中來，便訪之，談片刻出，至鴻磐樓洗澡，補付前日欠洋二元。四時洗畢，與仲明、范季常談半時許歸，浪石來，留便飯去。晚間清理各事，十二時寢。

十二日 晴 風

八時起，整理房中各物件約三小時方畢，腦爲之悶，長青來，囑買郵票，洋一元。以餘數還淬成書賬，寄信與厚訓，告誡各語。皮志伯來坐談，問征收事。浪石來，謂彼事可發表諶家磯或下新河，坐片刻去。午後仍清理房中，並自掃堂屋，自掃房中，各物已清理，心目稍快。約鳳山來談話，四時半鳳山來，五時半浪石來。介紹與鳳山談話。鄭鳳岐來，係由徐介紹請余薦至武穴征收局未去者也。人尚精明，恐華而不實耳。晚同浪石至佛教會晤及向賢禪師，年輕、頗能談，新出家者。晤劉仲衡及柯存明，大冶人，云係一師學生，前充鄂城葛店公安分局長，新□安陸來，與便談數語。八時歸，寫信與淬成。十一時寢。

十三日　晴

八時起，飯後渡江至伯威寓，電詢曹漢丞是否有船，因蕙芳準備回縣也。再電詢鈞安棧，知梓師數日未歸，比至八元里程宅訪之，晤梓師，云仲蘇昨晚歸，囑余今晚在寓候見之。至文旂處略坐，天熱衣多，仍渡江回寓，得淬成函，知家母發失血疾甚劇，比至章小霞處，欲通電話問之，則云線不能轉，擬一稿囑彭大椿轉交，再至章宅，小霞昆仲，便託明晨問之。傍晚歸，心焦灼甚，連日思家，擬決明晚回縣探母病，且清明節近，厚訓在金牛，需人祀各處祖塋也。十二時寢。

十四日　晴

七時起，八時渡江至仲蘇寓，已九時矣。晤仲蘇，寒暄後不過略表示余謀事之意而已。至甲子旅館，與仲和略談，即渡江回寓吃飯，清理各事，準備回縣。午後一時至次誠寓略談，至張春元寓借洋三十元，至乾發寓詢伯英是否能歸，就其寓寫信二件，一致淩卿述各事，並請其於四日後帶洋六十元來寓，一致蕙芳，告余今夕必歸也。二時渡江，再訪仲和，晤春溪、幼浦。以家信示春溪，正研究信中所述家母疾狀。幼浦云，余尚有家信一封在匯源棧，今日所到。余心慌甚，遂用電話詢漢丞，囑其即將此信拆看，看其中述各語如何。繼漢丞云，函中所述，母疾已痊，余心稍安，囑其將此函送至甲子館中與仲和。至佛波寓談各事，並就其寓吃晚飯，再回館中洗澡，七時出與仲章至藥店購當歸、全枝帶回家，此佛波口述方也。八時上公和輪船，統艙票八角，另鋪位一元，較之去歲昂甚，此亦革命後之成績耳。十時購《申報》《漢報》各一份，購水梨、香蕉一串五百文，帶歸治家母血疾。十一時寢，中醒二次。

十五日　陰晴　本日清明

四時船已啟椗，余尚未醒。五時醒，九時輪已到黄州，趁順風渡江回縣，至家門口，見家母立於門，知疾已愈，甚慰。早飯後囑家人具酒肴，並囑國煌補寫包袱，雇肩輿，帶同老熊、更生出城，叔和來、淬成來，匆匆談片刻。十一時自家啟行，抵先公新墓時已正午。祭畢，囑看山余姓來，以錢一串四百文給之，述各語，囑其照顧墓地，勿令牲口踐踏也。午後一時，肩輿入城，回宅小睡。二時許，至淬成局中，至電局談各事，途遇黄雪堂，談數語。三時半叔和、雪堂、淬成同來坐談，與同至志雲寓談一時許，與同至趙少坪處兼晤小初談各事，便訪馮廉溪、月軒，談至九時歸。十一時寢。

十六日　晴熱

七時起，漱畢，至樂峰宅談片刻，囑國煌辦包袱，備今午出城祀各祖塋也。至雲衢、久斾宅略坐，便晤喻方山，十時回家。早飯畢，帶同更生、周福、老熊、國煌出城，祀各祖墳，在普山耽延甚久，先祖父母、先叔及亡兒純學、太錚，亡女純兒、四兒墓俱在普山也。朱姓曾祖士榮公，道光間葬此山，餘均朱姓別房叢葬之地。至雙橋祀先嬸母、先伯王明善公，至白龍凹祀高祖延鋸公，至萬壽橋艾姓祖山祀先姊丈艾少卿及先姊。遇幼卿在此挑其子墓，立談各語，至大西門外馬道上祀先曾祖母何孺人，至天燈山祀叔曾祖之墳。先二姊墳今三年，已尋之不得，蓋爲亂塚壓葬矣。至養濟院後祀先庶曾祖母，並祀表兄劉金魁墓。劉以乙丑七月卒，余先爲濟其困，繼爲葬之者也。記余年十五以後清明祀各處祖塋，正先公年富力強之日，帶同余及姊丈艾少卿、表兄劉金魁攜祭品登山，以爲常例。壬寅秋，姊丈瘵死。癸卯以後，先公攜余與劉表兄同祀各祖塋。先公甲寅謝世，乙卯祀祖則余與厚訓同行，劉表兄如在縣亦必約與同行。今則艾姊丈、劉表兄之墓木俱拱矣，思之無限傷感耳。足軟身熱不可耐，折而至小西門，尋大舅弟萬寶卿之墓不可得，囑周福燒紙呼祭而已。回家後洗澡一次，吃飯畢，小睡一時許。胡陽春、久旆、小軒、浪石、雲衢先後來談甚久。王汝霖來述厚訓近事，甚可怕。謝服初、馬春丞、艾幼卿、萬子雲先後來談去。吳仲衡來談甚久，淬成來約至蔣朗寰處，略坐談，至愚溪家談各事。九時歸，與家母談各事，十二時寢。

十七日　晴　熱甚

七時起，至樂峰處略談，至黃舜卿處、程少松家，均略談一時半歸。聞甥婦云電局着人來尋余，謂武昌有電話來，至則係章惠聲，通電云省寓囑轉者陳同儒致函省寓，謂有機遇，可速謀。余囑章轉告寓中，謂余定明晨動身也。回家飯畢，周福已來，遂帶同更生出南門，余先至電局，覆同儒一電，恐有貽誤也。匆匆數語，出至大南門外明塘，雇舟至李家下灣，對門胡家壚坊，祭胡姓先曾祖正華公，約耽延半時，仍就原船回縣，計往返需二小時，船行遲，步行速。自民國元年以後祀此祖墓，均船。從前余幼時與姊丈艾少卿、劉表兄祀此祖墓，均係步行至七里界折而至小橋，甚以爲苦。回思往事，不禁泫然。回家略息，吃飯後小睡一時許，來客數次，今晨已約趙少坪吃便飯，四時催客。五時趙與馮小初同來，張叔和、黃志雲並淬成爲陪客，六時半席散。傍晚淬成、朗寰同來坐片刻去。余回看吳仲衡。八時厚訓自金牛解款歸，談□入署繳款，余以九時外出，十時歸，消夜後與談數語，並囑各事，略清理各事，又與家母談各事，十二時寢。夢余已至皖，未晤劉菊坡，時先已晤黃薦生，招待余頗誠懇，且謂余有重要之任務，晤張肖鵠，云已代余推算八字。此時未必有好事，余謂汝何時學得此術耶？又似與張福生晤，雞鳴初遍時遂醒，自是展轉難寐。

十八日　晴　風　晚雨

四時醒，四時半起，囑老熊起燒茶水，漱飲畢，與家母談數語，並問皖南陵人徐文瀾，先公舊友也，余屢屢忘其名，並屢屢問家母者也。呼厚訓說數語，與老熊同出至江干，雇舟到黃州洋棚時先至茶館小憩，坐片刻尉遲華卿來，與談半時。七時吳淞、大福、長安各輪船俱到，余乘吳淞，華卿必欲乘大福，各從其便耳。上船後購一鋪位，價二串，票價五角，較之前日公和輪便宜多矣。天熱甚，脫衣小睡，飯後又睡，午後二時抵漢，至久旂寓，先用電話探問陳同儒，知在局，余遂雇車去，至局與談詢事，知非征收局，甚爲懊悔，匆匆出，至文旂寓吃飯畢，雇車至八元里，未晤仲蘇，又知彭師今晨回里矣，再至文旂寓取各件，匆匆渡江，大風輪行亦速。冒雨起坡，雇車甚難，候至半時方雇一車回寓。與蕙芳談一時許，心意煩亂，十時寢。

十九日　雨

十一時起，倦甚，長青來述各語，飯後余擬渡江，因久雨不止，遂作罷。午後寫家信一件，並太輔、馮炳如二信，命長青去發。忽頭暈痛甚，脫衣小睡，二時起，爲蕙芳覆廳寫各件，辦畢，身仍倦，又不能外出，悶甚。傍晚補寫日記至九時畢，與張子恆談各事，看書畫至十二時寢。夢先公帶余見涂仲昉，余謂是否椿齡，蓋仲昉官印也，旋醒。

二十日　晴

七時起，託文達買燕五元，連同前日在漢所買之燕，擬今日送漢口曹漢丞棧，付便帶交家母。八時，曹著人來請余寫信與詹術遠，仍說前月佃案事也，當即寫函付郵。九時雇車至武昌縣署，知詹未到署，比至其寓，尚未起，寫數語於名片上，交其寓中。余就車出漢陽門，趁輪渡江至八元里，晤彭師，知仲蘇已渡江。彭師囑余明晨面尋仲蘇，寫薦函至石際平寓，坐甚久。午後三時與同出至讌月樓吃飯，約伯威、立群、伯威，示伯英函，知其回鄂矣。五時席散，至石仲章處取所購紙，至文旂處未晤，雇車渡江，後雇車至次誠寓，到下花隄時遇次誠，遂與同至其寓，略談即歸，得同如信。八時靜齋持伯英片來，約余明晨談話。十時寫信二件致徐淩卿，一致縣中述近狀。十一時寢。伯英數年間忽出門，忽回漢，返往無定，其實無忙也，此人故到老無一成就。

廿一日　晴

八時起，清理各事，九時至伯英處晤談一時許即渡江，至伯威等處略坐，至際平寓談各事，恐其難爲力也。晚間渡江。連日勞煩，仍無所成，深悔不早往皖也。十二時寢。

廿二日　晴

八時起，倦甚，九時往良卿寓，知已渡江，聞伯英在周斌階處吃飯，去矣，即渡江至伯威、立群、文旃各處。訪際平談各事，訪佛波，知事無成。傍晚渡江回寓，聞陳毓根屢訪余，來請寫字，傅端屛亦來數次。皮志伯來問徵收情形去。十二時寢。

廿三日　晴熱

八時起，漱畢，清理各事畢，至督署訪仲蘇，已過會客鐘點，余必欲晤見，見後談片刻，囑余即寫函致嚴，但恐未必生效耳。彼云再托人說可成，然亦聽之。出後飯畢渡江訪際平、伯威、伯英談甚久，傍晚至匯源棧取免票，即渡江回寓。端平、志伯先後來談去。十二時寢。

廿四日　晴熱

八時起，熊鎮山來約余渡江，余寫信畢送仲蘇處，旋與同渡江至匯源棧，未晤仲和，談一時許，與同至佛波寓，又談甚久，往伯威寓略談即渡江，至橫街整眼鏡，傍晚歸，約仲蘇信，詞意似好，但未□嚴就與否耳。今日勞頓殊甚，十二時寢。

廿五日　晴

八時起，倦甚，屬蕙芳渡江去命胡升請伯英來談，飯後陳肖白來寓，持函來，閱謂夏華甫已薦余爲軍校秘書，並請余即刻到局面商，略坐即去。與夏談片刻，正午爲陳、夏等寫大聯八副、屛二堂、中堂一，佳者不過三副而已。此種少興會之作，且非余所願也。四時歸，聞伯英在寓久候，方出。六時半，廖小山、宋伯衡同來談沌口征收事，皮志伯今日已歸，對該局如何辦法，聽財廳如何指揮，然此亦導火線也。徐淩卿來，余與談各事，至二小時久，囑渠善為對付而已。九時半去，余清檢各事，十二時寢。睡正恬中，夢余居縣中舊屋正廳中，忽添新玻璃格門十二扇，頗整潔，惟門限退五寸許，因舊限兩礎已不勝力也，滿室張新方燈、簷燈，具香案，有金紅箋對甚多，若有慶事者。四時電鳴雨至，遂醒。

廿六日　陰晴

天未曙時，雷雨驟至，約十分鐘即止。余醒後旋睡著，九時起清理各事，飯後渡江，傍晚歸。汪浪石來云，□委富池口征收局，托余覓辦征收之人，嚀叮再三去。十二時寢。

廿七日　晴

八時起，飯後渡江。連日進行無頭緒，焦灼甚。傍晚回寓，張春元來，知其蔡甸事仍就下手。浪石、伯英同來談甚久，浪石欲余薦人，余以其係初次辦事，亦慨然允之，惟彼游移無定，東塗西抹，殊可笑也。必欲余縱徐淩卿、張春元為其所用，更為可笑。九時寫信一件與徐淩卿，囑其保薦一人，付其專送去。十二時寢。

廿八日　陰雨

八時起，周芝安來，次誠、鳳山、鄭鳳岐、馬仲平先後來談去，旋出門至伯英寓，囑其即與衡青見面催事。午後回寓略坐，至陳肖白寓略談即出。傍晚來客數次，皆白、汪謀事者。伯英來談片刻去。十二時寢。

廿九日　雨　晚間更大

七時浪石敲門，來示財廳用人規定，數甚少。余與說各事，扞隔難入，彼知識甚淺，又得稅局，無怪其然也。略與敷衍數語。余亦未起床，彼去，余亦不送，蓋薄之耳。九時冒雨至伯英寓談各事，旋歸。徐淩卿已來，余實心不安，浪石既請余專函囑徐保薦人，今不用，是騙徐來，此實無以對彼也，遂留午飯。衛福安亦來，飯後囑其先去。余與淩卿談甚久，彼略舉稅局充查驗老手，已寥寥如晨星，謂看百貨本領高者有黃廉甫，湖南衡州人，年五十餘。劉華亭，武昌人，年五十餘。謝封五，武昌人，年五十餘。宋寶山，蘇人，年五十餘。餘則張賡香、謝斌如，皆余已見過者也。至看竹木專門人材，則陳雲舟，武昌人，年五十餘。張吉五，浙江人。謝心怡，武昌人，年五十餘。尹毓麟，湖南人，年四十餘，皆經驗最深者也。至年輕在民國以後頗稱熟手者，則段少甫、李澤五、司馬子美等人是。淩卿今年六十，聞其經驗已在四十年，人爽直。今日所談其感恩難忘者則陳慶雲，皖人，即俄界啟新公司主人，刻往南京，即前沙市征收局長陳啟培之叔也。余因淩卿言直，今日特記之。旋伯英來與徐略談，徐即辭去。余與伯英談進行方法去。十二時寢。

三 月

初一日 雨竟日 今日穀雨

八時起，心煩意亂，為歷來所無。飯後渡江至江干，風雨愈大，至躉船約□六輪船俱封差，僅此一輪過王家巷，余遂雇車至伯英寓談甚久，就其寓飯後，雨大不止。至熊鎮山家略談即歸，至范季強寓談片刻，藉探皖息也。今日寒甚，出門衣履俱濕。晚間得仲和、夏村信，當即覆之，並致函徐琳卿、程仲蘇述各事，寫公安局送來之校額，延至轉鐘一時寢。

初二日 早小雨 午後陰

七時起，為昨日代汪薦人事，心甚不平，得仲和可知龍驤已與李姓締婚，則從前夏村兩次來函，托為龍驤與周賓宜之姪女作伐，又係多事。曹漢丞佃案，余曾為詹漸□說過，催其早日了結，欲速反遲之不行。程稚松兄弟至今未來余處，皆近日心中所于悒者也。此等事本不足計，特此時尚無久忍功夫。前三事原可不管，牽之上身，致令自身嘔氣，後一事則程氏兄弟近於勢利中人耳，此事余記之，決不忍蹈其覆轍。午後至杜韻秋寓測字問事，至則杜與其妻正口角甚烈，余以不吉，遂過門不入也。至鵬程寓略談，至幼虛寓未晤，至郭炯堂宅叩奠，蓋郭先生已疾終，纔三日也。至周次書處略談，途遇鄂城署中聽差者，知馮小初已來漢，並聞厚訓事已易人，問及來人，略知大概，遂至漢口訪馮，欲詢此事顛末，至則已出，遂留字，約其明日來寓，便至石際平寓，知已出，晤魏某□□□也。遂渡江到武昌後至伯英寓談甚久歸寓，訪次誠，行至水陸街遇單季蘇，云其已渡江，遂與季蘇步行談各事，至裱店看張廉卿一紅箋聯，一宣紙四尺中堂，中年筆也。出後仍與季蘇同行，印名片一盒，緩步歸。清整各事，十一時半寢。

初三日　晴

八時起，吳君澤來，余昨約其來看陽宅者，談甚久，命胡升請伯英來。久候馮小初不至，十二時吃飯畢，與吳、劉同出覓車，甚難，行至圖書館首遇譚少卿，談數語，遇袁鼎榮之子，堅約余至其寓談片刻，出至漢陽門渡江，船遇韓杏樓，知伯英尚未到，余係渡江至馮小初寓，聞其外出，是否到省不得而知。至石際平寓略談出，鐘已二時，至青年會閱報室，因季蘇昨日所囑次誠屆時到青年會相候者也。至則剛二時，候一刻鐘，無人來，遂出。至後知靈命館探次誠來否，則館主云不知，奇哉！至伯威寓談片刻出，訪立群不遇，再訪小初，未回棧，至渭泉寓談甚久，出至漢口飯店探雲龍驤，因仲和函約往此一晤，至則詳查，無曹、龍二姓開房間，又一奇也！總之，連日作事不遇途，自討煩惱耳。四時半再訪小初，該館人云，余片書之字彼已閱過，彼曾渡江到余寓矣，然厚訓去職事，終不得其詳，奈何！遂雇車至幼書店中借筆寫一函付郵筒中，仍約彼至省寓，明晨吃飯，又便至八元里程寓約彭梓師、趙少坪明日同到。六時半渡江回寓，稍息。今晨陳肖白打電話來謂軍官學校秘書事，已由該校列入預算表，不日可望發表，然亦只好聽之而已。晚間清理各事，十二時寢。

初四日 晴

八時起，周芝安來談，約余明日至其家吃便飯，方國宸來謀事，余略敷衍數語去。此人最無良，余在沙市下台時，彼則思落井下石之謀也。鄧少田來談甚久，馮小初派人送信云今日有事，不能渡江，函中述厚訓並無去職之事，此價持函。余即問之前日非汝所說耶，彼則云，邇時聽之為王少爺，未聽清為艾少爺也。飯後至肖柏處探信，彼即引見夏華甫，與談片刻，云軍校秘書事必無更變，俟批下後再通知云云。近數日渡江於船中或車中時，忽觸動幼年在程師塾中讀書四月間情況，又憶在高師讀書時三月初情況，又憶及丁未在湖堂肄業，二月中牙痛甚，請假回縣時大雨，起岸到家時先公與程師在家情況。晚至王府口訪仲衡，晤問賢和尚，談甚久。歸後清理各事畢，十二時寢，寢後喉甚癢，起二次，展轉至轉鐘二時方寢。

初五日 陰

頭暈痛，九時半方起，得芝安催客信，傅端平來談甚久，余屢欲渡江訪小初，以傅在此未能行。旋朱清亭來，胡談片刻去。余即雇車到江干搭輪，到漢岸時輪以前有二輪擁塞故耽延二刻鐘之久始抵薑船。余已逆料到迎賓館不能晤馮矣，全則聞馮剛出去。凡事不遇途者，此一例也。心焦灼甚，留字出，約馮明日午前在館候。余比即渡江回寓，吃飯換衣服，後略憩，至周芝安寓吃晚飯，早時甚早，與鄭宇平至江干略談，四時半飯畢，別周雇車進城，至伯英寓未晤，訪郭良卿，知已見過嚴重矣。談數語歸，小睡片刻，劉仲衡來談一時許去。昨接芷芳信、劉省五信，頃接陶寅階信、張春元信，一一答覆之。十二時寢。

初六日 晴

八時起，九時渡江至杜正卿家談片刻，至大智門馮小初寓，已晤見，談一時許。午後到久旃寓略談，至大董家巷公孚益棧訪劉堯臣，已晤見，乞其眼藥，彼約於明日午後四時送渭泉寓。至八元里程寓晤趙少坪，便約其同小初、梓芳師明晨十一時來寓吃早飯。渡江後至次誠寓約其明日來寓吃飯，至鴻磐樓定酒菜，叮囑其明晨送菜勿誤。至伯英寓未晤，留字約其明日來□寓後發一信，約鵬程明日來吃飯。日來爲渡江所苦，其實與余事無涉，勞神奔走，並未就一事也。晚飯後寫信數件，十二時寢。

初七日　晴熱

早七時起，八時羅國貞來，命其持片催客，九時伯英自漢口來，十時次誠來，旋趙少坪與小初同來，旋陳小葵來尋次誠談話，便留其吃早飯。十一時開席，鵬程遲來，十二時飯已畢，次誠、小葵先別去，因彼等今午有一訟案須到堂也。旋各客散去。小睡一時起，後浣漱渡江，至渭泉寓，知劉堯臣未到，至彭師處送行，聞其未回寓，留片達意，折而至渭泉寓候劉堯臣，取眼藥。四時堯臣來，子佩、子題同在渭泉寓中吃飯畢，六時半回武昌，至鴻磐樓洗澡，七時半回寓吃飯畢，九時半請先公問休咎，謂湖北事先成，須五日，政界事也。安徽事劉處可去，係廳事，聽劉語似有辦法，且表示明日有回信來。十一時半退去，十二時半寢。

初八日　曇　小雨

八時起，憶昨晚陳毓根來信催寫軍校新牌，殊可惡，壞人不可變好，信然。此事即成必與閩軍署請余當秘書無異，蓋佔寫聯幅之便宜也。九時渡江往馮小初處，值其出，恚甚，至李佛波寓借一筆寫信一件，再雇車親送至迎賓館交茶房，囑與小初，因渠今日回縣，信中囑此次須派熊小堂往金牛充司書也。午後一時渡江回寓，自釀飯食，焦灼甚。食畢小睡一時許，蕙芳歸，言今日公安局派人來催寫校牌二次，余氣甚，比即雇車往陳毓根寓，值其出，留字說數語。有校事未必可成，聞該校已開課甚久，若欲以書記繕寫一□之事相強，決非所願，以後望勿以命令式之函相瀆，余寧可人負我，我決不負人云云，蓋痛惡之也。寫畢，出至次誠寓略坐，述此事，前日公安局請其寫屏對，謂可就事，恐其受騙，特告之。至伯英寓坐片刻，知其事甚麻煩，今日在江干遇向明齋，謂皖事曾望余去，然事隔已久，亦無顏去也。至王府口佛教會晤問賢，談一時許，並約余與次誠星期日至蓮溪寺休息一日。余以連日勞頓思休，已許之矣。九時半回寓，清檢各事，聞漢卿今日自縣來云家中均好，甚慰。十二時寢。

初九日　晴

八時起，漢卿來，余問以家中各事，早飯後擬至漢陽禁煙局，未果，至次城寓略坐談，約其明晨往蓮溪寺，先至王府口佛教會相聚，便約小葵同往，午後回寓，無聊已極，連日嘔氣，失意之事甚多，心焦灼甚，此困難之遇，情形似余前年奉委沙市局長在漢籌借各款未到手之情狀，心中難過極矣。不謂今日再見之。三時徐淩卿之夫人來奉看，見禮無失，求之今日亦難能可貴者，四時半去。五時仲蘇轉送嚴重覆函來，薦事無效，囑余去見面談談，此種壞人，余見之何益耶？日者云，余三月必好，今三月已快滿，仍如此困狀，奈何奈何！六時無聊更甚，步行至王府口佛教會，與問賢和尚及劉仲衡略談一時許。九時半歸，十一時寢。

初十日　晴　熱甚　晚七時雷雨甚烈

七時起，今日因僧問賢之約，擬遊蓮溪寺，八時鄧少田來談禁煙局事，出後命長青至佛教會探次誠來否，覆信未到，余恐其失信也。九時出門擬親探之，值問賢着人請到後略談數語。小葵、次誠俱在，與問賢、仲衡、次誠雇車出中和門，約行一時許到寺，心目為之一爽，蓋久伏城市，喧囂之習不可耐也。方丈體空今日因有要事過江開會，余等途遇之，據支客云，今晚必歸，余等略憩即出寺門遊覽，時小雨一陣，烈日如夏仲，決知天氣必變，遊後歸寺，寺僧具素食，頗適口。午後寫大聯四副、屏四幅，天熱，筆墨楮俱不良，實無佳處。此字明日當易之。問賢寄贈西湖各寺者，此不能不慎也。二時小葵來寺，與同遊各處，參觀該寺所辦之華嚴大學，尚未開課，此寺去冬方落成，地面不大，結構尚佳，樓傍種竹甚多，頗能去俗，憑欄遠眺，胸襟朗然，今日到此不虛度矣。與小葵、次誠各彈琴一曲。四時與小葵等再出門一次，小立見鄉景極佳，因憶僧茂道屢約余往普陀朝山念佛，不知今年能成行否。連日諸事不順意，慨然有出家之想也。晚六時半聞方丈已歸，七時烈風雷雨驟至，天氣忽涼，體空上樓來與余等談甚久，詞令滔滔，蓋久遊蘇浙，與名人相周旋，故有此談吐耳。聞其出家以民國三年以前，曾隨王安瀾軍中，後見安瀾好殺，遂棄而遁入空門，所云非虛，亦頗足取。九時進晚餐，已難多食，今日五時午飯甚飽故也。彈琴添香，又與同下樓至方丈室談至十二時，上樓後與問賢、次誠等談至轉鐘二時。余欲睡、欲作詩，心無一定。三時倦極仍睡，枕上略綴數句，苦不能聯。遂昏昏睡去，四時忽醒，聞殿中梵聲起矣。雨歇風緊寒甚，問賢已起，與次誠談，謂余夢中大笑，蓋似覓句者。天時未明，展轉難寐。

十一日　早陰晴　午後小雨

六時起，七時進稀飯。七時半出寺門，雨霽路乾，與問賢等緩行，朝暾初上，爽氣滿地，款段尋詩，仍難續句。行抵郭家街始雇一車入城，與問賢等相別，到寓已八時時矣，略坐即寢，僅二小時來客數次，仍起補綴昨日得句，遂成六章，記昨日實事也。聞陳毓根昨曾二次着人來索取校牌並持有專函，請余持至軍校投遞，余甚惡之。蛟龍失志，致爲魚蝦笑也。晚飯後又睡去，九時詩成，易稿三次，似不俗，前四首寫景，第五首因就天時驟變着想，喻意甚佳。起聯：月光初到地，雷雨忽西來。□聯承之田，寒燠片時改。榮極一念灰，此亦有佛性也。十一時稿成，遂寢。

十二日　陰　小雨　寒

九時起，倦甚。十時寫軍校各牌，草潦爲之。飯後公安局有人來取，補寫竣事，付之以去。寫詩稿，命羅國貞送問賢寓，仲衡來談一時許去，午後三時寫紅箋聯三副、宣紙大聯五副，佳者僅二副，腰痛甚，遂息。晚九時吃飯，十一時寢。

十三日　早晴寒　晚熱

六時半起，七時寫詩稿及雜件，鄧少田送禁煙局表一紙來，坐談片刻去。十時漢卿來云伯英已到鵬程寓去矣。今日鵬程請吃早飯，余十一時去，已先到者王連翹、吳毅諳、伯英，後到者戴小山、張少白。十二時飯畢歸，小憩。陳毓根着人來請余，原擬渡江與伯英訪李亞東説各事，午後二時去訪陳，云軍校事已定，請余去見校長，遂乘車去見，談片刻，人甚和藹，且云余之品學早爲仲蘇述過，不勝仰慕云云。回寓後再渡江訪李亞東，尋二處始得之，談片刻。渡江後與伯英略談去，訪良卿，取相片，訪問賢僧略談，訪次誠知其就公安局事已二日矣。九時半回寓閱報，與張子恒談各事。十二時寢。

十四日　晴

八時起，九時渡江至伯威處未晤，留字出。至文旂寓談片刻吃飯，後渭泉寓，途遇其子，知渭泉在子佩寓，遂至子佩寓談一時許，候劉堯臣取眼藥，久不至，四時渡回寓，知軍校已送委令來，係少校書記官，余懊惱，以夏、陳之故，擬明日至該校探情形再辭之。至大朝街整容一次，飯後細思，此事決不可就，蕙芳暨同□張子恒屢勸余忍耐下去，再看風色而後行，余實心煩意亂矣。六時半訪伯英未遇，至公安局晤夏華甫云，此差須帶行李在校宿，以歸一律。余難允之而辭意愈決，略談即出，晚間回寓，焦灼甚，擬明日正午去看情形，蕙芳預定明日回縣。十二時寢。

十五日　晴

八時起，倦甚。連日懊惱萬分。九時清理紙張、對聯、棉衣付漢卿今日帶回縣，面囑各語，並檢眼藥付寄，與家母診目疾者。清理至十一時方畢，早飯後雇車至軍校看形情，到時已正午，值門房事多，稍候，見副校長周克之神貌尚可。詳述校中規則，余已表示不願幹之意，彼謂在外寄宿可與董校長再商量云云，囑劉書記引余至書記處坐談片刻，有鄢耀彭，前三一學校生也，充司書。余細問各語，當已向彼等詳述不願就此事之意，彼等欲勸余就而不能，談半時許出，歸寓後漢卿已來，囑其弄飯，趁早渡江，四時蕙芳歸，余囑各語，五時半吃飯，六時半命羅國貞送漢卿、蕙芳渡江搭輪，傍晚至伯英、次誠二處略坐。九時歸，十一時寢。

十六日　晴　熱

九時起，清檢各事。十時寫聯三副，十一時飯畢，軍校校長持片着人來請余，謂有話說，余已決辭，連日未晤夏華甫，今日面説尤爲直接也。十二時到軍校□見董校長，談時諸事牽就余，謂前日周所談係局部人員須一律，君係例外，此事頭緒雖繁，略略清理即無多事，並述以後分權限，請余每日早十時到校，晚五時出校，諸事隨便，有要事自出入，校中有要即飭人來請，各科權限分清白，擬稿稿成，由余核過再畫行，詞意之中俱非常通融。余此時辭意已轉，當即敷衍幾句，謂將來幫忙到甚麼地步再說耳。董堅囑余即來校辦事，余已許爲後日午後必來，遂取證章出校回寓，略息，至公安局未晤夏、陳，至伯英寓，知已渡江，傍晚由鴻磐樓洗澡畢，至次誠寓坐談甚久，有劉仲恒、問賢僧在座，彈琴諸事亦甚樂也。月光如水，歸途景色大佳，到寓已十時矣。十二時寢。

十七日　晴　極熱　今日立夏節

八時起，寫大聯。今日徐琳卿請余吃飯，在張賡香寓，謂係張私請也。余久欲訪張問稅局既往情形。張辦征收已五十餘年，此人聞已年老，更不可不詢問一切。九時鳳山來寓，約過江，余囑其先去檢點各事畢，與同出門。余至伯英寓，聞其剛去，就其寓吃飯。十一時渡江，天氣驟熱，到張寓，凌卿、少襄先在座，余與張談甚久出，至杜振卿處略坐。因鄭宇平今日請余下午六時吃便飯，先與振卿說明須俟張寓酒後再來，談片刻出。至文旃寓，天氣更熱，與談片刻，知蕙芳前晚十一時上船，船須俟黎明方開也。再至張寓，換綢衫猶熱。四時開席，五時畢，余辭出，至鄭宇平寓作辭，因天氣已有大風驟至之意，與宇平談片刻匆匆渡江，到岸後無人力車，遂至伯英寓，聞已出。略憩即回寓洗澡，天氣忽變，大風起，旋止。余本擬回看劉南田，以勞頓甚，擬緩訪之。得仲和信，知其由縣來，余家中老幼均好，甚慰。十一時清檢各事畢，遂寢。

十八日　晴　熱甚

八時半起，清理各事，飯後略息，十二時到軍校見各書記，談舊例辦法各事，午後二時見校長略談，囑黎志青書記起一辦公規則稿。例行公事以後須余校後，校長再判行，餘無多事。今日發委令稿一件，首即朱明超，從前閩署副官也。五時出校回寓，見劉鳳威名片，開明地址。昨仲和有函，謂其自皖歸者也。飯後即往訪之，遇諸途，便約余至魁星園吃飯，談皖事。菊坡對余未拒，似欲余去，然時會至此，只得暫候其來信如何耳。與劉分手後至伯英寓，未晤，坐片刻出，回寓已九時半。略事清理，十二時寢。

十九日　晴　熱甚

八時起，清理各事，九時至三一學校並發家信一件，九時半至問賢僧處略談即出，十時到軍校辦各事。今日天熱，頭痛甚。十二時就校中另開飯，午後照例辦各事，午後五時余欲出，程仲蘇來校尋余談話，謂嚴立三已有數次函催余至廳談話，仲蘇欲余今日去，余已允之。六時出校，七時至伯英處談各事。九時至次誠寓略談，十時回寓，十二時寢。

二十日　大風　晚仍熱　入夜又寒

八時起，擬至民政廳會嚴立三，因憶昨日報紙檢閱，知該廳今日上午七時至十時口試科員，余遂往校辦公。午飯後一時回寓換衣服往民廳，至則傳達已有知會，謂尋候余來廳已三日矣。因正在試驗，人員囑稍候，繼又請余入內，正口試人員地點也。余甚不安，見杜覺先來口試，益不安，蓋恐彼疑余爲考試員或爲被考員也，又耽延半時方與嚴談話，頗表示親切之意，又敷陳景仰各語，談半時，余求去，又強談片刻，出已三時矣。仍往校中辦公，五時半出，飯後至劉鳳威寓回看，未遇，至陳肖白寓詳談各事，囑爲轉達夏華甫。九時半回寓，知泮香曾來一次。十時寫大聯四副，十一時寢。今晨端平來坐甚久。

廿一日　晴

七時半周芝安來，余起與談一時許去。清理昨寫各對畢，十時入校辦事，今日無多事，下午五時回寓，晚至劉鳳威處，未晤。訪熊鎮山，知已回鄉，折而雇車至伯英處，途遇鳳威，遂與步行至司門口談各事，再雇車至伯英寓坐甚久，回寓已十時矣。今日蕙芳來，略與談各事。十二時寢。

廿二日　晴　熱

七時起，來客數次，甚麻煩，十時到校，午後五時半出校，晚至伯英寓略坐即出。晚間寫信，清理各事，十二時寢。

廿三日　晴　熱

七時起，□安來談一時許去，十時到校辦公，晚五時半出至劉鳳威寓，未晤，劉伯英亦未晤。至傅幼虛處略坐，歸寓後清理各事，十二時寢。今日勞頓，頭痛甚。

廿四日　晴熱極　午後二時大風雨

六時起，今日擬會程仲蘇談各事，特爲早起，至舊督署時已七時過。羅敬畏出，略談數語，至傳達處囑其導余尋程，去片刻，聞其在漢口未來也。回寓後來客數次，麻煩至極，午後一時雇車出漢陽門，天已有風意，船上人多，熱不可耐。到漢後雇車不得，到文斾寓略息。風雨暴至，天氣變寒，遂就其寓爲竹戰之戲，蓋已六閱月未作此戲矣。晚九時畢，十時同薦斾至渭泉寓宿，彼新遷至三益旅館者也。與渭泉談甚久，轉鐘二時未成眠，蚊蟲、臭蟲嚙人不可耐，展轉無眠，此罪難受。

廿五日　晴　風未息

七時起，潄畢即雇車至一碼頭，風浪頗大，輪船已開武昌，未見回來。據賣票者云，風已加，恐無船。余係雇包車至王家巷，又候甚久，始來一船，風大船搖，幸是順風，到岸後雇車回寓，略休息即至校，聞今日學生隔在漢口者三百餘人。昨著單衣，猶熱，今晨已御棉矣。天時之不可測如此，榮枯亦何足計哉！例行公事無多，午後至鵬程寓略坐談，仍回校。晚六時回寓，十二時寢。

廿六日　晴

七時起，來客數次，連日如此，頗以爲苦。十時到校，今日例行公事稍多。校長約余過去看圍牆如何佈置格言等事。飯後換軍服去看，因彼處無著長衫者，不能不易服也。閱看半時許回校，伯英送信來，遂與來人面談各節去。晚六時回寓，飯後往晤伯英，聞已渡江，遂至各處訪人，亦未晤。至陳小葵寓談甚久，並告以次誠近數日對余各情。十時半回寓，十二時寢。

廿七日　晴

七時，陳穎生來談甚久去，周□安來談各事去，九時半到校，因余有各項信須發也。今日公事甚少，改章校草案。教育副官黃實，沙市人，軍官學生，與余初見面，略談各事及以後辦法，午後五時出校。飯後至伯英寓略談並爲竹戰戲，未終局已九時矣。遂匆匆出，雇車，甚昂，連日晚歸均如此。清理各事，寫信二件，十二時寢。

廿八日　陰晴不定　午後雨

八時起，命羅國貞送信與芝安，約其□款繼用，來客二次。十時到校，照例辦公。書記劉黎意欲外出遊洪山，又司書四人亦欲出外，余已許之，囑其午後四時必歸校也。五時半回寓，值小雨無車，今日武昌俗例遊洪山，故車價奇昂且不可得。到鳳山家小憩，便留余吃飯，是時腹已飢矣，遂安之。六時雇得一車歸，周芝安引趙雲階來談，送到洋百元，便書一收條付之，與談片時，出至伯英寓談甚久，擬變更計畫，寫一函稿，看明日如何耳。九時半歸，十時寫大聯四副，十二時寢。今日心意煩亂，頭目暈眩，憶丙寅今日，余正啟行赴沙市任也。

廿九日　晴

八時起，清理各事，十時到校，無多事辦，將各處積壓未復之信逐一寫就覆之。午後五時回寓，飯畢至伯英及各處閒談。九時半歸，寫信二件，十二時寢。

四　月

初一日　晴

八時起，清理各事，十時到校，例行公事無多。十二時出席校務會議，午後二時畢，回校後寫中堂一張、扇頁一件，爲張渭泉作也。五時半歸，飯後至徐凌卿處略坐，值其孫來見面，皮篋僅十元、洋票三紙，遂以十元與之，可見損財之有定也，今午恰以五元票找許平甫矣。晚至伯英寓，值其已歸，談漢口進行事，無效。回寓後途值護兵送來仲蘇一信，述民廳事，此事只好聽之而已。十二時寢。

初二日　晴熱

六時起，七時盥漱畢，出文昌門，雇民船過漢禁煙局訪曹仲和並晤孟律之等。談甚久，就局中吃飯畢，雇車到集稼墀渡小河至漢口岸，雇車至生成里訪張立群，晤見略談。至文旉處略坐，至日界訪稚松坐談甚久。午後四時到文旉寓略坐，至渭泉寓略坐，匆匆渡江回寓吃飯，知晨間來客衆，幸余不在寓也。聞梅鳳山來説財廳有委余復任沙市之説甚盛，謂出自張難先之口，向各□員提及者，奇哉！與鳳山出至韻秋處，招字測之，得一"井"字，以日干論。謂"衝動驛馬"矣，謂"橫直得手，可望成功"，惟須有人汲引，因井中之水賴汲耳，説頗近理，遂與談近作各詩，約半片即出。至次誠寓略坐談，聞其昨夕與祜亭到寓未晤余，特補詢各情也。連冠吾在座，述近局。九時半歸，細思今夕所測"井"字，已有開之氣象，加門爲開，或者氣途從此而開乎？十二時寢。

初三日　晴熱

八時起，來客二次，十時到校辦公。今日事無多，午後五時半歸。七時至伯英寓未晤，八時至次誠寓談一時許，有連冠吾在座。九時半歸，十二時寢。

初四日　晴

四時天大雷雨，約一時止。余醒數次仍睡去。八時起，十時到校，今日事稍繁。午後六時出校，飯後出門至各處略談。九時歸，十二時寢。

初五日　晴　熱甚　晚小雨

八時起，周芝安來談片刻去，十時到校，今日事多，天熱頭痛數次，午後五時半出校。小葵來談，陳化周來談，坐片刻去，飯後徐淩卿來談甚久，泮香來，余與述進校各情。僧問賢來，遂又與談民政廳各事，問賢坐一時許，先去，泮香去已九時半矣。十二時寢。

初六日　早陰晴　午後大雨三次

八時起，寫一信，命漢卿送伯英，因數日未晤也。十時到校，今日事甚簡,改章程,已就緒,再搜集各處細則,以成全部校章矣。午前天熱,極悶,午後天雨,氣候驟改。六時出校回寓,飯後至伯英寓談近事到九時半歸。十時半寢。

初七日　晴熱

八時起,來客數次,十時到校,公事繁。正午程仲蘇轉來一信,係民政廳秘書處謂奉廳長面諭,囑余填官吏表五紙,備送政府審查者,約明午後二時以前到廳云云。六時公事畢,出校回寓。來客數次,文旂來,留吃飯去,晚九時始將調查表填之,表中注明不准人代填,余又不能作太細之小楷,寫至十二時僅寫三張,蓋無論如何每張總有三百字也。頭暈目眩,轉鐘一時寢。

初八日　晴熱甚

六時起,補寫表二紙,手僵痛,九時草草成之。十時至校辦公,頭痛甚。午後四時半雇車至民政廳,傳達招呼,謂交毛某代收。余詢各事,彼云不甚悉。欲會范允師問情形不可得,繼乃會趙鵬飛,見室中所坐候口試者,約廿人,當將□函□問趙,謂此係秘書處所發,只云送付審查者,趙爲秘書主任,始云不知,繼亦答而不得要領,奇哉!惟必囑余候嚴立三回廳,當有分曉而已。余氣甚,當云履歷表交毛君,如再要口試,余決取表歸,不願作官也。趙見余態度,略説數語托詞,立二時半仍未有信,蓋嚴重尚在省政府開會。至三時,余某到廳,即招呼此事者,余細詢得實,始知今日有五委員口試,且有張難先在内。張前在民廳,曾聞余之批評,謂其矯枉過正,求治太急,且有數語含有刺譏意,即各稅局派會計監督局長是也。曾向趙鵬飛述余爲諷彼。趙住問賢僧處,問賢前來寓,曾述之矣。今日彼口試余,必不能相讓,且表中列余以前政績經驗,有"實事求是,坐言起行"之語,以後"政見有政期,簡而易行,弊只去其太甚,不立異鳴高,不求治太急"四語均爲□重、張難先、劉樹紀輩對證而發,且矯其釣名沽譽之習也。在室中約思片刻,嚴此次即不口試，予我一上五府之縣缺，試問余能否去接事？此種初居官好奇之人，非給以硬強，彼輩欺鄂人無氣節耳。余某曾向對門座客有云，此次口試係廳長不欲自專之意，民廳範圍内之事交各委員審查以示大公。余亦曾以財廳委稅局長，能否求民廳同意批之。蓋嚴重釣名沽譽，其僚屬亦效之，大言不慚，真所謂"上有好者，下必甚焉"。余此時已情不知禁，走入室中呼余某，索取履歷表，聲色嚴厲。彼見余意不甚善，取表時問有何意見，余答以不願口試而已，拂袖竟出，對門候試之人尚注目也。出門時傳達阻余，謂須候廳長歸，余怒目視之，謂我填表已取歸，焉用試爲？出門雇車，意態大快，爲尊重身分，非有此舉不可，爲尊重官吏資格，非有此舉不可，揭破嚴重、張難先之假人才主義以欺鄂人，尤非有此舉不可也。到校後快甚，與黃仲恂言之。黃與嚴重曾同事，謂此舉甚妙，且爲鄂人吐氣。余於乙丑臘月初在徐行可宅中與黃侃同席，彼目空一世，且駡座，後余詢以"文無""十二紅"，及"巧者拙之奴"等物語出何典，彼不能答，且示以自弱語，余爲第一快意事。今日在民政廳所爲實平生第二快意事。功名富貴本可聽其自然，何苦以身自貶耶？六時回寓，吃飯後至伯英寓述此事，遇吳潤生來，亦述此事，蓋民政廳已喧傳矣。九時出，到次誠寓，有連冠吾、朱祐亭在座，余亦詳述之。十時半歸，十二時清理各事，時記丁巳是日余爲鄧勉之接至陽新縣小住，蓋余是時正充大冶中學教員，今年設非閏月，值余生辰，細思往來，不禁生無限感想。轉鐘一時寢。

初九日　晴熱

七時曹仲和來，余始起，與談近事，留之吃早飯，並述民廳事。十一時飯畢，與之同出至軍校，與楊書記談數語出，至電報局與章小霞談片刻出，旋渡江至文旂寓，未晤。至立群處，聞已渡江。今日在輪渡遇程少松，知其今晚回縣，便托其帶洋三十元，囑其向次松撥洋七十元，兌歸家中濟用，蓋余自去歲至今並未寄錢歸家也。四時至李佛波寓談甚久，至文旂寓吃飯歸。在輪渡中遇蔡廉存，與談民政廳昨日事，蓋其弟充該廳秘書，余故爲詳說之也。蔡謂嚴爲沽名釣譽，目空一世云云。六時回寓洗澡後飯畢，至伯英、次誠寓略談。九時歸，十二時寢。

初十日　晴熱

八時起，清理各事，十時到校，例行公事多。午後五時半出校回寓洗澡，飯畢至伯英寓略坐談，至候補街訪劉鳳威。因路黑不能行，折轉遂歸寓，與子恒談各事甚久。十二時寢。

十一日　晴　熱甚　午後四時大風忽起約一時止

八時起，九時半到校，公事多且繁雜，天氣熱甚，頭痛異常，書記處爲辦表事，校長大發其威。黎書記向余言之，氣甚，余亦忍耐之，蓋此非久駐之地，又何苦嘔閒氣耶？六時出校回寓後飯畢，訪陳肖白、伯英，俱未晤，到次誠略談即出，至冰階寓與談甚久。十時歸，十二時寢。轉鐘後夢余隨一長馬刀出城，即家中所素藏者，此刀鞘已壞一節，余曾知之。繼視全刀，則下節已壞，係新配者，爲銀色，甚新。余謂此何能用？又似執此亂揮如殺人狀，此不知主何事耳。

十二日　晴熱

八時半起，今晨睡較美，九時補寫兩日筆記。十時到校，尚無多事，天熱頭悶頗難受。午後小睡半時許，六時始出校。飯後洗澡，至陳肖白寓未晤，至夏華甫處談片刻出。至伯英寓，知已着人往余寓中借款，篋中有五元票，當給之。明日擬向會議處再與五元與之也。向明齋在座，談甚久出，回寓已十一時，略坐看報，十二時寢。

十三日　晴　晚涼有風

八時起，十時到校，今日事多，午後五時半出校洗澡後至伯英寓未晤，當交洋五元與其姊，略談即出。至次誠寓，晤季蘇、良卿談甚久出。至陳肖柏處與談數事，歸後已十一時。消夜後略坐，至轉鐘一時寢。

十四日　晴　大風

天未曙時大風忽起，今晨倦甚，起遲，劉仲衡來談片刻去，余後睡至九時半起，十時至校。大風，天已變寒，校中例行文件甚少，午後一時聞舊皇殿側某軍隊失慎，致將火藥庫燒着，時時砲聲震天，二時許乃畢。五時半出校，回寓吃飯畢，小睡未能安，仍起坐，欲整理丙寅詩集，細閱後欲改名稱，苦無二字以括之耳。連日心煩，忽憶及兒時從程松師讀書，端午放假，看見熊家巷蜀葵開，淡紅花景況，又憶及癸丑五月在黃安縣署見蜀葵所開花，亦憶及兒時在縣情狀也，于邑久之。今晚十時遂寢。

十五日　晴　風　着夾衣　山雨數次

九時起，十時着綢衫到校，過紫陽橋，寒甚。入校後速換軍裝，且束帶焉。今日寒如二月，天時之不可測如此，富貴榮枯亦當作如是觀可耳。今日公事少，新補來司書三人，正午至學校會所開會，一時許方畢。五時半校中無多事，回寓。飯後擬渡江，小雨未緊，至周賓階寓遇單如、潤生，略坐，與潤生至次誠寓看陽宅，值次誠出，略談即出。至伯英寓，與潤生同去，亦未晤，坐甚久，與潤生同出，步行回寓。今日走路多，甚疲乏也。十一時寢。

十六日　陰晴不定

八時起，問賢僧來談一時許去。九時半雇車出漢陽門候輪渡，擁擠不堪。從前商辦成績雖不良，然人民尚未受痛苦，且候船亦不至如此之久。自建設廳石瑛收歸自辦□已一星期矣，人民感受痛苦萬分。晚間開辦前已發生危險二次，而該廳文告煌煌，尚自詡其辦法如何改良，以欺民衆，而民衆感受痛苦皆船上及躉船唾罵時，好在該廳職員及廳長充耳不聞也，此吾鄂建設廳之成績也，一嘆。余由十時候輪，十一時半方到漢，至東安旅社晤雲龍驥，客不甚多。早餐至文旂寓略談，正午至杏花樓爲龍驤行結婚禮，客以軍界中人爲多，懶與酬應。午後一時，余爲贊禮，因龍驤所指定，不便辭也。二時禮畢，回寓吃酒，四時半畢，雇車至日界訪次松，值其夫婦出，遂將廿元交熊姨收存，此前日少松回縣代墊交家用者也。匆匆再至文旆、立群處略坐即渡江至青年會，回看汪生、三輔，值其出會，伯英亦不在寓。十時歸，飢甚，自弄飯食，十一時寢。

十七日　晴熱

九時起，十時到校，今日公事不多，午後五時半回寓，晚至次誠、伯英等處略坐，訪汪三輔，回看，值其外出。在伯英寓寫數語，請其晤汪時代述各事，余實欲謀該校國文教授也。十一時歸，十二時寢。

十八日　晴

七時起，八時半至汪三輔處，已晤見，有韓覺民在座，韓，黃安人，亦知余者，今日方見面，談片刻出，與汪談片出。至校辦公，晚六時出。今日事甚瑣碎。飯後至次誠、伯英處略坐，遇向明齋説各事。十一時歸，十二時寢。

十九日　晴　熱　今日芒種

九時起，十時到校辦理各事，頗煩。午後五時出校。連日天熱如蒸，校中人多、陽光重，尤不可耐，且規矩日見嚴密，陶鈞又時時來校以查察爲能，此事決不能幹耳。晚至伯英、三輔處略坐談。十一時半歸，略坐，十二時寢。

二十日　晴　熱甚

七時起，八時至訓練所訪三輔，值向明齋在座，談教授事。三輔囑余今日簽到，謂可從今日辦事也。細察無多事，十時到軍校辦公，今日繁甚，午後六時半歸。飯後至次誠寓談甚久。十一時歸，十二時寢。

廿一日　晴　熱甚

七時起，軍校派人來謂請余今日早去，余擬決不幹此事，因見連日所定校中細則皆限制各處主管人者也。八時至訓練所，與楊伯勳助理員談各事。十時到軍校，聞已開會一次，對於書記處人員尤干涉最嚴厲也。午後三時所中來電，請余寫標語，以陶鈞在校，不能即出。今晨余訪次誠二次，亦欲説明辭此事，就公安局事，緣此陳肖白前曾説過二次。余以爲軍校不得放余出也，連日察看情形如何，只有辭去此事，另覓兼差爲好耳。至所寫標語未畢。五時再至校，聞校長又尋余二次，真湊巧矣。傍晚出校，蜀疆在寓候甚久，謂可就軍校書記，明日到校，當與面薦之。蜀疆近來困甚，余亦竭力爲彼謀之，不審能成功否也。今日勞頓極，晚十二時寢。

廿二日　晴　熱

八時起，至訓練所談各事，清理各事，此所正在籌備期間，諸事尚無眉目。十時至軍校，公事甚多，午後七時出，回寓後接函甚多，此時諸事蝟集，雖各處至緊要之函亦不能覆，奈何！晚至次誠寓略坐，十時半歸，十二時寢。

廿三日　晴　熱甚

八時起，清理各事，正午渡江，因今日各前征收局長及武漢各銀錢莊與余關係借款之債權人，近日發起之請願委員會，擬向張難先索前財政廳墊款也。最後解決前次借墊之款，滿萬元者每一萬元抽洋廿元以爲經費，余之借墊款爲十一萬元，應派二百廿元，結果舉周子楨名兆熊等四人，又錢幫舉定邱益三等四人共爲委員，八人將來向財廳接洽索款等事。四時半散會，與許勉之同至黃海濤家略坐談。傍晚渡江回寓，勞頓已極，十二時寢。

廿四日　晴熱　大風

七時起，八時至訓練所，略清各事，十時至軍校辦理各事，接洽煩瑣。午後六時回寓，來客數次。晚外出二次，十時歸，十二時寢。

廿五日　晴　熱

七時起，八時至訓練所，十時至軍校辦理各事。午後六時回寓，連日事煩，休息時少，來客又須應付，頭為之痛，眼為之花矣。十二時寢。

廿六日　晴熱

七時起，八時至訓練所清理各事，此間已辦考試，聞報名者不甚多。鄂中各縣前鑒於兩次黨禍，故少人報名也。十時半至軍校，事不甚多。晚七時回寓，勞頓甚，十二時寢。

廿七日　晴

七時起，即時到所整理各事，八時到校，今日集各隊院司書、書記來校本部，商酌以後文件辦法。十一時各書記、司書到齊，整理稍佳者僅步二隊，軍醫院辦法甚合，餘均草草檢文稿，胡亂包封送閱而已。正午校長與各司書訓話畢，各散去。余於前日有辭職條，未遽去，昨日始寫一函，遂去。周副校長從門外遇余，就與詢辭職事，彼極意挽留，余謂余毫無意見。只求脫耳。周仍婉勸余，遂直接向董校長催之，彼似表慰留意，且知余已就所事，詢及所薪少，校薪多，何以願所事？余謂所事清閒，且與余之身分相合也。董仍慰留余，遂尋夏華甫，請其代辭，因此間事係夏所薦也。今日勞頓異常，傍晚在所辦理考試事甚忙。八時回寓吃飯，十二時寢。

廿八日　晴熱

七時起，到所。今日考試各生分四試場，甚忙碌，午後閱卷。傍晚回寓，甚勞頓。來客數次，洗澡後出門一次。十時歸，十二時寢。

廿九日　晴

七時起，八時到所，辦理閱卷諸事，麻煩至極。傍晚歸，得漢卿信，知校中辭職事已批准，擬明日去繳衣服、證章也。十二時寢。

三十日　晴熱　小雨數陣

八時起，至所辦理發榜諸事，正午至軍校，旋出。二時渡江轉至漢陽南岸嘴南關，晤黃志雲，黃自鄂城子卡調此半月，余以事冗未能相晤者也。便訪鄭雨屏，說明軍校事已辭去。就志雲處吃飯畢，六時渡江，便訪次誠談各事。八時回寓，十二時寢。

五　月

初一日　晴熱

七時起，八時至所辦理各事，極繁。正午至軍校了理各手續，付洋二元與勤務兵畢。董校長來余室，與談各事，且意屬余將來仍與之幫忙，言詞甚客氣，可見人既辭職，身分高矣，天下事大抵如此，並談各事去。回所後辦理各事，傍晚歸，十二時寢。

初二日　晴熱

七時起，八時到所，事愈辦愈多，極煩不可耐。前者因軍校事冗，故舍此就彼，豈料到此後事更繁軍校數倍耶。午後六時回寓洗澡，吃飯後至次誠寓略坐談。十時歸，十二時寢。

初三日　晴

七時起，八時至所辦事，料理補考各卷，發草榜及雜事。傍晚歸，清理各事，覆各處信，十二時寢。今日厚訓回縣。

初四日　晴

七時起，八時至所辦各事，甚麻煩，午後七時方畢。八時回寓料理明日午節各事，購物件，至王文達處換洋。今日在所借支洋四十元，用厚訓與余名義也。購燕邊七元，擬不日帶歸，另買雜物數件回寓。十二時寢。

初五日　晴熱　今日夏至

七時起，八時客來數次，九時李愈友、張舍音來談甚久去，以後客來甚眾，凌卿、小□等先後來談。午後五時半至次誠寓略坐，晤秋亭，知民政廳各事。至伯英寓談甚久，汪三輔亦在座。最後詹漸逵來談一時許，汪先去，余與詹同出，又立談片刻。歸寓後吃飯、洗澡畢已十二時矣，遂寢。

初六日　晴　大風

七時民政廳差人送信來，係嚴立三手書，約余今晚談話，且勸余參加政治研究會爲會員，謂未得余同意，求同意者也。今日小睡二次，九時起，午後二時整容一次。厚訓、國煌自縣中來述各事，今日漢卿軍校事已脫矣，此又余之累也。四時半至訓練所清理各事。五時半回寓吃飯，六時至民政廳，與嚴立三見面後談各事約一時半。今日未與爭執，觀其色滯氣促聲嘶，知其久勞。聽其言論約一時許，大致不外求治過急，王莽復井田之意耳。事實上能否通行，或能永久不顧也。八時半回寓，略坐，寫信四件。十二時寢。

初七日　早晴　午大風雨

晨六時起，漱畢至訓練所，因今日補試各縣送考及武昌報考諸生也。分三次試畢，四時半閱卷已齊。料理發榜諸事甚忙。五時半召開科務會議，三輔已有事出，由余主席說明各事並分辦事細則。八時半畢，九時回寓，勞煩甚。十一時半寢。

初八日　晴

七時起，今日爲余生期，以事冗未得暇，求一日之休息不可得，金錢萬惡有如此者。八時到所辦理各事，並通告前次所考學生上課。午後二時到軍校訪許平甫，問余等所辦之借款籌備處各事。二時半渡江至五常里，繳洋卅元與籌備處，收條出。至文旂寓略談，訪伯威不遇，至黃海濤寓談各事出。訪立群談片刻，渡江回寓，吃飯、洗澡。七時半自具香楮進香，食麵一盂，略坐休息，平心思之。此時尚爲人作嫁，眞有無限感慨也。十一時寢。

初九日　陰　早□大雨數次　晚晴熱

六時起，七時半到所料理第二次武昌報考各生及黃州區送來各生，一併覆試。午後閱卷畢，並寫榜就緒，傍晚回寓，勞頓異常，此是期內大率如此，求閒而適得其反，奈何！十一時寢。

初十日　早晴　十時大雨如注　午後二時晴

七時起，記昨夜夢中見先公，近數月所僅見者，前去兩年則每隔數日必夢見也。又遇一惡犬嚼余衣袖，幸未傷手。其餘雜事甚多，醒後了不能憶。八時半國煌同蕭邇澤來談各事去。九時余到所，車行街，見軍士貼"歡迎蔣總司令蒞漢"各標語。去年今日正武漢黨部貼"打倒蔣介石"各標語。循環如此，奇哉！到所後辦理各事，傍晚回寓，清理雜事。今日國煌回縣，帶燕邊一盒，計二兩餘，及小兒玩具數事，囑其即日來省上課，並未寫家信，囑其述明各事而已。十二時寢。

十一日　晨大雨如注至十時未止　午後陰

八時半起，今晨擬不到校。十時雇車至民政廳，途遇大雨，幸所着係布軍服，雨濕數處。到廳後知該廳會議係午後一時，當隨車轉訓練所，知蔣介石已到漢，所中已有一部分渡江矣。午後一時至民政廳後，至二時方開會。余認識之人僅黃天覺、劉汝烈，其餘會員□多沔陽聲音，聽其辭意，無甚精彩討論。嚴立三所提之縣治案至六時半方畢，出廳乘車回寓已七時矣。清理各事，飯畢後看報至十時。連日疲倦不堪，今夕早寢。

十二日　陰晴不定

八時起，到所後清理各事，午後寫信六件，覆各處也。午後事繁，至八時方畢，回寓後勞頓不堪。十二時寢。

十三日　晴熱甚

七時起，八時到所辦理各事，午後送借款清册至漢口五常里債款籌備處，談片刻出，訪李佛波、張渭泉、張立群，均晤見，各談甚久。傍晚渡江至次誠寓未晤，至電報局談各事。晚因國煌來省未見面，余已托章小霞拍電，繼知國煌已到，又向電局請其停發，甚麻煩，焦灼。十時自電局歸，十二時寢。

十四日　晴熱甚　如伏

九時起，十時自寓出行至長街芝麻嶺，未得一車，此數星期日均如此，蓋各軍隊學校、各關機均例假。余行至蘭陵街時已不願渡江，衣衫汗透，熱不可耐，乃在王松茂購各物歸寓，小憩一時。安電燈者來，余為指示安法。傅象虛來坐一時許去。大冶學生周定，新考入所者，持張子琦函來述各事，坐半時去。午後二時至所，恐有事接洽，料理各事，清理各件，並安配電燈示各事，傍晚方歸。吃飯後至鴻磐樓略坐歸，十二時寢。

十五日　晴　熱甚

七時起，九時半到所，聞各員已到禮堂去矣，蓋星期一之紀念週也。

飯後辦理各事，晚七時半方歸。來客數次，勉與接談，余之精神已不繼也，十二時寢。

十六日　晴　熱

七時起，八時到所，第二期各生已上課，所中圖書講義、壁報，各股甚忙，油印錄事手不停書，晚七時半回寓清理雜件。余自入所來未能得一日閒，即家書亦不能寫，蓋終日忙碌。歸後欲執筆已疲倦不堪矣，依人之苦有如此者。十二時寢。

十七日　晴　雨　熱甚如伏

七時半起，倦甚，八時到所，天氣極熱。正午大雨如注，天氣乍涼，擬辦夜班訓育科，囑教務科起草，拾得滬上舊章為藍本，略事修改而已。此種枯燥無味之事，余所不願者也。圖書館已有雛形，油印處仍忙。六時飯畢，余以私事未了，清檢後傍晚方回寓。十二時寢。

十八日　陰晴不定

七時起，來客略與敷衍數語去。八時半到所，例辦之事無多，飯前出門一次，至軍校略談即回。十一時寫信二件。晚七時回寓後清理各事，十二時寢。今日至民廳開會。

十九日　晴　熱甚

七時起，八時半到所，今日例辦事無多。午後造冊辦榜，預定星期日覆試漢口區各學生。余在軍校以忙碌而求閒來此，其實此間之忙已三倍於軍校也，此間即星期日亦少閒暇，因講堂為試場便利之故，亦不能不於星期日舉行也。午後七時回寓，便過許勉之家，欲覓與談，值其出，僅寄語耳。回寓後清理各事，十二時寢。

二十日　晴　酷熱　今日小暑節

七時半起，八時半到所，例辦之事無多。午後寫信四件，皆前日所積未覆者也。晚六時半歸，至次誠寓略談。十時半回寓，十二時清理各事畢，遂寢。

廿一日　晴　熱甚

七時起，七時半到所，爲沙市區各生發試卷，事極忙碌，監場後又料理口試。余今日未閱卷，陳子翰之子竟被落，蓋今日閱卷人已另換，且多私意。午後余上樓去檢閱取卷，殊爲可笑。晚七時半回寓略事清理私事，十二時半寢。

廿二日　上午晴熱甚　午後風雨

七時起，八時到校，九時舉行紀念週，余參與焉，第一次也。軍校紀念週在晨七時，余到校係十時，總不及見，今特欲一觀，九時到禮堂，學生群集，熱不可耐。所中當事人報告後，請來之講演人名梅思平者，演說革命事，大概約二時半，最多當是時下常談，以後愈講愈晦，毫無精彩，學生且有垂頭欲睡者，異哉，此近日負時譽之人物也。午後辦理各事。晚飯後回寓，十二時寢。

廿三日　晴熱　午後陰

七時起，八時半到所，即將所草各條例分藍、徐二録事寫之，此余爲民政廳吏治研究所擬者也，計八稿。十一時分書就，用信封飭傳達送往今日爲例會可不親到者。午後辦理各事，檢沙市區學生口試證及試卷畢，預定發正榜。晚九時回寓，十二時寢。

廿四日　午前晴熱　午後雷雨

八時起，八時半到所，連日忙甚，私事則一件未辦。依人本非余所願，勢已至此，自寬而已，例辦之事，盡力做去。午飯後回寓，寄匯洋二十元與黃州，還敏深舊欠也。親往局匯款遇程生汝蔭，三一學校畢業生也，尚有師生禮。匯款畢，仍至所辦例行事，見壁報股所擬宣示學生之件，文語不通，已書成者，勉改之，令其重書。如此世界，本無通人，良心猶在，復不可不改，學生前日爲壁報事攻訐汪三輔甚力也。晚八時回寓，十二時寢。

廿五日　晴熱

七時起，八時到所清理各事，例辦之事甚少。午飯後至民政廳開會，遇張含音、謝玉樹，新加入之會員也，略與談今日民廳給夫馬費十元，月定卅元，先付三之一也。該廳例會本定午後一時，余到會已二次，其實並未遵照，延長至二時半方開會。嚴立三主席討論之事吞吞吐吐，令人可厭，且所説無一精彩。延至七時方散，飢不可耐，回寓後已八時半，疲倦殊甚。飯後略息，十一時寢。

廿六日　晴　酷熱　寒暑表九十四度以上

七時起，八時到所辦理宜昌區覆試學生事，監試後又料理口試，此種余已做甚多，不願也。午後辦事甚少，以天氣酷熱，倦欲小睡而未能也。晚八時歸，十二時寢。

廿七日　晴　酷熱　寒署表九十五度以上

七時起，八時到校辦理例事，余欲謀漢陽煙酒局事，已屢托三輔向吳國楨言之，今日吳來，聞之三輔已向其説過矣，擬明晨訪之。午後電約伯英今晚必須與余面談，晚飯後出所，竟至伯英寓，候至八時半方與晤，談甚久，十時與同至三輔寓遇陳叔澄，亦談數語，陳去，余與伯英與三輔談一時許，回寓時已十一時半矣，略息遂寢。

廿八日　晴　酷熱　寒暑表九十六度

七時起，八時半吃飯，九時欲渡江，以熱甚可畏，未出門。正午渡江訪吳國楨未晤，留刺出。至次松寓，因熱甚，不欲行，就其寓小睡，飯後出門，道路熱氣與天空烈日齊蒸，真令人難受矣。四時半渡江邐至所，知三輔今日曾來，且有日記在焉，檢閱後多明於責人語，其實昧於責己也。彼於星期日並未來所，囑余午後照顧一切，余於星期日已來三次，其實總務、訓育兩科闃無人也。近時嚴重、張難先、石瑛輩專以察查為能，上好下甚，理所固然耳。洗澡後寫一函留與三輔閱，且述明日不能來所之理由。晚八時出，回寓後熱甚不能寢，轉鐘二時僅合眼耳。

廿九日　晴　酷熱如蒸　寒者表九十六度

八時起，九時渡江至謙祥益購夏布，布價十一元餘。熱不可耐，十二時至市黨部訪伯英，略談即出，渡江後回寓吃稀飯，小睡片刻。午後三時到所，四時半開會，余略有陳說。六時半飯畢，九時回寓。十二時清檢各事畢，就寢，以天熱，展轉不成寐也。

六　月

初一日

七時起，八時到所，例行公事無多。午前查堂課，午後自寫民廳研究會稿。午後二時寫家信一件，覆各友函二件。七時歸寓，清理各事。十二時寢。

初二日　晴熱

七時起，八時到所，寫民政廳稿件畢。午後二時到廳開組務會議，略略談片時出，一切事均待明日再議。知黃天覺及胡□一委利川，一委來鳳，不久即赴任。少頃，黃來略與談數語，同出至向明齋寓，坐談甚久出，仍回所清理各事。晚八時回寓，十二時寢。

初三日　晴　酷熱　今日初伏

七時起，八時到所清理各事。午後二時至民廳開會，討論者無甚要事。七時畢，人已疲倦不堪矣。今日初伏，其熱如此，以後如何，可逆料也。今晚欲外出，以倦中止。自入所以來，未能得一日休息，始悔辭軍校事而就此也。十二時寢。

初四日　晴　酷熱

七時起，八時到所，例行事無多，昨日所醫診腳甚效，今日再請其給藥。查堂數次，學生熱氣蒸騰，汗如雨下，誠苦矣。近聞教師不滿於學生者甚多，胡言亂語，東洋名詞、西洋名詞滿口胡扯，讀別字者尤多，大抵皆獲有西洋博士頭銜，或北京大學畢業者，大言不慚，豈料十步之內尚有芳草耶。如分隋唐爲上古史，講衣食住行，謂秦皇漢武早已言之。熊伯衡講歷次重要宣言、□文德講三民主義之類，皆爲學生所鄙棄。革命後之人物，據報章所宣揚，每稱其學問如何，資格如何，甚且本人亦以先知先覺自命者，盜名欺世，乃竟敗絮其中如此哉。午後煩悶不可耐，八時回寓，與端平談近事甚久。十二時寢。

初五日　晴　酷熱　今日寒暑表九十八度

六時起，已熱不可耐，昔人稱爲"炎威"，其"威"字已有斟酌矣。八時到所，汗出如瀋，衣已透濕。連日暑假在家，丙寅在沙局已是獨當一面，諸事自由，今夏始知依人之苦矣。人生本不可過求安逸，然暑日思休，亦吾國慣例，即歐西所謂"求自由"也。近時新人物多矯枉過正，或釣名沽譽，今歲如此，不知來歲如何耳。午前無多事，查堂數次，熱甚。學生今日考試，余爲收卷一次，入堂後汗臭不可聞，搖頭執筆之人汗溢兩頰。女生數人亦如此，此余四十二歲所僅見者。民猶水也，注之方器則水方，注之圓器則水圓矣。晚七時回寓，連日擬寫家信，亦無暇，家中缺款，家母已有函來催，擬明晨渡江托便帶歸。十二時寢，展轉不寐，起數次。

初六日　晴　酷熱　寒暑表今日達百度以上

五時起，囑內子煮稀飯，食畢，略與談數語，且述及先公在時云六月六日是其得意日。蓋先公畢生辛苦，余補學縣生，係六月五日也，下晚。聞次日自晨至暮，賀者盈門。科名佳話，前清所重，今日已成歷史陳跡矣。九時車至漢陽門，渡江時與李蘭高遇，談甚久。船上軍人多，搭客亦衆，抵漢時船身傾斜，幾覆。武漢輪渡自建設廳接收，每逢星期渡江類如此，余已六見之矣。石瑛，陽新人，甲子余充第一師範教授，彼爲高等師範校長，尚能爲鄂人信仰，今若此，豈鄂人所及逆料耶？近日漢陽門一帶房屋拆毀，民衆怨望，跡其所爲，謂不愛錢，其誰信之？到漢口訪張立群，談片刻，至五常里晤周光熊，詢征收借款事。至陳同如處談甚久出，雇車至集稼嘴，渡河至漢陽訪曹仲和談甚久。至公安局訪閔師未晤，再至仲和處談數語，趁輪渡江回寓已六時。洗澡後訪劉伯英，至其寓久候不歸。十時回寓，十二時寢。

初七日　晴　酷熱　寒暑表九十六度　今日大暑

八時起，到所清理各事。九時紀念週，張難先演說，余隨衆去聽，約二十分鐘，人云亦云，毫無精彩，且姿勢太不良，類優人中之小丑，又類青衣，此何曾有從前大員氣慨哉！民國初，張充省立小學副教六年，以後聞曾充演講所演講員，老境得意，無怪其然也。余已輕之，未聽終遂去。午後照例辦數事，天氣酷熱不可耐。晚七時車行至江西會館，訪陳毓根未遇。今晨伯英來信云，晚六時須來寓，余歸寓後久候不至。十二時寢，展轉不寐。

初八日　晴　酷熱　寒暑表九十八度

八時起，今日不適，未到所。午後更熱之時剃頭一次。晚擬外出未果，漢卿來與說數語去。胡升來述長青已病危不能語，來借洋治，付洋十元去。十一時寢。

初九日　晴　熱　寒暑表九十八度

七時起，八時到所，連日身體不適，辦事甚少。午後至民廳略坐即出，至教育廳晤喻漢烈，談甚久出，至張含英家略坐，仍回所清理各事。晚七時歸，十二時寢。今日許平甫、張希閔來寓。

初十日　晴　酷熱如蒸　寒暑表九十九度至百度上午後五時大風　天氣變涼

七時起，八時到所。今日所中開學，來賓約卅餘人，及本所職教員、學生約千人，在山上大禮堂舉行。演說者滔滔，學生之聽者昏昏欲睡。汗氣蒸騰如雨，臭氣撲鼻。余不知平昔新學家及所中素提倡之公共衛生何解也。上下山計八次，每次汗透衣褲。二時洗澡畢，到民廳開會。五時天氣改涼。歸後吃飯小睡，六時起，寫信二件，到次誠寓略談。八時歸，九時寢。

十一日　雨　熱氣已減　午後陰

九時半起。昨夕睡甚恬，今日腹瀉三次，身已疲倦，擬不到所。午後聞長青已死，深爲惋惜。前夕胡升來借款，已付十元，據稱萬無生理，長青相貌寢，目陰，本非永年者。聞前日其兩女先後夭，固痛心，且近日又受熱。彼賦閑甚久，於上月始就城局東門巡查，月可得廿元，窮人命薄也。余向徐琳卿兩次借款，俱係彼親往蝦蟆磯去取，計有一次受風雨，歸後余心實有未忍也。晚飯後至黃伯香寓，欲向其子告以昨日開會情形，到寓後知已歸，與談甚久出。車行至長街，遇漢卿述數語，至汪奠基寓談一時許出，歸寓已十時矣。清理各事。今日在寓將各處積函已覆清。十一時寢。

十二日　晴　熱

七時起，八時到所，清理各事。九時到試場監試咸豐等縣補試學生，正午方畢。午後辦理例行事件。晚八時方歸，與端平談各事甚久。十二時寢。

十三日　晴　熱

七時起，七時半到所。今晨覆試襄陽區各生，余爲監試兼口試。身體連日不適，頗不耐，飯後渡江至煙酒局，晤吳國楨談片刻，便訪范濟滄，談甚久，出訪李佛波，談一時許，訪立群，談片刻，訪黃海濤，僅談數語，訪文旂，談片刻出。渡江已六時矣。到寓飯後與端平談甚久。十一時寢。

十四日　晴熱

七時起，八時到所清理各事，九時閱襄陽區試卷，午後二時方畢。三時清分數，五時辦理各事。八時回寓，十一時寢。

十五日　晴熱

七時起，八時到校，九時料理發榜諸事。今日報各入夜班聽講者甚衆。午後寫信四件，覆連日積壓者也。晚八時回寓，十二時寢。

十六日　晴熱

八時起，八時半到所，清理各事，辦文二件，查堂課。請病假教員張蔭南一人。午後寫信三件，晚八時歸，十時與端平談甚久。民政廳有知單約明日早到廳開會照相等事。十一時寢。

十七日　晴熱　度九十七以上

五時半起，六時到民廳，細詢知有會員數人，五時半即來旋去者。蓋該廳傳達昨夕誤傳信，謂今晨照像者。余尋一人問之，謂九時可照，開會仍係下午云云。出廳至張諧英寓。彼尚未起，細詢之，則云今日照像，不過開會時間提早耳，又云嚴已委彼署缺，又稱彼曾談余爲人負責，嚴先詢之，彼已答之，亦確有委余之意。余謂此時確非所願。去冬今春，此念實未斷，蓋新縣制未行，諸事尚易辦也。八時半仍往所辦事。午後一時到民廳，知已委缺者數人，張諧英係委漢川。坐未久，嚴立三約至大樓開會，報告各事甚久，又謂此次早閉會之理由，一因天熱，一因有兩會委運動某要人作函，提前委缺，此爲不自愛，但所指爲誰，不得而知，不過對衆籠統謾罵，已失大員氣象。研究會既收有老官僚，焉得不卑□耶？一再譏訕此二人，曷不於未開會時，延之私室訓飭一番，尚足養其廉恥，變爲良吏，乃不此之圖，嚴亦失之甚矣。今日之會大衆不歡，照相畢，余宜泉□余說，謂可在彼之私室相候，謂嚴有話談，至則孫光輝、李士琦、王照華與余四人，嚴約見細聽，遂欲余等四人署缺，孫、王、李三人慨然允諾，余則云不願做縣長，其理由有三：一，如欲做縣長，皖尚未改制度，去冬今春，余即往皖作縣長矣；二，家母年老，決不願遠離；三，現在縣長爲人民公僕，且新縣制行負責之事過多，余既能維持生活，決不求此任重之事。嚴婉□余，且欲余即填表格，與之同至省政府談話。余初拒之，繼以其說至再三，勉允之。三時半出，仍往所清理各事。六時半歸寓，十二時寢。

十八日　晴熱　雨後略改涼

六時起，七時到校，胡所長已來，繼陶鈞亦來，蓋今日爲第一期畢業生訓話也。十時大雨，十二時訓話畢去。午後辦文稿二件，發畢業生榜。晚七時歸，十二時寢。

十九日　晴

七時起，八時到所辦本科兩月以來報告表畢。午後清理積件，寫信六件。八時回寓，得黃天覺請柬，約明日午後在鶴樓相候。十一時寢。

二十日　晴熱　寒暑表九十八以上

九時半起，倦甚。在寓早飯畢，正午渡江至曹漢丞棧，托其寄洋八十元回家濟用。過河至南岸嘴會黃志雲，談縣中各事，彼前回縣一次，余尚未與晤見也，就其案上寫家信一件，付郵，一爲家母請安，一催厚訓來省談。次陳昌鏞來見，陳號歆齋，能琴且善催眠術，新自鄂城回漢陽，志雲前曾向余述其技之精者也。與談甚久，其術學自鮑芳洲，或能精也。余約以下星期六到漢陽，求其爲余施術。三時渡江，竟至鶴樓，天覺已在相候。坐未久，覺民、伯英來，王□□、馮□□來。五時開席，六時半散。余與馮至天覺處略坐，九時便至次誠寓談一時許。十時歸，十二時寢。

廿一日　晴熱　寒暑表九十八度

八時起，八時半到所，九時紀念週。十一時寫信二件。午後清理各事、閱報。晚七時歸，十二時寢。

廿二日　晴熱甚

七時起，八時到所。九時查堂課，寫信三件。昨日民廳送表五張來，自填其三，餘倩司書填之。晚七時歸，十二時寢。

廿三日　晴　今日立秋

七時起，七時半至民廳，余宜泉招待，先有袁鼎琴之子在座，新調大冶縣長趙新宇、新調黃安縣長謝□先在座。八時半，嚴與余等至省政府略坐，後由關科長招待，與張懷九、張難先談話，所問均不相干之事，約一刻鐘出，到所辦事。午後事甚簡，晚八時回寓，便至次誠寓一談。十時歸，十一時寢。

廿四日　晴熱

六時半起，七時到校清理各事。寫信二件，午後發出，亦積而未覆者也。晚八時歸，鳴溪來候甚久，細談各事，蓋彼已覓得介紹書，明日見嚴立三者也。今午余曾見仲蘇述各事，請於晤嚴時以分身之語相托。晚六時晤汪三輔，云已在民政廳與嚴相晤，且有仲蘇在座，或者余請已達到矣。鳴溪以介紹信謂可得縣長，余已反復喻之留宿，囑其明晨去見，並教以如何談話，至轉鐘一時方寢。

廿五日　晴

六時汪浪石拍門入，與坐談半時去，其實彼所説無精采語，余實未聽入也。鳴溪起，與談半時。八時余到所，無多事。十一時至公安局晤次誠，談片刻回所。飯後閱報。今日事少，二時至戴葆裳處取牙，聞已出，其徒欲尋之。余約以明日再診可也，仍回所。晚飯畢歸，清理筆記等事，十時半寢。

廿六日　晴熱

八時起，倦甚。十時至戴志強處取右邊大牙一枚，小有痛苦，出血甚多。十二時到所，無甚事辦。志雲用電話約渡江。上星期六陳欽齋曾許爲余今夕施催眠術，此不得不去者也。五時半渡江，渡河至志雲處吃飯畢，陳來，與略談。彼曾自詡爲天眼通者，余約之，有三種要求：一求牙痛止，二足疾速愈，三身體康強，並求同往鄂城探家宅近況。施術時黃炳章亦在，惜其術未精，余雖表示十分信仰，未能被催也。九時與黃同渡河到漢口，到王家巷時問之，黃云無船過江，遂雇包車至一碼頭，至則云該處晚班已改至王家巷矣，隨原車轉，枉費此八百文車價，且耽誤時間不少，惱悔萬分。上船後人多船小，危險非常。十時抵寓略談，十一時寢。

廿七日　晴熱

八時半起，寫家信並檢眼藥。昨與黃炳章約，彼今夕回縣，請其帶交家中者也。十時泮香與譚少欽同來，便留吃早飯畢同出門，購燕邊二兩並洋伍拾元。渡江至曹漢丞處，未晤炳章，將信及燕邊、眼藥等轉囑帶縣寄交家母。略談數語即渡江，過斗級至鴻槃樓，適范紀常在座，與賈仲明等談近事甚久出。過照像館，見司馬平仲、琳卿在座，遂入與談，知梅鳳山已就張家灣征收局事，蓋皮志泊近調充張家灣征收局長也。志泊爲春華次子，今春充蝦蟆磯卡長，旋升黃棱磯局長，一躍再躍。春華之三子爲志香，現充三師參謀長，保定生也。春華與余丁巳、戊午在冶校同事二年，頻頻道及其三子，謂長子無用，次子、三子有爲。春華卒後余始見志泊。春華在校時曾屢叙及其少年貧寒事，丁、戊之間彼已小康矣，而減衣縮食，在校不零用一錢，有人所難能者。戊午冬月病死，余曾爲太息且致哀挽矣。今其二子俱貴，春華竟未之見，亦命也夫。四時雇車至鳳山家，知已行，與其妻略談數語出。回寓吃飯洗澡後至次誠寓，問賢和尚、浪石繼蘇鐵□俱在座，談甚久，甚快。九時半歸，十二時寢。

廿八日　晴熱

七時起，八時到所，九時紀念週聽演說日本事，甚當，但可以作吾民之氣者，不知在何時耳。午後辦理例行事，星期一終日無課，未查堂。晚七時，夜班定行開學禮，到者人數約二百餘，演講約二時許，無甚緊要。廖小山、周宜直來聽講，遂約與至辦公室談片刻出，到寓後已九時半矣。十二時寢。

廿九日　晴熱

七時半起，八時半到所清理各事，填二表。連日閱滬漢報五六次，載清西太后墓被掘事，聞其頭骨已毀。西后在前清時作惡之多，雖唐武氏亦所不及，蓋彼秉政久也，誤國殃民，驕奢淫佚，致民生塗炭者數年。光緒帝不能行新政以圖强者，亦彼有以阻之也。廿年後竟遭掘墓之慘，亦有天意存焉。嗚呼！孰謂惡可積而天道不可憑哉！午後辦理各事，七時半出所，得民政廳信，催閱余之著作，已當復其謂數日後必往縣取之。端平來談甚久，十二時寢。

七　月

初一日　晴熱

七時半起，八時到所辦理各事。日來諸多感觸，且焦灼甚。生茲時代，自恨無恒產，聽之而已。昨夕民廳催余回里取著作，今日與汪奠基言之，彼謂此是張懷九拉攏人才。其實汪恨張，乃爲此語，且頻示余宜與張絕之意。噫，量小哉！晚九時回寓，十二時寢。

初二日　晴熱

七時起，八時到所辦理各事，午後到撫院街整牙齒一次。四時回所清理各事。晚九時回寓，十二時寢。

初三日　晴熱

七時起，七時半到所清理積件，午後準備回縣，清理各事。七時到寓清換洗衣服數件。今日支洋廿元，連同厚訓所支，計帶四十元回家濟用。雇車出平湖門到漢陽門過江，抵曹漢丞棧後已八時半，趕大輪船不及矣。在漢略購物件，今夕天氣熱甚，上大慶輪後熱不可耐，遂登岸，仍至匯源棧宿，一夜無眠，臭虱極多。

初四日　晴熱　東風時作

早四時半上船，延至六時半開駛。余在賬房中，由段友聲招待，得一鋪位，開頭後□東寒甚，遂醒，頭疼甚。在船中吃午飯，午後一時到家，見家母及妻子以下俱好，甚慰。遲生兒尤活潑，更生正值病後初愈，體甚弱耳。三時吃飯。四時小睡。五時樂峰來探詢各事，姚福坪來談數事，與詳述之。郵局周淬成來談甚久。六時至郵、電兩局略坐，便向汪星垣說明款已匯清之意。彼夫婦詳述汪奠基與其子翰章齟齬各事，余不願聽之。晚七時回家，與家母談各事畢。今日勞頓受熱，身體極不適。十一時寢書室中，熱甚難寐，轉鐘二時方熟。

初五日　晴熱甚

七時半起，客來數次，皆平昔至友，如王久旆等。自是飯後來絡繹。余近已五閱月未歸，友人來探時局近狀，逐一與説明而已。許俊甫、謝服初、孟春溪皆談甚久去。傍晚方出門至程宅及王樂峰家略談出，準備明日祀祖一切事宜。十二時寢。

初六日　晴熱甚　寒暑表九十四度

六時起，七時石雲衢來坐談甚久去。正午至趙茂林家請孫先生爲余決進取事。孫，黃岡人，年六十餘，身健甚。昨見面時趙茂林云其道力極深，決疑如響，昨曾與談各事矣。原約今晨七時求其爲余卜者，以石雲衢來談久，致將此事忘卻，亦不誠心之證也，以後須切戒之。孫爲余蓍之，得剝卦之謙，三爻動，上爻動，以上爻爲主。詞云：剝之上九，碩果不食，君子得輿，小人剝廬。卦象蓋一陽存於剝盡之餘，君子小人異其占者也。六三爻曰：剝之無咎。據孫先生所斷，此卦乃先勞後安之象，剝卦應九月，事順利乃在十一月也。以余意斷之，此卦君子占之吉，小人占之凶耳。剝極必復乃天地自然之道，存心好，到處吉，余邇年本此志以行之，始終不敢懈。二時整理各事畢，準備雜件祀祖宗，儀節照歷年例，不敢有所增損。仍存祭如在之心，必恭必敬，三時半畢，四時全家吃飯。外客加入者，甥女、次女、孟女、洪英四人，五時畢，洗澡後與洪英渡江到關上候大輪。八時姚福坪與萬子湘同來尋余，姚搭下水，萬搭上水，先到洋棚者有徐誠齋。九時半吃夜飯，十二時下水船到，福坪先去。余等候船，久不至，心焦灼，一夜無眠。

初七日　晴熱甚

六時起，九時半命洪英囑店中具早飯，約徐誠齋同吃。今日未上船已用去二元矣。飯後小睡約一小時。午後一時隆和輪方到，划子小，裝客約百人，危險萬分。上船時渾身汗透，擁擠不堪，真難受之苦也。與萬子湘買得一鋪位，去洋一元，熱甚，以倦仍睡，竟熟一小時，醒時熱不可耐，飯後尤熱。晚八時半抵漢口，九時趁輪渡江，到寓已十時半矣。洗澡略憩，檢點詩文稿，端平、子恒來談，並看各件，十二時方畢。轉鐘一時又整理各目錄，至二時方寢。

初八日　晴熱

七時起，七時四十分至民廳將各稿面交嚴立三帶陳省政府，匆匆與談數語出，彼忙余亦忙也。八時半出，到所辦事。今日處理積件，尤麻煩。晚八時回寓，十二時寢。

初九日　晴熱　今日處暑節

八時起，到所後清理各事，午後至戴志強處整牙齒一次，旋回所辦各事，晚八時半歸。近日身體極不適，前次自黃州上船時已受極熱，心胸俱悶矣。晚八時歸，十二時寢。

初十日　晴　熱甚　寒暑表九十六度

七時起，八時到所，例行事無多，閱報一小時，午後清理各事，寫信四件。晚八時歸，十一時寢。

十一日　陰　大風雨　晚間天氣變寒

七時起，八時到所清理各件。午後甚涼，寫信二件，閱報一時，小睡一時。今日着夾衣。七時半回寓，十二時寢。

十二日　陰　大風

昨夜寢後鼻塞，頭痛不可耐，胸膈甚痛，膝骨痛，遂不能起床。八時半程汝蔭、向鴻逵同來，俱三一學生。程在郵局辦事，向新自川歸者也，露謀事意，余已許之。二生在校時品學俱好，程於圖書猶長，余甚獎之，與談片刻去。午後起，進稀飯半盂，喉痛甚，仍睡。晚間純愚之子致通、右庚之子新民、其姪致珩來此，要求余寫信致阮華甫，爲彼三人考插班第一中學。余囑其書略事，仍起執筆，爲彼等作函。爲亡友之子遂其向學，亦余素志也。純愚下世近一年矣，右庚在津近亡四年，亦未晤其子。新民甚慧而知禮，較之純愚兒子，智愚判矣。晚九時起坐一次，閱報一時許，仍睡。咳嗽時作，今夕請神一次。

十三日　晴

七時半起，天氣仍涼。八時到所，扶病去也，依人之苦如此哉。上午紀念週，勉強去，午後補寫聯款二，一贈汪三輔，一贈劉渥仁，皆前星期已面允者，不可失信也。寫大聯一副，送李佛波開木器店新張者。今日將各事整理，向汪辭職調病，彼挽留甚誠，謂辭職本可，不是此時事。余乃請病假三日，藉資調養。晚八時歸，十二時寢。

十四日　晴

八時起，清理各事，擬回未覆各處信，執筆無精神，仍停頓。午後寫請客帖子，計十二人。程仲蘇、汪三輔、喻斌如、李蘭亭、韓星之、黃志雲係屢許請而未請者，藉病假中尚可行之，餘日不能也。命胡升發帖畢，晚間來客數次。昨日劉醫來診視，立方尚可，余亦未服。大約不藥靜養，亦可漸退耳。十二時寢。

十五日　晴

八時半起寫信二件。午後王雨香來談一時許去。五時熊鎮山來談各事去。六時至傅幼虛寓坐談甚久歸，途過程子堂處答拜之，彼月前曾來寓未晤余。至王府口佛教會晤問賢兼答拜汪浪石，談一時許。回寓後清理各事，十二時寢。

十六日　晴熱

八時起，昨夕寢甚恬然。清理各事，寫信二件，一致萃甫，一致仲蘇，催其早渡江也。甥媳引外孫來寓，囑家人留便飯，正午方去。午後二時渡江，延至三時方到漢。譙月樓會柴先生，略談數語出，四時半先到者喻斌如、吳步瀛二人，略與坐談。次詹漸逵、汪奠基來。隨後蘭亭、仲蘇、幼平、星之齊來。端平來，志雲來。因久候吳仲行不至，遂開席，時六時半矣。八時半方畢，席散後略與志雲、仲行談數語。客去後與端平同至石際平寓談一時許，與漸逵同渡江，回寓已十時半。計今日用洋三十四元七角。此屢次說請客，今日始實行者，恐客見疑，於病假中決行之，蓋舍此無暇日也。端平先渡江往民廳談話，余在漢屢催之，恐其誤也。十一時半寢。

十七日　晴熱甚　寒暑表九十度以上

九時起，清理各事。所中來函，謂今日午後三時照相。飯後在寓略坐，三時到所，五時半清理各事畢。晚飯後照相，七時回寓。九時與端平談各事。十二時寢。

十八日　晴熱甚

七時起，八時到所，便帶文詩各集至所，分給各人觀之。午後清理各事，寫信四件，一致劉菊坡，一致蔡天明，一發呂華野，一發賀新之，五時發出，七時回寓。飯後至蓮溪下院晤問賢、仲恒、浪石等談甚久。九時半歸，十時寢。

十九日　晴熱甚　晚間尤悶

八時半起，今日星期，擬休息未能也。飯後與錢舜卿同渡江，分手後往訪曹季壽未遇，且□甚，遍尋其寓不可得。至輔堂里尉宅，華清、初樵俱不在家，略坐即出，傍晚渡江回寓。今夕熱甚，十二時寢。

二十日　風雨　天氣改涼

八時起，九時到所。上午紀念占時間甚多。午後開科務會議。晚九時歸，十二時寢。

廿一日　晴熱

八時起到所辦理各事，午後寫信三件，晚八時方歸，至蓮溪寺下院與問賢、浪石、仲衡談甚久。十時回寓，知民廳已着人來約余明午前九時到廳談話。十二時寢。

廿二日　晴熱甚

七時起，八時到所清理各事，九時到民廳見嚴立三後談各閑語，余已知其意矣，最後表示欲余署蒲圻縣，且謂此缺係現任廣濟縣楊某，如居覺生果能接廣濟，楊即調蒲圻，再爲君就近調一缺也。且此地甚近，必能相安云云。余見其意誠懇，遂許之出，仍回所辦各事。今日又值夜班事，七時接漢卿電話，謂民廳又來條請談話。余乘車去見嚴後，知蒲圻事已爲省政府通過，囑余準備接事，至遲一星期即要到任云云。出廳後至汪三輔寓，與談近事，並囑其派人接余事，談一時許出。廖雲漢、李肖班俱在座。余細檢今日所帶之銅證章，已遺失矣。十時回寓，十二時寢。轉鐘一時端平回寓，又與談數事，二時方寢。

廿三日　晴　極熱

八時起，倦甚。發信二件，囑漢卿請徐琳卿來，九時半到所仍辦事，與三輔説明前事，午飯後至鵬程寓談半時，午睡二小時，回所後又與三輔談各事，並登報聲明遺失證章事。清理各件畢，命黃福送回寓。今日在所爲軍校陳範群等寫聯五副，佳者僅三副，四時半即回寓。傍晚立群、聞幼浦、康長松等來談。八時余至浪石處，知其已得局長薦王雨香，請其即錄用，匆匆談半刻出。至次誠寓談近事，約半時出。回寓後又與端平談一時許，十一時寢。

廿四日　晴熱

八時起至所清理各事，與吳述三等談各事畢，十一時出，回寓清理各件，準備今晚同漢卿回家。五時飯畢，六時渡江，先上大通輪船，起坡後到曾心如館中略坐出，途遇陳同如，立談片刻，上船後幸有鋪位，遂休息小睡，與漢卿略說各事。

廿五日　大風　寒　今日白露

一時輪到黃州，下划子後登岸至洋棚，無臥處，命漢卿尋劉姓飯店宿，蚊多，不能寐也。五時大風忽起，起視知爲東風，係順風，囑漢卿即渡江，少頃即達。到家後見家母及幼孩均好，甚慰。小睡一時許，飯後雇輿出城，途遇春溪、樂峰，立談數語，出城至先公墓，焚香楮畢，默祝數事，乘輿歸。派人至署請馮小初談話，小初來談片刻去。午後四時至署晤愈友及小初談甚久，兼晤萬步文、譚幼平談近事，傍晚出。來客數次，七時外出二次見各至好，至程宅晤及少松昆季。九時歸，與家母商數事，囑家人準備各事畢。十二時寢。

廿六日　晴燥

八時起，客來絡繹，屢欲外出未能也。樂峰請酒，辭不獲，已面許之。正午去，午後二時畢，至張渭泉處談話半時，至電、郵二局略談。至春溪、叔和各處未晤。傍晚至署，仍小初事未決。七時茂林、敦五請酒，與叔和、淬成同去，夜深方畢。歸後十二時寢。

廿七日　晴燥

八時起，至姚福坪家未晤。淬成請吃早飯，鄭植卿、周子書先後來約久旃、張子威談話，至王子恒家說各事。至夏乃卿家略坐。譚幼平請午酒，縣署亦請酒。到譚處，三時畢，回寓後甚忙。傍晚送行者畢至，王樂峰、黃舜卿、張叔和等約十餘人到小北門上江船，候次松昆仲到方開。同余至黃州，招呼者洪英、周福二人。余與次松、少松、子蘭、良生、良琴俱宿船中，終夜未寐。

廿八日　晴燥

六時起，至茶肆坐候，船未至，甚焦灼。八時隆和輪到，余與次松等上船，買得鋪位二，略睡二小時，醒後與談近事。下午三時到漢口，渡江到寓，已四時矣，見客數次，出外二次，事甚雜。晚間又來客數次，十二時與端屏談各事，至轉鐘寢。

廿九日　晴

七時起，來客數次。午後至民廳耽延一小時，各科長、股長均見面，述各事，午後回寓。晚至姚漁青寓，便見鄧鵬九，談甚久。回寓後清理各事至十二時寢。

三十日　晴

七時起。連日來客甚衆，謀事者尤多，苦於無法應付。蒲圻已有人來，馬濟書及鮑矩軒、柳奕樑輩皆有所謂也。下午五時，陳鴻洲、葉善陔、郭星樵、易泮香、彭壽堂、趙能誠諸同學畢集，汪奠基、李漢文輩來約期赴餞酌，余已屢辭不能卻。今午在漢口與次松談及用人事，甚難對付，以後到任尚不知有多少困難耳。九時客方散去，十二時寢。

八　月

初一日　大風

七時起，昨曾與教育廳長劉約見面談，八時到廳，與談半小時，旋約姚漁青同渡江見但燾，號植之，蒲圻人，現政府委員也。略談即出，至省政府辦事處見張主席懷九談片刻，多客氣語。出，以天氣驟變，風愈大，匆匆渡江到江干，船似不欲開者，人多如鯽，行至江心，風浪愈大，呈險狀，到武昌後即收班停駛矣。雇車至傅幼虛家赴喜酌，蓋象虛之子新與金惠山訂婚也。同席者金封三、周某、劉子崖，閩中舊友也，今始晤見。談閩事又述及龔雲拔，有喪明之痛。席終出，至中營台街回看謝德徵，途經雲拔寓，欲去吊慰，念彼為失意，余為得意，難於措詞，過門未入。至馮潔雲寓，未晤出，回寓後略息，來客數次，十二時寢。

初二日　大風變緊　天氣乍寒

七時起，清理各事，囑漢卿、康長松將應辦各事辦畢，欲令彼等與何養吾等先行也。正午訓練所汪奠基等請餞酌，如時去見，晤賈仲明談片刻。一時開席，汪與吳述之等計八人，二時半席散出余至各至好處談近事。四時至財廳晤夏賦初，取最近之章程。五時省政府晤關樹芳、傅向榮、孫鐵人談甚久，其大旨囑余維持前任交代而已。六時出回寓，吃飯後再出，晚至次誠寓談甚久，回寓清理各事，準備一切。今晨何養吾、錢舜卿已先行矣，囑彼等到後電述各情，以便應付。十二時寢。

初三日　陰　大風　頗寒

七時起，清理各事，來客數次。正午，吳步瀛、喻謨烈請酒在同慶樓，陪客有張家鼎暨教廳朱科長，所談近事，略與敷衍，一時半畢回寓，仍清理各事。傅端平今日已搬家，左邊兩房挪出，囑胡天喜暨各處薦來之勤務兵搬入住宿，計夏炳丞等共六人，晚間外出二次。十二時寢。

初四日　晴陰不定

七時起，九時至民廳晤余宜泉，與談片刻，囑其達意與廳長至教廳，略耽延。至各至好處，至幼虛寓，午後回寓又復清檢各事。昨日詹漸逵來寓約吃飯。四時半至伯英寓，聞其在鄉間未歸，與季奘談數語出。步行至詹寓，仲蘇、幼平俱先到。六時半開席，八時畢。仲蘇約明日過其寓餞行，未便拒也。余本擬初五首途，繼思諸事整理尚需半日云。同席者李宜煊師長即駐蒲之司令，仲蘇約之，頗有深意，可深感耳。餘為幼平、覺民、端平數人。七時半席散，余先告辭出，繞道步行至馮潔雲寓，談薦政財股長龔，談廳事，余未遽允，擬明日訪之，談一時許出，雇車回寓。十二時寢。

初五日　晴

七時起，至督署辭行，僅留片致達袁菊村參長出，回寓見客二次，來者皆謀事之人，實非余所願見者也，午後二時至仲蘇寓，三時開席，同席者李師長、幼平、覺民、端平，漸逵以有事未至。今日仲蘇所辦席較昨夕佳，余已十三年未嘗黃安味矣，昨今兩次不勝感也。五時回寓，六時送行者多，徐淩卿亦來，與談半小時。彼於明日欲堅送行，余見其年高，已辭之矣。清理各事畢，十一時寢。

初六日　晴熱

八時起，囑漢卿等準備起行以前各事，余至李師長寓拜會，聞其渡江，留刺出，回寓吃早飯。王雨香來云不能同行，緩數日來，余已許之。文旃來亦云俟陰曆初九方可到。午後一時與厚訓、國煊、吳端偉、魏子元、石道安暨勤務兵等十六人出通湘門，候至三時一刻快車方到，停六分鐘即開行，囑厚訓各語去，車行甚緩，三等車與京漢同，人數甚少，行路時時傾斜，此路不佳可見也。晚八時二刻到蒲圻站，歡迎者何養吾等。張用楷為寒溪學生，黃浩卿為沙局舊屬，其餘則公安局全體及警隊數人。到城時上燈已久，至電報局略憩吃飯畢，拜會前縣張靜脩，號善卿，京山人，與談半時許，約以明日正午接印。出署至電局，與振旅夫婦談甚久。憶前年今日在沙市，正余為軍隊包圍索餉之時，此時正求脫不得者也，不勝慨然。轉鐘一時寢，不甚安。

初七日　晴燥

八時起，養吾等來擬儀節，正午至署接印，略參新式，見員司兵役於一堂。禮畢，見員司略述數語，小憩後出署拜客，至各機關，循例擋駕。見面者僅教育局長黃秀珊，前歲在武昌曾見過者，財產保管處長余建周及硝磺局長楊鐸三人而已。四時回署，來客甚衆，略與談話，城中各機關來見者不能詳記。旋與立群等分別支配應辦各事。總務股請養吾擔任財政，由吳端偉擔任會計，暫派錢舜卿代理監印，文牘由立群一人兼任。四時來客甚衆。發一電至鄂城報告家母云已接印視事，又呈報及分行就職日期。八時坐堂審理鄧典蔚一案，約一時許畢。十時與主群、養吾等磋商各事。十二時半寢。

初八日　晴

六時半起，漱畢，發呈報就職日期文判、解送犯人周德華等文，閱財股文六件、一佈告，接征丁濟諭，飭催吏按單飭催錢糧；一函官紙印刷局，請印漕米券票；一咨覆移交郵金案並准移交陳仁庵中央票，又牙稅收據錯誤案。閱祝德臣控馬厚臣案。午後四時張任請酒，約一小時畢。今日見客十餘次，同署司法委員潘超，號寧舫，天門人。其兄琥丞，與余癸丑在黃安縣署相識者也；典獄員章斐然，字葆成，沔陽人，嗜好甚深；代理公安局長鮑維斌，號矩軒，本邑城內人，貌似有才，聲譽不佳，前省同鄉囑余到後加委，□有人攻訐最力者，亦多隨時察看而已。征收全體職員來謁，擇三人與談，書記八人來見，略與敷衍數語去。司法公署書記雷震聲、馬雲從來見，略談數語，馬甚精幹。連長胡德雲，字彩生，天門人，來見，與談數語，貌似有爲，目動言視。商會長劉應恭，字致青，咸寧人，一純粹商人，説話頗忠實。同時陳舉伯、龔體仁皆商會委員來見。陳、龔俱本縣人。陳年輕甚幹，龔沈毅，不易窺其心性耳。清鄉委員汪景文，本縣人。去歲充蘄春司法委員，余前在省未見面者，人尚耿直。第四集團軍委員胡心畊，字子庵，持李總司令密令來見，調查楊啟昌部殺團長陳某事，與談一小時，約三日後同往羊樓崗調查，胡別去。馬義龔來見，此人爲張前任查牙帖委員，在省與余見面二次，今日仍有所求。張景華，本邑人，張德庭所介紹者，年少不更事，略與敷衍數語去。宋治冶華，沔陽人，禁煙局主任，嗜好甚深。鄭家肅，印花專員，俱略談。閔正，字春廷，司令部軍需，黃陂人，語語花巧，恐不可信。周漢元，第四連連附，黃陂人。曾鰲，字占初，黃陂人，余癸亥秋在閩晤之，其兄曾充閩海道署科員，余舊部也。曾、周與閔同來談半時許去。陳順陞，寶興公司管理員，孝感人，因案晋見，談片刻去。今日勞頓異常。晚九時與養吾、立群商各事，十二時寢。今日開釋嫌疑犯吳遇元等十一人。

初九日　晴

七時起，具柬請張前任酒，例也。閱劉煥倫公章，接省中來信十餘件，發省指委會文，爲《民國日報》報費事。令各區通緝李哲昌，孝感前縣長也。指令留任王仕光團董佈告考國技士。民股辦文已判行，總股辦文咨張前任，接收兩印。又詢保衛團鈐記。又呈下鄉催辦戶口册。擬與胡委員、朱巡宣員同赴洋樓崗查各案也。馬洛書來見，要求牙帖事，余未之許。硝磺局長楊鐸，字斌臣，皖人，來見，談數語，人粗俗。今日發信六件，分致余宜泉、胡連長，教廳張德廷、吳步瀛、喻斌如及鄂城家信。十時與養吾等會議一次，十二時寢。

初十日　晴　今日秋分

七時起，自行出署，未帶人，閱各處。回署後文件一小時，函教育局，函硝磺局，准白駒團製火藥防匪，咨前任爲交册接表，任內礙難接收。又咨買典契紙，已接收。函商會爲印花事牌示各行户領帖。函羊涧商會轉雷鳴盛請帖事。指令財產處余新珂主任，爲清鄉挪用款項事。函印花專員，現時無差可派。諭催征吏催稅契事。閱稟四件，內有龍吟海在押，余擬釋之。前任冤押之人甚多，緩當逐一訊明開釋也。發復函十件。連日各處來函，不外謀事。"安得廣廈千萬間"，古詩已先我言之矣。曹俊漢持仲和函來謀事，囑其在外暫住。晚十時與養吾談各事，十二時寢。

十一日　晴

八時起，尋胡心畊委員來，約其今午後往羊樓洞查案，並約朱巡宣員同去。閱梅理章訴梅鶴廷稟，又請帖一稟。財股叙稿，一請領屠稅執照，一請領牙稅收據，一咨前交牙帖征收册。民股叙稿，令各區保衛團禁賭，批黃繼香請委甲長，俱判行。建廳派委員郎垣，號心照，浙江人，寄籍湖北，從前一師附小畢業生也，人尚精明，且能耐苦。覆督署信，民廳信，黨訓所王子潤信，傅端平、程仲蘇、詹漸逵、李漢文、程次松、熊小堂、張叔和等信，或答覆推薦來署，或祖餞致謝忱也。午後三時與朱、胡同出城，在車站候車，四時半附車至趙李橋。傍晚下車到保衛團，聞團董賀爾齊已往羊樓洞，余等遂飭隊長雇轎三乘，分坐往羊樓崗商會，到時已十一時矣。付轎資，囑轎夫先去避供應也。十二時劉委員來，劉，咸寧人，新添入者。雷委員號鈞五，本地人，頗滑，似有嗜好。饒委員號韻皋，本地人，去歲歸自北方者，人較雷略謹，惟該地商會聲譽極惡劣，朱巡宣員頻頻道之。賀團董爾齊，名永年。嗜好甚深，言論尚可，恐難盡信。與饒雷賀等談各事甚久，十二時半未能休，余已勞頓不堪，轉鐘三時寢。

十二日　晴

八時起。昨睡極不適。九時，饒會長來，順便見客三次。訪鎮公安局長駱逸群，聞其早到省，並未向署中請假。呼巡官亦不來，其警務辦理如何，不待測矣。訪熊營長育之，應城人，似有病，談片刻出。商會爲汽車路事約余開會，示提倡維持意。正午演説，午後認捐款，一時會畢。傍晚赴鎮保團宴，團董游茂希，本地人，孝廉，游渠伯胞姪也，人頗有精神，恐有嗜好。宴後至農林試驗場參觀，闃闃無人矣。約一時許，帶同回商會與饒、雷匆談數語，轎夫已在外相候。賀、饒爲臨時借款事囑予寫一手諭提回，雷、程、章收摺。八時起行，九時半與朱、胡兩委到趙李稍憩，與賀、朱等訪駐趙團附姚漢維，姚幹青胞弟也，談一時許出，仍回團防局消夜後。轉鐘一時至車站候車，身體倦頓。

十三日　晴

一時半上車，四時半到站。余等步行入城，足疲甚，到署後雞已鳴矣，倦極而臥。十一時起，閱陳明陔訴魏子月等爲黨務稟一件。總股叙稿，復民廳關於柳、鮑兩局長被控一案，函各商會以後對於縣用令，委張景華爲泉口分駐所巡長，俱判行。財股叙稿，咨前任章財廳發過征收預算書錯誤文，令救濟院及地方財産處將育嬰款簿移交接受文，俱判行。鮑維周、駱良驥、王寶珊來見，俱未晤。鮑、駱本地紳民，王沔陽人，武羊貨捐局主任也。小學校長汪壽春號介方來見，與談片刻。汪爲人聲名甚劣，略與談數語去。陸海珊來謁，余未見。陸，京山人，前任委充泉口分駐所長者，因余已委王小齋接其任，或求蟬聯也。發馮曉初快信一件，催其速來蒲接移交册。發漢口各處賀片十七份，及武昌各省、鄂城本籍共五拾五件，接各處謀事函七件。晚十一時與養吾等商各事，十二時寢。

十四日　晴

八時起，囑庶務會計向電報局借洋五十元，賞警隊公安局警士，獄囚署内傳達、勤務兵、司法署押之人犯，分給賞號，俱照前任所賞之數加半，計三十餘元。前任移交余者並無分文現款，解之盡净，真刻薄人也。聞其家在京山爲殷實，或者爲富不仁之類歟？呈民廳奉到余支薪表文，令商會飭盧處長來縣清算。財股辦文，判行發漢收各機關賀節片，囑文牘處依名答之。發石雲衢函，拒其子來署，曹仲和函叙接事後窘狀，王雨香函催其速來署供職，姚漢維函答覆推薦馬洛書准從緩設法。俱文牘，繕後閱寄。寄各處賀片廿五件。晚間清理各事，囑庶務辦酒五席，明日中秋，乃在蒲署細思去歲事，益覺人生如萍寄也。十時與立群、養吾等商各事。十二時寢。

十五日　晴

七時起，署中員全體役來賀，分次答禮，接各機關賀片，依名答復。十時與潘寧舫、張前任靜修同至司令部、團部賀節，俱來晤見。午後皮參謀長嗣襄、趙副官長俱來。李團長來，略坐遂去。四時開署中酒席，余親往各席舉盞，初接事，對於僚屬不能不表示親切也。傍晚具香案，九時外出一次。十二時與養吾等聚談，轉鐘一時寢。今日午後請各機關宴。

十六日　晴

七時半起。昨夕寢甚遲，寢後夢與先公同床，頻頻言寒溪學校尹仲韓事，又言牛皮可以爲幣事，又見兩湖學堂老役，陳姓，恍忽久之，此不知主何事也。民股叙稿，函熊營長一件，呈民廳報告訓練員役事，代王仕光請四集團軍發還手槍文，函教育局已改公文式事，俱判行。覆石際平信，唁尉遲初樵兄弟信，寄劉菊坡信，寄張肖鵠信、李季芳信。晚十時與養吾等聚談，十二時寢。

十七日　晴

七時起，閱文件數起。飯後召雷炳焱來署，令其調查各區團私礦及野火燒山等事。具報咨前任，發還六七月行政計算書更正事，咨咸寧縣送還監盤印法五張，財股辦文已判行，委李道章爲屠宰分局長。午後見客二次。晚間外出一次。十時與養吾、立群等談各事，十二時寢。今日開釋無辜曾白生等五名。

十八日　晴

七時起閱文件，飯後覆李溪文信一件，又覆申鳳林、李長青、賀伯亞、喻斌等信，皆答覆薦人者也。張前任來云，今晚回省交代事，已托彭會計在此負責答覆，余已許之。午後財股辦請牙帖文二件已判行，又委任熊小堂爲東櫃征收經理。傍晚張前任來辞行，七时余與養吾同送張前任出大門而返。九時清理積件，十二時寢。

十九日　晴

七時起，自行外出，出城至各處詢問，鄉人不知余爲縣令也。十時回署閱文件。葉相生，黃陂人，持潘德軒薦函來謀事，此人太漂亮，衣亦時髦，言大而誇，謂去歲在安陸當收發員。余署中已有收發員二人，婉言以拒，送川資十元，囑其即日回漢。雷炳焱來謝，委李芳菲、黃嵩如、龍坑新興兩團士紳來謁，見後略與談時局。財股擬催征十六年欠賦稿，令羊樓洞商會將其接收茶捐交出，並令雷珵章知照稿判行。晚間開例會研究黨義，十一時與養吾等談各事。今日開釋無辜被押費寅山等三名。十二時寢。

二十日　晴

七時起，外出一次，八時半歸閱文件。飯後黃秀珊來談一時許去。呈報民廳、財廳，聲明張前任已離縣。印花局來文催傳抗稅案三起。許代票傳鄧吳氏，稟請懇恩開釋，已准。佈告，奉令仰荒承領者遵限登記並禁止民衆捕蛙，訓令各礦商遵令呈報煤礦性質、價格，總務股起草已判行。覆楊伯勳信，寄民廳信二件，覆嘉魚吳縣長信一件，晚間外出一次。今日開釋冤押徐定兒等三名。十二時寢。

廿一日

七時起閱文件，正午縣黨務指導委員會在第一小學開成立會，來賓甚多，余亦照例演說一次。午後三時歸。財股叙稿，一令財産經理竹木火紙十分捐既未實行可從緩議，一令該處主任移交育嬰款簿準備案，一呈財政廳聲明雷鳴盛等十户均係里茶，一爲但辛齋牙帖事，一呈財爲遵令更正張任八月份臨時征收經預算書，俱判行。閱押犯張登賢稟，寄省寓一信。令漢卿買雜件。覆廖純古信，云薪甚少，如願意可以來署幫忙。

覆王廓夫信，准用鄭夢吉。覆程次松信，覆劉菊坡信，覆南京黃松師信，覆馮潔雲，答覆薦龔某充財政股長事。致熊小堂、吳開春函，囑其盡職。晚間與養吾等商議各事，十二時寢。

廿二日　晴陰不定　晚小雨

七時起清理各事。覆漢陽曹仲和，武昌汪三輔、蕭仲祁秘書長，徐澹庵，易泮香計四函，又漢口潘德軒、鄂城吳舜卿二函。呈民廳填報救濟及慈善團體調查表。佈告，招請練技擊人士來署登記。何股長叙稿判行發出。閱押犯李永忠、李祚坤二稟擬開釋，又民婦張吳氏控張柱伯等稟，令牙帖捐稅主任切實整頓稅收呈財廳。九月份囚糧不敷，文咨前任。奉廳令催繕袁任交冊，俱判行。午後一時羊樓洞公安局長駱逸群，字亞寰，圻春人來見，人迂執，無甚見解。與談半時許去。沈海舟、李道章來見，談包屠稅事，李爲人甚僞，沈眼大無神，似難與交。二時黃教育局長請客，省督學張德庭同座，張亦蒲圻人。宴畢，與同至第一小學視察，學生甚少，有荒涼不堪之象。近來各縣小學皆如此，可慨也。三時遊西門外之馬鞍山，五時歸，途遇雨。七時坐堂問案二次，又釋無辜三人。張前任在蒲隨便捕人，押而不訊。

廿三日　陰　小雨數次

七時起閱文件。今日天氣略寒。飯後往司令部會皮參謀長談一時許，到黨部談片刻出。縣督學鄭逢時，蒲圻人來會，談片刻去。清鄉司令部副官黎煦秋來談半時去。閱押犯李思恒、汪澤明二稟，又趙生發一稟，彭原菴訴黃國楨、李春華稟，羅華堂、張全政等互訴各一稟，購置黨義圖書等事並議決每星期一、三、五晚間設研究會審囚犯，因前任張冤押者卅餘人，今日當庭提訊開釋逃兵等五人，令公安局、教育局奉令變更名規則，轉飭知照事判行。發出覆李國驥、賀之光、劉伯英、孟龍森、呂莘野、黃仲恂、朱伊仲、黃伯豪、周淬成、嘉魚吳縣長、建始黃縣長、童新吾等各一函，或答覆道賀或拒推薦人勿來諸事。晚間外出便探各事，一時許即歸。十時與養吾等談各事，十二時寢。

廿四日　陰　微雲不雨

七時起閱文件，催促清鄉結束，與汪、熊等詳談各事，囑庶務籌備國慶紀念。午後晴，北風大作、亢旱愈甚。外出一次。下午三時半請司令部皮、趙、方等宴，五時半散席。覆劉伯陽、曹繼壽、程仲蘇師長函各一件。午後三時傳胡光燊、王祖堯來見，咐數語去。四時請客，計到皮嗣襄參謀長等八人，六時畢。七時崇陽縣長鄔說，字習之，沔陽人，自崇來署，與談甚久。鄔前在武漢充律師，人甚精幹，脾氣燥暴，談吐中畢露也，具酒肴，留之署中宿。十二時寢。

廿五日　陰　今日寒露

六時半起，七時出署，遇建設廳委員三人來，即延入。葉雅各，字雅谷，廣東番禺人，曾任金陵大學教授；郎垣，字星照，浙江人；陳葆員，字保貞，武昌人，傅端平弟子也。談一時許，具早點，十時俱出署閱文件。午後羅卓如自武昌來，欲謀事，苦無位置，請其入署暫住，彼不願也。咨咸寧縣轉解犯人二批，潘宏學、錢敦忠、鄧佐庭、汪謨庸、侯芳貴等稟。籌備國慶紀念日，命庶務處會同商會及黨部同時辦理。檢閱普通文件。飭各團查放火燒山諸人，蒲邑人強悍刁玩，憫不畏法，搶案多係嘉魚積匪來勾結此間無業流氓或失業礦工，大概嘉、蒲交界角落，人口稀少之塆，時時遭搶報官者。前任飭隊查拿，視爲普通例案而已，派隊出後如拿獲之人押獄中不問，故搶案特多。前任時與鄂南清鄉司令部參謀長、軍法官、副官長、團長等來往，交結甚密，打牌、抽大煙，在署時時行之，並不避諱紳民也。此次張縣長被控以煙賭爲重大罪惡也，晚間葉雅各等勘路電杆線路，歸宿署中前重。

廿六日　晴　午後北風甚烈

七時起，供給葉雅各等早點，出閱文件。飯後召集清鄉各委員開例會，討論催辦戶口册事，以便結束。籌備雙十節事已完畢，飭傳達貼聯。寄省寓朱漢卿信一件。佈告奉令取締重利盤剝，熱河等處已改行省票。飭楊少卿到案，批謝波丞稟。咨嘉魚縣嚴拿萬滋茱並函武昌縣協助。佈告禁止蒸燉遵令，佈告勒令各術士改業，各稿俱判行。五時至皮參謀長公館談一時許。晚八時半葉雅各等回署，備晚餐。十二時彼等別去，十二時半寢。

廿七日　晴　今日爲陽十月十日

七時起閱文件，八時覆民廳崔介蕃、傅端屏信二件；覆許雲圖信一件，皆答拒絕薦人也。十時舉行國慶禮。飯後正午與各機關大遊行，先至城隍廟集合演說一時許，分途出發，三時半方畢，行路甚多，回署已疲憊不堪矣。下午七時又舉行提燈會，忙甚。晚間請各職員茶點，九時鮑局長來說城隍廟在演戲，十一時往觀，與皮參謀長等略坐談。十二時回寓，轉鐘一時寢。

廿八日　晴　風

八時起閱文件，飯後整理各事。佈告禁止撕毀黨部標語，委陳仁庵爲保衛團文牘兼會計，張安澤、唐崇垣爲事務員。午後三時李長青自咸寧來署，相見甚歡。傍晚庭訊張前任已決重要犯張德俊、吳同烈等，欲減輕雷昌甲死刑也。派員查張全政控案，令各區禁止野火燒山並發佈告，函印花局涂春茂案可否撤銷，令李屠宰局長查辦項美哉案，派何田林查復羊樓洞東征二厘捐，函余建周核復前任地方交款册呈財廳，代呈張任造袁任交册，各件俱判行。傅獻翥來拜會，余已外出，未見。晚八時有人來署報告北門外有大賭窟，余命隊士會同公安局警士務捕獲到案，勉勵數語，謂此案拿到除重提賞外，以餘款爲爾等做衣服。十時半遂去，十一時與長青談各事，十二時寢。

廿九日　晴　風

七時起，審理賭犯徐海清等廿名，證據確鑿，且係朝山進香回者，二罪俱發。除一無辜開釋外，餘均收押。十時閱文件畢，發鄂城周郵局長信一件，復漢口曾心如、潘德軒各一件。請李長青、羅單如等酒一席，有司令部黎副官等作陪。呈財廳賫十月份行政經費支付預算書。令各商會對於捲煙不得重征稅捐。又呈八、九兩月不敷囚糧。又對於省有房屋不得派捐，各文俱判行。飭教育局籌設通俗講演所。派人至第三區催户口册。密捕張受江。呈民廳調查各項古跡古物。令各區禁宰耕牛。佈告傳染病預防法。呈報民廳已遵令張貼賭博佈告。呈覆自製調查表。令各局保護瑞典人過境遊歷，又英、德、法各教士遊歷等文稿，俱判行。令各區團發奉建廳頒佈自來水條例。晚間清理各件，十二時寢。

九　　月

初一日　晴　午後大風　燥甚

七時起，八時閱文件。覆張前任信，陳同儒、葉善階、張春元等信。徐品三、蘇樹屏、魏聯芳等來謁，俱本籍人，略與敷衍數語去。汪在聯、陳子嘉共同請客，下午三時去，五時席散。令准羊樓洞商會備案。批雷必得等又羅通寶等又龔廷煥查禁種煙。批鄧義宗等七人案，民政股擬俱判行。督飭下忙糧券準備開征。呈財廳已照撥黨費。咨前任速將土劣委會器具移交。函縣黨會送九月份十一天所得捐，財股叙稿俱判行。上午送李長青到車站，耽延二小時。晚間清理各件。令商會發奉民廳頒鐵道運輸條例。十二時寢。

初二日　陰晴　仍燥

七時起出門一次，八時回署閱文件。九時來客，爲賭博說情者甚多。司令部之閔正、曾贊初來講情，已許爲博犯減輕乃去。嚴督促清鄉事宜。佈告本年漕米開征日期並報財廳。覆漢陽宋聖遺信一件。晚十時與養吾等籌商各事。十二時半寢。

初三日　晴　午後密雲不雨　夜小雨

七時起，八時閱文件，覆鄂城周淬成、武昌程軍長、沙市孫伯琴信各一件。令羊樓洞商會取消市票。咨前任張飭知楊任交代事。硝磺局長楊鐸來見，談此處緾商刁狡事。晚六時召集全署職員開第一次例會，報告以後舉行紀念週日期，又速辦公役訓練班，並舉行清潔運動，定起居時間表、辦事細則，討論至三小時之久散會，八點三刻完畢。囑何田林等整理記錄事項。令各區團章覆民、建兩廳修浚塘堰規程並飭限期照辦。十二時寢。

初四日　小雨　天氣乍寒

七時起，訂定各職員辦事細則。令五區但棟宇抽收魚捐事。批唐國忠、陳穩山二稟，令各局團妥議販運牛肉法。呈財廳報解張任十九天，本任十一天屠稅文，又二五經費文，又呈齎九月十一天支出計算書，俱判行。咨前任補交清鄉短收十元，又咨其補造各旬報清册、統計表諸事。前任張靜修自去臘接事後，諸事未理，所用員司盡係初次出外辦事者。除民政股裴明余已留用外，餘如財政股、會計、總務完全不懂公事。張於每日午後二時方能起床，其財政股長與之同一嗜好。蒲圻人得此官吏，焉得不叫屈耶！晚間與養吾、立群等談改良與建設數事。十二時寢。

初五日　晴

七時起閱文件。飯後召集縣城各機關到署開會，討論清潔運動、修築塘堰、建設長途電話等事。決議於陽曆十九日成立清潔運動委員會，餘各題俟續解決。午後四時開釋無辜被押之徐樹藩、尹柱龍、楊少卿、唐國珍等四名。余到任後清理人犯計此已是第五次，計前後共卅五名，庭訊各犯，宣稱偶被隊士帶入，偶途遇隊帶縣或略有嫌疑，蓋張前任於人到時不訊即押，押後復不提訊，真諺所謂"坐黑牢"也。不知張對於此等被冤押人作何感想耳。縣黨部來函催各職員登記。復鄂城黃雪堂信，漢陽黃志雲、武昌汪三輔信。晚間與養吾討論各事，十二時寢。

初六日　晴　風

七時起，出外一次，八時閱文件。飯後函知教育局查填各表。今日開征下忙錢糧。昨晨馮小初來署，今午請其辦事並幫清移交案，整理牙帖事，一令委調查，一公函各商會，一佈告民衆，又另用白話佈告。電財政廳能否照前任范借款一萬零六百元案，□征收時可否用印借全數收抵。函羊鎮商會查復二厘冬賑，諭茶商大德昌查復二厘冬賑。令財產經理保存自治捐款。以上俱小初叙稿，判行。晚間來客數次，外出一次，至商會，至縣黨部略坐，十時歸。與養吾等談各事，十二時寢。

初七日　晴

七時起，八時閱文件。飯後復沙市司馬子美函，漢口尉遲華清、武昌黨訓所信各一件。晚間審理但達祥案，以其無甚關係，准保候訊。令第四區團防防盜火燒山，令沿鐵路各團防防搶劫案。漢卿往省批解屠宰稅。硝磺局稽查胡炎午來談協助彼局事。晚五時黃天覺隨同劉某某來署，值余今日請馮小初，便留與宴。九時畢，十時與養吾談各事，十二時寢。今夕曾在公安局演説清潔運動事。

初八日　晴燥

七時起，囑人貼標語，舉行清潔運動也。劉忠漢，天門人來見，持有劉立志薦函來謀事。與說數語，囑其暫候。飭財產經理處妥籌黨費。指令各團董請委各保董，令章典獄員查無罪人犯，呈明提訊開釋。批洪山團宋煥廷等委保董。佈告禁止燒熬，令委查任良嗣案。批任良梅、緒順等稟。民股叙稿俱判行。寄余建周信，催其速歸。寄錢舜卿函，囑其早了案回署。

初九日　陰　晚晴

七時起閱文件，寄武昌汪載聯信一件，催其速回。復樊口吳仲衡、漢口李佛波、武昌申重端、羅單如、朱祐亭、柳掃塵信各一件，皆拒絕謀事者也。午飯後章振旅來約登高，記去歲此日余與振旅、志雲、叔和在本籍西門外登高遇雨，不減遊興，今年在此，可見人生聚散無定耳。三時半與吳、何、方、馮各股長及鮑公安局長、潘司法委員、張立群等步出西門，緩步至寶塔山即馬鞍山也，各隨有酒肴，隨談隨飲，甚爲快暢。飲畢下山，相約雇民舟五隻，分坐過寶塔下，見風景甚美，舟抵北門登山，躡巉岩，披荊棘，至山頂有大石兩方，鐫"醉石"二字，又有"宧尊"二字，相傳爲太白古蹟，亦俗話也。時月已高懸，遊人皆有倦意，足軟不能行。回署已九時矣，略與養吾等談各事，佈告茶庵嶺寶興煤礦公司保護文，建股叙稿已判行，十二時寢。今夕廖純古、柳燮模同來。

初十日　晴

六時半起，上午八時率同員司赴縣黨部做紀念週。十時與各機關人員舉行清潔運動。余親率本署人員首行，攜帶笤帚、籮筐等件親赴南門一帶，余手持笤帚以爲之倡，經三小時始畢。各街爲之一新，回署後已精倦神倦矣。批魏聯芳、羅華堂、鄧佑廷等稟。拘吳二順查放火燒山事，朗委員所稟也。令賀永年查復但蘭村案，票傳馬賢書等，俱判行。委熊璟爲泉口分駐所巡官。公佈及委員查禁小票及流通券辦法。呈報十五年以前田賦結數暨辦法呈財廳。送張任交盤清册並報十月上半月帖捐。飭傳城廂牙户談時順等到署訊問，俱判行。晚七時鄔習之縣長來署，留便飯。陳讓如來，已交印花局委用。八時開例會一次。今日作事之多爲歷來所無也。十二時寢。

十一日　晴燥

七時起，八時召集各員催辦昨夕開會所議公役訓練班各事，須實行。九時送鄔縣長出。今日擬實行查禁小票，請立群查城廂小票。督署抽查清鄉委員，彭澤字陶然來見，彭，天門人，與談片刻出。隨即約汪在聯、熊掀青來署，囑其準備各事。復漢陽黃志雲、漢口朱伊仲、武昌易泮香信各一件。晚間請汪、熊等酌各事，十二時寢。

十二日　晴　今日霜降

七時起，八時閱文件。飭各商會奉發民廳頒示國貨標準表提議案。遵令籌購電杆，又修唐堰，又保護林業，又指令雷炳焱查各礦。建股叙稿俱判行。批解本月上半月牙帖稅款。佈告全縣預防傳染病法。宣佈徐海成等賭博罰金案，轉呈省萬天成保馬斯臧等自新案。批鞭炮幫董稟請開釋李大成案，令各區團嚴禁放火燒山。又牌示不准陳穩山販賣牛肉。晚間開臨時會一次。本署公役訓練班已成立，請何股長、公安局長分別上課。又何田林、聶湘均係嚴廳長交下之人，余以新知識甚富，囑言盡力教誨。又本署圖書閱覽室已成立，已備各報及雜誌，有益於員役不少。晚八時隻身外出訪民間疾苦，聽路人言論，微服行僻靜街巷。十時方歸，十二時乃寢。

十三日　晴

七時起，昨接劉菊坡、柏少松、黃伯薇、張肖鵠、張叔和、許雲圃等函，今晨一一復之。

十四日　晴　風甚燥

七時起。連日天燥不雨，荒象已成，不勝焦灼。鄉間又時有謠風，天災如此，誠恐有人禍也。八時獨自外出，九時歸閱文件。飯後寄武昌朱漢卿信催速歸。復吳表兄、熊小堂、朱次誠、黃松師、黃昌穀信各一件。又復李師長函，請緩期為彼作書畫。復閱孝師信，復黃天覺、吳黃盒、盧希賢、馬韻鶯信各一件。整頓徵收及稅契辦法，嚴禁各種陋規，通飭署員及各團局痛除不良習慣。嚴禁米糧出口以維民食。呈報省政府及建設、民政、財政三廳籌款辦法及情形。各股叙稿俱判行。謝文軒、程如海蒲圻人來見，談各事去。明日開全縣行政會議，須先準備一切。

晚七時到商會説明各事，至九時回署。與養吾及各股長談各事，財股出席請馮小初明日代表也。十二時寢。

十五日　晴　風

七時起，八時至商會開全縣行政大會。先行禮。計到各法團及代表二十餘人，由余依第報告議案計十起，計關重要者如籌款購長途電話桿、黨部經費、修濬塘堰、查禁小票、調查户口、調查牙帖、禁煙禁賭禁纏足、林業保護法等等，至正午吃飯休息。午後一時繼續開會，至五時半猶有争執，六時方散。余腦痛頭暈不可耐。八時吃晚飯，九時始散。回署後，倦憊思睡，小息仍起，與養吾等研究各事，轉鐘一時始寢。今夕鄔習之來談各事。

十六日　晴　風

八時起閱文件。寄朱漢卿信，囑其即歸。趙春林案囑人具保釋，責交其子到案。葉明義案囑葉姓具保釋，均前任認爲嫌疑被押者也。函各法團，定陽曆十一月二日爲開水利委員會成立期，林業保護會亦同是日。咨嘉魚縣會知第五區防匪，令章典獄查趙春林等是否尚有冤押人犯。令但團董棟宇收魚捐。批游團董及徐海存等十二稟。督署今午來電，蒲圻長途電話杆事又增設二線，昨預定籌攤之五千四百元僅及三分之二數目。以今日電文計算，前後約一萬六千餘元。正午就商汪載聯及各團董，均無辦法。晚十時與養吾等商各事，十二時寢。

十七日　陰　風未息　天氣覺寒

七時起，八時閱文件，九時率署中全體在二堂舉行紀念週，何股長報告意義及各事約一時許畢。飯後轉函縣黨會查照財廳指令，以到差之日撥經費。咨前任取具各法團證明書，係軍隊借款，范前任印借之件，一萬零六佰元。轉令典獄補造溢支囚糧册。函印花局，商民代表陳重佛等稟控各節，請其答覆。轉函張任補造之簡明表。飭傳無帖私充之談時泰等户補捐請帖。又梁恒泰行一件，俱馮曉初辦文，已判行。函法署轉張前任移交土劣會器具。訓令各團知照國民政府組織法並佈告。咨解吳尹南案，呈覆辦理禁煙案困難情形案。指令陳瑤生開釋嫌疑犯周振興。午後出門一次。晚八時開第三次例會，討論黨義研究班條例、公役訓練班條例，並临時提出禁紙煙案。十時半散會，十二時寢。

十八日　午前陰　午後晴　有風

七時起閱文件。黨義研究會已成立，公役訓練班房屋已整就。硝磺局胡焱平來會，爲鞭商售私硝事。周价甫來會，係馮小初傳其進署問稅契事。第區團董王仕光來會，云已交卸清楚。王爲人尚精明，與談半時許去。批礦商王厚卿稟，限期令其呈驗礦照，佈告寺觀改良並呈民廳。批張受林、王一美等稟，令各區趕辦義倉，批令但團董請委副團董。

十九日　陰　晴

七時起，八時閱文件。寄武昌艾甥一信，附寄當錢取條。又易泮香信、朱漢卿信各一件。寄熊魯馨、楊經曲信各一件，請其批准長途電話，指定提借各款辦法。又程次松信一件，説明到任後困難情形，請其便與熊、劉諸人談及。呈財廳遵籌黨務經費，擬附加葉捐三厘。佈告全縣商民擔任六個月不敷黨費，函各團董令同商會勸募不敷黨費。令屠宰局查控項美哉案。佈告全縣人民趕速投稅。諭飭催征吏認真催征。函各保董、各催征吏有需索情形准其指控。籌設水利委員會及林業保護會。晚七時開黨義研究會，由何田林報告各事，討論約二小時畢。十一時與養吾等談各事，十二時寢。

二十日　晴　風

七時起，出門至南門外略一遊覽，順詢鄉村各事，八時半歸。文件宣佈國民政府組織法。諭催征吏須潔己奉公。呈復八九兩月囚糧不敷。咨前任，爲胡勉之恤金誤發事。彭澤委員回縣來談。李樹齋來，余未見，囑其與何股長談話。會各商會，爲建廳徵集國貨商品事。密令胡太輔往新店拘葛先柱等，又附查新店穀米仍有出境情事否。票傳曹某私宰耕牛事。函催黃教育局長辦預算書。復黃志雲、周淬成、李長青，嘉魚楊琴堂、易泮香等信。晚八時與養吾商各事，十二時寢。

廿一日　晴　風

七時起，八時閱文件。復武昌朱漢卿、萬紹南信，漢陽朱信忱、鄂城衛茂浦、大冶盧希賢、沙市孫伯琴各一件。致周芝安、劉東青，督署袁巨纕信各一件。復民、財兩廳雜捐調查表。教廳舒宗富更名。令五區但團董派隊往嘉魚捕搶案，並咨嘉魚署，令各團密查會緝。又令熊團董遷地。各股叙稿俱判行。雷炳焱來署消差。彭陶然來，孫亞佛來拜會，俱晉見。佈告鹽商遵照向章籌畫保衛團常年經費。遴派各區團、保董查辦私宰事。午間外出一次。

開水利及林業保護兩委員會，附城各機關均出席，余報告開會宗旨。黃教育局長提議兩會併而爲一，衆贊成。餘則討論章程等事，約二小時方畢。傍晚審理張全政、羅華堂等互訴案，約二小時畢。囑何股長代主席開黨義研究會。今日作事多，頗勞苦，十二時半寢。

廿二日　晴

七時起清理各事，飯後閱文件。令黃成元團董將石靜元等拿獲解署罰辦。籌畫保衛團常年經費。派胡隊附密拿葛九思到案。民股叙稿俱判行。復武昌羅卓如信。晚間與何股長談各事。十二時寢。

廿三日　晴　旋微雨

七時起，飯後閱文件。佈告人民置產務須照章投稅。派員查辦牙帖。呈報各上官判決侯方崙案。民股叙稿已判行。午後汪在聯等以清鄉結束約司法委員及各區團董至寶塔山照像以留紀念。晚間回署遇雨。建廳技士張熙光來見，留署中暫住，張，圻水人，號緝明，與談籌備長途電話情形，並囑其先寫信與廳中，請其先批准，談二小時畢。與何、裴諸人談各事，十二時寢。

廿四日　上午晴　午後陰　晚間雷雨大作　甚奇

七時起，八時至大堂舉行紀念週，由養吾報告政治，何田林報告黨義，約一時畢。十時閱文件。

函各區籌墊黨費。令公安局催月報批徐存享等稟。令第五區團董會剿嘉魚□□並咨嘉魚縣署。復劉菊坡、袁子青信。發各商會國貨調查表。令委周冰階之弟赴大貴團查礦。指令洞趙汽車路余新珂等呈報開工日期。又委員遵建廳令調查該路情形，囑其具復。令羊樓洞商會遵照建廳茶葉調查表迅填二份送署。令各區保衛團並佈告民眾爲建廳令發保護森林方法。訂定修理塘堰、保護森林簡章俱。建股敘稿已判行。下午浮雲蔽空，氣候極燥。傍晚將漢卿昨自省帶回之琴安弦調音，尚可。此琴爲徐淩卿所購贈。斷紋深細且注有"潞國世傳"字樣，甚可寶也。八時風雷大作，雨亦隨之，約半時止，似五月間天氣。十時與裴何諸君談各事。十二時寢。

廿五日　午前小雨　午後晴　氣候甚燥

八時起閱文件，函各保董，限五日內查報田二十石以上，財二千元以上之戶開明呈報，以便攤借上□電話費。又佈告人民遵照省令踴躍捐助。馮曉初擬稿已判行。復嘉魚縣長信一件。呈解十月下半月牙帖捐，又繳章濟川等九戶舊帖註銷，又解張任移交堤工費，俱判行。令教育局奉令以孔子誕日爲紀念日，並佈告人民，令各區、局遵令維護黨務。午後三時出署一次。五時葉崇階來署爲查硝磺局事。石世元來奉看，談數語去，余留與飯，彼云須趕車下省。晚間請彭陶然及崇階、潘寧舫便酌，約二小時散去。通稟陳仁義等判決書，查辦汽車路。咨嘉魚縣派警迎提萬滋棻。各文判發，十二時寢。

廿六日　半晴陰　晚大風雨

七時起，八時閱文件，飯後外出一次。正午令各區嚴防放火燒山。咨嘉魚縣請其速令剿梅山土匪。方喬團、洪俊卿、謝廷榮來謁，與談數語去。呈復財廳限制田賦附加案。呈送張任五日報告單。令西櫃主任摘開洪石團欠戶。函城廂商會請轉知陳重佛前訴印花局事。晚間大風雨，寒甚。下午四時得督署密電，囑韓少荃譯，係准前任拿獲田子才案。今夕王國輝、龔少山等運行李至，與談各事。十時與養吾等談及田子才案不關共產不共產，但彼等一次殺六人爲謀財害命，此六人係前楊縣長派收稅者，又經鄂南清鄉司令派軍法官會審二次，以其家屢次爲共黨開會之所，遂併入共黨案呈督署核辦。聞黃成元與田姓又有仇，故此案乃由黃解清鄉部收押縣署。聞已判死刑甚久，何以電文遲至今日方到耶？囑署中員隊準備各事後與養吾談至轉鐘一時方寢，寢實不安。

廿七日　陰　大風寒甚　晚晴　今日立冬

七時起，呼雜役俱起。天氣驟寒，余着厚棉袍猶寒也。是時衛兵警隊站堂畢，綁田犯至校場處死刑，並佈告係奉督署電，照準前任判決。前年綁殺縣署收稅人員六名之犯，不僅另一案牽及者也，命隊長押之出，田亦無一語。噫，此因果報應歟？然余心難過。早飯後閱文件。復劉伯英、張諧音、易泮香、周冰階各一信。致熊魯香信，寄省寓一信。午後一時派胡升天喜至省接眷屬並家母來署。佈告河南唐山縣已改堯山事。令教育、公安兩局人員不得兼差。又令革命勳人子女不收學費。令各區查明災區具報。何股長叙稿判發。晚十一時寢，夢蕙芳病甚，似產難狀。

廿八日　晴　寒

七時半起，八時閱文件。十時新換印花專員潘葉瑄拜會晋見，知爲潘蔚安之族兄，與談片刻去。函汀泗商會維持該鎮公安局，有設局之必要，並復咸寧縣長。呈民、財兩廳，送十一月份行政征收預算書單。令三櫃經理將十五年以前田賦券票截角封存。復袁參謀長、汪三輔、劉益齋信各一件。晚間外出，至教育局、財產經理、縣黨部均略坐談。晚與養吾談各事，十二時寢。

廿九日　晴

八時起閱文件，令大貴團礦商遵繳勘費。復潘蔚安信一件。委龔少珊、周价甫、鄭孔英等爲稅契正副主任。呈武漢政治分會。復羊樓洞商會饒聲玠等發行市票案。佈告嚴禁偷竊鐵軌旁釘。令各區民眾保護森林。批解十月下半月份牙帖捐款。晚八時擬開黨義研究會，無人主席，遂止。十二時寢。

三十日　陰　小雨　夜大雨

七時起清理文件，八時閱公文，九時囑庶務處準備各事，籌總理誕辰紀念。頭、二門俱紮彩。接電知潘團來此換防，須過羊樓洞，囑公安局準備一切。改廖純古爲文牘員，方獻廷爲建設股長。呈財政廳更正張任抵解胡勉之恤金案。令推收主任呈復本年推收情形。晚間得潘團電，稱趙李橋無供應，當與端偉商酌，致電羊鎮商會，請其勿誤要公。呈建廳、財廳爲遵令勸募籌借長途電話桿費事。令各商會遵民廳令搜集工商材料事。呈民廳爲呈復遵辦長途電桿情形。聘黃局長等十人爲修濬塘堰、保護森林委員。明日紀念黨部約至該部集合再分途游行，倘或天雨只至該部集合演說，此決議也。囑庶務處辦各事。晚十時與養吾談各事，十二時寢。

十　月

初一日　雨

七時起，九時率全體員司在大堂行禮。十一時赴黨部舉行慶祝典禮，以今日雨，遂停止遊行，與各法團計議改爲演講，演總理平生事蹟而已。正午散會，回署閱文件。寄熊小堂一信，委城東西之櫃經理管券葉□，指令白駒團倅董。午後一時得省電，知章振旅與家母同於今午搭快車來蒲，當囑警隊準備一切，並借輿三乘，今晚七時至站守候。余傍晚乘輿到站稍候，快車已到，家母與內子並甥厚訓、甥女、更生、遲生俱到。下車後當即吩咐隊士照料回署，板輿迎養，遂此初衷，亦人生快事也。余於壬子在黃安，是時先君子尚在。癸亥在閩，丙寅在沙市局長任內，俱有此願，未之能行。余思之深以爲恨。到署後員司早已佈置□火，送禮爲敬，可感也。九時半飯畢，十時與家母談一時許。十二時寢。

初二日　陰　夜雨甚大

七時起，問安畢，閱文件，聘任各區修理塘堰委員。函羊樓洞商會。令公安局爲籌借長途電話，請其照辦並協助兩事。令各區填具水道溝渠表。令羊洞商會補發茶業調查表。令各區團防規定修濬塘堰簡章。佈告征收丁漕屯契折價數目。指令白駒團保董准再摘除馬益卿等行帖事。發天津朱右庚函。復穎上縣長張肖鵠、漢陽曹仲和、漢口袁煥卿，袁，張之表兄也、漢口賀伯亞、崇陽縣長鄔習元、武昌劉伯英信各一件。午後來客數次，俱係來問候家母者也。午後三時雨，傍晚較大，且有雷聲，好雨不嫌遲，明春年歲或有可望。九時半與家母談各事。厚訓今晚欲回省，已派人送之上車。清理各事，十二時寢。

初三日　雨　晚十時晴

七時起，問安畢閱文件。□省令獎四區團董黃成元剿匪得力。又令鄭黃兩督學遵辦森林調查表，又佈告修塘及森林簡章。午後三時爲汪在聯、李九皋餞行，李奉調駐南湖，汪新委隨縣司法委員也，同到者皮嗣襄、趙宇平、徐立人及教育局等十六人，傍晚方散，十二時寢。

初四日　晴　風寒甚

八時起閱文件。飯後佈告民衆參加黨義研究並辦理長途電話借款事宜。令各區、團查報水道溝渠。函請余建周、陳子嘉爲本會理襄理員。覆漢口劉培先、武昌閔植三信。代電武漢印花總局已轉知章前局長移交潘任。咨張前任查明契紙費不符各節。令財産保管處迅還前墊黨部修理費，並函各區團商會迅速將派定電桿籌繳。又令城商會准龔振先辭職，以廖堂卿補充。又令各區奉民廳發區田圖説。又令各商會寄蔴茶於兩湖展覽會，各件俱判行。呈建廳爲親赴羊鎮提借電桿費，又呈民廳文一件。晚間外出一次。十時與養吾商各事，十二時寢。

初五日　晴陰不定

八時起閲文件。擬今日赴羊樓洞籌款，已呈廳，委何股長代行。今日得督署令，已准處陳仁義、吳同烈死刑，此爲前任所判決之案。余接卷後細訊二次，原判決尚有雷甲昌一名，余已補呈改無期徒刑，余心甚安。其實減去一死，無期徒刑亦人所難受者也。陳、吳二犯擬明晨執行，因田子才一案亦係清晨執行。犯罪者固當與衆棄，揆之昔賢"見其生不忍見其死"之説，又不欲令大衆作爲遊觀以取樂也。晚近人心不古，每有看殺人以爲樂者，去古人存心寬厚者遠甚，因併及之。寄武昌漢卿信。致張前縣長一函。正午分配各事畢，午後二時由署乘輿出發到車站，五時上車，晚七時到趙李橋保衛團，與賀爾齊商酌各事，擬明晨往羊鎮。今日與余同行者有方獻廷、魏子元、陳子嘉。晚間至街略看情形，便訪朱營長，送一聯與之，因前彼在署面索爲贈者，談片刻出，十二時寢，今晚道中頗有詩興。

初六日　陰

七時起，八時由趙李橋至羊樓洞，乘輿去，方、賀、陳、魏同行。九時到，晤饒聲玠、劉光明、雷鈞五，皆常委也，談汽車道事大略情形。飯後尋公安局長駱逸群，知其又私赴武昌矣。駱爲人無甚才具，且下省並不請假，殊爲可惡。到第二小校參觀，至鎮保團晤游茂希略坐，點驗計團丁廿二名、快槍十三支、馬槍二支、盒子二架，操法錯誤，可見平時無訓練也。余力矯之，且訓話甚久。三時到茶厘局與劉局長商提東征捐事約一時許，並議定明年整頓茶厘各事。劉雖初任局長，頗知爲民衆謀利益、減痛苦也。返第二小學閱其教室。學生少，教法亦不良。往忠信、泰記等莊談提款事，計可提千六百元之譜，山西幫客已回籍，無法提用。晚八時呼公安局警士來商會，詢及該局長赴省已久，局事由其父代理，奇哉！警士月餉八串文，警款則讓保衛團提去，至局務腐敗難堪。余囑其父電約之回，謂余有話須吩咐也。聞羊鎮有吞刀吐火者，每夕演之，因帶隊往拿，至則行矣。晚十一時寢。

初七日　陰

八時半起。飯後召集商會饒、雷、劉三委員，游團董，雷校長開臨時會，討論籌借各款事。宜、饒等以數目太鉅，難於償還，決定明日召集全鎮大會行之，議東征捐改爲建設捐，又勒令羊鎮小票全數收燬。又汽車道事責成饒、雷等速自解決，約三小時畢。晚訪電報局黃某，蘇人，居鎮久，談一時許歸。十二時寢。

初八日　晴

九時起，飯後由商會召集各團體、各商號開會討論籌借各款事宜，到會者三十九人。由余報告，非借八千元不可。討論結果，答稱明日午後答復確數。晚至茶厘局商各事，在街市遊覽一週，歸後已十時矣。十一時寢。

初九日　晴

八時起，飯後探知各商無具體之答復，擬取強手段付對之，所謂知法不知恩也。此次長途電話桿設非余設法呈准財廳指撥茶厘捐，其實將來一萬六千元仍是蒲民擔任。借款法行，民衆已減輕一萬二千元之痛苦矣。縣中有信來，民廳令余查崇陽鄒縣長，擬明日派魏子元去，將扼要之點開予閱。十二時寢。

初十日　晴

七時起，八時派魏子元速往崇陽去。十時召集各紳商繼續開會，仍無結果，余氣甚，由陳子嘉從中斡旋酌議，連提借各款共五千六百元，余未許也。晚外出一次，十時歸，十一時寢。

十一日　晴　今日小雪

七時起，爲汽車路事提三條件，呼饒聲价來答復。飯後囑子嘉與饒等商酌借款事，結果借四千元，由余自提可三千元。晚赴茶厘局、公安局，並會宮排長一次。十一時寢。

十二日　晴

八時起，九時往趙李橋檢閱保衛團，欲閱其操如何，賀團董已往鄉間去矣，局中無人，且教練饒某亦騙人款逃矣。全縣區團董五人，言大而誇，最不可信者惟賀，蓋嗜煙甚深之人，決其不能任事者，不知汪在聯何以與彼親切若此。至街訪商會副會長談各事。回局則賀已來，且說快意話，謂設彼在鎮，且不僅借到四千元也。其實彼在鎮，因洞人唾棄而私歸者。午後一時乘原雇輿回鎮。晚劉局長同公安局長來談甚久。駱公安局長謂彼親□黃季剛門牆，有欲炫之意。余將七年前黃侃在省爲余問典所窘事詳說之。十一時寢。

十三日　晴

七時起，饒、陳回信謂提供各款可繳齊。飯後帶團丁二、衛士二步行至佛嶺。山路崎嶇難行，然樹木、山色、泉聲殊可愛也。途中動詩興，口占：一行作吏後，兩月廢吟哦。民瘼關心久，泉聲入耳多。以下未能續，他日必足成之。到佛嶺，崇陽界也，居民約百家，儼然一小市。崇陽清鄉已畢，各家有門牌。細詢鄢縣長政績，該處人民不知，蓋距縣城九十里，此間人民知識淺故也。在飯店小憩二時許，命胡升與衛士至鄉間調查案件，四時起行，五時回鎮。此處距羊鎮稱六里，其實山路不易行，以鄂城道里計之，當在九里內外。宮排長來云，已奉朱營長命令即刻開差，似有大事者。余甚疑之，呼游團董來告以此事，囑今晚步哨須放遠，以防不測。八時至茶厘局談甚久，十二時寢。剛欲睡時，趙李橋賀團董派丁送信，語涉含糊，又似軍隊有甚大事來臨者，末尾書請余早回縣。因獻廷已睡熟，未便驚醒。余囑胡升呼人送信與游團董，請其派班長來，命其往趙李橋偵探情形回報，並詢來人，云亦無甚事，囑其先回，有事再報而已，自是寢不安。天欲曙時，游派之丁已回，謂無甚事。

十四日　晴

九時起，魏子元自崇陽回說明各事，余令其先回署。余與獻廷飯畢即乘輿到趙李橋搭車，賀團董來站說明昨日事。十時車到，下午一時車抵縣站，遇黃秀珊，匆匆數語即別去，先未知會署中用轎來接，步行回縣署，足已疲矣。與養吾等談各事，問家母安畢。

十五日　晴

八時起閱文件。飯後外出一次。呈民廳積案調查表。咨法署送鄧才富。令龔體仁查復蘇樹屏。呈民廳報彭公安局長已到差，指令魏聯芳等加捐事。批馬小菴等□明義。指令黃成元、蘇樹屏等轉令各團督署批示雇用伕役規則事。批劉輝萬等稟。轉令各區團遵用陽曆。令各局查禁出版物。批劉爽臣、呂衣全等稟。咨解人犯五十五名分解各縣。佈告竹木火紙捐商勿得□抗指令協商委余哲卿。咨張前任更造田賦五日表，票傳魏家生等朋充一案。各股辦文俱判行。晚間約龔體仁來署，面稱共黨汪遠清到蒲圻境。十二時寢。

十六日　晴

七時起，飯後閱文件，函各區速認繳長途電話費。呈民、財、建三廳，報告赴羊樓洞籌款經過。函羊洞商會速派人至漢提東征捐餘洋一千餘元。晚與養吾商各事，十一時寢。

十七日　晴

八時起閱文件。批解契稅、契紙費、屠稅各款，令各區、團嚴密訪崇陽匪陳宗培等。指令周文佑呈報劉鳳鳴等無照採煤，准傳案辦理。指令黃成元爲塘堰森林分會成立，又聘黃爲分會委員長，此照從前提案也。指令二區熊飛同、前田委盧益之等十三人爲四區塘堰森林分會委員。復鄂城王子恒、南京賀遠清信各一件。致程師母信一件。令各區團通緝甘銘勳等，令各區團禁止農會。批黃昌壽請禁止米出口，並令新店商會、令各區團拿陳半仙。佈命賑糶事。令各區籌辦平民識字處，指令魏聯芳辭職，呈財廳調查教育費。各股辦文俱判行。晚間寫考試縣長卷已畢，連日寫此無聊之件。省政府以此次考試縣長原題令各縣現任縣擬作，或者留在省政府備案也。余文爲純古代作，立群亦作二篇，余則潤色之而已。晚十二時寢。

十八日　晴

八時起閱文件。飯後令推收經理趕將十六七年推收辦理完竣。批解十月、十一月牙稅至省，黃澄波、葛海如來見，說明余哲卿事。晚間外出至黨部略坐即歸，十二時寢。

十九日　陰

八時起閱文件。呈復密查崇陽縣長鄔說被控各節。令各區團嚴查反動宣言及標語，嚴密禁止。令各局團保護拒毒會。發平民識字辦法大綱。午後公安局彭局長啟予約各法團到署開會，討論公安增加經費問題，並通過改爲三等局。指令洞趙汽道委員手續完備准轉呈廳。函裕順公司爲郎垣委員購麻標子事呈建廳。復洞趙汽路事，令各區團奉廳令修改塘堰森林簡章，仰即遵行。各股辦文已判行。復袁子青、池雨農、鄭子顥、徐壽田信各一件。今日作事甚多，晚十二時寢。

二十日　陰

八時起，昨日各項試題已寫畢，包封具文發出。九時閱文件。石世元自新店來述各事。葛淼來述，與石同為余哲卿提案也。委陳子加查新店余哲卿事。呈財廳為羊鎮市票事，又報推收所辦法。指令周文佑呈報查勘田虞臣礦區，寄厚訓一信，囑其來署。復武昌李九皋信、程師長信，沙市陳福元信，鄂城許叔文、朱茂林，漢川張諧音各一信。晚間清理各事，準備明日出署往新店視察情形，並籌借長途電桿款。十二時寢。

廿一日　陰　午後雨

八時起清理各事，九時閱文件，飯後與養吾談各事並囑於署內外好好照料。十二時出署，同行者方獻廷，衛士四名，雜役胡升，輿夫、挑夫共六名。行未十里，小雨如絲。至茶庵嶺雨加大，小駐半時，借得雨傘數件，道中見豆苗可愛，茶苗得雨甚潤，山色亦佳，取日記得零句詩："殘紅留槲葉，嫩綠長茶苗。隔嶺鐘聲晚，衝寒雁陣驕。"又"豆苗青可愛，山色遠能看"，他日當足成之。輿至新店附近十里地見有宰牛戶，當即帶往新店保衛團。時已天暮，坐片刻，請正副團董來談數語，葛海如請至商會住。飯後見客數起，十二時寢。

廿二日　雨兼雪子　寒甚

八時起，九時訪駐軍王連長談片刻，飯後視察小學校，學生甚少，教員有腐氣。至東櫃晤莫開春談數語。晚間開會報告借電桿款情形。由葛海如等提議，俟明日大會再決。今晚說話甚多，精神已竭，十二時寢。

廿三日　晨微雪　旋大　片刻止　寒甚

八時起，十時至保衛團看操並演說後與詹隊長、葛海如等出街，過河至臨湘街約閱看半時許，此地屬湖南臨湘縣境。歸後吃飯，下午開第二次會，決定新店殷商四十三家酌量攤借一千七百元，旋以數家邀求減少，遂定爲一千六百元。賀尔齊亦在新店，當將清鄉誤點與詳談辦法，十二時寢。

廿四日　陰

八時起，將昨晚取得兌條交陳子嘉先回縣繳會計處存。遂由新店飯後往車埠，與葛、黃、吳等談以後辦法，新店保衛團派四名送余至車埠。十時半起行，寒風砭骨，殊爲難受，時時下轎步行，以求腳暖，見鄉間親迎者多，今日吉日也。四時抵車埠，黃成元約同隊士全體於小山嶺相迎，入街後且放炮竹，俗例也。入保衛團略憩談各事，約黃明日召集各保董來此開會，攤借長途電話各款。飯後來客數次，午後五時遷入對門樓上，與獻廷同窗。保衛團夜喊行人要口號，時時大聲呼，余與獻廷俱不能睡。雞鳴時隔壁宰猪聲慘不忍聞，余掩耳，更不能寐矣。展轉至天明，略一合眼而已。

廿五日　陰

八時起，飯後各保保董、甲長等齊集開會，報告費三小時，各舉殷富三十三家，捐洋一千四百元，此係芊芊之數目，將來恐未能收齊，因照攤該處不及此數也，不過取廣種薄收之法而已。晚間至商會長易先聲家開一借款會，舉報約廿家，共借約五百元，當即填發印收限期繳縣，此處又告一段落。易會長請吃酒，肴甚美且豐。十一時方罷，十二時仍回原樓寢，情形如昨夕，不能安寢也。

廿六日　陰晴不定　今日大雪節

八時半起，與黃成元商各事畢，囑其早開飯，決定即日回縣。黃已雇得雇夫、挑夫共六人，十時出發，山行所得風景大抵各鄉相同。午後四時半已抵署，問家母安好，與養吾等商酌各事並清理積稿。十二時寢。

廿七日　雨

九時起閱文件。令各公安局查明應興應廢祠廟。令一二區在潭頭山會哨。呈財廳解十一月份稅契及紙費並稅契罰金。呈繳十月份繳核，又解九月至十一月份地丁附稅。佈告屠商、居户，凡宰殺須一律完稅。財股叙稿俱判行。晚間召集各團董爲清鄉錯誤事開會，以人數未齊改明日再議。十二時寢。

廿八日　晴

八時起，飯後召各區團董開會，議定十三件急於進行。午後民廳視察員盧士燮，號宅仁，蘄水人來晤見，後知爲研究會曾同事者，略與談片刻去。咨崇陽縣長會具交盤印結。令財産經理查報警隊常練隊概算。呈報龔廷焕判決書。令四區等查復袁光明家搶案。復武昌馮潔雲信，爲薦饒文彬事。致民廳趙雄羣，請其答批余到省面陳要公事。致鄂城胡菊圃，報告其子在署不安分事。致厚訓信一件。晚十二時寢。

廿九日　晴

八時起閲文件。委任陳子嘉充推收主任，葉佩丞副之，推收生六名，委狀俱發出。開釋談昌凱，責其交子到案。今日發出函件計余宜泉、楊器之、彭梓芳，皆沙市也；寄武昌胡舜蓀、龔雲拔、程仲蘇、石幼平、劉伯英等。呈民廳報行政罰款收支數目。抄發田賦推收各細則示陳子嘉等。正午開例會一次，報告以魏子元調充警隊長及革除田賦各積弊，並飭各員司實行研究黨義及公役訓練班實行授課等事。約一時許散會。

三十日　雨　頗有寒氣

八時起閲文件。呈財廳推收所業已成立。函各商會填金融調查表。復李長青、賀皇青、吳琴堂、鄔習之等信。令商會徵集工商材料送部。佈告建廳林業推廣辦法。又令各區團董同前由，令各礦商呈報營業通訊地。呈報更正清鄉事項，並填送保衛團成績表。晚間與養吾商各事，十二時寢。

十一月

初一日 陰

八時起閱文件。令各區團遵照督署辦理遷移各户連保事，各公安局護保紅卍字會事。令催各區團催繳攤借之電桿款，復馮廉溪、徐誠齋信，呈財廳九月至十一月止屠契旬報表，又九至十一月各種稅捐統計表。呈建廳九至十一月堤費旬報表，代雷財廳稱田賦附捐表，十五年以前民欠冊均已呈送事。咨潘法委補造十六年十一、十二月收支冊。邱立勳號孟材，棗陽人來見，聲稱第九師葉琪師長派其來蒲、崇、咸、嘉調查駐軍地點，特來蒲圻，須駐兩團、旅部，門炳岳長駐此間云云，當即往崇陽去。林維德來見，為印花稅事，據稱奉潘蔚安命令來此，略與談數語去。晚間外出一次，十二時寢。補述昨日午後二時民政廳委員盧士燮在署召集各法團開大會，演說頗長，議決事項：禁止纏足事速舉辦；以後招待軍隊，城內外商富作三一比例分派；並改釋狩獵法諸事。

初二日 陰

七時起，九時閱文件。呈財廳批解十一月份行政征收各經費，又司法監囚各經費。票傳汪謨煥等抗糧匿稅。呈財廳十月份行政征收支出計算書。函羊樓洞商會依東征捐提款。呈建報告赴各鄉川資旅費。又已得電桿若干，旅費雜用已摺報請核消事。令教育局實行民眾補習教育。懸賞緝拿談自若。派員至羊鎮提各款。佈告勞資爭議法處理意義。派錢舜欽至車埠提電桿款。晚八時與養吾談各事。預備日內往省須面陳各事，只候民廳來電即行也。十二時寢。

初三日 雨

八時起，閱文件。佈告禁止坊間私曆書。呈河渠調查表。發龔副團董委令，督署新寄者也。佈告推廣林業法。令各商會、教育局遵令提倡國貨辦法。令洞趙汽車公司遵令妥籌苦力。調劑法造冊呈縣事，咨張任並呈報。佈告黃教育局長抽收牛捐辦織蔴學校業經財政廳駁斥事。委何養吾等查羊鎮茶捐各積弊事。午後外出二次，到黨部略坐。傍晚整理各事，與養吾等商酌各事。決定明晚到省，如廳無電來亦須搭車，蓋遲則諸事趕辦不及也。晚與養吾商各事畢，十二時寢。

初四日　陰寒

九時起。準備今晚搭車往武昌面陳要公。接民廳代電，知孫華佛已就代民廳長，文件代電係准余到省，文自十三日所發者也。飯後尋龔副團董未來，聞其又下鄉應酬。此人屢屢下鄉應酬於保衛團及清鄉諸事，不能切實負責，奈何！飯後與何、吳、裴、方四股長屢談整理進行諸事。劉鏡卿、彭公安分局長來談數事去。晚間趙禹平來談片刻去，清理各件畢，仍與何、吳等商各事，又囑立群照料署內一切。十二時半出署，帶勤務兵胡升、夏炳丞，餘爲公安局曹巡長及洪英、衛隊四名，皆送余上車者。一時至黃浩卿處略坐。二時車到，寫二等票甚適，車僕送棉袍一床來，余遂睡去。

初五日　晴　大霜

七時半車抵徐家棚，余囑夏炳丞、胡升送行李至省寓，余取款送次松寓。八時渡江到日界程宅時次松未起，屢呼之，其姊開門延入，余已倦不堪矣。逾時，次松夫婦起床，談甚久，遇來一孫姓客兼述蒲圻各事。再逾時，少松起，余就其寓略息。早飯後至伯英處未晤，留片出。至尉遲寓晤尉伯母，詳述敏深死時事，且述且泣，余亦爲流涕，可感傷也。敏深與余訂交十四年矣，從前余在大冶講學時，家中諸事蒙彼照拂，自後來往甚密。前於八月初五日曾到漢視其疾，已不能多語，知其決不起也。余到任後數日，即接其訃音，且爲詩言寄之。今日睹悉其家狀，亦不知涕從何出也。坐一時許出，至大同社洗澡，四時半仍至尉宅取件，再至次松寓取大衣，匆匆出渡江至伯英寓晤李鶴鳴，聞其未歸，略與李談數語回寓吃飯，略息，與張志衡談一時許。十一時寢。

初六日　晴

八時半起，倦甚。分咐夏炳丞送胡、陶兩參謀字畫各一件。飯後出門，先至督署訪袁巨纕參謀長未晤。訪胡劍侯，知其今日出差赴應城，談片刻。晤彭陶然，談片刻，詢及清鄉事，談甚久，彼亦於明日赴差往天門，便托探總務處批，訪程仲蘇師長，談半時許，並晤詹漸逵，詢長途電話事，彼有確切辦法矣，三時半出，回寓清理各件。至民政廳僅晤催价藩，崔囑余候孫廳長來，繼知其來廳，遂令傳達傳片去。旋派陳君代見，余簡述來省之說，囑其代達，約明日再見。出至訓練所訪汪三輔，晤談半時出。回寓吃飯，知次誠來寓，蓋余到廳時適遇祜亭，祜亭到次誠寓，知余已到省也。匆匆飯畢至次誠寓，遇黃伯香先生之大世兄亦在座，談各事甚久。十時回寓，志恒來談。十一時半食燕一盂，遂寢。

初七日　晴

八時起，賀伯亞來談甚久去。飯後至民廳，至黨訓所晤三輔及前次同事人，略坐即出。傍晚歸，伯英在寓，與談甚久。寫信三件付洪英帶回署去。清理各事，十一時寢。

初八日　陰　大風　寒甚

九時起，來客數次，飯後出門，先至民廳候代廳長孫華佛，緣彼傳語約今午去見也，談一時許出。至教廳晤姚漁青、葉善階、但和卿、黃毓林諸人，談甚久。劉廳長昨夕於熊魯馨寓遇之，亦談甚久，故今日不求見也。午後回寓，四時至督署晤袁參謀長巨纕談戶口冊事，袁囑再見總務處黃科長。黃外出，恰逢嚴毅代見。嚴即前批駁蒲圻抽查員彭澤報告者也。余與談片刻，彼謂更正可用紅印，門牌須再換過云云。五時晤程仲蘇師長，便晤胡參謀長舜蓀，談片刻出。因次誠囑托，故今日再見仲蘇，彼允次誠作書，或能生效。六時回寓，彭梓師在寓候甚久，與談數語，彭別去。飯後訪黃伯香於其寓。談三時許，歸時無車可雇，路斷人稀，行路時頗有戒心。至百□巷口始雇車，歸途寒甚，到寓後略坐遂寢。

初九日　晴

八時，黃伯香敲門入，余尚未起。漱後與談一時許。傅幼虛來坐談一時許。余以今日有時間即須渡江，傅別去後，伯香仍坐不去，計先後已談三小時矣，出門時猶叮嚀不休。飯後渡江，車行至王府口遇次誠，以昨日程仲蘇之語告之，彼囑余至其家吃晚飯，已面允之。渡江後至日界程寓，值次松已外出，僅其姊與妻妾在寓，未便久坐。至薈萃旅館，知文旂、漢卿已外出。略候，文旂歸。吃飯後與同至黃陂街購皮貨，為家母購一狐皮襖，價不甚貴，然較之前歲加一倍矣。余亦購得一件，囑該店改做，蓋清監司職之外褂也。約伯英來館未遇，彼留字約余至大智旅社相見，與談昨日見孫廳長事。匆匆渡江回寓，吃飯後寫信三件。十一時寢。

初十日　晴

七時吳端偉來敲門，余驚起，詢及署中無事，心始安，蓋彼昨夕即到漢也，與談片刻去。次誠來談片刻。郭星翹來，共談甚久出。至黨訓所晤王子潤並汪三輔、吳述三等談各事。出至民廳晤崔价藩、向胖佛談近事及蒲邑困難情形，約一時許出。至教廳晤劉廳長立談數語，便訪鄧鵬九談各事，知蒲圻教育局易王壽椿，一師學生也。王時在座，談數語出，已午後一時矣。回寓吃飯畢，出門至周鵬程寓談甚久，出至財廳訪夏賦初，今日財廳各縣財政局長公宴，未晤，夏已列席，未見也。至建廳晤熊魯馨，述及長途電話桿事，許便宜行事，談片刻出。回寓吃飯畢，李季芳來坐談，旋葉善階、黃毓靈、陳鴻洲俱到，坐談一時許去。今日聞問賢和尚來，須往訪，蓋已三月餘未見也。八時至次誠寓未晤，旋出至問賢處，兼晤體空和尚，彼今日自上院歸者也，談甚歡。同時柯姓來寺，謂曾識余於寒溪學校者。九時半回寓，十時寢。

十一日　晴　今日冬至

八時半，朱次誠來呼余起。未幾，黃瑞生來，蓋伯香命其來收徐淩卿借款也。彭梓師來。朱、黃去後，余留彭師吃早飯畢，徐淩卿來談甚久，余與同出至其寓道喜，因彼新添一孫也。正午渡江至汪浪石局中晤汪及石雲衢、王久旃談一時許，至次松寓值其出。至尉宅晤及敏深夫人兼談爲其女與次松家聯婚事。途遇范新立談數語。渡江回寓吃飯後再出至三一中學訪曾蘭友談片刻，至汪三輔寓談片刻。至徐立人寓談片刻，兼催前次在縣借款二百元。至電報局晤章曉霞，請轉一電往蒲圻，蓋答復養吾來電，爲清鄉開會事也。十時回寓，十一時寢。

十二日　陰　風

八時起清理各事。十一時渡江取皮袍子，付款畢，途遇李九皋，談數語。至日界次松寓吃午飯，劉萃三來談一時許，與次松、良孫、良琴至永清照像館照像，因前歲與次松父子同照之像，余已裁貼民廳履歷矣。余另照一四寸片，照畢與次松同至敏深寓談半時許。次松子近欲與敏深長女聯婚，此屢囑余者，今日便作冰而已。出門欲至曹漢丞寓，恐天晚，遂渡江，曹仲和已在寓中相候，留吃飯去。九時至朱次誠寓，送洋十二元，連前日所付共廿元，以濟其困而已。十時回寓，請王次文代買燕邊十五元，以便帶署服用，家母在署亦需此調理也。十二時寢。

十三日　晴

八時余建周敲門，余起後倦甚，與談數語。署中已有電來寓，囑胡升送章小霞代譯，知約建周等同回縣者也。少頃，陳子嘉、陳仁庵同余憲立來，與談片刻去。囑早開飯。國煌來乞介紹函與王紹祐。飭胡升尋劉伯英，聞其已渡江，彼昨着人來請予，不知爲何事也。午正，彭少芳來，留吃飯。下午一時動身至通湘門站，吳端偉已先在站候車，遂同行。三時零鐘車已到站，余購二等票，到艙後甚適，車僕持被來，余小睡二時許，醒後閱《申報》畢，八時一刻車抵站，署中衛隊轎夫俱在相候，即乘轎回署，見家母及兒輩均好，甚慰。與養吾等見面後旋召集賀、黃、熊等團董開會，解決清鄉錯誤事，決議再造册換門牌。十一時半方散會，十二時寢。

十四日　陰　午後五時大雨一陣

八時起閱公事，飯後至趙高平寓，至司令部晤及參謀長及張軍法官，均略談。至教育局晤黃局長並新調來督學朱子翼，略談即出。至黨部晤蔡謙、丁瑞松談片刻出。回署飯後開例會約二小時畢。九時有報告人黃福祥、吳秩吾二名報稱有搶犯王巨川潛行回縣，當派隊附帶同隊士囑其密捕之。去後清理各件。與立群、純古等斟酌元旦春聯，十二時寢。

十五日　雨　寒

八時起閱文件。囑傳達請商會諸人於今晚開會，爲長途電話攤借各款也。飯後來客數次，判例行公事八件。午後五時至硝磺局回拜局長向志鵬，號連城，漢川人，便托劉忠溪事。劉到此兩月餘，無事可安置，且與余無關係，今日便托之，向已應允，亦小機會也。七時回署，戒煙所長孫亞佛在署候余，與談半時許去。商會諸人畢集，遂開會議決長途電話分攤借電話桿款事，二小時方畢，皆散去。十一時與養吾等討論各事。十二時與純古等研究春聯事，轉鐘方寢。

十六日　陰　雨　寒甚　時下小雪子

八時起，閱文件。派廖純古、彭少芳等往羊樓洞購樹，又令羊洞保衛團負責守樹。文件、建股叙稿已判行。九時，新派蒲圻財政局文牘吳鳳山、股長龔祝三來見，俱湘人，財局長謝謨聖，臨湘籍也，與談片刻去，發信四件。囑廖純古起四函稿。晚間清理積件。督署批前任判決黃貽聘處死刑文已到，囑裴股長與何股長同辦理，定明晨執行也。十時與廖、何等談各事。十二時寢。

十七日　晴　寒

七時起，呼署中員役俱起準備一切，坐堂提黃犯出，驗明正身，派隊押赴西門外執行槍決。黃犯年卅五，嘉魚人，積匪也。嘉署曾咨文關提過縣處死刑者，因此間早呈准督署請示，遂止。該犯相惡，押出時無他語，自認在此間兩次行搶，得款二千數百元，且有勒絞致人命事，似此案辦理，於心無所不安耳。飯後見客數次，至司令部一次。午後三時至王伯琴家拜訪。王爲人尚誠實，年近五十。第五區團董但棟宇曾推薦爲第一區團董者，此余到蒲城第二次拜會紳耆者也，談半時出回署，時何股長與公安局彭局長及商會陳舉伯俱往羊樓洞查案。四時余約各法團開會，五時散去。十時與純古等斟酌春聯語，十二時寢。

十八日　陰　寒甚

八時起閱文件。接省垣信二，無甚緊要事。發省寓信一件，發江蘇泰興金式金太史信一件。覆葉用階、孔勉堂、蕭敦五等信各一件。午後接漢口電，知第九師開蒲圻等縣駐防。二時訪皮參謀長、趙副官長，探詢彼處未奉電令，殊爲詫異，擬電覆葉師提及此事。與皮、趙談片刻出。四時半至電局一次，五時半至教育局一次，知黃局長已調省圖書館也。晚九時寫陽曆新年春聯三副，十時畢，與純古、立群等談甚久。十二時寢，夜咳嗽，展轉難寐。

十九日　晴

八時起，九時閱文件，十時出署一次，約一小時即歸。呈財廳繳消前任所收廢帖。致潛江孔勉堂賀詩。復李長青信。致武昌吳寶炬賀詩。致鎮口楊子槃師詳函。咨臨湘縣長，爲吳案請其就近訊辦。晚九時與養吾商各事，十二時寢。

二十日　晴

八時起，今日爲陽曆除日。十時閱文件，擬今日午後五時停止辦公，省令放假三日，外縣習慣不能改也。函羊鎮商會飭平物價，呈財廳換帖文數件。令財産處、教育局九月廿一起至十二月底止代收各附捐事。呈□廳十一月丁漕末正稅，並九月廿一日起十二月止繳核。指令汀泗橋公安局文。批王烈卿、汪遠麒稟各一件。午後囑會計準備明日上酒席三桌、中席三桌，發警隊賞號，備各機關賀年片。囑雜役將署中前後打掃乾净，貼春聯六副，首門聯悃愊無華：每讀班書，欽漢吏澄清有志；勤披范傳，憶坡公除暴安良。儒生素志，鼎新革故，天運無言。□門口聯：自我作，尤必自我成，象魏懸書，務堅其信；使民畏，不如使民敬，蒲鞭示辱，寧失之輕。大堂聯：革命慶成功，撥開美雨歐風，總在全民無異志；明時歌復旦，除卻秦正漢臘，且遇萬國大同年。爲治不在多言，當前訓政時期，凡事須以身作則；非禮無由令恥，自昔齊民要術，總宜求其心所安。二堂聯：有水有山，勿徒風景流連，當爲人民安樂計；爲儒爲吏，要在性情淡泊，莫存名利競爭心。花落訟庭間，名句堪傳，非所用於今之世；人隨春意泰，良辰休負，毋寧期與古爲新。囑雜役整理諸事畢，至黨部一次。傍晚陳永清來談甚久去。與養吾、立群等談各事，十二時寢。

廿一日　晴　風　十八年一月一日

八時起，今日爲新曆元旦，本署員司來賀，又分片致各機關。十一時至黨部，召集各機關齊集，舉行放足運動大會，奉民廳通令，各縣均於是日舉行也。遊各街市並至河北街約三小時畢，回署後足已軟矣，休息半日。午後本署員司開席，六時方散。晚十二時寢。

廿二日　晴　一月二日

八時起，九時閱文件，令汀泗商會、公安局取締旅棧照費辦法。呈督署辦理張任民案詳情。遞解俘虜人犯。函財局爲轉黨費，增費請自酌。由令各區團董速繳黨費。函各區團聲明本署已將財政完全移交清楚。令各礦商遵建廳令填表。函財政局、羊鎮茶稅局，令辦茶農抽捐由，囑書記、收發分覆各處賀年片。晚外出一次，回署略息，十二時寢。

廿三日　晴　一月三日

八時起清理各事。批徐宅安繳納電桿費辦法，呈送寶興煤礦礦物標本。飭羊鎮商會送茶磚標本陳列。覆袁子青、沔陽袁夏村、鄂城馮小初函各一件。晚六時外出一次，回署後與立群談各事。十二時寢。

廿四日　晴　晨結冰　寒甚　一月四日

八時起，九時閱文件。呈財廳賷十二月份各稅統計表，又旬報表，又各抵解書。又呈十二月份不敷囚糧册。令四區黃團董、易會長速繳長途電話桿款，派錢舜卿往車埠提款，填政治月報。晚間清理各事，與署中員司便談作事不可始勤終懈之意。十二時寢。

廿五日　雨　一月五日

八時起閱文件。批張輝卿拒絕撥款稟。發熊獻青函，又鄂城周淬成、黃雪堂，漢川張縣長諧音，武昌李秀芳信各一件。委任第一、二區團款經征員。令查羊樓洞茶捐情形。呈送國貨出產表。午後來客數次，晚十一時寢。

廿六日　晴　今日小寒　一月六日

七時起，九時閱文件。遞解犯兵回籍約廿人。令城區籌備軍差。令教育局籌備縣志，令各區團提倡廟產興學。令發各區團清鄉復查工作綱要。呈財廳聲明十一月份囚糧經費册已送。致羊鎮廖純古、隨縣汪載聯、武昌羅卓如、漢口尉遲華清、武昌易泮香信各一件。令發三區羊鎮團董遵建廳令電桿塗油辦法，又令武漢展覽會催送出品。午後外出一次，晚十二時寢。

廿七日　晴　一月七日

九時起閱文件。寄省寓年信一件，寄當陽挽聯一副，弔盧兵城之尊人也。批張輝卿稟一件，不得減少攤款。令羊鎮安局將私運硝磺犯談鈺泰等解署。午後出署至各處略坐，晚十二時半寢。

廿八日　晴大風　一月八日

九時起閱文件。令龔幼龍赴漢整槍支，令羊鎮保衛團按照定期會哨，派舒友于爲临時交際員。致羊鎮廖彭函一件。午後整理各事，晚轉鐘一時寢。

廿九日　晴　一月九日

八時起閱文件。呈財廳報已劃交財局日期。令各區慎重冬防。委任第五區各保董。復劉伯英、周鵬程、彭梓芳各一件。晚間外出一次，十二時寢。

三十日　晴　一月十日

八時起閱文件。今日關於財政局移交事已完竣。委任羊鎮成立支會職員，爲放足事也。編訂泉口分駐所槍支、督飭、改編各户口門牌事。致武昌寓信一件。復周淬成、李長青、宋聖遺信各一件。午後來客數次，晚轉鐘一時寢。

十二月

初一日　晴　一月十一日

六時起。昨因清鄉司令部職員全體開拔，特爲早起與之送行，且附車至中伙鋪攤借電桿款。各界人士送至南門外材料廠，九時半開車，十時半停車，已到中伙鋪。余下車，適二區團董熊飛在站相候，並致送茶點，爲皮、趙等餞行。車停半時許方開。余與熊等到局，方獻廷同來。午後召集各保董，間有到者。副團董章某，汀泗人，嗜好甚深，説話亦不可靠。晚間談話久，十二時半寢，失眠，一夜不安。

初二日　晴熱　一月十二

八時起，漱洗畢，帶同隊士二人往對山之碧雲寺。闃闃無僧尼，僅照相者兩人在，尊名雖雅，有負斯廟矣，略遊一週回局。飯後小睡一時許。午後寫對聯一副、中堂一張，熊團董所求者也。午後二時純古自署中來，爲買樹事。但團董自縣來，與談數語去。頭痛異常，小睡亦不能安。午後四時各保董俱到。計決議攤款八百元，借款再向汀泗橋、泉口兩處設法，因汀泗李莘如局長已來，囑其先行報告汀泗商會。晚轉鐘二時寢。

初三日　晴　一月十三

八時起，召團丁集合訓話。飯後縣中送來一電，係督、民兩廳辦理異動登記事，囑各縣長到省集合，務於廿四以前報到。正午到站搭車，約一時許已到汀泗橋，李局長及王小齋來迎，至公安局後略憩，囑熊、章兩團董設法召集開會。晚七時舉行開會式，決定泉口借百五十元，汀泗借三百元，得結果尚不甚難。王仕光會長請吃酒並發函與崔价藩，請其解釋"異動"二字之義，見復也。預定明晨往泉口。宿商會，十二時矣。

初四日　早微雨　旋晴　一月十四日

七時起清各事。呈督署辦理鞭商李壽世等一案經過情形。令新店保衛團嚴查私宰耕牛並偵察匪類。令發大學區組織條例。函財局請造鄧翔雲免糧數目册，又更正張任堤費交册。以上數事，署中來函報告者。八時半由汀泗橋起行，山路多松，九時半到泉口公安局早餐。商界各人歡迎，並晤及彭和軒。此人舊學尚有根柢，中國史頗熟。略談一時許，往泉口街市遊覽一小時畢，起行。下午四時到神山渡水抵車，地保放鞭迎，亦俗例也，未能先事禁之耳。到局後甚軒敞，各區保衛團以此區屋宇爲優，聞從前爲當鋪屋。飯後接見各紳首，傍晚與同至附近山埠遊覽。此間抬神下馬之風頗甚，囑但團董禁止之。至張王廟遊覽，此廟風景甚好，香火冷落。六時半回街至局開會議，報告討論均甚久，該區人攤千元，借六百元，責成團董並商會負責，於臘月十五以前一律繳齊，結果甚好。但爲人爽直，商會王□□亦久遊漢上，眼光甚遠，較之各區，時日短而收效速也。晚十二時寢。

初五日　陰　微雨　一月十五日

七時起，八時召集團丁全體訓話一小時許。又集各商討論借款事，當場填定數目去。飯後微雨，余決意行。十時到宋家河，商店甚少，保衛團有十人駐此。傳商人□□來談數語，並云已攤派借款百元，由該市出。其實該市出百元已多矣，會議通過，似不能改耳。起行經過山路，松木成林，風景與各鄉相同。下午五時半抵署後與家母請安畢，與養吾等談各事。令各團籌設倉儲，又令各商會辦平糶。晚十二時寢。

初六日　雨　雪　頗寒　一月十六日

七時起，黨部約余檢定黨義教師，八時去，十時歸。午後又至黨部看試卷約二小時畢。佈告禁止纏足。呈民廳報十二月、一月行政罰款。布告神山牙行禁收外用。今日驟寒，飭庶務速發炭金與各股各處應用。晚十一時寢。

初七日　雪　寒　一月十七日

九時起，指令第四區團及商會速繳借攤電桿款。今日寒甚，作事少。晚與各股長圍爐談各事，十二時寢。

初八日 雪 雨 一月十八日

九時起閱文件。派純古至車埠，派舜欽至神山催提電桿款。委第五區修塘堰分會會員。令各區董不得私自處理訴訟案。令各區防止猪瘟辦法。晚與各股長談各事，十一時寢。

初九日 雪 一月十九日

八時半起閱文件。財局來稿，請令催丁漕，督飭各區團更正門牌。寄漢口邱益三等信，沙市余宜泉、武昌劉萃三信各一件。晚十二時寢。

初十日 雪 雨 天氣更寒 一月二十日 今日大寒節

昨夜轉鐘二時龔、陳諸團董得報告數次，謂已派定團丁，請署派警隊分途往鐵山、蓮花塘，鐵路邊湘省來了匪衆。黎明出發，八時聞已拿到男女七人。余起後請何、裴兩股長詳訊。十時余傳劉迪生密訊。據稱湘一師範未畢業，爲生活所迫。囑鄭書記錄供，余許爲不久解省，任其自首。此案擾擾一日方罷。龔、陳時時來署黨部，時時來署探問，均主張嚴辦，處死刑，且謂可以壓風氣。余主張詳訊後再定奪，良心未泯，誰肯以此案迎合地方心理耶？晚與裴股長談話，表示此案不能嚴辦之理由數點，囑其經意，續呈行政罰款至民廳。清理各積件，準備往省開行政會議。十二時寢。

十一日 雪 雨 一月廿一日

九時起閱文件。令各區團禁賭，近查獲賭窟一處。復朱次誠一函。晚間與何、裴兩君商酌劉迪生案，余始終主張從輕辦，蓋細訊所得供詞，均非共黨重要人犯，不過爲生活計，供共黨傳達奔走。至共黨重要職務人住址，彼亦不能詳述。龔、陳意欲邀功，裴與陳、龔相契，且與此間各地人相處久，土劣對於此事主嚴辦者，欲以遂其報復之念耳。余與養吾所主張同，決不草菅人命以阿土劣之好，更不欲順從縣黨部諸年少之意以取快一時。晚間召裴到署反覆説明，且舉上月辦理雷昌甲之案以爲證，謂當日就你所叙稿處雷以死刑，試問我等今日於心安乎？否乎？君欲順龔、陳及地方之欲，余則不能昧良心也。言詞甚厲，裴無語出。九時偵緝隊任洪賓來報，南門外裕順公司發生搶案，余細訊情形，急不暇擇，遽至團部，未晤彭旅長，再至旅部，晤劉副官長、莫參謀長説明此事，細談良久，面要求派兵分駐南門外及車站。又述及余不久往省之意，此間冬防緊急，望軍隊協助之意而出。回署後傳裕順公司被害人來詳談各事，約一時去，囑警隊好好防範，與養吾等談各事，轉鐘二時方寢。

　　二時寢後竟不成寢。今夕南門外裕順公司搶案似與劉鄭案有關，惟遍時搶匪已逃，尚未獲。鄭東生、陳聾子竟不説明與劉係同時拿獲者。昨日裴、何分訊劉迪生後，予嘗夜間與何曾兩次密訊，不用蒲圻隊士站堂，慮告知龔、陳二團董也。將鄭、陳個別細問，許以不死，鄭東生始言其家向稱富有，祖父係光緒某科舉人，曾任某縣教諭，因其家迭被□□燒搶，祖父及父母俱死，後尚有親屬數人被害，彼隻身無食，亦遂入黨，去歲初次也。令人搜其身，有小黑色册子一個，中列廿餘人，余就燈下閱之，在蒲圻者約十餘，未詳視，即置卷中。謂住省立第一師範未畢，係江陵人，住監利車灣附近。某村則遊移不定。余恐其僞，嘗問："你住學堂時校長係何人？校監何人？教算術、教體育者何人？"鄭凝思後答："校長劉鳳章，校監姚思浩，教算術姓蔡，教體育先生姓劉，與此次所同捕之劉姓不相識。"又稱以生活無着乃入共黨，初次與陳聾子到咸、蒲一帶運動工人。但既被捕，求貸一死，至泣下。余細閱其人，確是學生，謂"汝能自悔，余可成全爾也"，再問"小册子何以在汝身上搜出"，鄭東生此時神智已清，謂"此係陳聾子的"，此係遁詞，余未呼陳對質，已知大概。以鄭還押，再問陳聾子，始稱姓張，名致和，又稱陳森，情詞閃爍。問以何時與鄭相識，稱去年，又稱是朋友。問以小名册汝何以移禍與鄭，彼云"鄭係負責的，我係引路的"。余再欲問，則東扯西拉，裝不能聽，必大聲問三四次乃答二三句，不可信。察言觀色，確係黨中重要者，余亦不再問，着還押，與鄭分號子坐。然總想成全鄭東生，徐徐想法至不能寐，起坐挑燈記之。明晨再與養吾細商。

十二日　雪　一月廿二日

七時半起閱文件，分送昨晚所書各聯。黨部着人用曹常委名義來請，余辭以他事，未往也。飯後彭副旅長位仁持片來約譚話，午後一時去，知爲昨夕搶案事。談片刻，即囑彭公安局長傳被害人來面訊各情。去後余即邀求彭今夕須派兵一排駐裕順公司，一排駐車站，一排駐南門外以資策應，方可無虞，與劉副官長、莫參謀長在面一一允許。三時半議畢出，便至黨部，知龔體仁、陳舉百爲團丁争提獎事有所争執，似向黨部投鳴，余大不願意，當即囑彭局長約龔、陳及商會各委員並子嘉到署開會。回署時黃教局長、蔡常委亦來。當與養吾約定，再邀縣常練隊長並第一區保衛隊長來署解決此事。即約曹委員來署一談，當即開會解決各事。余即正言厲色說龔、陳一次，當撥密探之十元與團丁了事。又解決黃教育局長與丁委争執事，七時半方畢，始吃飯，已餓軟矣。九時半與家母談各事約一時。與立群、養吾、端偉、獻廷談各事，並注意署內各事。十二時辭家母與何、張諸人，乘輿出署，以昨夕南門外被搶，遂多帶衛隊四名。到站後奇冷，命胡升購柴，囑輿夫、衛隊烘火。轉鐘一時半車始到，余上二等車，無位置，問頭等車，亦無位置。乃乘三等車，人多如鯽，窗門緊閉，熱不可耐；開窗又寒不可禁。坐位擠，窄腳坐，眞活受罪矣。一夜未合眼，時啟窗視，大雪未止也，心焦灼甚。

十三日　大雪　冷甚　一月廿三日

七時半車抵通湘門站，朔風凜冽，雪大如掌。雇車二，每乘價九百文。驟以爲昂，車行大雪中，乃覺人力之苦，益覺生計之難也。足行一小時方到寓，呼門，以一夜未眠，即思寢。解衣睡一小時方起吃早飯，大雪未止，仍寢。午後六時國煌來談半時去。

十四日　雪　一月廿四日

十一時起，漱畢吃飯，換制服至督署報到，知在民廳開會。又雇車往民廳報到，知在後院請益軒開會。午後三時會員始到。黃岡縣長陳列候、漢川縣長張浩、新委崇陽縣長王連翹、大冶縣長趙新宇皆舊相認者也，與談甚久。嘉魚縣長吳琴堂談漢陽尚有曹隆茂木行樹價甚廉，可速去買等語，當囑其開一條藏之。旋胡、張、孫各長官到齊，開會演說計二小時畢，至民廳大堂攝影畢，又入後樓開會，決定議期及會址，傍晚方散。因劉廳長約，必至廳談話，便往謁之，談片刻出。至萬發祥略坐，雇車回寓，受寒不淺。吃飯後與同寓陳常號遠清者談半時許，所述多劉菊坡事。張志恒來談近事，囑胡升送茶酒數事，與程師長並向彭梓師說明各事。十一時寢。

十五日　雨雪　寒甚　一月廿五日

十時起，倦甚。早八時季芳來與談半時，余實未能起也。飯後至徐淩卿寓談一時許，並還舊欠壹佰元。三時同胡升渡江，先至次松寓，僅晤其子與妾，說數語出。至鴻章永購衣料即渡江回寓，鼻塞愈甚，坐卧不安。十一時即寢。

十六日　小雨　寒甚　一月廿六

八時曾誠齋來，余未起，約至房中坐談一時許去。十時起，飯後至民廳，知開會期已改至下星期一矣。晤李愈友、陳列候、賀有年、趙新宇等談各事約一時出。至程寓晤彭梓師、李蘭亭及仲蘇之弟，堅留便飯，未幾，仲蘇歸，談各事。飯後至教廳晤鴻洲、善陔等，談蒲城事並見劉廳長談各事，傍晚回寓。飯後傅端屏來談甚久。陳遠清介紹朱賢來見，談一時許去。胡丹陽自署中來，稱家母咳嗽加劇，並購藥膏回去調治。余已寫一信囑養吾各事付之，令其明日回署。十二時寢。

十七日　小雨　寒甚　一月廿七日

九時半徐淩卿來，余尚未起。十二時帶同漢卿與徐同渡江，徐約余先至張賡香寓談片刻，出至香花樓吃飯，肴菜俱佳，已飽食矣。飲畢至交通旅館與本行見面，談樹料須照廳令，不得變更尺度。與周漢清即行，立談數語出，至大同旅社浴華池洗澡，費時甚久且甚適也。出門至海壽里程次松家，未晤，僅與其妻談片刻出。至天福紙店晤周幼書、石仲章，囑其代買蠟箋並大筆二支，匆匆乘車至王家巷渡江回寓。吃飯後寫信二件，一致周淬成，一致易泮香，囑泮香於明晚來寓見面也。十一時寢。

十八日　大雪　一月廿八

八時半起，飯畢雇車至民廳開會。候至十一時人到齊，由謝祖莘主席報告、討論。正午飯後一時又繼續再會，討論至五時僅解決三條，真所謂議論多而成功少也。五時半出廳回寓，知誠齋來坐半時去。六時吃晚飯，甚適。十時寢。

十九日　小雪數次　寒甚　一月廿九日

八時起，九時至民廳開會，途遇吳端偉談數語，囑其到寓候余晚間談話。到廳略坐開會，晚五時方歸。今日討論爭執無甚意味。所謂異動登記由財廳統籌，經費亦未解決。回寓吃飯畢，爲竹戰之戲，余已年餘未作也。同局者王文達、張志恒、陳遠清。易泮香來談一時許去。竹戰至十二時畢，轉鐘一時寢。

二十日　小雪數次　寒甚　一月卅日

八時起，寫信數件，預付漢卿帶回署交何股長者。吳股長來云不能即日到署，余囑其寫一信與何。張緝明來談片刻，云昨自蒲圻歸者，余略與敷衍數語去。雇車到廳，途遇小雪。開會討論對於異動登記，財廳負責統籌，此案算完全解決矣。午後議改編各縣警備隊士事，討論甚久，無甚結果。晚五時回寓，吃飯畢至張緝明寓回看，談半時許，至二署與張署長略談即歸。今日午正至教育廳晤鄧鵬九、喻斌如、張德亭、陳鴻洲、姚漁青等，談蒲圻近事甚久。十時寢。

廿一日　小雪數次　一月卅一日

七時起，羅近畏來談片刻去。王小齋自汀泗橋來談半時。余吃飯出門至廳開會，至午後五時討論各案畢，詹漸逵約吃飯。六時至武昌縣署，八時席散，聞蘄水縣長云羅田緊急，樊鐘秀匪軍已到騰家堡矣，蘄水縣長即晚趁輪回縣。八時半至徐淩卿處談數語即歸，十一時寢。

廿二日　小雪數次　寒甚　二月一日

蕭液陔於七時來寓呼余起，旋程子常來，謂其已派蒲圻政治指導員，擬明日到差。潘寧舫來請余轉乞程仲蘇介紹張主席謀一推事。九時至廳即開會，討論蔡小南與余等所提之案。午後一時畢吃飯。胡升來云漢卿等已到，余即出廳至淩卿處，約漢卿來談各事。未幾，樹客來，淩卿與漢卿向之問各價，周姓樹客即可惡。飯畢，與漢卿同至張照明寓問各事，定明晨命漢卿至廳探信。十時歸，潘寧舫來，十一時寢。

廿三日　晴　寒　二月二日

七時起，九時至督署開會，主席謝祖莘十時到，十九縣長討論各事，午後二時方畢，腹飢甚，與愈友、諧音、劍峰至謝吉三處略坐談，知仲蘇已開差，往蘄剿匪，已行矣。回寓後劍峰、漸逵、諧音同來，留便飯。彭子佩來看病，李樹青自咸寧來約余至其家，已面辭之。三時半外出，至周樹崇家略談。至次誠寓拍門約半時許，不得入，且無應者。今日本擬送洋濟之，明日只好再着人送也。晚與同居張、陳談甚久，十二時寢。

廿四日　陰　小雪子數次　寒甚　二月三日

六時半起。倦甚。王文旂、吳端偉來。飯後外出至淩卿寓，聞漢卿尚未送款至香花樓，焦甚。回寓，潘寧舫來，略與談各事。午後三時至次誠寓略談，送洋廿元與之。至伯英寓未晤；至幼虛寓與其婦略談；至夏萃甫寓未晤；至彭愚儂寓略談；至盧宅仁寓略談即出；至萬茂祥欲購墨，未遇其主。傍晚歸。新委指導員吳鴻志，天門人，來見，談片刻去。今日胡太輔送款並押解人犯來省，留與飯並將粗件付任有能、聶湘帶回署。七時半程子堂、田潤時、詹學選、宋濟賢先後來談甚久去。今日途遇劉佑元、徐陶生談菊坡事並告之菊坡地址，此午後三時半時事也。徐凌卿來談電桿事，甚嘔氣，奸商居奇，殊爲可惡，余仍面諄托之，坐片刻去。今日二時再送洋廿元與次誠濟用，談一時許出。十二時寢。

廿五日　晴　今日未正立春　二月四日

九時起，飯畢至教廳晤鄧、葉諸人談各事。郭星翹來，留與坐談約一時許。出至民廳訪各科長，俱未到值，然已午後一時矣。官廳視長官爲轉移，從前嚴立三長民廳時，員司俱早七時簽到。孫華佛每日午後二時方渡江來，故員司一時不到廳也。與二科司書包悄平、余權等談各事。未幾，鄧炳到值。鄧，昔在閩海道署見過數次者，彼是時署壽寧縣，余充道署科長，人尚精幹，現充民廳股長，亦嚴立三賞識之人。久候孫不到，余出渡江訪次松未遇，購留聲機一架，價甚廉，老曆年關以消署中寂寞耳。傍晚渡江至徐凌卿寓吃飯。托電桿樹並允於明正初四送洋到省，前交之五百元其妻擔保暫存彼寓，以廿二日起算。回寓後填紅聯上下款，一副送陳遠清，一副送張癡僧也。十二時寢。

廿六日　陰　二月五日

十一時起，倦甚。十二時飯畢，囑胡升、漢卿押行李先行至通湘站相候。余雇車至孫宅，與二嫂談片刻即出，仍回寓說數語。出門不得車，行至大朝街，遇皮嗣襄立談數語，再行至皇殿附近，足已軟矣。再折而至王府口，遇一車夫，白髮蒼蒼，憐其老，恐不能急行趕車，然舍此又難雇車矣，遂乘之。與語，云係鄂城南門外人，有子有孫，年六十六，已六年未歸，亦知城內事甚晰。車行甚緩，彼又足痛，不良於行，亦可憐矣。余囑其明春仍回籍耕種爲好。到站後另加銅元二百，計共捌百文，歡欣而去，以平時價只四百文也。到站後候甚久，四時半車到，入二等車。到房後遇監利人周振亞，號烈勳，年卅六，述其過去事甚詳，先學界、警界，後入軍界，現充北平教導團隊長，與門炳岳同事，且探知駐蒲彭誠一旅長者也。與談約二小時，余以倦甚且胃痛不可耐，睡與談之。九時半到蒲站，衛士來接，乘輿回署，知今日蒲圻下大雪，氣候不同如此。到署後知養吾為催軍事招待捐事嘔氣，並詳述余往省以後署中所辦各事，談至轉鐘二時方寢。

廿七日　晴　二月六日

八時起清理各事，見客數起，午後至司令部，未晤彭副旅長，僅晤莫參謀長談各事。回署後又見客數次，籌備各事。傍晚約見新到佐治員熊騰駿，號穆清，京山人；自治指導員吳鴻志，號龍村，天門人；周家祐，號綏青，臨湘人；石堂康，號星程，咸寧人，談一時許。彭誠一旅長來談一時許去。與養吾等談各事，至夜分寢。

廿八日　晴　二月七日

七時起清理各事。來客數起。正午黃秀珊來談各事甚久。午後剃頭一次，與養吾計畫各事。傍晚借司法署法庭審理張傳琛、鄭東生等一案，分問甚久，其實無甚重要。此案保衛團龔振先、陳舉百等催促甚急，欲入人罪，余決不為也。十時半與養吾等談各事，十二時寢。鄭為省委，若以奸吏審此案，則大有立功機會，可畏哉！

廿九日　晴　二月八日

八時起閱文件。飯後黃秀珊來坐甚久，余以教廳之意告之，且謂如再抗，恐於公有不利也。刻各縣須修志，余可以聘公為編輯之類。彼已首肯。午後來客數次。傍晚整理日記，尚有半月未寫入，手已痛矣。連日胸中不適，忐忑時作，不知何以如此。寫信數件。夜十一時復整理日記至轉鐘一時寢。今日寫蠟箋聯三副。

三十日　晴　二月九日

七時半起清理積件。命吕、徐、胡三書記到簽押房寫詩文稿數頁，欲寄與江蘇泰興金式金太史請正者也。金爲蘇省名宿，余於前清壬寅癸卯間讀其會試闈墨，心甚愛慕，以爲此中國第一才人也。丙午肄業兩湖，帶其試卷在省，雖科舉廢而猶時誦其文。辛亥起義倉卒離湖堂，此件遂失。壬子作吏邾城，屢思通一問音，乞其補寄一份，屢説屢止。上月十八日遂作函逕寄泰興，探投説明此事，本月初十得其回信，知彼於辛亥後曾爲本籍知事。甲寅以迴避本籍，故改江西彭澤縣知事，□就其名也。金爲翰林，未久即告終養，何以入民國爲知事？奇矣。原函附五十自述詩四首，格高韻古，可稱名下無虚，惟其原卷須候尋檢再寄爲憾耳。今日命書記寫詩，欲寄以請正者，此人余廿年以前即有師事之意，開年去函當提及之。四時寫畢，開席二桌，以宴署中外籍來請假之員司。晚間並辦團年酒一席，約養吾等暨省廳派來之熊、石兩人，尚稱歡聚，此余第三次在外過年也。壬子在黃安，癸亥在福州，今年在蒲署，天倫之樂頗爲圓滿。十二時半畢，轉鐘一時半，攜更生出署往各街一閱。各家門口懸燈一盞。似過年氣象，惟貼春聯者甚少耳。今年整理文詩集一次，從前並未記數，約數之，則古近體詩四百八十九首，詩餘廿二闋，雜文卅八篇，文十六篇。他日有餘款，必以此删訂附印，藉不忘廿餘年心血也。晚十時與養吾等談各事，十二時略具酒肴，與養吾、立群、獻廷、舜卿並約新來之佐治員、指導員、熊、石等團年。轉鐘一時畢，帶胡升至正街略覽，家家挂燈一盞點綴新年，亦有泰平氣象，惟不及壬子余在黃安之鬧熱氣象耳。約半時即歸，二時就寢。

民國十八年（1929年）己巳日記

己巳除夕
己巳日記
　　　　　　　　嵋山自署於寄廬

新春發筆諸事如意
祈母壽康寧自身福利

己巳正月初二日正午
　　　　嵋三朱繼昌書於蒲圻縣署之東軒

正　月

初一日　晴　陽二月十日

　　六時起，天未曙，自用水漱洗畢，僕尚未取也。點紅蠟二，詢及僕人，去歲除日未購香紙，在遵新例亦不用香，放炮竹，開中門，具舊式例。約半時畢，天欲曙，與家母拜年。七時半天大明，陽光甚好，八時署內員司賀年，略與談心。九時半陳舉百來，呂董保來，述及伊家被人打毀始報爲搶案，余面駁之，已囑其向司法署呈訴。陳子嘉來談片刻去，飯後欲睡，來客數次，均略與敷衍去。三時解衣小睡，五時半起，與養吾等談心，八時彭旅長來請余爲竹戰戲，已面辭之，只云隨來談談可耳。去後係留余消夜，同席者俱彭屬官長，略談即開席，十時半散。回署與養吾等竹戰消遣。十二時，忽聞署前對門失慎，出視時則火已正洶洶，惟一時無水龍相救，邇時呼公安局警士，既無水龍，又無救火器具。余令警備隊守監獄並派人從速拆屋，幸今日無風，約燒一時許始熄。轉鐘二時余方就寢。今晨五時，余得夢，似至深山，如小鄉村約數十户，余尋至王文斾家，左右均抱幼孩一，邇時文斾似在樓上，余末登樓，坐堂中，惟見對門係乾泰順住宅，似在此鄉新做成者，棟宇皆新，余甚羨之，見其新貼紅聯，家中眷屬正作葉子戲。夢中私謂乾南方也有泰順之意，甚佳。六時醒後歷歷尚能詳記。余每年正月初一日作夢甚驗，大抵關於一年修咎。卅六歲以後每逢正月一日作夢多吉祥，不似卅五以前之多不吉夢也。

初二日　晴　陽二月十一日

九時起，飯後至彭旅長、莫參謀長處，感謝昨晚救火之意。午後三時來客數次，四時至電局晤振旅，爲竹戰之戲，八時畢即歸。清理各事，準備明日正式辦公，與養吾、立群談甚久。今日開筆，寫詩一首，寫祝語一頁，補去歲除夕日記數行。十二時寢。

初三日　陰晴不定　陽二月十二日

七時起，九時飯畢，來客數次，十一時至葉子原、陳鴻洲、葉用階、但和卿、陳君振、黃秀珊處略坐談，傍晚命傳達請葉、陳等明日到署吃便飯。晚至童菙蓀、陳舉百家略坐談，九時歸，寫信二件。十一時寢。

初四日　陰　二月十三日

七時起，倦甚，九時閱文件，今日署中應辦事多，囑傳達傳知各書記到署寫文件，復各處賀年片約卅餘片。午後四時請陳鴻舟、葉用階等酒一席，緣彼等不久即出門也。催集各款，準備明日派漢卿、舜欽下省送購電話之款。晚間宋濟賢來爲羊樓崗局事，已辦一文，擬明日付之去也。晚十時整理各事，十二時方畢。轉鐘一時寢。

初五日　晴　二月十四

八時半起，九時閱文件，囑文旂準備下省之款，計籌得三千元，余益以杏花樓兌條一千元，共四千元，命錢朱同下省交徐淩卿驗鈔，另寫數信付之帶去，並付省寓六十元。今日陳子嘉請客，同席者鴻舟、用陔、王伯琴等八人，四時半去，五時半散席。至振旅局中略坐，八時歸，囑錢朱各語，並派胡升同往省且帶各物也。九時，彼等去後，再派石杏康往羊樓洞提款，並查公安局黃成元來報告賭案。余表示不滿其所爲，命裴股長堂訊如何再說。十時清理積件，十二時寢。

初六日　晴　二月十五日

八時起，清理各事，原定今日開會，因各區團董尚未到，寫信四件。晚間黃成元來，略與談數語去，將金式全函辦就付郵去。十二時寢。

初七日　晴　二月十六日

八時起閱文件，飯後開會，已到黃、賀、陳、熊四團董，□各事。參加者裴、何及謝局長、陳子嘉，討論四小時方畢。晚間各團董散去，陳仁庵來，與同至葉登峰家談半時許出，回署後與養吾等談甚久。十二時寢。

初八日　晴　二月十七

八時起，清理各事，九時劉局長鏡如來署，述及爲監督事來，且曾至財政局晤謝月峰矣，並述謝無禮狀。余命胡升將其行李取來署中，早飯畢，與劉並署中何、張、方及佐治員能石等，帶同僕從數人往寶塔遊覽，更生欲同去，余亦帶之出，今年第一次出城也。行步甚緩，到後約句留二小時，甚適，午後三時回署。晚間分配各佐治員往四區催辦戶册兼提電話款，紛擾三小時乃止。但團董來，略與談數語，率石堂康與見面，約之明晨同往也。十時與劉局長談各事，十二時寢。

初九日　陰　有風　二月十八日

八時起，清理各事，飯後與劉談各事，聞財局請客，似有向劉謝罪之意，余勸其同往。十二時到財局，午後二時開席，來客不多，四時畢。與劉同回縣，劉欲今晚搭車往咸寧，強留不可，派三人送往搭車。晚間與養吾等商辦法，十二時寢。

初十日　雨　今日雨水節　二月十九

八時起，九時閱文件。正午教育局來催客，約今日算帳交關防。與黃司法委員同去，候甚久始有人來。宴後開會討論各事，余撫周索還舊欠一千元，余已許之。會畢，黃秀珊索加薪，謂龐已許之，余謂將何所根據？黃仍刺刺不休，余與建周略言之，托詞出。回署後辦理各事，擬今日發一函與金太史蔚意，以事冗未能也。八時彭旅長、莫參謀長來談甚久，余出各著作與觀，彭、莫欲余彈琴，略調弦彈《慨古引》，手僵難成調，蓋已放置二月矣。坐二時許去。寫宣紙聯八副，佳者半數，皆各處及泉江某所乞書者。十二時寢。

十一日　雨　二月廿日

八時起，清理各事，造報去年十月份行政徵收計算書，葛海如同吳副團董來，便托數事，請其極力為賀爾齊幫忙。第三區地面大，賀又不負責任故也。午後署中迭有報告，謂今日往岳州車已開七次，俱係運兵，且有鐵甲車、大炮等等，似有大事對湘者。走訪電報局長，問之果然，囑彭局長至司令部探問，知係夏威軍隊全部運湘。傍晚團部來一副官持函來見，略坐談，似索伕子二百名，余已面許五十名。八時城內謠風正甚，十時更形不安狀，余擬明日再訪彭旅長述明一切也。發江蘇泰興金太史函，並附詩文，請其改正。郵局謂連日無上下車，知軍事緊急之説為確。建周、舉佰、體仁俱來公署探問，余以安心鎮静勸各商，對於軍隊好好招呼，免至惹不好消息。囑隊長戒嚴，余則轉鐘二時尤未寢也。

十二日　晴　二月廿一日

八時起，探知昨晚無事，囑公安局好好辦伕役，城中流氓尚翫燈甚□，余囑保衛團捕之。午後往晤彭旅長，知已奉命待發，可留駐軍二連於蒲城，此間治安可無慮矣。不便再探多語，出令各商會各區團籌設倉儲。傳韓松記翫燈之戶，囑裴晦公坐堂即訊辦。晚清理各事，向電局探訊，無多事，十二時寢。今日往教育算各項賬，黃未到，移交仍未辦也。

十三日　晴　熱甚　二月廿二日

八時起，王伯琴來坐，聞開學事通告各小學於十六日正式上課。今日天氣驟變，熱度大增，街石出水點，知有大風雨也。午後尤甚，至教育局一次，約耽延二小時，賬仍未算。傍晚往訪彭旅長，知仍候車待發，談數語並見王副官，彭謂以後有事商酌可直接與王交涉也。至陳仁寓家宴，係署中各股長，外客余建周、撫周、子嘉數人，八時席散回署。武昌來文件甚多，漢報亦到，漢卿來信，謂款已交足，期條不能用，已向杏花樓撥一千元，計已共交木行五千元，正月半後可交桿木一半云云。晚間來客二次，係請何股長代會。十一時與立群等談各事，今夕汪安舫來奉看，便約其明日到署吃飯，體仁作陪客，命王雪卿送片去，囑夏炳丞備菜。十一時寢。

十四日　雨　風大　二月廿三日

晨六時，大風雷雨，聲震屋瓦，八時始止。九時起閱文件，黃成元來，謂前案已了結，請放被押之人，余未許也。建周、體仁、舉百、子佳先後來說各事去。晚七時請余建周來商議修縣志，應請開會各紳，余先已開列九人，陳仁安亦來略舉八九人，候發通知時再定去取。陳、余談甚久去。八時半彭旅長來談各事，云刻留三連人駐蒲城，一切事與王參謀接洽，坐甚久並請立群爲之批一命單去。錢朱由省城搭車來述各事，十二時寢。

十五日　雨　二月廿四

八時起，清理各事，牌示盧禎祥來署領取自新證，呈督署警備常練收入概算，查禁止溺女佈告，令各公安按月造報預算，又令嚴防盜賊放炮。午後二時聞彭旅長已開拔，出關門送之，至則聞車已早開矣。傍晚至電局，托振旅在漢買棉袍料並復染夾袍料，坐一時許出回署。知朱營長開拔來此接防，正囑彭公安局長辦兵差。王韻梧參謀來署探問省中來軍，余一一告之，此事督署先無電知會，縣署又無電知會留守軍隊，幸朱營到時尚早，否則發生誤會矣。八時請朱營長、童副營長、王軍需到署吃飯，九時半畢。十時後與朱同至旅部拜會王參謀，談半時許歸，寫請客帖。十二時寢。

十六日　雨　二月廿五日

八時起，清理各事，來客數次。午後三時請朱營長，童副營長，王副官，王參謀，計、陳、仁、安四連長共八人，七時席散。復周鵬程、姚漁青、邱益三等信。晚十二時半寢。

十七日　雨　二月廿六日

七時起，八時為教育局事，省來客談數事，余略與敷衍數語。近世氣節二字全無，社會上漸趨於無恥也。晚間教局送來一片，今晚開會一次，無甚結果。修縣志事恐不能成，盡余心而已。與養吾談各事，轉鐘二時寢，展轉不寐。

十八日　陰雨　二月廿七日

七時起，飯後閱文件，令吳、石兩佐治員分次催討附近電桿借款。寄純古、惠安、萬家佛、潘琥丞信各一件，武昌徐淩卿信一件，托各事。晚間盧雲卿之子來署，欲求減借電桿費，年少可惡，被余罵一頓出。此人為富不仁，以刀筆吏起家，宜其有此子也。八時朱營長來，持電報示余，蓋又奉令調通城填防也。當約商會陳舉百來署，同電督署請兵接防，並與朱營長、陳舉百同至王參謀處接洽，王頗表示省軍來到時竭力負此間治安之責，談半時許出。回署後與養吾等談甚久，轉鐘一時寢。

十九日 陰 二月廿八日

九時半起，連夜寢不安適，緣操心嘔氣之事甚多也。早囑各書記來辦事，今日擬令漢卿下省爲電話款事。正午請陳、劉、胡三委到署磋商借墊兵差款事，無結果去。蒲圻人無責任心，無愛護地方心，其性與凡民異也。晚王伯勤、汪心源來領款，批歸教育局照發。九時宋濟賢來約彭啟予，與談話，並告以往崗鎮如何辦法，且勿効駱逸群之毫無振作也。致夏賦初、嚴立三、孫亞佛、周鵬程、汪載聯函各一件。晚羊樓洞來電二次，一商會請兵，一游茂希問事，俱答之。十二時寢。今日宋濟賢自省來。

二十日 陰 三月一日

九時起清理各事，午後來客數次，皆爲教育事也。閱文件。傍晚尋陳子嘉來問各事，命漢卿下省繳樹價，發嚴立三、孫亞佛、汪戴聯等信各一件。九時接督署電，責成認真防務，大約省中無軍可派也。十時至王參謀處略坐談。十一時歸，轉鐘二時寢。

廿一日 陰 大風欲雪 三月二日

昨接督署電，已催促各團董認真防務。因思以後蒲事困難愈多，決難有好結果。與養吾等談各事，只有決計辭職另謀他事爲上策。展轉一夜不寢，雞鳴時合眼昏昏約二小時。九時起，催促會計辦表册，去歲僅辦九月份十天表，催促月餘，今日始辦畢，且尚有錯誤，其不努力可知，焦灼無已。午後請龔體仁、彭啟予等到署催長途電桿借款，此間城內商富不知大義，眼光如豆，爲各縣所無。值此時機只好聽其自然耳。晚至黨部，略談數語即出，十一時欲睡，羊樓洞前公安局長駱逸群來，彼自去臘回家者，尚不知已被撤也。坐談無聊之語約二時許去，轉鐘一時寢。

廿二日　雪　三月三日

八時半起，清理各事，填送民廳警備保衛調查表，令各區團趕速將清查户口編訂門牌，及連保連坐各要項完竣以待復查。午後見客數次，晚與養吾商各事，準備此月内辭職，逆知以後諸事不能辦也。十二時半寢。

廿三日　晴　三月四日

九時半起，閱文件，呈送去年十、十一、十二月份行政計算書，連日催促會計始辦出者也。呈送張正黄判決書，係改判十年徒刑，不審能邀允准否？就綁匪條例處判，此人决無生理也。覆石雲衢、朱右庚、朱次誠、徐凌卿、鄧鵬九信各一件。午後來客三次，晚間計議明日往白石團視察一切，並抽查門牌演説放足等事。至電局探信，至財局催發政費。十時歸，十二時半寢。張正黄案無例可引，只有處死刑一條，又無異□判徒者。今日判决理由係亂扯者，看彼運氣。

廿四日　晴　風　三月五日

七時起，公安局來約，云車馬備好，余與養吾早餐畢，乘轎出城。公安局長乘馬，先命常練隊十名往白石團先行遊擊兼查鄉間匪類。正午起行，沿鐵路走，至草鞋鋪略息，再行三里許，至所謂温泉者。其地不甚大，四圍皆田，水有硫磺氣，浴身者多甚，污濁皆流溢於地，因四周甚平也。以手探之，水熱如湯，若能完全計畫經營，似可建築浴池或大旅館，以憩遊人，非二萬元不可。倘能假余以時日，得本地開通人士協助之力，將來地方獲利無窮矣。約覽一時許，再向各村抽查。此地村落零散，家數甚少，今日所查者每三四家爲一村，蒲圻人民稀少如此，無怪二等縣中人數僅十八萬以内也。午後四時回署，途遇翫燈者，手諭捕之，得二人。又遇私宰耕牛三人，當即拘獲，帶署收押。晚間與養吾等談甚久，轉鐘二時方寢。

廿五日　晴　今日驚蟄　三月六日

十時起，佈告捐款興學給獎條例，令發國貨獎懲規則，令各公安局協助鹽務事。午後來客數次。晚與養吾等談甚久，十二半寢。

廿六日　晴　三月七日

十時起，連夜睡甚晚，極不安適，且時時咳嗽也。九時閱文件，令各局遵辦十八年度預算，呈報維持各佐治員津貼，派程仁安赴羊樓司查案，派彭啟予、周天祐等分赴各區提電桿捐。晚至商會開會，爲禁煙局事。十二時與養吾等談各事，轉鐘後二時方寢。

廿七日　晴　三月八日

九時起，十時閱文件，寄羊鎭宋局長信，請其派照相人來縣照相，因本月十二日爲植樹節也。午後來客數次，開會一次，晚與養吾談各事，決定明晨往車埠催長途電話各款。今晚彭啟予等往中伙鋪催款。十二時派人轉來署索印借印收等件，臨行時會計未付此件。王文旂就余會計，去年八月廿天尚盡職，以後漸漸廢弛，去冬至今則在署時少，且時時需人去請，各賬目屢催亦不能辦出矣，焦灼無已。轉鐘時請之來，始清出印借數件，其時已二鐘矣。

廿八日　晴　熱　三月九日

七時起，進早點，八時清理各事畢，十時乘輿出署，十一時半抵茅山鋪略息，便往附近之宋公祠參觀，所謂宋公亦不知何神也。有籤語羅列，皆新印者，鄉愚深信之，聞春初香火盛甚。出祠後再行，午後一時抵車埠，石艷秋帶隊來迎，與問民間近且述此次來嚴厲催款之意。飯後傳孫華封等各抗戶，宿易德卿會長家。今夕說話甚多，勞神甚。十一時寢。

廿九日　風　雨　三月十日

四時聞大風起，天明後略減，天氣變寒。八時起，漱畢至新成立之小學參觀，生徒尚多，年齡亦整齊。至文昌閣，已毀敗不堪，至雞冠山，沿山高處行，望各處小有風景。歸後吃飯再至街頭，至靖江王廟，亦凋落不堪，有石碑十餘件，閱其年多乾嘉間，知亦古剎也。約遊一時許，便參觀一市立初小學，腐敗不堪。歸後傳各抗戶細述理由，不聽者面斥之，繼之以看管，始出款裁印收去，真所謂"知法不知恩"也。轉鐘一時始寢，睡不安枕。

二　月

初一日　晴　三月十一日

八時起，準備回縣，易、石等接洽數事，頗麻煩。飯後囑輿夫至街頭相候，易、石相送街頭，動身已十一時矣。下午二時到茅山鋪略息，三時到寶塔山略坐，四時抵署。與家母問安，與養吾等談各事，閱各處來信，得沈伯名自蘇州寄扇二件，得金蕡意太史覆信一件，均快慰。晚與養吾談各事，轉鐘二時寢。

初二日　晴　三月十二日

九時起，十時到黨部集合，各社團先後到齊，舉行植樹典禮，先遊行到北門外河畔高山植樹，寫木簽畢，余植一柏樹。午後二時回署，連日知羊樓洞緊急，因電督署，請電飭通城朱營長分撥一連駐之，不審能邀准否？連日風聲甚緊，請家母暫時離署，到武漢再定回縣計畫。晚與養吾商各事，十二時寢。

初三日　晴　三月十三日

九時起，倦甚，令委龔益林爲保衛團密探。前得督署電，催送壯丁往省，令各區團勸募之。時局漸緊，令各局團實行檢查，造送本年一月份行政經費計算書。令各局查禁《蔣廟芻議》等印刷品，令發教職員聯合會鈐記式樣，致通城朱營長、鄂城許叔文省寓及程師長信各一件，匯許叔文洋叁拾元，其子近時結婚左借者也。午後來客數次，外出數次。晚與養吾商各事，十二時半寢。

初四日　晴　三月十四

八時起，十時閱文件，函財政局請發佐治、指導各員二月份津貼，令各委員填送各種調查表，函財局準備招募費，覆熊小堂信，令其自決是否能來，寄朱營長中堂二件，囑僕役清理各件，準備送家母明日回省。晚至財局索政費，僅得五十元。謝漢聖既無財政知識，所用純係無常識之私人，更不知辦公為何事也。時局漸趨嚴重，奈何！熊團董、但團董、黃團董、石艷秋、易德卿俱來縣，為明日之財政會議也，與談各事，先後去。十二時寢。

初五日　晴　三月十五

九時起，石艷秋、但團董來説各事。十一時到財政局開會，討論加黨費及下午團款，爭執甚久，發言多且勞神。財局余建周為謝辯護，教謝以不負責，對於知己感恩之狀態表現於外，可鄙也。到會諸人頻以目視，且與辯論甚烈，亦不相讓，晚七時方止。回署後飯畢，來客數次，囑各兵役準備各件，雇定輿夫六名。十一時到車站，行李等件置站中。余與家母、内子及兒輩往沈姓客棧候一小時，店主云：今日已有電報，無特別快車亦無普通車。派人至站長處問之，果然，焦灼殊甚，與家母等又雇輿夫及挑夫回署，已轉鐘二時矣。今午曾令胡隊附派人至站探問，乃得如此結果，真辦事不力者也。三時寢，今晨督署來電，張正黄案竟照準，寧非奇事！

初六日　晴　三月十六日

八時起，十時至財局續開會，爭論甚久。午後回署吃飯，二時又繼續開會，四時方畢。晚間有下車，仍飭僕從準備十一時半送家母及內子、兒輩，出城至站轉鐘一時四十分，車到站不賣票。余親詢站長吳曾珪，則云得長沙電頭二三等俱無位置，且此次行李甚多，昨日貽誤矣。余甚焦灼，旋一電報生云頭等車尚有餘位云云，當即與吳說明，購頭等位三人，更生半票，胡升亦頭等票，計票價已廿元。惟車要在徐家棚下，殊爲麻煩，鬧廿分鐘始畢，僅帶行李四件，又令王學榮、李明喜、王興發暫在旅店候，行李等件寄存旅店，候明日再搭普通車，囑數語。余與衛隊數人乘輿回署，已雞鳴矣。今晚幸余仍往車站，可直接與吳交涉，否則又須候一日也。回署後立群猶未睡，與談數語，遂寢。

初七日　晴　太陽色深黃　三月十七日

九時半起，飯後閱文件，覆省中各信。傍晚命羅國貞送文下省並函趙秘書、崔科長，請其向廳長言明提前照准辭呈。又囑文旆將各賬簿辦好，免至移交時忙亂也。連日接省電催募壯丁，實難對付，將不辦則違命，欲抓夫必至擾民，且數至四百名之多，數派各縣被派者至卅縣，本省督署抓夫至於外縣，亦奇事也。晚十二時寢。今早省署來文，對張正黃案大罵余不知法律，可笑也。

初八日　晴　熱　太陽作深黃色　三月十八

八時起清理各事，連日鄉間謠風甚大，團防欠餉，財局又不發給，殊深焦灼。余雖上辭呈，不審何時能准，但在職一日仍須負一日之責耳。晚間外出二次，與養吾等談甚久，至轉鐘方寢。

初九日　晴熱　大風　三月十九日

九時起閱文件，飯後令報煙酒局吳、李交代情形，呈民廳規定自治員下鄉旅費，考選電信生佈告，保護紀念植樹，派員赴各區提解招募壯丁。晚清理各事，十二時半寢。

初十日　陰　大風　三月廿日

八時起，令縣公安局查明印花員與徐祖乾一案，呈送二、三、四、五等月佐治員津貼支付預算，又考取電信生今日揭曉，函催方獻廷速來署，覆朱祐亭信一件，並寄委狀許其所求也。晚與養吾商各事，轉鐘二時寢。

十一日　晴　今日春分　三月廿一日

八時起閱文件，飯後令財局文件提取各區黨費，又提自治指導津貼，續考電信生。連日省中來急電催速送伕役往省，名爲拆城修路，其實囑各縣拉夫，此真難應付者也。時局如此，將奈之何？晚與養吾商各事，轉鐘一時寢。

十二日　晴　大風　三月廿二日

八時起，連夜失眠，精神欠缺。令第三區、新店、羊樓洞各保衛團協同自衛，令第二區保董徐鏡堂等共七保繳電桿費，牌示鄧翔雲被沖田畝事，代電省府轉行財政廳飭縣財局撥發佐治員津貼，呈報財廳本縣監察委員，令成立請發團記並造報支出預算案，令龔隊長將羊鎮隊士調回。今日督署來電囑縣境自衛，又摧伕送省。晚十二時解卅七名送省，命胡太輔帶隊押運，麻煩至極。轉鐘二時方寢。此次伕子完全係抓煙犯，必遭駁斥。

十三日　晴熱　三月廿三日　太陽連日俱作深黃色　着單衣

八時起，連日翻密電，仍爲催夫事。飯後呈報婦女纏足第二期辦理情形，令各公安局查造卜筮星相表，函財政局對於財政事項須負責不能推諉，並有切責語，冀謝漢聖之覺悟也。寄孫亞佛函，催其向民廳趙、崔二人速將余辭呈批准。今日熱甚類夏季，晚轉鐘一時寢。

十四日　陰　熱甚　三月廿四

八時起，令第二區團董將協助常練隊士六名調回縣，派員赴車埠、新店、石坑、方喬查辦義倉，令各公安局遵報預算、計算及罰款，取締警隊恐有借端詐索事，委葛海如爲新店保衛團董，補黃缺也。第二、第四小學校長來見，詢及黃秀珊事，余略答之。黃之人格已卑□不足道也。晚因防務招隊長、公安局長來，令商變更辦法。轉鐘一時與養吾至署前偵查一次，二時寢。

十五日　風雨寒甚　舊花朝節　三月廿五

上午二時雷雨大作，睡未安也。八時半起，着重棉，寒甚，寒燠之變，天人間一瞬耳。九時黨部諸人來述各語，余心煩意亂，未暇聽也。陳鴻洲來談各事，蒲城人挑撥能力甚大，而眼孔又極小，此不可與有爲之地也。正午往第一小學開會，教職員成立第一次會，略有演說。午後三時歸。寄洋伍拾元與朱次誠，彼前日來函告急者，次誠脾氣傲，人情世故均未悉，宜其窮也。余去歲頻頻助之，計八十元，連丙寅冬所付計共百伍拾元矣。晚間與養吾等談各事，轉鐘一時查門衛畢，出室門小溲，電光大閃，電聲震屋瓦，自是風雨大至。二時寢。

十六日　雨　三月廿六日

八時起，飯後催促各處送伕來縣，因省中連日催此電文甚多，殊爲焦灼。省派趙放山、李子運等來縣守提伕役。午後得電，知羊樓洞伕子已雇就，令彭金階帶隊往提。晚十二時來電二次，時局愈緊，轉鐘二時猶未寢也。

十七日　雨　三月廿七日

九時起，昨晚提伕子，今日已到署四十五名，囑人供給火食，李、趙二人挑剔殊甚，意在索款。余囑隊長許之，蓋少拉一人即余少作惡一次也。時局如此，將奈之何？李、趙所持理由謂來文要四百名，昨商紳在署，面許可減少小半數，亦需二百名以上，茲不過百三十餘名，實難消差云云。余仍委婉應之，謂欲於城中附近拉夫則市面亂矣，仍許以通融設法，乃得意而出。呈財廳佐治員津貼財局不肯發給情形，佈告去歲賭犯盧宏春等罰款用途。得民廳來文，辭職未准，准在署調病，可委股長代辦各事。晚轉鐘二時來電二次，督署來電催李、趙等速解伕役往省。三時寢。

十八日　雨　三月廿八日

八時起，清理積件，李、趙等催雇伕上車。十一時派魏隊長帶同胡升等押送出署，時雨未止，民伕無笠蓋，衣衫盡濕，此真活受罪也。以之證曩昔行仁政、施仁政等語，愧心多矣。令趙李橋、羊樓桐等處籌畝捐及商鋪捐，令第三區羊、新兩鎮聯防文俱發出。晚間派人探站中伕子已上車否，據稱已覓得席子蓋敞車中，九時開車，雨仍未止，押運之魏隊長、胡升等一同吃苦，殊為可憫也。與養吾等談各事，轉鐘二時寢。

十九日　雨　三月廿九日

十時起，連日心憂如焚，飯後開單請客，催來署中商量開維持治安會，說明各事計四小時之久，口乾力竭，疲倦異常，傍晚八時方散。十二時半出外偵查警隊勤務一次，轉鐘二時寢。

二十日　晴　三月卅日

八時起，連日為維持治安事，心意煩擾不堪。午後與振旅至車站晤吳站長談近事，並至工程師住宅晤周某，貴州人，代工程職務者也。工程師房屋清净，坐一時許，心甚開朗，四時歸。晚間仍為維持治安事，轉鐘一時寢。

廿一日　雨數次　風　三月卅一日

八時起清理各事，令縣商會查明國貨、外貨用品銷售量，呈教育廳辭去兼局長職，並將黃兆蘭原函叙入。晚間開會一次，仍爲維持地方治安事。十二時半出門一次，一時寢。黃兆蘭原函仍欲回教育局長任，何其無恥。

廿二日　晴　四月一日

八時起，收到羊鎮茶厘局會銜佈告稿，償還電桿借款辦法俱載極詳。呈民廳轉報自治員三月份工作報告，代電民政廳呈復召集行政會議情形。午後外出二次，晚間爲防務事。十二時外出一次，轉鐘二時寢。寢後思鄭東生案須早判決送出，不能再緩。陳龔時時來探問。

廿三日　晴　四月二日

九時起閱文件，飯後函財局不得欠團款，又催該局送賬查閱，又催付監委會開辦費，指令余新珂繳消鈐記。午後外出二次，至車站查詢近事，續送佚子十餘名往省。晚與養吾商各事，轉鐘二時寢。

廿四日　晴　四月三日

九時起清理各事，委張金城升充縣常練隊教練，令新店團董查商會濫發市票情形，函法署送拐犯魏鉅鏞。晚間開會一次，防務加緊。十一時外出一次，轉鐘一時寢。

廿五日　晴　四月四日

八時起閱文件，得信聞省中尚平靖。午後開會一次，仍係催財政局出席並催所欠政費，約二小時畢。呈報城公安局羊樓崗公安局改組情形，又報三月份政治工作表。晚間外出一次，閱報今晚有兵車五次運兵往岳州。囑彭金階往車站探聽，彭取款廿四千往站宿。轉鐘二時寢。

廿六日　雨　本日清明節　四月五日

八時起，連日省中無電來，大約政局已起變化。彭巡官來報告，謂昨夜至今晨已過兵車四次，皆五十二師番號，葉琪所部也。飯後續探則又過二次矣，葉師總退卻必有原因。午後陳子嘉等來談維持會各事，傍晚又聞有兵車到，謂夏威尚有兵在泥坊候車云云。九時聞前次兵車集羊樓司，余函詢振旅，則云漢口已平電矣。十時振旅來談各事去。十二時裴、彭、何、張坐談至轉鐘二時寢。

廿七日　晴　四月六日

八時起，飯後探知無上下車，謠風漸起，且聞羊樓司、五里牌間已碰車一次。午後招集臨時治安會，諸事研究對付時局方法，五時半畢。與陳子嘉、劉鏡卿、蔡謙、彭啟予等出東門渡河至鮑家灣，略領鄉景，心目甚爽，然亦增無限感慨也。佳節不在故鄉，憶寒食清明都過了之句，悵悵久之。六時至鮑琴軒家略憩，七時回署。八時得漢口發來一電，以武漢治安維持委員會名義，主持人孔庚通告各縣長、公安局長維持現狀。又一電蔣介石業已到漢。接此兩電，當以前電出一佈告，人心大定。十一時查街市一次，十二時歸即寢。

廿八日　晴　四月七日

八時起，今日謠風漸息，時有逃兵過境，惟人數不多、無武器。囑隊長略與檢查，敷衍數語，囑其勿逗留而已。佈告各區謂大局已定，勿相驚擾。午後二時與振旅、啟予同至車站詳詢各事，知蒲圻往武昌電報不通，車站亦然，不知何故。四時回署，晚間因防務緊，外出二次，轉鐘二時寢。

廿九日　晴　四月八日

八時起，飯後聞羊樓洞前派駐防之團丁十一人已回縣，羊鎮甚安，余心為快。午後至車站一次，探知電報仍未通，亦無上下車，市民疑惑不定。至電局探信，亦無息，武蒲間電信係由長沙轉武漢，局面如何，不得而知。晚開臨時治安會一次，十時出外一次，聞崇陽有匪警近蒲界，細詢之則為崇陽郵差帶來之語，又滿城風雨矣。杯弓蛇影，時局如牽延不解決，外縣匪徒蠢蠢欲動，益感爲政之難也。與養吾等商酌各事，轉鐘二時寢。

三十日　晴　四月九日

八時來一密探，係陳舉百引來者，師長曹萬順自咸寧所派者也。余起與問各情形，當發一電。該探趙姓，北方口音，不識字，囑舉百周旋去。飯後至電局探問，武昌仍未通報，今午有車自武昌來，係搜集空車回武者，亦無消息。晚至電局爲竹戰戲，十一時半罷，十二時歸寢。

三　月

初一日　晴　四月十日

八時起，連日武昌直接來蒲之電線不通，殊滋疑慮。午後外出一次，傍晚查街，至各處察看情形，回署在門前遇陳舉百，謂今晚謠風大起，僉稱有崇陽股匪來撲城。余未之信，旋召龔體仁來。據稱此種謠風係黃廣發之次子自石坑渡歸所帶來消息，黃子甚癡，說話似不可靠。余即囑隊長派人偵察各處，並飭警團好好佈置，小心而已。與養吾等談各事，至轉鐘二時寢。

初二日　晴　大風　四月十一日

九時起，聞上下火車俱通行，今日取到文件多起，皆陽三月底文件也，省中財、民兩廳長已更換，正式接事矣。午後外出至火車站一次，傍晚查潰兵十餘人，尚無違禁物品，當請站長請其於不論何次車到時附載之去，以免搗亂。歸署後召集臨時財政會議，因各處向財政局索款不得，且聞謝已搬遷各物出局。八時着人請則云不在局，九時連尋數次則竟不知宿何所，各方疑慮大起，後乃在汪心治家中尋得。彼到會時已十二時矣，各方質問收支並檢查賬目，轉鐘三時半方停，許以明午續開會查謝賬。三月廿日以下至十一日兩旬無收賬，以各方所推測約有三四千元，此款既無支出，益令各方懷疑。總之年少氣浮之人心性不定，益以劣紳在局把持或教以不正當行爲，致謝諸事不能自主，以致釀成今日之事耳。謝等去後余略坐遂寢，鷄已鳴矣。

初三日　晴　四月十二日

八時起，九時閱文件，連日交通恢復，省中信息已通，民、財、教三廳已易長官。午後開會一次，晚有潰兵過境，當囑警隊隊士檢查後不准逗留。八時外出一次，十二時寢。

初四日　晴　熱　四月十三日

八時起清理各事，九時閱文件，令函羊鎮商會籌借團款，呈建廳請領塗抹電桿臭油，令知各商會請領印信辦法，派文斾往漢探各機關更動後情形。晚十二時半寢。

初五日　晴　熱如五月　四月十四日

八時起閱文件，連日得梓堂自省來信述各事。飯後又開會一次，令石堂康查廖唐卿等縱火燒山案，得羊樓洞電求變更茶捐新章，往復數次，遂決約劉、宋兩局長來署。午後六時張少白自崇陽來，留與夜餐，談近事，並致鵬程一函去，十一時派人與同行。轉鐘一時寢，三時劉、宋二人自趙李橋來署。余起，與談茶捐大意，約一時許寢。

初六日　晴　熱如五月　四月十五日

七時起，先與養吾談各事，十時劉、宋起，與酌定變更事，十一時定局。飯後與劉、宋至南關外周工程師寓談甚久。再到鐵橋旁閱建築，約耽延三小時久。回署與劉談各事，旋請立群來坐談，蓋劉亦精於命理者也。八時半劉、宋別去，九時半命漢卿往武漢將電桿事料理畢。此間劣紳煽惑，顛倒是非，逆知將來事益不可爲，蓋人心已死矣。如在此有留戀意，必限於不可收拾之地。蓋屢思中傷余者，尚有不自愛之黃、余二劣紳在省以俟之。此時即去，尚不致惹許多麻煩耳。十二時半寢。黃秀珊、余建周二人求請未遂，乃與余反對，可憂也。

初七日　晴　晚雨　四月十六日

八時起，時局漸呈平定氣象，午後召集治安維持會表示結束意。日來爲禁煙捐事頗有物議，其實係反對者藉此搗亂。余決意取消之，免惹許多麻煩也。午正開會畢，午後三時開監察委員會，約一時許罷。聞探報神山收買潰兵槍支事，當飭縣常練隊長龔幼龍、彭巡官同往調查，相機行事而去。晚因勞倦過甚，思休不能，焦甚，至十二時寢。

初八日　雨　四月十七日

八時起，呈報三、四月份行政預算，連日政局稍定，余去志已定，決再上辭呈。覆彭平軒函，謝其和余四十自壽詩也，兼致和軒一函。致函王小齋，囑其來縣。午後外出一次。晚間囑魏隊長查勤務。十二時寢。

初九日　晴　四月十八日

八時起清理各件，擬到省看情形，繼思決不幹，亦無須自到省也。佈告在各鄉，如有藉維持會名義在外收捐者，即以招搖論罪。呈民、建兩廳謂已遵令佈告，取締羊樓洞茶農辦法，由茶厘局會銜佈告檢請備案。代電財廳迅定變更茶捐辦法，此事殊爲嘔氣，奸商勾結土劣壓制茶農，當日如受羊鎮商會雷鈞五、饒韻皋等賄，以順其欺壓小民之念，在小民十餘年之痛苦，至今日亦未始不安之，其求脫亦無多益處。蓋六縣之民向無團結性，真正弱小民族難扶植者也。使貪汙之吏處此際，既可發財又不開罪於羊鎮商會，官商勾結，將來去蒲時，尚可博得一種好名譽，天下何曾有真正是非哉？是直逼作官者爲貪汙矣。然余勇往直進，決不爲此欺心之事，雖劣紳忌我憚我，余決不受其挾制，但求余心所安而已。利害何足計，然因果報應實可畏也。午後三時來客數次。傍晚外出一次。

十二時寢。聞此次爲茶行後盾，恃以無恐者，在省城土劣爲黃秀珊乞賀國光向新財廳長威脅。羊樓洞之雷、饒與余建周等後十餘年果受報應。峙記。

初十日　大風　陰　四月十九日

八時起，飯後呈省府報告羊鎮經過取締茶商情形，附會銜佈告，仍根據財廳指示辦法。又代電財、建兩廳，請速定抽取電桿辦法。民廳來電，索以電達履歷，此創聞公事也，但文亦欠通順，可知方子樵之糊塗矣。但蒲圻等縣並未收到方就職通告，奇哉！午後外出一次，晚得伯英發來一電催余到漢。十時半開會，因保衛團催財政局款甚急也，余爲解危計，遂約謝漢聖到署，面爲解決此事，余代墊百元爲保衛團火食。十二時乘轎出城，在站與謝遇，彼係下省辭職，余亦久抱退志，蓋蒲邑事以後決不能幹也。轉鐘二時車到，余乘二等，幸有被卧，甚爲閒適，遂就寢。

十一日　晴　大風未息　今日穀雨　四月廿日

七時半車到站，換人力車到寓，與蕙芳略談各事。飯後渡江晤文旃，云伯英已在漢，囑彼於余到時往見之。晚六時彼方來與談各事，東拉西扯，於余事無關，不得要領，不知彼之腦筋何在也。晚十時渡江回寓，十二時就寢。

十二日　晴　四月廿一日

九時起倦甚，飯後渡江往各處略坐，余以文旃開□華旅館，遂就此食宿。午後囑胡升請鵬程來漢，四時半伯英同到，五時到酒店吃飯。伯英帶同其姪女，一路殊不雅觀。六時半飯畢，七時與鵬程、伯英同至熊鏡懷寓中。余與熊初見面，人則廿年前彼此均知之者。余述絕不幹之意，晉懷謂可調縣，余初尚信之，蓋尚未見子植面也。晉懷約余明日到民廳見面，座中晤見范前縣長鵬勉，余囑彼進行繼任蒲圻事。便晤范心禪，談半時許出，與鵬程、伯英回旅館宿。轉鐘三時方寐。

十三日　晴　四月廿二日

十時起，十一時渡江回寓早餐，午後一時到民廳訪方子樵，門房係嚴立三所用之人，僅此人未換，雜役中留者亦無多，職員未換者僅六人，蓋已換去百分之九十五矣，亦□聞也。門房云廳長刻爲黃埔學生索差者正包圍中，請稍候熊科長來談。遇傅端平談數語，未幾熊出，云爲余轉述，方此時被圍，情況可憫。余遂出回寓，思此事無甚意味，即調一缺，亦何能再幹？此次蒲圻坐防兩月，余亦精力不濟，擬見方後決計面辭，覺有身分耳。十二時寢。

十四日　晴　四月廿三

九時起，倦甚，飯後訪伯英，囑其至民廳訪子樵探其口氣，彼去後余在伯英寓候信，伯英回信云：子樵刻正被黃埔生包圍，有面罵其父母者，子樵不能答也。聞此次子樵回鄂，係利用黃埔生爲之推戴，誠所謂趙孟之所貴，趙孟能賤之矣。子樵讀書不多，人亦庸懦無能，以之辦黨，信口開河，尚能敷衍一切，以之作廳長，一步登天，毫無經驗，焉得不僨事耶？與伯英談數語出，余遂至次誠等處略坐閒談。傍晚歸寓，飯後得養吾信，無甚事。十二時寢。

十五日　陰　小雨　四月廿四

九時起，十一時至財廳訪熊筱蟠，門房云已回寓。余遂至中營台街訪之，述羊鎮茶商事。熊云此案已根據余來電維持原案，已派李國驤往查矣，無甚變更，亦決不受該鎮奸商運動云云。余出回寓，飯後再至民廳訪熊晉懷，彼云蒲圻方子樵云暫不換人，囑余即日回任。謂方實可憐，黃埔生索事有面罵之者，有欲毆之者，如此爲廳長，何品格之卑也！余以不得要領，當即渡江，囑文旃即晚回署辦移交各事。文旃回蒲，余即渡江回寓，清理各事，具堅決辭職之心矣。晚至各處閒談，得養吾信，亦催速回署，謂前日曾發匪警事。十二時寢。

十六日 陰 雨 四月廿五

八時起，倦甚，飯後訪伯英、熊鏡懷等均未晤。午後一時回寓，二時半啟行，三時到通湘門站，在茶肆小憩，四時一刻車開。余到二等室中，有陳某先在室，湘人，現充行政院秘書，與我邑陳玉笙相熟，其先人在鄂服官多年。攜有《王壬秋日記》一部，余借閱之，簡略無多記事，較之《曾文正日記》相去甚遠。晚七時一刻抵蒲圻站，衛士肩輿俱來，聞李國驤已搭□車，然與余未遇也。到署後與養吾、晦公等談決計辭職事，囑立群叙續辭職稿，詞意極堅決，以代電發出，繼思不能速達，派羅國貞下省遞民廳，即晚行矣。余與養吾等談至轉鐘三時寢。

十七日 晴 四月廿六日

九時起，清理各事，囑各股整理卷宗，準備移交手續，囑文游速將各賬目整理就緒，並命漢卿、舜卿等幫忙。文游説話少信實，又嗜好鴉片愈深，極難靠也。飯後令第二區並函咸寧第七區會同辦理汀泗橋防務。體仁、舉百等來署。余以辭意堅決事告之，並囑其善事新任而已。晚與養吾談至十一時半寢，展轉難寐。十二時半接省電，囑養吾譯之，則厚訓囑即來省之電，不知何意。匆匆起床，命傳達備轎出城到站候車，狐疑難定，心意不適。

十八日 晴 四月廿七

二時車到，余入二等車，同房者不知名，未與談也。七時半到通湘門，雇車到寓，聞蕙芳云此事厚訓知之。雇車至孫宅則彼未在，彼所謂調縣改委諸事彼亦茫然，而電報則確爲彼發也。灼焦甚，尋伯英未遇，訪鏡懷，聞已請假多日，此次之來又徒損金錢而已。歸寓亦無彼知各處事，心憤無已，十二時半寢。後問厚訓，電係劉伯英囑他即發者，劉爲無腦筋之人，余當時何以糊塗信之耶？

十九日　晴　四月廿八日

八時起，倦甚，飯後出門，向各處探情形不可得，蓋方覺慧被黃埔學生辱罵後，不敢在寓及民廳食宿也。熊晉懷亦請假暫伏，余事無從查考。午後得養吾來電稱新任已換人，囑余歸，余則遍查新任不可得，覆養吾電謂明晚准歸。此次到省又用去洋五十元，毫無益處。余前已決心辭職，此次無須乎來此。厚訓貿然一電，而伯英兄弟又毫無知識，昨日話未說清楚，竟約余來，冒失極矣，此等人烏能共大事哉！十二時半寢。

二十日　雨　四月廿九日

九時半起，倦甚，飯後剃頭一次，午後三時雇車至通湘門站略憩，四時一刻車到即開，悶極無聊，小睡去，晚七時半抵蒲圻，警隊及轎夫俱在站候。八時到署，與養吾等說各事，囑各股速辦交代。十二時半寢。

廿一日　晴　四月卅日

八時起，囑趕辦交代，公佈電桿收支各款，貼頭門示之。造各項冊，飯後陳舉百商會諸人來談，余極言新任甚精明，將來設施較余才力加倍，蓋此時只求去不求做也。民廳委馬仁生公事今日已來，文中多不通語，方爲廳長，其僚屬則物以類聚耳，殊爲可笑。晚間外出一次，十二時寢。

廿二日　晴　五月一日

八時起，看例行公事，飯後命各處整理應交代各事件，車埠商會來文請設立車埠分駐所，令准之。蒲人與余情厚者連日來署談各事。晚間外出一次，防務仍吃緊，余在職一日，決不減輕責任也。連日四鄉有匪警，余晚十一時查夜一次，並喻各警隊盡天良保治安，民國報應速，人無論上中下平良心一也。十二時半寢。

廿三日　晴　五月二日

八時起，閱文件畢，催各股速將移交文件辦齊，例行文及移交各手續養吾負其全責，余未歸時已佈置就緒，深爲可感。遞解李信統等犯回籍，呈民廳取消鄧雲龍、王培元通緝案。晚間新店發生潰兵過境，該鎮劉鈞之校長、吳團董俱到縣述及可危之狀，細推測之，恐成巨變。余即召商會及各法團到會定辦法，並派賀團董往省請兵鎮攝，城商會劉會長同往，發電畢，賀、劉去已十二時矣。旋賀、劉轉署謂咸寧發生匪警，車不能通，膽怯仍轉回。余頻催之並派隊送之上車，蓋賀不去，不能與賀國光直接談判，兵不能來也。賀、劉爲余所逼，轉鐘二時仍出城去。余以辭職急於求脱之故，今夕仍處此危境，焦灼無已，竟不成眠。

廿四日　晴　五月三日

九時起，閱文件，呈報省政府、民、建二廳蒲圻籌備電桿情形。代電臨湘縣長，請迅令灘頭挨戶團余隊長不得在新店衝突，免生奇變。午後新店探子回署，謂仍無解決法，汀泗之匪似已退走。午後新店劉、余、吳等時來署，余心焦灼，勉爲應付之而已。晚外出二次，新任來無信息，奇哉！十二時半寢。

廿五日　晴　五月四日

八時起，聞汀泗、新店兩處兵匪仍未解決。午後召集治安維持會並財政監察委員會，約三小時畢。晚外出巡查警隊，恐有疎忽。十一時半歸，十二時寢。

廿六日　雨　午後至夜大雨如注　五月五日

八時起，遞解王漢等回籍，函請財政局招募民伕用款印收，得賀國光電，謂已派兵來，又得漢口電，賀、劉所發者，謂兵即到，人心因之稍定。晚知新店葛天民匪兵已爲臨湘挨戶團擊死，葛有槍八十餘桿，俱爲臨湘取去矣。晚外出一次，十二時半寢。

廿七日　大雨　今日立夏　五月六日

七時起，但團董來謂鄉間雨足，可喜年歲轉佳。余聞甚慰，蒲圻得以豐收，余雖不官於此，亦快慰也。午後召集各法團開會算賬，余宣佈清算賬宗旨，以余來清去亦明也。今日劉會者、龔副團總、胡清波、陳舉百、陳璜軒教育局代表也、熊飛、吳次垓、劉均之、王伯琴、陳子嘉，各法團等已到齊，公推陳子嘉主席。清理報告約三小時，結果由主席蓋章，公人書"清算無訛"字樣於開會記錄上移交後任。四時半散去，晚間立群離署，因彼已就漢口一小事也，遲恐彼事變，未便挽留。今夕心略安適，十二時寢。

廿八日　晴　五月七日

八時起，候新任仍無信，外出二次，清理積案已了，囑裴股長將鄭東生等判決書辦就即送省，囑龔體仁趕請各團董於五月十日齊集縣中，因新任前向養吾云十日以前必到也。黃兆蘭近日回縣，益復無聊，局長名義早已撤銷，對外仍不知恥，日與余新珂輩商議，今聞其子昌毅有長湖北教廳消息，大搖大吹，益復自雄。其實彼子早已不認彼爲父矣，天倫之乖，蒲人早已稱黃氏爲最，蓋真所謂"父不父，子不子"者。昌毅於蒲人感情尤惡，日以"追隨總理十餘年"口頭禪以欺人，吾鄂人對於黃亦久不恥。去年余在黨務訓練所，昌毅亦充教授，貌寢詞短，學生始而信之，繼而疑之，終則唾之矣。可見竊名欺世者終有揭穿之一日。余新珂之所以近日趨承兆蘭不離左右者，欲謀教育廳差事耳，小人狀態，真形畢露。蒲城人非笑之，彼不知也，小人哉！午後囑胡升清理余回省各零件，請程子堂代幫文旂算賬。晚外出巡查，近日又謠傳崇陽有匪警，囑魏隊長、胡隊附及龔隊長小心防範。十二時歸，轉鐘一時寢。

廿九日　晴　五月八日

七時起，閱文件。裴股長起判決書俱判行，將小縣口攻之，免守其他廿餘人。囑韓少荃速寫各件專人送省，使新任一到縣余即交篆。午後新任僚屬已先到，云已接電，五月十號可到縣。余囑各役清理各房，明日擬遷入閱報室中，將來省麻煩也。外出二次，擬至黃龍未果，蒲圻各大小鎮市余均到過一次或二次，未到者僅此埠耳，卒以有願未去爲憾。晚囑團警隊仍加以防範，得咸寧電，謂余請隊伍已到，暫住咸寧候命，明日當着一營來蒲。余分告各法團以安人心。十時外出巡查，十二時歸，轉鐘二時寢。鄭東生案因研究擱置已久，昨夕與養吾細商，改供詞減其罪，遂判鄭東生一年零四個月，陳聾子判二年。

四　月

初一日　晴　五月九日

八時起，清理積件，昨晚與養吾會商，今午須請各法團到署算兵差賬，及去歲行政罰款，因余新珂與黃兆蘭造謠謂此事有疑點也。此賬雖於四月給與各團董閱過一次，陽六日開大會僅了結購電桿手續各賬。今日決要黃到會，余新珂無發定權，不理可也。陳子嘉、龔體仁先來坐談去，午後一時開會，各法團俱到，黃兆蘭決意不來，謂陳子嘉可代表，探知余新珂知已先一日回鄉矣。放野火使別人搗亂，其心術可知，此種人如能昌達，無天理矣。開會公推王伯琴校長主席，審查招募民伕賬並去歲今春各項罰款收支用途，各粘據簿均無訛，由各法團簽名記錄蓋印畢散會。余、黃兩小人所造謠風告一結束。晚與財局會銜呈報兵差單據於財廳，並收三四月份並五月十天政費印借。轉鐘二時寢，今夕搬房至閱報室，睡不安神。

初二日　晴　熱甚　晚大雨如注　五月十日

七時起，仍催王會計趕結束各帳，昨新任有電，謂十日準到，囑魏隊長派隊士十人於午後五時往站迎新任。寄彭梓師及省寓信各一件，分寄刷印購電桿經手各賬，於中伙鋪、泉口、汀泗等區之關，係八商會為余餞席，四時去，六時歸。至財政局開會解決團款兌條事，又教育局墊款事。歸後大雨，聞隊士自站歸者云：汀泗橋發生土匪，現站長用電話探聽特別車，上車停在咸寧，下車停蒲站候信，新任在上車中也。余準備甚久，設今晚不到，又惹許多麻煩矣，焦灼無已。覆蒲站段長易函答覆工人與第保衛團事，省中來文數件，無甚關係，移後任辦理。晚十二時寢。

初三日　陰雨　五月十一日

七時起，至大堂，問魏隊長，云特別快車仍未到，新任來否不能定。余則仔肩不能息也。各事已準備，只候新任來接。聞黃兆蘭、余新珂兩小人勾結一氣，尚思搗亂，人之無良一至於此，此兩人無報應，無天理矣。午後聞有車到，二時聞新任已來縣駐陳宅，旋來署拜會。知為宿遷人，便問黃伯雨老師，尚在也。馬與羅獻之、劉伯英俱為熟人。與談半時，尚無惡習，彼曾為旅長者。余一再申明即送篆到寓，彼堅辭，謂休息一日何妨。馬去，余往答拜，談半時並薦裴股長留後任，馬已允許。余謂即送篆來較為兩方甚利，馬允之。余回署即囑王雪卿、胡升等同送篆去。晚間與養吾談各事，立群、獻廷均已就事，先離蒲矣，署中頗感寂寞，上台終有下台時，為之一慨。晚十時即寢。

初四日　陰晴不定　五月十二日

七時起，昨夜寢甚恬，為今年最安適之一夕，蓋一身責任今日暫了，以後發生如何變故，余決然無慮也。新任昨無表示，午後二時始貼接篆紅佈告於照壁，並無人來佈置各事，奇矣。據蒲各法團人員來看余者云，新任亦未拜客。今日財政局請酒，黃兆蘭去陪客，新任未拜彼，彼昨有怨言，今日去陪新任，無恥之尤者。聞席間曾挑剔余任內事，馬一笑置之，或亦鄙其人也。午後三時外出一次。晚十二時寢。

初五日　晴陰不定　五月十三日

七時起，聞黃、余二小人仍思搗亂，約體仁、子嘉進署詢之，則云任其狂吠，橫曁城鄉人士無附和之者，且鄙之，此無須計較也。談一小時出，飯後體仁、爾齊等約至寶塔山照相，出署時右行出城，照相館無八寸片，遂罷。議出西城則水淹大路，不能至塔山，遂折而登城，行至某尼庵小憩，甚精雅，坐半時許出，余遂回署。催新任接收卷册，且聲明明日須行也。新任今日請余踐行，午後五時畢。七時與新任談蒲圻各事，晚間蒲人來署看余者數起。新任不拜客，故黃、余諸宵小不能向新任進讒言，天意如此，亦奇矣哉！十時與養吾談各事，十二時寢。

初六日　晴　五月十四日

七時起，至體仁處略坐，見葛海如及汀泗會長王秉鈞俱來縣。余與海如等頻頻談蒲圻善後事，囑渠等佐新任進行，不必存意見。新任似有官派，賀爾齊等甚恨之，昨夕爲兌條事賀曾罵之者也。黃成元亦在座，余告以新任不良尚未見其政績，諸君何苦與之作對，果如此非蒲圻之福，望各細思之。體仁亦言新任非能做事者也，對於保衛團將來必無辦法，前日囑隊長見新任說明各事，新任甚茫然，將來成績必無良好。余頻頻慰之而出，八時再至體仁處說明今日必行，且恐各處再爲餞筵也。談一時許出，九時各件已整理齊全，十時見新任。催關於緊要文件速爲咨答以了手續。新任約余疏通各團董進署，彼未拜客，故各團董不願與見面。余以欲各法團證明兌條故，慨然允之，旋即囑傳達請各人入署，正午齊集。馬縣長再爲余踐行，作陪者係各團董、各會長。午後一時兌各兌條，新店、汀泗商會，城區各團俱在，兌明無訛，手續了矣。二時開席，三時半畢，主賓盡歡，各機關送行者已畢集東花廳。席散，余匆匆往檢行李，聞僕從已押運出署，略憩半時起行。司法委員黃爲倫及蒲圻各法團等約五六拾人，馬縣長送至頭門外即止，餘爲警隊團丁、署中書記、雜役等，合計約四百餘人，城門街市貼有歡送字樣，鞭炮則自署中出至站時猶未歇。黃委員及各法團送至城外，余回拒之不可，乃送至裁料廠鐵路旁，距署已一里餘矣，珍重數語而別。隊警及裴股長、龔體仁等則送至車站，談片時去。夕陽西下，余與養吾小憩於旅店中，周銳鋒必欲余過其分卡，情不可卻，遂就卡中夜宴，司事查驗黃浩卿亦舊屬也。九時半，煙酒局長李大雄來送行，未幾，馬縣長又與裴股長同來送余上車，談二小時仍請其回署，蓋時尚早也。僅留隊長、隊附及余之舊人送余上車。汀泗橋王秉鈞會長亦到站，遂與同車，轉鐘二時一刻下行，車到，余與養吾等同上二等車。王秉鈞與余同房，養吾則在隔壁，胡升云：余新珂已同黃兆蘭上三等車，亦今夕下省者。語未畢，余見新珂已行至二等車中，王小齋來送行，正在與余立談，魏隊長上車至余房門前，新珂即尾其後，養吾立門前欲與余談，余已望見新珂逼近矣。噫！彼似欲向余言者，余大聲囑魏隊長、小齋、養吾入內，示不理也。新珂慚而退出前車，此蓋今晨十時，胡清波請各團董，新珂與賀團董等言語齟齬，被賀唾罵，且以食器擊之。新珂由但團董扯出後，市人環觀，目爲奇事，且嘲笑之。繼而賀又遞禀署中，暴其劣迹，新珂勢孤，忿不可耐，今夕遂約同黃到省謀事，小人之謀已露，反令本縣人所不恥，且取最近之奇辱，冥冥之中，似使賀爲余一洩忿者，奇矣！小人之不可爲如此，因附記之。二時卅五分車開行，小齋及送行人別去，余與養吾談數語，養吾先睡，余與王秉鈞談一時許方睡。車行至汀泗橋附近忽停而不進，余未睡熟，聞車中人語，似前途有匪警，謂紅燈未落云云。未幾養吾過房來說，細問路上人及車中茶房云前途有匪。王秉鈞起詢各事，余心亦焦灼萬分，謂昨日不行，偏值今夕遇匪警，設劫車不堪設想矣。停半時車忽倒退，余更懷疑退至中伙鋪站，用電話詢之，則前站電生睡熟未接中伙鋪電，以至發生此誤會。茶房向余言，心始安之，車遂速行，再過汀泗橋，略停即開，余遂再睡。

初七日　晴熱　五月十五日

八時起，十一時車到通湘門站，下車後囑石道安、胡升等招呼物件，余雇車到寓與蕙芳談各事，飯後欲睡，蕙芳云：彭師已送信來說，仲蘇已到漢，住巴黎飯店，宜速訪之。余竟渡江去，正午見仲蘇，人客甚多，立談數語出，仲蘇謂往寧三數日即歸，諸事容細談可也。余遂渡江回寓，晚未出，十二時寢。

初八日　晴熱　五月十六日

十一時起，倦甚，飯後清理各事，今日未出門。晚十時寢。

初九日　晴　五月十七日

九時半起，倦甚，飯後渡江至各處看客，囑漢卿尋文旃來結賬，至今未來，此人不可靠如此。傍晚歸，十二時寢。

初十日　晴　五月十八日

十時起，飯後外出一次，連日過勞，極思休息，午後小睡一時許，清理各賬二小時方畢，晚十二時寢。

十一日　晴　五月十九日

九時起，倦甚，飯後渡江。午後四時歸寓，寫信四件，清理文件及賬目，算清漢卿應找各賬。十二時寢。

十二日　晴　五月廿日

十時起，飯後清理文件，函催前任咨覆，午後來客二次，四時半出門一次。連日曹仲和說辦外縣禁煙事，彼說甚切，余終疑其不可靠也。晚六時歸，十二時寢。

十三日　晴　今日小滿節　五月廿一日

十時起，倦甚，飯後渡江，傍晚方歸。連日所謀無頭緒，進取志已大減，惟後知靈謂余五六七等月大佳，是以未即回縣，且交代事尚未了結，只得靜以候之耳。晚十二時寢。

十四日　晴　五月廿二日

九時起，飯後擬渡江未果，閱書報半日。午後小睡，來客二次，皆無關緊要之談論。今日在寓休息一日，晚十一時寢。

十五日　晴　五月廿三日

八時起，倦甚。午後渡江訪曹仲和，知事未可靠。至印花稅局看葉用階談各事，至周知安處略坐，至李佛波處談一時許。傍晚渡江回寓，飯後閱報寫信。十一時畢，十二時寢。

十六日　晴　五月廿四日

十時起，飯後至各至好處閒談。十二時半歸，飯後清理各事，來客一次。晚間外出購物數事，歸後寫信四件，十二時寢。

十七日　晴陰不定　五月廿五日

十時起，身體疲倦，飯後渡江傍晚方歸，所謀無頭緒，至佛波處閒談，購衣料數件。晚歸寫信二件，閱報一時許，飲酒一杯，整頓琴絃欲試彈之，手生荊棘矣。十一時寢。

十八日　五月廿六日

十時起，飯後清理文卷，午後渡江。晚六時回寓，十一時寢。

十九日　晴　五月廿七日

九時起，飯後至幼虛、淩卿各處閒談，午後回寓清理衣物等事，致函陳子嘉購印花，補貼單據簿也。韓少荃事聞已就妥，周知安之力也。知安與鄭雨平原欲余入局與余子祥幫忙，然余非深交且聞脾氣乖張頗自大，何能與之同事，惟周意未便卻之，聽之而已。晚間寫信二件，十二時寢。

二十日　五月廿八日

九時起，倦甚，飯後來客一次，正午出門渡江訪知安、劉藍田，至次誠寓，均略談。傍晚渡江至次誠寓談片刻，又與李亮澄談因果報應事約一時許。九時回寓，十二時寢。

廿一日　五月廿九

十時起，飯後清理雜事，今日未出門。晚間無事，聽留聲機戲二小時，飲酒一杯，閱報，十二時畢，遂寢。

廿二日　五月卅日

八時起，寫信三件，飯後閱書報，午後外出一次。晚至次誠寓中談甚久，十時歸，十二時寢。

廿三日　五月卅一日

九時起，身體甚倦，飯後渡江至各處探訪，所說均難靠，問之佛波則云氣色尚好，五月或有事可謀。便至次松、知安、仲和等處略坐。晚七時渡江，人多如鯽。到寓吃飯後閱書報，十二時寢。

廿四日　六月一日

十一時起，飯後至陳青、鵬九、養吾等處略談。晚六時回寓，飲酒一杯，寫信四件，閱報一小時。十二時半寢。

廿五日　六月二日

十時起，昨夕建廳退還公文及單據簿，又須重理，焦灼甚，飯後自爲改正。文旂已到宜昌，此爲彼應盡之責，爲人不忠，此等人殊不可靠。午後四時已改定就緒，囑韓少荃明日帶章子來補印。晚至次誠寓略坐談，十時歸。十二時寢。

廿六日　六月三日

十時起，倦甚，飯後渡江至各處略坐，至謙祥益購布疋數事，傍晚歸。飯後閱書報，十二時寢。

廿七日　六月四日

十時起清理各事，寫信二件，擬初一日回縣，囑家中準備搬家。余生平最惡人挾制，杜振卿以挾制手段，欲余買其屋，且索價至七千二百串之多，未免駭人聽聞，此等人真見利忘義者也。丁卯八月彼面向余云：此屋將來照原價寫與余得業，原價爲千六百串。當時有程次松在旁，何今日增至如許之價耶？決意遷居，不順其利心。晚間外出一次，十二時寢。

廿八日　六月五日

九時起，倦甚，飯後閱書報，整理衣物等件，準備回縣各事。午後小睡，晚至次誠寓略談。八時歸，寫信二件，轉鐘一時寢。

廿九日　今日芒種節　六月六日

十一時起，飯後渡江至知安、仲和等處略坐談，買衣料夏布等事，至曹漢丞棧中略坐，便訪陳同如。由王家巷渡江至漢陽門，便至淩卿家坐談。六時半回寓，飯後閱文件報章。十二時寢。

五　月

初一日　六月七日

十時起，清理各事，飯後渡江。傍晚方回寓，十一時寢。

初二日　六月八日

十一時起，倦甚，十二時早飯，午後至幼虛、彭師、漁青等處略坐談，後知靈謂余五月大佳。連日思歸，又恐回縣難逐處奉看，端節酬應猶難對付也，因決意不歸。晚十二時寢。

初三日　晴熱甚　六月九日

十時起，前日胡升聽余罵黃福等無義，今竟不來幫忙，小人難養，於茲益見矣。晚囑老嫗至孫宅尋之，亦不來，余本擬明日賞洋六元與之，此人最不可靠，因罵黃而見忿，大約以後彼決不隨我矣。囑漢卿買各物送徐、何、蔣處，餘事明日續辦。十二時寢。

初四日　晴　熱甚　寒暑表九十一度　六月十日

八時起，料理端節諸事，僅具形式而已。午後未出門，晚十二時寢。

初五日　晴　熱甚　寒暑表九十二度　六月十一日

七時起，今日端節，生無限感慨。正午淩卿來賀節，午後一時往答之，徐待余厚，不能不去也。二時半歸，晚開機器□自娛，十一時寢。

初六日　晴　熱甚　九十三度　六月十二日

十一時起，倦甚，竟日未出。午後來客數次。晚十二時寢。

初七日　晴　熱　寒暑表九十五度　六月十三日

九時起，午後渡江，天熱甚，船上人多，揮汗如雨，至曹仲和處探問禁煙事，至周幼書處取所購扇子，至施子英處略坐。五時半渡江，船中遇張春元、傅初民談各事，大風忽起，到漢陽門時雨驟至，旋止。雇車回寓，熱度未減，明日爲余四十四初度，憶近五年中，甲子在三一堂，未回里。乙丑四十初度，今夕在本籍寓中開筵，揮汗如雨，恰似今夕狀態也。丙寅在省寓荷包灣，丁卯在籍正黨部當權時，余蟄伏寓中，僅黃志雲等小敘而已。戊辰就軍校事，仍在省寓楊泗堂舊宅。今日在保安門寓，萍蹤如寄，至今守株，思之報然。九時擬寫信與菊坡，以熱中止。十二時半寢。

初八日　晴　熱　九十八度以上
傍晚大雨數陣旋止　六月十四號

九時起，倦甚，劉蜀疆來談一時許去，陳伯銘挖彼於財廳，致劉被撤，人心之壞，至此極矣。石道安來談片刻去，命羅嫗具麵一盂食之，頗可口。亦具香燭謝天地之恩，午後寫信與菊坡，請其設法來電致省當局。命黃福送公文與建設廳。傍晚黑雲四合，天作雨勢，梁逢甲來，余正洗澡，未會面，囑內子與談數語去。天竟無大雨，乾作此虛勢而已。十二時半寫各處函畢，寢。

初九日　晴　熱　九十八度以上　六月十五

十時起，神思甚清，昨夕寫各處函計十三件，連補寫日記已寫字四五千矣。平生以最短期寫字之多，以此日為最矣。晚飯後再覆各處函，天欲雨屢不成，室中悶極，手不停扇。十一時略改涼，轉鐘一時小雨數陣，終夜難寐。

初十日　晴　熱甚　九十七八度　晚雨　六月十六

八時起，九時清理各事，韓少荃來，謂周知安約余過江開旅館談話，余許以明日渡江，韓去。熱更甚，寫信數件，晚間大雨數次，天氣改涼。十二時畫摺扇八件畢，轉鐘一時寢。

十一日　雨　六月十七

九時起，清理應帶漢口畫件畢，飯後渡江，小雨未停，到芝安船上已二時半矣，與談各事。飯畢與知安、少荃同乘哨划至一馬頭起坡，先至京漢旅館開房間，余至泰寧里約伯英未遇，僅留字約其至旅館來談。七時半與黃海濤、知安同至立大舞臺觀京劇，時尚早，忘記攜墨鏡，出劇院取鏡，遇陳王震，立談數語，至京漢旅館取鏡出，再至院觀劇，唱做均不佳，余等悔甚。末曲《九華山》，陶某飾家人，關麗卿飾小姐，唱做甚好。戲演畢出院，大雨無車，海濤約入外人所開之波羅館中，正開跳舞之女爲俄國人，大約白黨也。男子爲英法人，跳舞十餘次。館中所雇女子跳二次，裸體跳，腹以上略飾有青紗或綠毛，每次約跳五六分鐘。此與禽獸何異，人世間真不知有羞恥事矣。知安、海濤欲久看，余已不可耐矣。轉鐘二時回京漢館，思睡，劉時英與孟慈明來談至三時半方去，余與知安欲談各事，已倦不欲言，遂寢。

十二日　雨　六月十八　天氣變寒

九時起，命茶房持條約伯英來談，緣昨晚余等觀劇出館，伯英曾來館訪余未晤也。茶房回信伯英未在該處，知安遂先別去。余雇車至次誠處未晤，訪李農君亦未來，至海壽里程宅，知次松已歸里，至黃伯香處，聞其已往李農君寓，遂攜伯香之子到李處，晤次誠，與伯香談一時許，並觀各書畫，佳者惟洪魯軒上款之高麗紙册頁一部，約十餘開。莫子偲、李鵬裔、張廉卿等書均好。由李處出後，與次誠再至伯香處談片刻出，與次誠至金煦生處奉看，談半時。金說話豪爽，通世情，前清爲知府，民國三長督署秘書，至今日執筆依人，爲大腹賈所組織之銀行公會文牘，月得薪百元，亦寬矣。四時出，余雇車渡江回寓，風雨之寒，衣履盡濕，洗澡畢。飯後清理各事，亟思休息，十一時寢。

十三日　陰雨　六月十九　天氣改涼

八時半何養吾來，余遂起，身體倦甚，與養吾談各事。飯後約與至長春觀聽蘇恢元講《道德經》，至則恢元未到，問候道人靜恬，則知前約之講經處已爲傷兵佔據，擬改地點。余與養兄遂雇車至鵬程寓訪之，至則是日往長春觀聽經者多在鵬程處，甚矣得名之不易也。與恢元談各事約二小時，出周寓已三時矣。至鴻磐樓托賈仲明定四菜，明日擬約傅幼虛、賓宜、斌如、漁青、步瀛、恢元、鵬程到寓吃飯也。回寓後命人送各處信，晚間無事，又畫扇八件，皆蘭菊也。夜間作畫今年已行之二次，余四十四歲以前無此例也，事囑倡舉故記之。見於書記者，戴文節夜間能作畫洩雪，盧師庚申通訊亦云：夜間亦作畫。余以爲審墨辨色均難且傷目力，此終非正則耳。十二時寢。

十四日　晴　六月廿日

九時起，倦甚，飯後寫信二件，石道安來云今晚回縣，囑帶函一件，並帶衣料與庚生等做夏衣。清理房內什物，分別部居，此屋濕氣重，今日來客不便在堂屋中坐也。午後三時幼虛來略坐談，鵬程、恢元來坐片刻，步瀛、賓宜、漁青相繼來，五時開席，七時畢，八時散去，九時寫挽聯二副：一送葉疊峰，一送孔勉堂之尊人，字乾三者。葉爲岐鳳之父，今春余至其家拜訪，有請其修蒲志之意。元宵後葉到署回看，謂不久須下省教書。余甚異之，以爲彼有子有孫，均成立且有兼職者，何用七十老人自謀生爲？葉謂年高而精神健，無礙也，談半時出署。今竟死於省館，真嗟所謂死有方也。葉爲人忠厚正直，在蒲中學充教習十年，詞章亦有根柢，故附記之。寫二挽畢，看報二小時，轉鐘一時寢。

十五日　晴　熱　六月廿一日

八時起，今日擬過漢陽訪黃志雲兼探各事。九時囑嫗具早餐，十時食畢，雇車至平湖門，已有輪船渡江，到志雲家談一時許，頭暈不可耐，買仁丹一包服之。與志雲同至漢陽縣署訪馮小初，坐談半時，至公安局訪黃毓林，談蒲圻交卸前各事，坐一時許出。渡江回寓，已午後四時矣，飯後洗澡小睡，身倦已極。韓少荃送雨衣來，余不能起與談，僅約後天與周知安再晤，囑其轉致意耳。十二時寢。轉鐘二時，天大雷電以風，屋瓦皆震，約一小時止，自是不能寢。

十六日 晴 熱 今日夏至節 六月廿二

七時半起，八時進早點，九時出門至李益三寓回看，問黃次珊，未在寓，欲看其尊人藏琴，則其妻不在室中，益三不便開門取之也。談片刻出，至彭梓芳師寓未晤，至潘寧舫寓回看亦未晤，晤其妻詢其近況，稱寧舫非縣長不幹，且已與方本仁晤見，有缺即委云云。近來縣長之不能做，盡人皆知。余已如魚之由網躍出者也，而潘乃欲躍入網，奇哉！甚笑小名之誤人如此。訪朱右庚談一時許，彼已與余三年未見面，並引視余十年前所作字畫，表示愛護意，快談甚久出。至幼虛寓談片刻出，訪余宜泉未晤，留片與其子。訪王連璧談片刻，見其近作畫已進步矣，惟未能免俗耳。出訪柳少丞，遇朱文琴在座，縱談半時許出，再訪王連璧，談一時許，就其家中寫聯一副，尚可觀，文爲王夢樓舊語。三時半女學生七八人跳舞，約一時許出，至伯英寓未晤，與其姊說彼屢次失信事，約明晨來余寓相見。伯英說話向不可靠，明日能來與否恐不能定，今日文琴已表明彼屢次失信者也。五時半回寓，飯後小睡，胡升來欲與余談話，余未起，僅聽其與蕙芳說。何養吾薦彼往沙市就事，似此毫無良心之僕，余決計其不能有好結果也。晚間寫信二件，寄劉伯威與張肖鵠。十二時寢。

十七日 晴 熱 六月廿三

八時起，清理各事，午後渡江往各處，所謀仍無頭緒，焦灼甚，晚歸寓甚悶悶也。寫信數件，爲謝晞園寫扇一柄，畫各友存扇三件。十二時半寢。

十八日 晴 熱 六月廿四

九時起，倦甚，飯後渡江，仍無所遇，照例往各處略談，傍晚渡江回寓，寫信四件。十二時臨寢細思，在蒲操勞過甚，現何用再謀他事。

十九日　晴陰不定　六月廿五

九時起，清理各事，飯後渡江往知安處談甚久，雷紹丞勸知安出名上書，余謂署伯英名在前爲妙。午後四時往各處談片刻，傍晚渡江回寓，寫信三件，十一時寢。就寢後半時聞敲門聲甚急，起詢知劉伯威來，開門則同來者有蔣某某、羅文軒、謝晞園、熊鏡寰同來奉看，且謂係約於明晨往長春觀聽經，但時已晏矣。囑羅嫗燒茶水與坐談半時許，謝、蔣等三人先去，伯威、文軒宿余寓，談至轉鐘四時方寢，自是不安枕。

二十日　小雨時作　午後晴熱　六月廿六

九時起，黃福昨因病回去，晨夏炳丞來，囑辦早飯，十一時與羅、劉正食時，朱右庚來，留與同席，談各事，十二時畢雇車出門，至長春觀聽蘇恢元講《道德經》。正出門時，廖泉白來，遂約與同至長春觀，到時客已滿矣，熟人甚多，少丞、文欽、澄之、鵬程等早到。講二時許畢，觀中開素席數桌，頗可口。食畢，聞後樓道藏閣扶乩，登閣觀之，見各居士服另製道裝，冠履頗壯觀，以扶乩時尚早，余恐大雨至，遂雇車歸寓。十時寢，因昨夜未睡好且倦甚矣。

廿一日　陰雨旋晴　晚大雨　六月廿七

八時起，清理各事，九時渡江送文稿，與知安、紹丞談各事，斟酌辦法，坐二小時出。至謙祥益買夏布數事，至仲和處略坐，至汪福坪處略坐。今日曾晤佘子祥、陳同儒各談半小時。傍晚渡江回寓，寫信三件，催肖鵠來省。十二時寢。

廿二日　晴　熱　六月廿八

八時起，倦甚，九時囑辦早餐。十時半渡江，王家巷船已拉差，遂坐一碼頭船，乘包車至知安處，與雷紹丞談各事，再乘包車至伯威處談甚久出，至黃伯香處繳會費伍元，此無益事，以伯香屢約，情不可卻也。

傍晚渡江，飯後至鵬程、恢元寓略坐。十時歸，十一時寢。

廿三日　晴　熱　六月廿九

八時起，清理各事，飯後渡江，人多如鯽，往訪伯威及程少松，爲蕙芳事，擬有所托，旋止。訪周知安略談片刻。傍晚渡江回寓，寫信二件。十二時寢。

廿四日　晴　熱　六月卅日

八時起，擬外出未果，整理粘存簿送財廳，以了二月分手續。午後一時伯英來談各事，留飯畢先去。一時半余雇車往長春觀聽經，至則賀笠青在座，余以蒲圻事向彼忿慨言之，且致責備語，因蒲圻劣紳余新珂、陳鴻洲等曾架詞，謂電桿事稱賀爲清理賬目發起人也。繼由笠青解釋誤會，爲人蒙蔽諸語，余始信之。二時半恢元講經，三時觀中素餐，頗可口，五時與伯英同出，至其寓蓋私章，此本無益之事。天下事每有略不經意之事變爲有益者。去春余謀事難就，後軍校約余充處長，已爲例外，繼則嚴立三約余，繼則汪之輔約余，奇哉！蒲圻署缺即基於此矣。六時回寓，周知安在寓相候，與談一時許去。今日王壽寰、童味樵來訪，余未在寓。十二時寢。

廿五日　晴　熱　七月一日

八時起，飯後渡江，連日所謀未就，焦灼甚。余下台近兩月，窘狀萬分。孔子三月無君則皇皇如也，洵千古同慨耳。邇來感觸於心者頗多，然思讀書未能養氣，益滋愧矣。十二時寢。

廿六日　晴　熱　七月二日

九時起，倦甚，十時後渡江晤伯威等，仍無頭緒，往賀伯亞處亦未晤，僅與葉、劉等閒談而已。傍晚渡江，飯後仍外出一次，訪王壽寰知朱營長九江通訊地。歸後寫信二件，十二時寢。

廿七日　晴　熱　七月三日

八時起，飯後渡江晤伯威，並便帶夏炳丞往謙祥益買夏布、白雲紗數事，去洋卅五元，蕙芳借款也。余夏衣向不整齊，值此重衣不重人之世界，又不能不略爲添備。前日向周知安左款五十元已用罄，長此以往，將來奈之何？午後四時半渡江回寓，頭痛數次。晚十二時半寫信三件寢。

廿八日　雨　七月四日

八時起，清理許平甫等信稿，九時雇車至鵬程寓，昨所約也，慶雲、繼壽俱在鵬處，略與談各事。據繼壽所述，陳南山在彼寓中所演各事已近乎仙，然恐未入正道，大約三國時于吉、左慈之類耶？言之頗長，又言迷信各事，今日雨中無事，談此亦足消遣而已。就其寓吃中飯晚飯二次，六時半方回寓。七時端屏來，意誠懇，因爲之求神一次決休咎，表示端屏民廳事可保留。九時半畢，十時端屏去，十一時寢。

廿九日　陰晴不定　雨數次　七月五日

八時起，清理各事，命夏炳丞送信與鵬程蓋印，飯後渡江，起坡時雨大，幸傅宅僕金蔭生同船有傘，借之上岸，雇車往伯威處談各事約一時許，出至葉用階處談片刻，便訪賀伯亞，托爲厚訓設法，以爲余之接濟，彼已首肯矣。五時出，至一碼頭購衣料及戲片數事，渡江回寓已七時半矣。飯後休息，九時伯威來，與談近事畢，調琴弦，撫《平沙》頭段，手不純熟，久未彈，幾不成調，天下事大抵如此，諺所謂"熟能生巧"也。轉鐘一時方寢。

卅日　雨　七月六日

七時起，寫信四件，飯後腹痛，今日飯已大減。午後雨未止，甚愁悶不堪。二時雇車至鵬程寓談二時許歸，腹內極不適，今日已大泄三次矣。晚飯未進，九時食粥二小盂，十時寢。

六　月

初一日　晴熱　今日小暑節　七月七日

八時起，清理各事，飯後渡江訪各處均未遇，以今日係星期也。天氣酷熱，傍晚渡江略事休息，十二時寢。

初二日　晴熱　寒暑表九十四度　七月八日

七時起，八時漢卿來，先命之渡江開示各處應辦事，余十一時渡江，到漢口已十二時矣。酷暑蒸人不可耐，先往葉用階處略坐，繼至五常里辦事處索還墊款，繼至李佛波等處，不能久坐，命夏炳丞送椶繃子與曹漢丞棧，囑其帶回縣。傍晚渡江，熱悶甚苦，車行漢陽門口見電桿走火，街上人紛奔可駭，呈一種不安狀，物資文明殊無可取也。到寓洗澡後吃飯，後略休息，十二時寢。

初三日　晴　熱甚　七月九日

八時起，早至樹棠處未晤，因李佛波托其子爲求學事也。便訪姚漁青談各事，訪鄧宗賢，以李良暄求學事便托之。正午回寓吃飯畢渡江，至五常里索墊款。事務所開會，結果請武昌商會代表將來領款時再定各項手續並派款，請作代表赴寧川旅費。余亦寫洋廿元，甚爲赧然。下午四時渡江向徐凌卿借款，彼以近狀告知，無款可借，余亦原諒之也。回寓後小憩，清理各事，十二時寢。

初四日　晴　大北風　七月十日

七時起，清檢各事，十時飯畢，渡江訪周知安、曹漢丞，至征收局訪陳同如，持肖鵠原函托交子祥，請爲幫忙傳話。同如去後旋來回信謂可辦到。余遂渡江回寓，清理各事，知鵬程處僅借得十元，劉伯英則未尋着，此事真焦灼萬分也。晚至杜韻秋寓占課，云余事甚利，附占爲厚訓談印稅事，亦云有五層可靠，再拈二字，占之亦均吉利，然亦聽之而已。十時回寓，十二時寢。

初五日　雨　熱稍減　七月十一日

八時起，倦甚。余擬今晚渡江，明晨搭小輪回縣，昨與曹漢丞面約矣。十時清理各項積件，極煩瑣不堪，檢網藍箱子雜件，汗出如瀋，十二時猶未畢也。天再雨，歸期恐今日不能定。四時剃頭一次，傍晚訪彭愚儂未晤，交彭誠一中堂一紙。訪文欽、覺園均晤見。九時歸，十一時寢。余以甲辰六月五日午後六時蒙李柳溪學政取入縣學報捷時，係表兄劉金魁下車到鄧新泰成衣店門首即大呼：進了！蓋吾鄉俗稱入學爲"進了"。店東歡喜問明後持炮竹放之，自是道喜者接踵至矣。彈指廿六年，此廿六年中雖一任黃安審判、閩道署科長、軍署秘書，長沙市征收局、攝蒲圻縣長，餘均爲學校教授。十八年來賦閑時僅丙寅冬月至丁卯臘月一年餘耳。歷年所得入不敷出，今夏交卸仍是清風兩袖，殊爲赧然，然余亦相安也。追索廿六年前□此日，因記之。

初六日　雨　七月十二日

八時起，清理各事畢，飯後渡江訪陳同如並晤佘子祥，說農礦廳未必有效，不過盡人事而已。至葉用陔處問印花稅事並晤賀伯亞，談征收借款已有頭緒，兼談小甥承辦印花事，彼云稍候幾天可與鄂城事也，囑余暫在武漢候幾天，或可與漢分局事，且一再云非欺騙余者，亦聽之而已。四時至生成里金石書畫會參觀，遇骨董小汪、小吳，頗盡情招待。詢知王文心寄來拍賣之物，多賤價出售，最廉者已爲小丁、國臣買去。小丁前日在輪渡相遇，謂已買得楊守敬屏一堂，係先君子上款，謂已購回省，堅欲余買回，但此屏係程幹丞僞作，程松師取之贈先君者也。壬戌春余取以贈瞎骨董王文心，使此屏果真且有先君上款，余決不贈彼僅識□無之人也。昨晨往小丁處閱看，果係此件，彼似勒余贖此件者，且頻頻以先人上款爲詞，索價十六元，小人哉，可畏也！余並未理，以此等好利輩，不可與之言耳。今日問小吳，則云畫貨時僉稱僞者，丁以六元取去，蓋其別有在也。閱半小時得沈鐸堂荃白綾單條，此則余家舊物。壬戌春亦爲王文心取去者，此件真稿，余以難於復裱，故贈之。今閱裱工精美且價僅畫二元，欣喜購之。又何子貞紅聯、楊惺吾單條，俱余家物，楊真何僞，因楊無下款僅有圖章，購者略之。初擬贖回，繼見裱工已壞，仍退去，得曾沅甫冷金紅聯一副、葉志詵隸聯一副略黃，以其真均購之，價亦不大，皆王文心藏件也。出門後甚爲快意，渡江回寓。飯後廖白泉來寓，略坐談，與之同出門向保安門去，斜對門有一嫗直立潑水，噴泥於白泉長袿上兼及余衣數點，極難看。余罵之，嫗逕返室，繼而隨行隨悔，蓋彼無心，衣已汙矣，又不能即時滌去，罵恨何益，徒增口過而已，以後當切戒。至劉鼎珊寓未晤，與其子説明來意，至彭梓師處略坐，至朱文琴處未晤。九時半歸，十二時寢。今日在輪渡中與蔡養圃談十五年亂後各事，不勝感慨。

初七日　晴　熱甚　九十三度以上　七月十三日

八時起，倦甚。飯後清理各事畢，欲外出，以天太熱不果。午後思小睡，展轉難寐。五時飯畢，先囑漢卿同夏炳丞押送衣箱往曹漢丞家暫候，余六時乘車至漢陽門，則漢卿等尚在輪船也。抵漢後洗澡訪周知安，聞許俊甫在同仁旅館，與知安同去談片刻，談思誠請食西瓜，杜振卿來。余以住宅事深鄙之，未與談。略叙數語與知安同出至老圃，人山人海，游移一時，不能得一座，圃中清風徐來，尚不覺苦。九時半看電影，係蔡襄造洛陽橋事，附會之神話甚多，殊無足取。十二時畢，一時與知安出。知安別去，余再至同仁館與談許叙談三小時。雇車至匯源棧已鷄鳴矣，呼門頗以爲苦，門開後呼許亞生取存件。五時上漢大慶輪，天欲明矣。

初八日　晴　大風　晚大雷雨　七月十四日

昨夜未眠，精神不快，坐小官艙中，漢丞所預留者也。但有一眷隨小孩在内，已占铺位，余乃取一帆布床睡之，略敛神而已。七时船开，午后风浪甚大，轮中人多下层，热甚，余在上□无所苦。二时到家，拜见母亲，傍晚仅至淬成、叔和、子恒三处奉看，他处均未往也。晚餐后十一时寝。

初九日　晴　热甚　七月十五日

前夕未睡，昨夜寝甚恬，今日起视天井中积泥甚多，方知昨大风雷雨，余未闻也。饭后外出至杨厚安、苏朋臣、张叔和、姚福坪三处均略坐，成衣匠来做夏衣。傍晚叔和等来回看，坐谈甚久去。余清理各事，十一时寝。

初十日　晴　热甚　九十四度　七月十六日

八时起，饭后往王乐峰家谈数语。欲至东门，未果即归，指挥成夜匠做各衣服。午后至程少松家谈片刻，欲看程师母疾，少松称已睡熟，未便强求也。晚间来客数次，十二时寝，极不安。

十一日　晴　热甚　七月十七日　九十五度

八时起，饭后黄舜钦来云：程师母疾渐重，已拍电命次松归里矣。黄去后涂诚斋来云程师母昏迷不醒，神气大衰，恐难愈，惟脉息尚未绝望。涂去，余拟往程宅探视，饭后出门，萧敦五、赵茂林来，未便出，与坐谈甚久，同出门至汪星垣家略坐即出，赵、萧往邮局去。余行至巡抚街，途遇程贤德云：程师母病故矣。速行至其家，厥状甚惨，余以前日未见面谈叙为恨，盖余幼时曾为师母所锺爱，去秋余得蒲圻县长，师母曾勉励有加，今则归里，竟未见一生面，痛哉！入室余亦大哭，旋闻石伯陶亦卒，遂往石宅略坐。今晨仲章来告贷，余本无钱，已允许代借三十元矣。石宅不幸，此子颇顾家，余则庸庸而已。回家后心烦意乱，极不适，且欲呕，饮橘饼水略止。十二时寝，天热甚，展转不安。

十二日　晴　熱甚　七月十八日　九十六度　午後五時暴風雨

七時起，八時至程宅。稚松已歸，稚松昆季對於其父母盡孝可佩，稚松前三日往漢前未送其父死，今未送其母死，皆定數也。凡事不可強求如此。余本擬今午移居，以厚訓在石宅，余又在程宅未果。十時歸，飯畢甥婦無事咒罵，頗可惡，繼而悍潑不已。余臥帆布床上，以連日勞苦欲起罵之，彼已傷及余矣，既罵內子又牽及家母，然皆平昔養成之也，着衣仍往程宅避之而已。至艾幼卿宅略與說此事，午後三時回，聞幼卿來，內子與幼卿說明甥媳狀，知余外出後，彼咒罵更甚。余不理，遂再外出看客。四時至淬成寓約其至程宅送入殮，大風雨，傍晚歸。余已連日嘔氣故睡未安。

十三日　晴熱甚　七月十九日　傍晚大風

八時起，料理搬家各事，夏乃卿來坐談，不離財政利祿事，約一小時去。今日搬出物件約五分之一，催裱工速將房屋裱齊。連日惡氣，極不可耐，余近十餘年在年暑假期內必惡氣多。為甥兒女事，自丁巳至今除在外未歸外，無不如此，真家居無緣也。今晨未食，午後王子恒、龔少山等四人來坐談厚訓事。厚訓則犯上之言衝口而出，勢頗凶，則曲躍咒罵，天倫滅矣。邇時王、龔等亦不能制止，余心大痛，人之無良一至於此，世風至此，尚忍言哉！三時半命周福請子恒、少山、石雲衢、道安、楊厚安、趙茂林、蕭敦五等十四人來家開談判宣示厚訓無狀事畢，厚訓後咆哮數次，旁若無人。九時客散，十時余與叔和、小堂、福坪至淬成家宿，談至轉鐘三時寢。

十四日　晴熱　七月二十日　大風

八時半起，心神不寧，叔和與余就淬成家早飯。十一時至春溪家略坐，緣渠昨曾約余過其家也，談甚久。午後三時到新宅，見所搬物件淩亂無法整理，心恨而已。四時歸舊宅，十二時寢，不安寧。

十五日　晴　熱甚　七月廿一日　九十六度上

八時起，十時至新宅，督促僕役，酷暑如蒸，極難受。新宅房屋較窄，乍入頗形熱悶。黃雪堂來談片刻去，劉漢槎來亦坐未久出。指揮木工佈置各處，足不旋踵，身體已疲，心慌時作，極人生所難受之日也。傍晚過火，家母暨女客來者衆，旋男客來道賀者衆，迎送十餘次，身體愈疲，足已不良於行矣。夜間熊、龔等在此爲竹戰並葉子戲，擾攘甚，轉鐘一時消夜，彼等至天曙時方去，竟夜未安。

十六日　晴熱　七月廿二日　九十四度

七時起，八時許俊甫來坐談，得次誠、立群信。余此次歸來，本擬小住一二月以資休養，藉可整理各項文件清檢各事，今則事與願違，竟令余惡氣，不能在家安居一日，命理如此，豈非怪事。擬明晨出城祀先公，視察墳墓，一二日內仍往武漢討生活也。傍晚至淬成處談甚久，十一時回，十二時寢。

十七日　晴熱甚　早九十四度，午後大雨如注
今日大暑節　七月廿三日

六時半起，命王興發雇轎夫至，則索價三串八百文，奇事也！余去歲給價一串八百，今日以二串答之，彼謂至少非二串八百不可，悻悻而去。余平生最惡人欺騙挾制，七時遂與王興發步行出城，到先公墓八時矣，小有吃虧，不以爲苦，祀畢步行至樊口，在茶館小憩，雇民船歸。起坡至朱坤山家未遇，回家後洗澡吃飯。十二時小睡，午後三時起，大雨數次。晚約淬成、叔和、福坪來談各事，十一時去，十二時寢。

十八日　陰　天氣甚涼　七月廿四日

九時起，倦甚，昨日雨後甚涼，遲起後欲清理各事未能也。明喜、洪英等來，命作一涼摺以補天井日光。晚飯後至周子書、鄧次丞、梁逢

甲等處奉看,晚至淬成家坐甚久,遇謝服初來談各事,至謝處又略坐。九時歸,十一時寢。

十九日　陰　北風天氣甚涼　七月廿五日

八時半起,飯後清理應分類各事,且預定出門之件,謝服初同叔和來坐談,正午乃去。余同叔和至劉漢槎處略坐,又至象虛、愚溪、小軒、久旃、雲衢等處回看。歸後再清理各件,麻煩至極,並開消各賬及前夕王樂峰借款。傍晚囑小堂、少山寫知單,請前日送禮各家計廿九人。九時淬成來催客,蓋其子今日十歲紀念也。九時去,十時半歸,十二時寢。

二十日　晴　熱甚　九十度　晚雨一陣　七月廿六

八時起,十時早飯畢略清各事。今晨前宅淩姓之岳母去世,年八十五,因此嫗病廿餘日,最近得一不□之症,招呼者僅其女,亦年六十矣。余於十五日遷入時,聽時有詬誶聲,甚或有時罵其兒媳亦隨時咒之。昨日午後四時曾約前宅主人淩益三來談因果事,諷以垂危之人不應如此對待,尚不知其今晨五時以前死去也。十二時淩宅料理喪事畢。午後三時客已到齊,計叔和、福坪、服初等廿四人,四時畢。象虛、叔和、雲衢等在此作竹戰之戲,少山等則抹牌至天時方去。

廿一日　晴熱甚　七月廿七日　九十四度

八時起,飯後清理書籍、字畫、古玩、零件約三小時,鄧次誠、周子書、孟愚溪先後來談一時許去。午後又清理約三小時,汗出如瀋,頭腦暈痛,傍晚洗澡擬外出,適王雨梅來奉看。王爲湖堂、寒溪兩次同學,十餘年未見者也。談三小時去。叔和、淬成等來談至十時去。余十二時半寢。

廿二日　晴熱　七月廿八日　九十六度

八時起,飯後清理各件,連日積極清檢,終不能了結,移居困難如此，真令人惡氣。午後六時清理方告收束，外出一次。十一時寢於堂屋中，熱已極矣。

廿三日　晴熱　七月廿九日　九十五六度

八時起清理各事，麻煩至極，午後亦如此，書籍類尚未檢清也。今日爲最熱之日，食西瓜一次，晚至次松家略坐談，十時歸後清檢各事，宿於堂屋中，似難成寐。

廿四日　晴陰不定　有風　七月卅日　九十二度下

八時起，天氣不甚熱，成衣匠來做衣服，略與說明各事，飯後清檢各事並檢清字畫紙張各件矣。午後叔和等來談，今日謝服初請客，須與叔和等同去也。四時到電報局，肴約而精，食之甚快。傍晚至郵局看報，大風忽起，天氣改涼兼小雨。七時歸，至王子恒處略談。十時歸，十二時寢。

廿五日　陰　大風甚涼　七月卅一日　八十度以下

八時起，成衣匠來，今日做琴囊及雜件，余仍清理各件，已九分齊矣。晚徐平夫、周月亭來談一時去，尋裱匠來分裱各件，囑咐一小時始去，裱件廿餘，望其精也。叔和、淬成等來談，余同出至周子模家奉看，坐半時出。十一時半寢。

廿六日　陰　大風甚涼　雨　八月一日

七時起，八時清理書箱、字畫箱俱齊，惟配鎖匙數根甚麻煩。去年書籍、字畫均未曬，今年仍不能行，僅於各箱內置樟腦丸數枚，避蟲而已。午後三時夏乃卿家來催客，去時客已齊矣，同席者喻未如，新公安局長也。魏伯魯、曹保和、鄭植卿、王侶梅、張嘯青兩同學及王某七人。四時半席散回宅，仍清檢各事。晚叔和等來談一時許去，十一時寢。

廿七日　雨　八月二日

八時起，九時補清未竣之件，準備赴省衣箱、網籃，又清檢歷年所置各零件用品於籃中，以備需用時着人來取，免至當時亂尋也。連日清檢之件重購者極多，略計浮費擬在數十元，此亦不節用之一端，以後當切戒之。晚間叔和、月亭、平夫、淬成、聘堂先後來談甚久去，十二時寢。今日請王侶梅、張嘯青吃便飯。

廿八日　雨　八月三日

七時起，飯後至各處略坐說明出門之意，至侶梅、嘯青兩處回看，遇周子吉談片刻，至王小齋家探船訊，約定初一日搭鳳陽到漢。傍晚至淬成處略坐，十時歸，十二時寢。

廿九日　陰　八月四日

八時起，補清各事，衣箱、書箱已另挂一小牌便於認識，書箱亦整理清楚，字畫箱共五口，古玩箱一口，文具箱一口，沙市、蒲圻各賬箱一口，文卷札委箱一口，俱一一以要緊符號誌之，好琴二張亦誌符號。余十八年以來供職政學界，所得僅有此耳。時局承平，此等物尚可值價，時局不靖，家無儋石，易米實難，所謂飢不能食，寒不可衣，真計之拙者也。自十三日搬家起至今日止，清理至十四日之久，頭腦暈痛矣。午後四時外出一次，今日縣中市票風潮，北門鄭姓已倒塌。傍晚至淬成處略坐，至叔和處略坐。十時歸，十一時半寢。上□各件□□至東門，自□之慮，归寇内侵時全失。

七　月

初一日　早大風雨　午後四時晴　八月五日

五時醒，六時起。七時命僕至王小齋家探問並催其來家同行，内子已起，説各事，余盥漱畢，與家母談數語，小齋來，八時出門。王僕挑箱子、網籃，至四眼井遇古樓口有出殯者，心惡之，囑王僕急趨往小西門，前行至下角頭夏乃卿説兩句話，至小北門，天小雨，黑雲四合且有風，在茶館稍憩，黃鄂兩岸無渡船，蓋天尚早也。與朱鶴年談數語，雨漸大，小齋持傘往大北門雇船，久未見來。余因鶴年説江水大風色又緊，擬改明日往漢，但遍尋小齋不着，心焦灼甚。久之小齋覓來一船，風雨已至，余不欲上，此次出門係爲家庭惡氣逼迫所致，且憤憤之氣未平。舟子謂無礙，船開後行之窓首石下，西北風吼，山雨又來，小齋與同舟人謂無礙，余心又氣又憂。行半時許，尚係順風，達黃岸後大雨傾盆，舟遂行至怡和洋棚下，舟子登岸，謂已不能行，彼則至其家換濕衣去矣。余等坐舟中，上漏下濕，愁苦憤忿難忍。約半時許舟子來，謂仍不能行，衣箱網籃已濕矣。小齋持余傘遂上坡去，未幾命人來取衣箱。余上岸，衣已大濕，到棚後剛解衣欲換，而鳳陽船已到，匆匆檢箱件上划子，雨未止。九時半上鳳陽輪船，入官艙中，再將衣物等件解開，就風吹之。廿餘年出門之苦，未有甚於此時者也。庚戌由寧回漢，由漢搭輪時到黃遇雨，衣濕旋病，然吃苦來未如今日之甚。既恨家庭，又惡小齋之無狀耳。十時小睡半時許，十一時半吃午飯，下午四時半到漢。余本意欲小齋送余過江，以有物二件，一人不便也。小齋不願意，遂起，至法界京漢旅館，問沈福田，知尚未來漢，問海濤，知尚未來。囑茶房將物件搬入十八號房中，與小齋至館吃晚飯畢，與同至伯英處談片刻，多不中聽語，庸懦之態未減也。知向明齋已死，季奘渡江，囑其便尋漢卿明晨到旅館運物件。五時出，至伯威處，聞已遷矣，囑善堂廚役導余往救火會尋之，則云已不知遷往何處。廚役謂伯威無行李，亦無多換洗衣，便請余授意令彼回黃安，似亦正當辦法，諺所謂"久住令人賤"也。再回京漢旅館，開房門則穢氣撲鼻，蓋一大貓正在床上灑尿，奇哉！今日狀態所得無一不惡劣。九時半遷入樓上廿六號房間，十一時小齋回，海淩來，劉象珍亦在館，談至十二時。余先睡，心煩意亂，轉鐘後方酣恬入睡鄉。

初二日　大風雨　八月六日

八時起，候至十時，漢卿未來，遂渡江到寓，蕙芳病已稍愈。飯後至凌卿寓談數語，仍渡江至京漢旅館，知漢卿已取件先回寓矣。至知安等處略座談，渡江回寓，十二時寢。伯威來寓談甚久。

初三日　風雨　八月七日

八時起，倦甚，飯後渡江往訪賀伯亞未晤，至謙祥益代叔和購紅緞，至立群處略坐談。午後四時至漢口各至好處略坐，至黃少松處談各事，便請其弄津浦路免票。五時半出，六時渡江回寓，輪船到岸時大雨如注，候一時半方上岸。今夏雨水多，氣候劇變，如己未夏秋間狀況，熱度銳減，竊恐秋末大疫生矣。九時洗澡，十時清理各件、來寓各信畢。十二時寢。

初四日　陰　風雨　今日立秋　八月八日

九時起，倦甚，飯後命夏炳丞租一人力車往各處，蓋余回家廿四日，武漢一切近況須向各友探詢也。自正午起往劉省吾、江文波等廿餘處，傍晚歸。夏力已不支矣，殊為可憐，給洋一元與之去，約其明晨再到寓往洪山也。十一時寢。

初五日　陰晴不定　晚風小雨　八月九日

八時起，夏炳丞來，余漱畢即乘車出東門至長春觀，囑夏入內探蘇恢元回鄂否，據稱尚未，遂至洪山寺訪方丈問賢，談片刻，早餐後再談各事，彼欲余在省候機遇，不欲余往魯，且表示竭力向他方疏通之，亦可感也。十時別，出至鵬程寓，則知恢元已歸，坐一時許。恢元來談各事，就鵬程寓早餐。正午與恢元同回寓中，診治蕙芳疾，約一時許去。晚至次誠寓略坐，至杜韻秋處，卜課頗靈，知余欲往魯求得推薦文電回鄂而後有效，再卜得大壯之需，大意亦如此，六冲而驛馬屢動，余行志已決矣。十時回寓，十二時寢。

初六日　晴熱有風　八月十日

七時起，因丁洪盛約看張福蓀所置地皮也。候至九時未見其來，外出一次，午後命漢卿渡江，令賀傳吾探印花事。余到漢陽訪黃志雲，說明往寧事，便問其有信與否耳。在其寓談甚久，便至漢陽署會馮小初說各事。五時渡江回寓，十二時寢。

初七日　晴　熱甚　八月十一日

七時起，倦甚，丁洪盛來稱昨營中未准假，今爲星期，請假已准矣。余盥漱畢，囑彼雇車，至下新河氈呢廠下，七點一刻起行，八點一刻過氈呢廠，此路余於庚申、辛酉兩年行最多，爾時石和生爲廠保存員，朱右庚在廠教讀，余屢於星期六雇車出城，星期日回校，意甚適也。車價一面僅五百文，今則漲至一千五百矣。今晨車過舊地，不勝感慨。九時過堤上彭鑫記紅土店，店主彭登山年七十歲，自稱爲福蓀舊友，武昌人，指引余看地皮，計百零九方，橫七丈餘，直約九丈餘，市價昔爲每方七元，今則可值十七八元也。福蓀前在省寓東廠口病歿時余爲料理其喪事，其身後頗慘。今春二月其夫人來省，曾尋余爲此地皮事，余在蒲署不知之也。前回省聞李亮澄談及，故前日途遇丁洪盛，囑其來余處說明各事。丁爲福蓀舊僕，頗忠實耐苦，勝於余所用諸僕也。九時半在溝口茶肆中小憩，進早點，十時起行，雇車不可得，乃至徐家棚車站，欲趁車到望山門，知車已過，遂就該站渡江輪，過漢口德一碼頭再雇車，至英界一碼頭渡江回寓，已受熱不淺矣。一時半晉早餐，身體疲乏，小睡一時許。晚至次誠寓聞李農軍已調北京局長，談半時歸。十二時寢。

初八日　晴　熱甚　八月十二日

八時半起，飯後清理各事。十二時出門，二時半歸，小睡二小時。今晨陳毓根來談謀事之託，余向伯英求薦信。晚餐後欲外出，以身體疲乏未果，十二時寢。

初九日　晴　熱甚　有風　八月十三日

八時起，倦甚，飯後至葉同階家坐談，係傅端屏昨所約者也。候至午後二時猶未來，余遂出至鵬程寓略坐談，與恢元談道約一小時。至江文波處談余八字，並檢江乙丑年爲余所推八字，多不驗，出。後知靈所推謂余五月至八月運氣甚佳，江推之則謂今年犯太歲，四月間應去職，蓋相沖太過也。七月爲歲破，大不利，在鄂及出門均無所就，交八月有紅鸞星到宮，主喜事，小就尚可，馴馬已動，似以離開本省爲宜也。今年臘月大佳，且可望獨立之事，此與蕭敦五所卜八月謀事利，及劉鏡如所推八月利之旨同，惟余歷年所經驗，四五六月均不利，入秋乃佳，蓋八字四柱運氣均喜金水也。囑江爲之再詳推本年下季氣運，江並言余出門前當爲余卜之，以定休咎。四時半歸，飯後得淬成催寫紅聯信，但昨已寫寄矣，此真無味之要求。五時半至電局訪章曉霞，囑電謝服初轉知家中，謂余十一晚回縣，十二日祀祖。便至彭愚儂處一談，在劉有餘堂購藥物數事。九時歸，十時飲悶酒三杯，十二時寢。約半時感風，鼻寒涕啼，不可耐，起坐二次。

初十日　晴　熱　大風　八月十四日

八時起，韓少荃來詢余各事，謂知安約余，余已許明日午後四時到打扣巷相晤，因余擬明晚搭大輪回縣也。飯後清理各事，寫扇四柄，寫信四件，清理雜件。十二時寢，轉鐘二時起坐數次。

十一日　晴　大北風　八月十五日

九時半起，倦甚。昨談家事，寢不安適，今晨頭暈數次。大風時作，天不甚熱，午後凌卿來，余起陪之談甚久去。朱次誠來，談往北平去無川資，又謂伯香已許假卅元矣。余擬今晚乘大輪回縣，因風緊，蕙芳勸明日去。余謂前日曾電家中，恐望余也。五時洗澡，預看風色再定行止。

六時郵局送信來，周淬成所代書者，謂家母氣病復發甚重，囑即回縣。遂匆匆出門雇車，渡江輪船甚大，然人多，行至江心顛簸甚險，到漢口時船搖甚，更駭人，抵岸雇車已八點一刻矣。到六碼頭岳陽輪購鋪位，同坐鄰位者程稚彬，天門人，現在石灰窰充卡長，同談各事，尚不寂寞。抵黃州時轉鐘一時半，水大船流倒行七八里始再抵岸，下划子時，遇譚範吾，係往次松家弔孝者。抵洋棚已三時許，王思榮欲留余宿棚中，繼見人多，余與範吾尋一小茶鋪略息，雞鳴時大風又起，余心焦灼甚，展轉反側，殊難合眼耳。

十二日　晴　風　八月十六日

黎明冒風渡江，七時抵家，至四眼井與範吾分手，到家扣門入，見家母病不甚重，惟精神欠缺，昨曾失紅數次，伏熱也。談數語。余以精神不繼睡去。午後一時起，雲衢、小堂、淬成先後來探問各事。晚至淬成處探知前日電未送到，嚴席珍誤事不淺。九時歸，十二時寢。

十三日　晴　熱　八月十七日　九十度

七時起，擬出城省墓未果，飯後熊小堂、王國煌來，囑其清理包袱等事畢。午後外出一次，傍晚歸，十二時寢。今日曬各書。

十四日　晴　熱　八月十八日　九十四度

七時起，準備祭祖各事，飯後清理書籍。正午小堂來，囑補辦各事。午後二時半具香案，三時祀祖，恭敬儀節一如曩昔，庚申兒亦可幫忙各事，儀注、酒食、晉酒等事約一時許畢。四時吃飯，六時外出一次。十二時寢於堂屋中。

十五日　晴　熱甚　晚更甚
八月十九日　寒暑表九十六度

七時起，欲出城未果，昨夜鼻塞傷風，頭痛未能行也。午後外出，三時半吳國春來，余前日函約者也。今日頭疼不可耐，食甚少，晚熱甚，寢堂屋中，寒熱不均，一夜無眠。今晚帶同庚生至北門外看放河燈。

十六日　晴　熱　八月二十日　九十六度

六時起，盥漱畢，六時半與吳國春帶同庚申出城省視先祖父母、先叔墓，祀畢並帶同庚申指視亡兒純學、太錚，亡四女三墳，尋亡長女純姑墓未之見，並一一向庚申指點各語，謂此汝長兄，此汝二兄，此汝三姐也，囑記之。與國春再尋一陰涼地坐談家事，並叙前月厚訓犯上各事。八時方入城到家，則邦如、太輔等四人已來問及家母前去存款鄉間各事，彼等一一告余，始知顛末，九時彼等吃飯歸去。午後余與象虛至叔和家，並至淬成局中吃飯坐談。今日較昨尤熱，奇事也。立秋已十三日，酷熱如此之事實所不及料者也。十二時寢。

十七日　晴　熱　八月廿一日　九十六度

七時起，至郵局思憩，昨夕未眠，就其家吃飯一天。晚歸至叔和家，知其已病，至高魯生家叩奠。十時歸，十二時寢。

十八日　晴　熱甚　八月廿二日　九十五度

八時起，寫信四件，清理書箱。晚至次松家略坐出，九時仍熱，連日俱宿堂屋中，甚難安也。

十九日　晴　熱甚　今日處暑　八月廿三日　九十六度

八時起，囑更生讀書，遲生認字。午後欲外出，以熱未能也。連日省中無信來，所謀事不可靠。午後至春溪家略坐，晚間吳老表說洪鄉、倪湘附近有斗母壇，主持王先生有道行，謂其子杏兒早已入教矣。言詞間頗有目王先生為神仙之概，暇或宜訪之云云。今夕仍熱，宿堂屋中，未能安枕。

二十日　晴　熱甚　今日處暑　八月廿四日　九十六度

七時起，省寓及姚漁青來信，謂教育廳長已易彭介石，囑余即往省尋金亮元、蘇恢元説項，或爲自身進行一事。余與彭素未面，金不深交，且未必能托恢元，近年始親密且在野。即平昔與彭善，今則□難爲力矣。且天熱出門尤不可耐，決計息念而已。晚六時候敦五不來，緣今午約其來卜課，一決此事之可否進行。樂峰來談不休，余遂與同出至次松家略坐，以熱甚即回。十二時寢於堂屋中，未能安。

廿一日　晴　熱甚　八月廿五日
九十八九度　晚間入百度

六時半起，太陽光赤如火，呈一種極熱狀。八時後寫信四件，送淬成處請發出。飯後至周子吉家約其來診治家母疾，子吉來看脈甚爲過細，爲時甚久，擬方則丹參、黨參、沙參並用，川練、牛膝、芥炭三藥余家素不用者，餘爲生地、當歸、枸杞、朳葉五味，甘草、代仁計十四味。余信之深，不必研究，即檢請家母服之。晚十一時進二次藥，今夕天熱如火，家母竟安寢未咳嗽，藥之功也。古樓南門各街商民均在街旁宿，大概今年最熱之一日耳。十二時以後手不停揮，汗如雨下，奇哉！竟夕不寐。

廿二日　晴　八月廿六日　巳刻大北風
午後尤甚　熱氣稍減

昨夕無眠，七時起，八時天忽起北風，九時半將各書箱門啓以通風，此較曬爲有益也。午後更涼，服初、淬成來坐談並檢看古玩及各詩文集、日記等，談三小時去。晚間風漸大，頗涼，適聞吳杏兒目能見神鬼，遂囑具香燭進神，然彼實不能見也。十二時寢。

廿三日　晴　熱　八月廿七日　午後九十三度

九時起，飯後清理各事，欲整理蒲圻交卸後卷，以天熱未能也。晚外出一次，十二時寢。今夕熱，仍宿堂屋中。

廿四日　晴　熱甚　八月廿八日
寒暑表九十六度　晚九十九度

七時起，已熱不可耐，飯後不能作事，傍晚極熱，大概今歲以今夕爲最熱也，現值處暑節，熱過伏，天時人事俱變，乖氣致異也，政治人心，無怪其如此。晚十一時寢不安，手不停扇，竟夕無眠。

廿五日　晴　熱甚　八月廿九日
午前九十四度　午後九十六度

七時起，旋再睡，頭痛悶極，係受熱太過。十時再起，飯食難進，飯後又睡，手足俱軟。傍晚欲尋蘇朋臣談話未值，至淬成家略坐。十二時寢於堂屋中，轉鐘三時天氣略涼。

廿六日　晴熱甚　午後南風　晚轉北風
八月卅日　九十三度

八時起，昨夜睡未安，極不適，飯後清理書箱，看書數頁旋睡，頭痛不可耐，飲食亦減，交處暑節已八日，天氣如此，爲歷年所無，奇哉！有此世局而後有此天氣也。晚十二時寢，轉鐘略合眼。睡熟夢入一極大院，似老圃遊戲場而大過八倍，邇時正值演電影，電下有毒質，人不能耐，又鄧次丞、石鏡清、徐小書俱在座。余以對方有一年少作醜態，且含輕視狀，鄧畏之，囑余對付，余遂起來與較也。再過一小層臺閱電影，側院中發現炸彈聲、槍聲，又似兵變者。天忽大雪，繼之大雨，余及眾人衣濕足履泥水中，時着單衣有寒意，又見兵士衣槍齊整約廿餘人，指揮工人搭高棚甚急，或曰此吳大帥部下，爲其主人佈置者也。兵士之橫無異曩昔，余戲票忽失，旁有童子謂可補，當給價補之則藍票二張，先係紅票一張，鄧代購者也。雨聲甚急，出院者約卅餘人，前余行者爲陳舉百，彼有傘，余手中無之，遂與眾同出院，似行街市中，各肆已睡，無燈火。余等雖行雨中，天亦不甚黑，陳云此時無可棲止，余謂可到我家暫息，似在省城事也。逾時醒，則家母咳嗽甚劇，自是一夜不成眠，此夢主何事歟？然雨雪交加，槍聲電□，兵士兇惡，似在兵變中，所幸者余等出險耳。

廿七日　晴　風　八月卅一日　八十九度

八時起，家母病略減，氣亦漸平。飯後清理書箱已畢，即上鎖，蓋已風吹二日。今日熱度已減，連日無雨，伏病機矣。晚間淬成、叔和、蔣世兄來坐談甚久去。十二時寢。

廿八日　晴　風　九月一日　八十八度

八時起，清理文卷，已粘成二宗。沙局指令尋出師□記三萬元者一份，未交許帶南京，不知當日何以誤遺此也，甚焦灼。蒲圻移交手續已完全了結，附卷之件一一粘成。午後郵局催客，與叔和同往嚴席珍之父首席。午後五時散出，余與叔和同至蘇鵬程家談甚久，且悉聞前次吳老表所談之王姓在倪湖同善堂傳道，最高者王子香之長子也，號吉安，近來信道甚篤，但此人癸卯、甲辰間余曾認識，聞民國甲寅曾與其父涉訟一次，天倫已乖，何以今日得道耶？談一時許歸，十一時請神爲家母求符水飲畢。十二時寢。

廿九日　晴　熱　風　九月二日　八十八度

八時起，周子吉來看病，與家母診脈後立方，發散劑也。昨夕王子恒立方與此相似，家母病漸退，可以不服藥，談半時去。飯後整理各琴，絃上已久久未調，今上之，整理之，午後四時方畢。張嘯青同許俊甫來談甚久去，傍晚小睡一時許起，整理各件，焚香彈各琴，試音尚佳，久不彈，手僵不合拍，絃之鬆緊難一時上時□，殊爲焦灼。小顛之琴，伯英所贈，琴面俱凹，下彈之費指力，音大無倫，狂音也，暇當治之。程雲生所售琴，漸有音能透出，可喜。十二時寢。

八　月

初一日　陰　晴　八十四度　晚小雨二次　九月三日

八時起，今日轉鐘四時聞家母氣病又發，內子招呼茶水。余昨睡未穩。八時半王子恒來看病，談半時，立一清解方去。郵局送來信片，係黃志雲催余到漢，仍説吳仲行處秘書事，此事已得省二次信，余意不願往宜昌就事，且又不知事之優劣耳。九時誠心焚香問此事是否可成，卜牙牌數似有得失無定之象，數爲上上、下下、中下，有"平陽有路無人問，直到山窮水盡時"之句。繼卜八月全月是否有轉機，則一數爲下下、中下、上上，覆一數則爲中平、中平、上中，有苦盡甘來漸入佳境之象。天氣已涼，余擬三日內往武漢一探情形耳。午後覆各處信計五件，親送往郵局去，與淬成略談出。晚飯後小雨，傍晚與庚生、王役同至百勝廟進岳武穆。戊辰正月朔進岳王後足未履岳廟進香，此蓋第二次也。上香燭默祝抽籤，以頭次占家母病如何？以第二次爲八月謀生如何？頭次抽兩次即准，得第一千文曰："三竿江日出扶桑，鳳舞鸞飛送吉祥，不久再陞千萬丈，乾坤萬物盡輝光。"解有財官並得之意，未提病也。二次抽六次而卦不發，再虔禱抽得五十三千，亦爲上上，文曰："失意翻成得意時，龍吟虎嘯正相宜，青天自有通霄路，許爾功名就有期。"亦似專説謀望有成之意，惟解語有病訟自消家宅平安之語，又似以第二次籤決家母病狀，以第一次決余謀事者。惟百勝廟第一籤抽得者甚少，余幸得之，或亦交八月，家宅及自身可入佳境耶？歸後焚表，再遣王役至廟並得香灰沖水奉家母飲之。晚九時虔忱進香請神，並先公臨光上乞示藥方，現"秦艽"二字，明日當購此藥進家母。進神畢，查《本草》，秦艽活血去風，且爲秋令要藥，必可愈家母疾也。十一時寢。轉鐘二時夢先公回家，以清制涼禮帽冠余頂，帽爲新艷未用過者。余謂此前清禮帽如何能着，先公必欲余冠之，夢中余自語，謂此清官也，遂醒。清涼、清冠同音。

初二日　晴　九月四日

八時半起，飯後欲外出，夏乃卿着人送泥金聯來寫，聯未打格，墨亦不濃，囑來人再磨，又令其取粉絨，殊麻煩，巧者拙之奴，於茲益信。聯文生硬湊合，不可解，或者以不文欺夏者也。今日並寫聯二副、橫披三件，不愜意。晚至次松家略坐，八時半歸。淬成、叔和來坐談一時許去，十一時寢。

初三日　晴　九月五日

八時起，飯後王小齋送聯四副來寫，叔和亦送寫一副。午後謝服初請客，就其家寫屏一堂、大對三副、中對及小屏一塊。今日寫字多，右手吃力，五時歸。七時清理往省各事，叔和同聘堂來談做紙煙生意事，九時方去。余仍清理各事，十一時畢，十二時寢，轉鐘三時醒，自是不寐。

初四日　晨小雨　陰晴　九月六日

五時半起，昨夜睡不安，出門向例也，倦甚。六時催王小齋來，匆匆渡江，行至江心，見鳳陽輪船已近至黃州岸，見船已到，趕不上矣。小齋誤人不淺，上岸到棚探詢聞吉和輪快到，候至正午尚未見來，汪小軒亦今日來趕船，彼決計今晚到漢口。余遂作書三件，請其到漢付郵筒，一致志雲，一致漢卿，囑其向立群、端屏等處說明今日情由，懼失信也。一致省寓囑蕙芳如何答覆來人，且聲叙余初八必來省，過期不來則在中秋後矣。交小軒信件畢，即渡江回家，得江文波批八字並函云：八月無機會且有小耗，九月所謀望有成，利東南不利北方，並爲余占一課以證之，亦云九月好，係依人事，非獨立事也。江前在省爲余言彼近占課最靈，然歟否歟？繼使王役呈郵局問信，得蕙芳函，謂此事端屏已到寓數次，仍望余到省，蓋係就施南司令部秘書，且可兼一縣長。蕙芳意不欲余去，余云其實余不願去也。宜昌已嫌遠，遑問施南，此事已爲明日黃花矣。四時至淬成處，已寫信三件，親往送之，一致問賢、一致端平，已付郵遞。致蕙芳詳函則請服初到省親交，且問其病狀如何。蕙芳前來函云病已加，余相別廿餘日，究不審其作何狀，請服初探明，及余往宜事先用一電覆之。坐談半時歸，吃飯後小睡，傍晚起。八時叔和、淬成、福坪、蔣世兄來談，留吃稀飯去。十一時寢。

初五日　晴陰不定　九月七日

八時起，九時飯畢，見舊字畫已霉爛不堪，十時遂振精神換去，近年在外時多，且精神不繼，旋起念旋止矣。自十時至午後四時止，細細清檢，極為麻煩，頭暈不可耐。晚八時半淬成、叔和同來談一時許去，寫信與李佛波，文甚長，求其代問余八月間機會也。十一時寢。

初六日　陰晴　今日白露節　九月八日

九時起，清理各事，閱報一時許。午後叔和來坐談，與同出至春溪、聘堂等處，均未晤。晚間談彈一小時，十二時寢。

初七日　晴　九月九日

八時起，擬今晚渡江搭輪，將應帶往省各件清理。午後約王小齋，請其晚間來與同渡江。四時半，天忽黑雲四起，似有風雨到者，余遂改定行期。旋小齋來謂無礙，坐看片刻，遂定明晚再說。與小齋同至喻東如處回看，至郵局略坐。叔和來與談，福坪來約為竹戰戲。遂就淬成處戰局矣，晚十一時罷，回家即寢。

初八日　晴　九月十日

昨晚睡未安，八時起清書箱、字畫一次。熊小堂請左洋六元，交叔和手取去，此人極無聊。午後一時鄉間送信來，云大姨母病故，殊為可憫。大姨撫孤得成，近卅年來其子媳與其孫均不孝，且不與之食。前次吳老表回鄉，托其便帶食物及零用錢與之。昨吳來縣，謂已交到，似無甚病者。遂囑吳老表速歸，主其家事也。五時天氣尚好，遂同小齋渡江至洋棚，則云僅大利上水，餘則誤期，船不可靠，與小齋及其弟姪輩閒談。八時半忽云江靖輪已來，遂匆匆上划子搭江靖輪，購一邊鋪位尚不甚熱，惟鋪短，足不能直耳，頗以為苦。轉鐘二時覺，昏昏睡去，三時醒。五時船抵漢，天未明，不能上岸。

初九日　晴　九月十一日

五時半起，天已有赤色，路上有行人，余遂上岸，衣薄覺寒不可耐，到江漢關時一碼頭船未到，在躉船上候，六時一刻船來即開行，渡江到省寓已七時矣。蕙芳已起，欲上堂授課，略與談片刻，進早點後雇車出門。至平湖門渡江到漢陽黃志雲寓談二時許，知施南近事，且知仲行近不願往情形也。就志雲家吃午飯畢，至曉初處略談，與志雲同渡江到漢口晤仲行，談近事約一小時許，至盧冰澄寓談各事。午後三時至日界石際平寓談各事，五時渡江回寓吃飯，十時寢。今晨九時晤彭梓師，十時在民廳晤傅端平，傅勸余暫看時局，且勿往寧往滬。

初十日　晴　九月十二日

九時起，倦甚，飯後渡江至李佛波處談甚久，李謂余八月運氣不佳，九月宜出門。午後四時訪張立群談近事，五時訪周知安，知財政廳長舞弊近況，且輦金入都，交某女當道承收矣。嗚呼！此之謂"廉潔政府"，此之謂"革命人才"，自欺欺人，殊為可惡。七時渡江，八時到寓，飯後看報一小時，寫信二件。十二時寢。

十一日　陰　小雨數次　九月十三日

八時起，倦甚，漱後擬外出，旋止，天陰欲雨故也。九時半至梅鳳山家詢各事，約慶雲來談，就鳳山家吃早飯未飽，彼具牛肉，余不能食，僅吃素菜。十一時與慶雲同至鵬程寓中，恢元在座，與談玄甚久出，至李愈友寓談片刻，便請趙小坪來看蕙芳病，約二時去。四時渡江至智民里，則立群所約地點，江某未在也。遂至濟生五馬路訪漁青、省吾，談半時許出。雇車至江干渡江時，遇陳息吾談黃昌穀近事，頗可鄙，此等人作廳長，廉恥喪盡矣。晚七時到寓，八時吃飯，十二時寢。

十二日 陰 小雨數次 九月十四日

八時起，漱後擬至洪山寺會問賢，以天欲雨未果。飯後囑蕙芳寫一公事，漢卿來寓，述及馬俠男已交卸矣。陳子安開一地點，謂余如往寧尋馬俠男，可逕往大香爐街五十號尋之。晚飯後外出檢藥，先至端平寓未晤，正執筆留言，慶雲至，係向端平借例言者，與同出行經司門口遇劉漢愚，再遇彭啟予，立談間再遇劉東青，再遇余宜泉，後詢嚴立三，則云確住廬山之牯嶺未行動，外傳不實云云。再遇徐聲瑞則聒聒不休，余遂與彭、二劉同行至火巷口，劉東青邀余至其寓談半時許出，至楊壽豐檢藥畢雇車回寓，食稀飯二盂，寫信四件，十二時寢。

十三日 陰 晚小雨數次 九月十五日

八時起，清檢各件，今晚擬搭輪到黃州，又欲搭小輪，省寓附近無電話可借，不能向曹漢丞處探信也。寫信數件，至好不能晤者以此達之。連日擬至問賢處不果，亦作一函。午後三時飯畢，四時渡江便至王文旂寓將衣箱暫存，時值小雨，購傘一柄、白木耳半兩。六時搭襄陽丸，九時半開。余購得鋪位一，以熱，不能寢。

十四日 陰 晴 九月十六日

二時船到黃州，下船時與朱少卿晤，划子未到岸時，小雨如織，幸已帶傘，否則吃虧。三時到棚小睡半時，鼻塞頭疼不可耐。六時渡江，七時到家，母病已愈，甚慰。小睡半時即起，飯後清理各事，傍晚至郵局未晤淬成，與服初同出，過古樓，在許俊甫處略談歸。淬成、叔和俱來，談時事及閱字畫約二小時去。余換堂屋中字畫，以明日係秋節也。上梯下梯，清檢字畫極煩，頭疼，轉鐘一時畢，遂寢。略昏眼半時，忽滿口牙痛不可耐，此次牙痛爲近廿年所無，起坐均不適，未能安枕。

十五日　雨　九月十七日

八時起，昨夜牙痛甚，今日七時僅合眼。十時後天雨漸大，寒甚，接次誠一信述其窘狀。晚間具香果，進香，今年無月，殊爲掃興。八時半夜餐，十一時寢。

十六日　陰　九月十八日

七時起，慮有客來，囑老王檢清堂屋陳設。八時許叔文等約八九人來賀節，午後叔和、春溪、淬成及張嘯青等先後來談甚久，並述前日劉西吾來家一次，欲看廉卿字，未有緣也。傍晚同叔和等至子吉、淬成處略坐，至樂峰家略坐。九時歸消夜，十一時寢。

十七日　晴　九月十九日

七時起，昨夕咳不可耐，牙痛未止，淬成着人來約過黃州。余久欲往者，因約張嘯青同去，以便會陳列侯。叔和來遂與同至淬成處，約服初，並帶庚申同行。十一時渡江，風不順，至四眼涼亭起步行，先至第六中學訪伯豪未晤，晤教員胡國柱，蘄水人，略坐即出，至伯豪寓，途遇之，至其寓坐半時談近事，並得志雲自漢陽發函。至服初家略坐，至電局晤汪仲權談甚久，至郵局晤王炯堂談片刻，就局食麵，蓋是時已饑矣。曩敏深長黃局時招待情殷，同來者多歡洽。今敏深歿已一年，不勝傷感。三時出城至赤壁向各處遊覽，坐談各事甚久，僧人鏡臺談吳佩孚駐黃州時事，並言今春蔣介石到赤壁時胡軍拋炸彈事。夕陽西下，雇舟渡江，到岸時已燈火滿街。到家後吃飯畢，至春溪家略坐談即歸。十一時寢。

十八日　晴　九月廿日

七時起，飯後外出一次，換字畫數件，晚至春溪處略坐。今午鏡清和潘子書、叔和、春溪來坐談甚久去，至趙茂林家爲竹戰戲。十一時歸即寢。

十九日　晴熱如初夏　九月廿一日

六時半起，牙痛連日仍未止，不能睡也。清理字畫書籍，鄭子題來談，語無倫次，東拉西扯而已。午後至次松家略坐談，晚至春溪處談各事。明日擬接女客，開單備筵，命明喜去請，六月聞余遷居送過火者，例照請客耳。十一時寢。

二十日　晴熱　午後雨　九月廿二日

七時起，牙痛未止，飯後寫屏四張，均不能用，摹鐘鼎文，蓋久未爲篆隸，手已生硬矣。午後客來，余遂往叔和家坐談，女客余不能招待也。今日爲遲生生日，早囑更生進香。傍晚至淬成局中坐談，至嚴錫珍家看其父作畫，板刻已落入下乘，無足取也。十時歸，十二時寢。

廿一日　雨　入夜雷電　大雨如注　今日秋分　九月廿三日

八時起，清理各事，飯後寫屏六張，摹鐘鼎仍不愜意，留存配程幹丞畫六幅也。午後雲衢、叔和、小齋來坐談。晚間至高魯生家行堂祭，十一時歸，十二時寢。

廿二日　雨　大風　今日秋分　九月廿四日

八時起，牙痛未止，午後清理各事，擬天晴往省。晚間無事，彈琴一小時，十一時寢。

廿三日　陰晴　大北風　九月廿五日

九時半起，倦甚，飯後至郵局略坐。午後爲曹漢丞作畫蘭四幅，爲子恒等寫聯六副，殊少興趣。爲謝服初寫菊石四尺，中堂已成，此就去冬未竣之稿補成者也。寫後戲題四句曰：如石之介，如菊之傲，挽此頹風，須行此道。三時再至電局告以此件成矣，六時服初來親取，叔和、淬成等同來坐二時久方去。十一時寢後夢余已就事實缺也。見報章似有遞余閲者，閲命令，果余真名。轉鐘後醒，記甚悉，旋仍睡熟，惟牙痛仍未減。

廿四日　晴　寒熱不定　九月廿六

八時起，飯後外出至春溪、淬成等處坐談，晚再至淬成處，叔和來謂今晚搭輪往漢，余以小輪人多，不願同行。晚間叔和、福坪等來談甚久去。十二時寢，咳嗽甚苦，牙痛未止，不能成寐。

廿五日　晴　熱　九月廿七

八時起，決計往省，飯後命王僕約小齋來問輪船信，則鳳陽丸今晚到黃州，彼願與余同赴省轉而之滬也。議已定，余外出至各至好處説明此事。午後五時飯畢，汪星垣來談片刻，余與小齋同出門，星垣、小堂送余下河，遲生仍與余同至河干，戀戀不捨如初八日余出門狀，大哭必欲上船，小堂與王僕細細慰之方止。遲生貌英偉，本月廿日滿四歲入五齡，出言吐氣異常兒，今年中秋前後教之識字，頗能記憶，且不忘也。船開時淬成來送，與余説數語去，抵洋棚天已昏黑，九時半吉和輪到，余欲搭之往，繼小齋謂鳳陽今晚必來。鷄鳴時招商局來上水，余以終夜未睡欲搭之，繼太古公司來船，小齋棚中誤爲日輪，呼余起，上船後知已誤矣，欲搭則來不及。天欲曙時又來一輪船，棚中呼余起，則又誤矣，蓋隆和輪上水也。此真一誤再誤，焦灼甚。設昨搭吉和，恐此時已登漢岸渡江矣。凡事之不可料如此，捷足先得，以後須記之。

廿六日　晴　熱　九月廿八

昨夜未合眼，神散不可收，牙痛未止。九時半鳳陽輪方到黃，余與小齋同上船到官艙中坐，精神散，欲睡又不能。十一時半余小睡半時，飯後欲再睡則不能矣。四時半抵漢上岸，至盧兵城處未晤，留刺説明來意，至石際平寓亦未晤。六時渡江到寓後已上燈矣。飯畢與蕙芳談各事，十時寢。

廿七日　陰晴不定　大東風　九月廿九

八時起，倦甚，今晨天氣乍寒，十時至平湖門渡江往漢陽志雲寓中談各事，就其寓吃早飯。午後一時渡河至後花樓換車至盧冰臣寓已二時矣，談各事。至仲行寓未晤，至際平寓聞其昨日未歸，與仲蘇之父及其六弟談各語出，渡江返寓已六時。飯畢寫信二件，清理雜事至轉鐘一時寢。傷風鼻塞，未能安眠。

廿八日　晴　九月卅日

八時起，倦甚。十時飯畢，渡江訪石際平、仲行、次松均晤見，訪冰臣未晤，遇羅宣祉談數語。傍晚渡江回寓，飯後閱報約二小時，今日牙痛仍未痊。十一時寢。

廿九日　晴　十月一日

八時起，牙痛未止，飯後至次誠處略談，渡江一次。傍晚歸，清理雜件，十二時寢。

卅日　晴　十月二日

八時起，寫信二件，飯後至伯英及各處略談。午後渡江至曹漢丞處，傍晚歸，十二時寢。

九　月

初一日　晴　十月三日

九時起，倦甚，牙痛未止，足軟無力。飯後至鵬程處晤恢元談各事，蓋今日爲恢元講經期，以人數不多中止也。食蘋果、水梨可口，坐一時許出。至民廳訪端平略談，至伯英寓又未晤，至徐淩卿寓聞其外出，渡江訪盧冰臣、羅宣芷道賀。盧新得麻城縣長，羅兼任公產清理處長也，二人長於交際，圓滑無匹，應時才也。晚八時渡江便就戴醫生診治，據說牙未壞，以藥塗之。九時歸吃飯，十二時寢。

初二日　晴　十月四日

八時起，飯後未出門，因王子潤來信約在寓候也。劉鏡如、陳讓如、徐淩卿先後來談甚久，子潤卒未來，午後三時往訪之，又未遇，鳳皇園三號之主人亦不在家。四時歸，五時半往訪伯英談片刻即出。傍晚歸，十二時寢。

初三日　陰雨　十月五日

八時起，漱畢匆匆渡江訪周芝安、雷紹丞談各事，並就船上早餐。十一時訪曾心如，十二時訪李佛波，今日遇雨數次，頗感寒。午後三時訪姚漁青，四時渡江便往淩卿寓談半時許。回寓後得王小齋信，謂初六來省，初八同行往滬也。晚閱書報，十一時寢。

初四日　陰　大北風　十月六日

十時半起，倦甚。十一時剃頭一次，午後一時早餐，太晏，此今年第一次也。擬渡江，以大風中止，至淩卿寓略坐即出，訪伯英晤談片刻。傍晚歸，十二時寢。

初五日　晴　十月七日

八時起，倦甚，渡江買衣料，買寄園寄所寄一套書劣價昂。正午歸吃飯畢，至鳳山處請其代爲做駝絨袍，匆匆以袍面付之。晚至次誠寓談一時許，便約其明午來吃飯，因昨曾函知立群、養吾、伯威到寓叙談也。九時便至文化書局購《劍南詩抄》《梁氏筆記》《吳大澂篆文》《論語》

《陶淵明集》《元次山集》各書，預定帶往輪船中消遣者也。十時歸，十一時寢。

初六日　晴　十月八日

八時起，清理室內外零碎事，因今晨約養吾等來寓吃早飯。九時養吾、叔文、立群、賢林先後來，叔文去，十二時開飯。午後養吾等別去，余過漢陽訪志雲談一時許，仍渡江訪諧青談片刻，訪陳登甫知其又往宜昌矣，會面之難如此。訪幼虛知其尚在天津，遇象虛，今日來省者，云省中無事，訪叔文看房子。五時歸，飯後與蕙芳談各事，寫書頭三套。十一時寢。

初七日　晴　今日寒露　十月九日

八時起，九時半再清檢出門各件，飯後養吾來坐談甚久去，志雲、蜀疆來談甚久。出門訪端平談片刻，午後四時因小齋未到，與養吾同到電局發電，約其今晚到。晤大椿談各事，晚十一時寢。

初八日　晴　熱　十月十日

九時半起，倦甚，仍未見小齋來，余焦灼甚，立門外，見軍隊開差者甚多。十時見小齋同其子到，今日為國慶日，無人力車，彼等步行詢門牌，幸余外立招呼也。十一時飯畢，命丁洪盛招呼各事，黃福來，囑其購零件，夏炳丞送袍子來，余著之合式。午後一時洪盛、黃福送余渡江，在江岸晤彭梓師立談數語，晤裴晦公新自蒲圻來者，蓋彼差事已卸，述蒲人近事可為寒心，世道人心至此愈壞矣。丁洪盛送余之行李等件到鳳陽輪，見小齋、養吾行李已先置官艙，遂將大被換出，將余夾被並薄被置入，天氣炕陽，不能禦冬際被臥也。命丁洪盛先渡江送被回寓，余雇包車至曹漢丞處，便購華絲葛六尺八寸，送叔和嫁女禮，買鋼總火鍋一個，均付漢丞帶縣，兩事皆家母面囑小齋，命余速購者。此行僅帶洋六十五元，此兩事已去五元，再有零用恐川資狹窄矣。往訪周芝安談半時，訪佛波，談甚久出。六時與養吾暨小齋父子至徽州館吃飯，七時半上船，在船中晤思澄、國澄、定九等，略與敷衍數語，知安命人送水梨、火酒等件到船，余以在岸未給與力錢，他日當補寄之。八時三刻送行者上岸，九時船開。十一時晤卓爾，彼亦搭此輪，與談一時許。十二時寢，感寒鼻塞，不能成寐。

初九日　晴　十月十一日

一時半船過黃州未停，四時半過蘄州，六時抵武穴，余起視，武穴昔用划子接客，今已有躉船數年矣，行李上下較黃州便利。八時吃稀飯，八時半抵潯，卓爾上岸去，與立談數語，午前十一時早飯，午後一時船開行。今日爲己巳重九，記癸亥重九在閩城西湖公園與同鄉孟、石諸人舉酒寫令，其天氣似今日也。四時半過小孤山，風景不殊曩昔。晚七時抵安慶，月色濛濛中見塔影，其風景亦無殊曩昔。九時後閱書談時事約二小時，十二時寢。

初十日　晴　十月十二日

五時船抵蕪湖，人聲嘈雜，余遂起，船上售蟹者多，皆蕪人也。約停一小時開行，正午抵南京新都也。余與小齋、養吾登岸至下關，遂略瀏覽。至新關之中山路，小立一閱即雇人力車回江干，登船即開駛。飯後小睡兩時許，甚恬，四時起。五時船過鎮江，購得《申報》一份，知蔣已令免鹿、劉等職，時局似有變。晚飯後與養吾談各事畢，十一時半寢。

十一日　晴　十月十三日

八時起，昨睡甚恬。十時半船近吳淞口，十二時抵上海。寓平安大旅社七十五號房，飯後訪王先生，已忘其大地名，僅記寓址，尋二小時方得之，至則行矣。晚飯後與小齋訪渭泉，亦尋數次，至其寓知已同其次子外出觀劇，余欲久候，以腹痛不能，留言逕回寓整理各事。十一時寝。王先生即張國恩，自漢口與董必武逃滬後化名者，養吾先得彼函示者也。

十二日　晴　熱　小雨二次　十月十四日

八時起，十時早飯，張炯葳來回看，談片刻，堅請余至其寓吃飯，以欲急於晤黃松師辭之。正午訪黃師，晤之談一時許，十八年雖通函代語，不及晤面之親切也。午後一時回寓知聲香已來館，養吾已外出矣。小齋回，遂與同至聲香寓談二時許，再至渭泉寓吃晚飯，九時歸館。今日發信二件，一致省寓，一致縣寓，報已到滬平安也。十一時寢。

十三日　陰　小雨　十月十五日

八時起，飯後閱報，夏昌榮來述閩省近事。午正往訪三輔，途遇之，至其寓談片刻出，至鼎三寓談甚久。晚至大安旅社談一時許，八時回寓，蘋香來，與同中央影戲院觀電影。十二時歸，略坐即寢。

十四日　晴　十月十六日

八時起，清理各件，準備遷寓，十一時各事清理畢，與旅館結賬，只剩洋廿八元矣。正午至新平公寓，飯後與養吾等往黃師寓略談，至大世界遊戲場觀各戲。午後四時半聲香來，與談甚久，九時聲香請吃飯，十時別去。余與養吾等十一時方回寓，十二時寢。

十五日　晴　十月十七

八時起，清理各事，飯後與養吾、小齋至先施、永安兩公司遊覽，一切物價較之武漢便宜三分之一。午後三時遊新世界戲場，索然無味，地址小，諸貨索價昂，毫無足取，且利用女子為招待，送洗面巾，一次索價百文，遊客惡之，其實接面巾者甚少也。六時半出場，七時吃飯，同鄉柯君傳業新自武漢來，詢以近事，甚悉。十時鼎珊歸寓，與談至轉鐘一時寢。

十六日　晴　十月十八日

八時起，十時雇人力車至渭泉寓談二小時，就其家吃早飯，午後二時回寓。傍晚與養吾等至霞飛路思派特影戲院觀電影。十一時歸寓，十二時寢。轉鐘五時天欲曙時夢見先公似生存，仍欲傳醫學與余者，所説未盡，余大哭遂醒。

十七日　晴　十月十九日

八時起，九時外出理髮整容一次。飯後與養吾、秉三等搭車至半淞園遊覽，園中佈置甚佳，小亭水榭點綴不俗。與秉三等坐談甚久，雇一汽車回寓，價洋一元，行路約五六里，吾鄂無此廉價也。五時歸，思臥甚急，小睡半時。飯後往曾杏春寓回看，值其出，僅與童世光談半時許歸。十一時寢。

十八日　晴　有風　寒氣乍生　十月廿日

九時起，飯後外出一次，午後至呂九成、喻斌如處略坐，整容一次，午後三時至黃松師寓茶話會，秉三、養吾、小齋、田子琴、李翊東六人，啜茗看畫，樂甚。黃師畫册二俱爲梁文忠師所題詩，清妙有味，談閱約二小時出。汪聲約談，許以明日，回寓後擬至戲園觀電影未果。十一時曾杏春來談至轉鐘去。

十九日　晴　十月廿一日

九時起，清理各事，蕭興吾來寓談甚久，七年未見之友，據稱余自沙市發二函俱未收到。午後與同出至渭泉寓談甚久，四時半搭車至霞飛路下，雇人力車迳往曾杏春寓吃晚飯，彼昨面約者也。六時食蟹、飲紹興酒，頗可口，肴亦豐。七時半食畢，八時半同杏春、賓如及梁、陳兩君出。便往賓如寓兼訪梁君。十時歸，與養吾同出街閒遊半時歸，與談袁炳南事、龔女士事及《漢史》《西京雜記》之司馬相如事，清王夢樓微時及入翰苑事，至轉鐘一時口已渴矣，遂寢。

二十日　晴　十月廿二日

九時起，寫信三件致知安、菊坡等，到滬已十餘日，無所事事，不如歸去，明日擬走訪各處，準備行期也。午後至四馬路商務印書館、有正書局購字帖數件，淬成所托買者，到鄂後再寄之。晚與養吾等逛街一次，擬看電影，以人滿而出。十一時歸，與鼎三等談甚久，彼述日本浮風甚熾，為各國所無。十二時寢。

廿一日　晴　十月廿三

八時起，飯後雇車往蕭安吾寓晤其尊人伯符先生，精神矍健，談吐風雅，約三小時出，殷殷送余至呂班路，代為雇車到寓。午後四時聲香來談，已為小齋謀得一事，並約余星期六再至其家便飯。晚八時至曾杏春寓談近事，十一時歸，十二時寢。

廿二日　晴　今日霜降　十月廿四

八時起，小齋已到校去新就辦事員也，飯後余同養吾搭電車至渭泉寓談二小時，彼堅留飯，不得已許之。午後四時與養吾參觀城內各街市規模未改舊習，與城外洋場天淵隔矣。約一時許回渭泉寓，足軟小睡一刻許。七時晚餐，八時歸，知小齋已搬行李出矣。十二時寢。

廿三日　晴　十月廿五

九時起，十時外出，聲香着人送信來，述及改期接談事，遂轉告張君。午後屢擬外出，無伴中止，寫信與沈伯名世兄約其來滬，蓋余實不能往蘇州去也。晚與秉三、養吾同至黃松師寓，欲約其到酒館小叙，適其先有人請矣，談片刻即出。八時半與養吾同至思派亞影戲院看電影，演乾隆下江南事及唐伯虎三笑姻緣事，此二戲余在滬各觀二次矣。飾唐伯虎、祝枝山、秋香諸人皆清代裝，馬褂小袖，女子則為滬上時裝，奇矣！飾乾隆帝以下諸人皆清裝，而每人及翎頂官吏俱無髮辮，更奇。滬上洋華商畢集，有學識者有智術者多，歷史知識無甚研究耳。十二時歸即寢。

廿四日　晴　十月廿六

八時起，寫信二件，外出一次。飯後黃松師來，余與養吾、秉三請黃師至公德林吃素餐，甚可口，午後三時畢回寓。始乘汽車去，繼搭電車歸，晚擬觀電影未果，十二時寢。今晚汪聲香請余至遠東飯店酒叙一次。

廿五日　晴　十月廿七日

八時起，清理各事，九時整容一次。十時半蕭興吾引其二子來寓約余早餐，前次曾約余，余忘而未去者也。十二時同往蕭寓，與其尊人談甚久且教余圍棋，午後二時開席，酒、肴均佳，其尊人頗守舊禮法，講世誼，亦近日難得者也。三時歸寓，渭泉父子已來久候，與談二小時去，余與小齋乘汽車至聲香寓中談甚久。晚餐後乘汽車歸，十二時寢。

廿六日　晴　十月廿八日

八時起，飯後外出二次，訪三輔談甚久，晚間柯竹蓀請余與養吾吃晚飯，肴甚佳，惜人多耳。晚外出一次，十二時寢。今日遊小世界一次。

廿七日　晴　十月廿九日

八時起，九時外出二次，正午往渭泉寓，因彼昨約余吃飯並約養吾、竹蓀夫婦同去，午後二時畢，同柯、何往四馬路及晝錦里等處購零件，又購毛絨、毛葛、鞋子之事，去價十二元，此係向汪聲香處所借之款也。五時回寓，張君宣請余與養吾吃飯，七時畢。八時余至聲香寓談三小時，就其寓中寢。

廿八日　雨　陰　十月卅日

七時起，與蘋香同出乘電車，再轉電車，殊麻煩，到寓後知昨夕小齋未來，不知艙位已定否，焦灼殊甚。與養吾飯後給寓中茶房酒資，清理行李各事畢。余即乘車至江灣路訪小齋，愈行愈遠，始知江灣距建設大學尚有四五里地，余連日足指痛不能行，至是大足指愈腫痛，到建設大學時又值小齋有事。此校爲一大花園所改造，名曰塵園。路候小齋二小時，與同出乘電車到日清公司見俞君，寫函畢，再與小齋回寓料理行李各件出門，至外灘五碼頭上小火輪，秉三送余等至輪船，情至厚也。七時小輪到浦東，余等上船往六號房艙中，檢點畢，與小齋、養吾上岸尋一酒肆吃飯，並買酒一瓶、罐頭二件並雜件。十時半上船寫信二件，付小齋明晨上岸發也。十二時寢。

廿九日　陰雨　十月卅一日

七時小齋呼余起，説數語上岸去。余仍睡至八時起，九時早餐，九時三刻船啟椗，十時三刻過吳淞，十一時已完全離吳淞入江行矣。午後一時午餐畢，旋小睡甚熟，至三時方醒，起坐閱《申報》，憶廿六日遊小世界即上海城隍廟。余癸亥七月與石雲衢同遊一次，内陳各技術，卜人羅集，售雀鳥及牙骨牌、麻雀牌者最多，商店則各物具備，内有一小院坐二小人，一男一女，長約二尺許，頭小如拳，着綢衣服並坐任人觀看，收銅元六枚，男女面極瘦見骨，不能言，以余觀之年齡總在三十以上，此殆術人飲以諳藥或□身藥也。此種慘術見於前人筆記者不少，從前有司例在必禁而治術人以死罪，今非其時矣。傍晚船行甚速，六時晚餐，十時半寢。

十　月

初一日　晴　十一月一日

四時人聲嘈雜，五時遂起，欲寫日記，對門房艙樊漵，號逐園，丹徒人，前衆議院議員也。夫婦已整裝待起岸，與余談片刻並閱余所寫日記，稱彼能書，上月劉菊坡曾索其書，送四十壽聯寄魯去。菊坡何以短其年齡，彼爲辛巳九月生，何以向樊索四十壽聯，奇哉！五時半船抵鎮江，六時開行，余又脫衣寢。八時半起，九時食粥一盂，十一時半午飯，正午船抵南京。午後半時啟椗，遙見下關獅子山、雨花臺等處，慨然念及余於庚戌遊金陵諸事也。六時晚餐，六時半船過采石磯，惜天已晚，所見東西梁山模糊耳。七時船抵蕪湖，七時半開行。八時出艙外，或憑欄見兩岸燈火時明時滅，十時寢。

初二日　晴　十一月二日

三時半醒，覺胃氣逆，似食多不能消化，胸膈板不可耐。四時起如廁，問茶房知已過大通，燒咖非茶，飲之不效。四時半仍睡去，八時起胸膈飽漲，買仁丹一包服之，未進早餐。八時半船過安慶，有卸客即開行。正午午餐僅食飯大半碗，不敢飽也。午後二時船過華陽鎮，三時過馬當山見炮臺，此地爲皖贛交界處。四時過小孤山，山已連岸，與甲子春自閩回鄂時所見同。七時過彭澤縣城，九時抵九江，此次瑞陽丸所靠躉船無跳板，不能上岸遊覽，殊爲悶悶。十一時寢。

初三日　陰　小雨數次　十一月三日

六時船啟椗，八時過武穴，九時余始起，十時三十五分到蘄州，午飯畢散步艙外，所見俱湖北境，心目甚快。午後一時過黃石港未停，三時五十分過黃州便交字帖、水梨並小齋托帶之件，划子貼輪船時與王次齋、高少欽、周瑞蘭等談數語，囑其將信與水梨等件交家中，字帖交淬成。五時三刻過團風，過葛店時天黑小雨，十一時抵漢口。余上岸欲至心如處，以寒甚仍回輪船。十二時宿船中，傷風鼻塞，展轉不寐。

初四日　晴　小雨一次　十一月四日

七時起，漱畢雇夫起岸，至一碼頭渡江。八時半抵省，九時到寓，次誠來談數語去，余解衣寢。十一時半蕙芳歸，與談近事。飯後渡江至漢陽志雲寓談片刻出，天小雨，余遂渡江回寓，淩卿來談半時去。雇車至鴻磐樓洗澡，至淩卿家談片刻回寓。十二時寢。

初五日　陰　小雨數次　十一月五日

九時起，倦甚，十時渡江訪龍驤未晤面，遇夏村遂與同出，至東門雇小舟至打扣巷座船，晤知安，談各事。就其船中午餐畢，雨未止，余遂渡江回寓。午後二時外出與蕙芳檢藥，便至商務印書館與淬成買字帖數種，便至萬發祥購得舊聯一副，余晉珊所書七言，惜箋紙，余家舊物，癸亥春王文心取去者也。今仍爲文心賣出，原物回舊主，亦有緣也。此聯由鄂城而武漢而滬而漢而武，行路幾八千里矣。取前月所裱山石中堂回寓，飯後端平、伯英來談甚久去。十二時寢。

初六日　晴　十一月六日

十時起，倦甚。十時早餐畢渡江訪龍驤仍不遇，遂渡河訪李佛波談一時許。訪漁青，談各事出，途遇熊生獻青、劉生培根，遂下車立談片刻。再至佛波寓談數語出，遂渡江。六時半回寓，飯後閱遊記一時許。十一時寢。

初七日　晴　十一月七日

八時半張諧英來呼余起，談半時去。十時渡江訪龍驤談一時許，訪志雲談片刻，渡江回寓吃飯。午後三時天覺來，與談片刻，同至易師雪忱寓知已回應城，至劉希吾寓未晤，留字出。晚歸吃飯，天覺又來談片刻去，十一時寢。今日剃頭一次。

初八日　晴　今日立冬節　十一月八日

八時起，劉萃三來談半時去，今日擬外出未果。午後閱各書報，四時飲酒二盞，晚閱漢報。十時寢。

初九日　晴　風甚寒　十一月九日

九時起，倦甚。飯後渡江傍晚歸，十二時寢。

初十日　陰　晴　大風甚寒　十一月十日

八時起，九時半清檢室中各事畢。十時泮香、少卿、蜀疆同來，十一時養吾來，皆前夕發函所約者也。久候立群不至，十二時開席，午後一時畢飲酒，歡甚。一時半劉藍田來略坐談去，立群來談，知已吃飯矣。二時與養吾等同出城，再入城至譚少卿寓談甚久，少卿所續絃夫人，今日始知爲蔡耐庵先生媳也。耐庵子無行，死去二年，其媳乃嫁少卿，並見蔡耐庵之夫人，出門時余爲傷感不已。與養吾等同至張少伯寓，未晤見，便訪王壽軒，知其出，再分手。余乘車至次誠寓談一時許，次誠仍欲向余借款，渠不思生利，徒欲借款度日，宜其如水益深也。便訪亮澄，約其明晨往洪山寶通寺訪問賢。五時半歸，飯後閱報章一小時。十二時寢。

十一日　晴　寒　十一月十一日

八時起，漱畢飲酒一盃進早餐。八時半雇車往洪山寶通寺，車行至十時方到寺，聞問賢已外出渡江矣，支客性空，其徒也，與余談甚久。兩次至寺外盼亮澄、次誠均未至。十二時再出寺，始知亮澄已到寺後寶塔畔且彈琴二曲矣。遂回客堂進素餐，頗可口，午後二時半趙雄群到寺云係來尋問賢再告余寓者，蓋問賢前與雄群說余住址，已誤告矣。三時問賢歸，談一時許，再進素食，彈琴半時，樂甚。五時與雄群、亮澄、次誠同歸，問賢攜琴送余等里許始返。山月清高照林木，猶是暮秋狀態，余等步行入東門，不以爲苦也。入城後余訪鵬程談一時許歸，吃飯畢。與內子蕙芳談一時許，十二時寢。

十二日　晴　十一月十二日

九時半起，身體異常困倦，昨步行約八里也。十一時飯畢，十二時後渡江向周芝庵借洋廿元，稚松太夫人本月十五日出殯，余須購一祭幛料送情也。四時至後花樓購得湖縐一丈二尺，交款畢至曹漢丞處未晤，晤許雲圃，知縣中無事，晤曹仲和談各事。五時渡江，六時歸寓。吃飯後寫信四件，十二時寢。

十三日　晴　十一月十三日

九時起清理衣物、書籍，備今晚搭輪回縣，飯後清理各事，發上海張渭泉等四信，致武漢各信件。二時渡江，探大輪是否停黃州，緣近日匪風熾，黃石港、黃州等埠有不停輪信息也。至六碼頭大吉輪探信，知停黃州。三時再渡江，至徐凌卿家吃晚飯畢，徐命僕人送余渡江上輪船。購一鋪位，小睡二時，轉鐘二時船抵黃州。洋划子不得力，未接，輪上所放下大繩遂不得靠船，約半時方靠，否則船開，余須至黃石港下船也。

十四日　陰　晚小雨　十一月十四日

二時半余下划子，晤熊鎮山，數月未見者也，與談甚快，抵岸後至一旅店與談甚久，且研及時事。雞鳴時再至日清洋棚與周瑞蘭談各事，余亦解衣寢，約睡一小時起，渡江抵家已七時半。與家母談近事，漱畢解衣寢，十一時起。飯畢出門往汪星垣、王樂峰兩處略坐，與淬成至程宅，坐未久即出，緣彼處人多屋小，不能得一坐位也。余遂回，仍解衣寢，三時起，四時飯畢。五時至程宅，八時行禮，強余為主祭官。拜跪禮久廢，鄂城喪祭尚行之，雖為良善風俗，惟衣冠不整，來與祭之禮生又流品極雜，實無益而滋瀆矣。十時畢，十一時歸即寢。今日內子、兒輩隨家母俱往程宅做客。次女細純在家宿。

十五日　早小雨　午後晴　十一月十五日

八時起，漱畢更衣，匆匆往程宅送殯。九時半送之出東門春廠，蓋已行三里餘矣。天雨後着皮鞋，足僵甚苦，途遇浪石，係與同至其家略坐談。至勉之家略坐，在汪星垣家吃午飯，在郵局吃晚飯，便為竹戰戲約四小時。晚十時半方歸，十一時寢。

十六日　晴　大風寒甚　十一月十六日

十時汪浪石來，余始起，漱畢檢字畫、碑帖、圖章，與彼評閱，緣彼前去年約看而未有暇者也。約費一小時之久，閱余藏件約三分之一。叔和來談，遂與同至郵局，仍爲竹戰戲，晚九時半畢。十時歸，十一時寢。

十七日　晴　十一月十七日

八時起，整理留聲機，寫信二件。飯後一李姓學生在鄂城縣署充自治籌備員者，名之鏞，陽新人，坐時出名片始知之，面雖識爲第一師範學生，其實余不知其姓名也，求寫金聯一副，送李縣長納小星者，以係初見面，勉強應之。正午純古、象虛、叔和、茂林同來，仍爲竹戰，晚九時畢，與同出至謝服初局中坐談一時許。十時歸，十一時寢。

十八日　晴　十一月十八

八時起，清理各事。午後純古、福坪來爲竹戰戲。晚外出一次，閱書一小時，十一時寢。

十九日　晴　十一月十九

八時起，寫信一件，九時福坪來請寫王植卿壽聯，汪浪石來請寫大聯小聯各一副，象虛、鏡清、叔和、之卿等先後來坐談。與夏村、浪石出城至寒溪學校，入内則敗瓦頹垣，不堪入目，室樓俱毀，樹木盡折，蓋自革命軍到後屢駐軍隊，附近小民又重偷毀，以後整理實爲不易，此革命軍之賜也，相與感慨噓唏而已。午後三時入城，便至次松家一談。歸後晚飯，來客數次。八時至福坪家略坐，十一時寢。

二十日　陰　晚小雨　十一月廿日

九時漢卿自漢口歸，遞到蕭安吾信，並云何養吾囑余緩赴省。九時半起,倦甚,飯後寫聯一副。午後三時往星垣家竹戰,八時畢,九時歸。十一時寢。

廿一日　晴　十一月廿一

八時起,寫信三件,一致省寓,一致孝感許學源,一致上海張渭泉,餘四片係致李佛波等。午後在郵局竹戰,晚八時畢,同局者張叔和、許厚生、姚福坪。十時歸,十一時寢。

廿二日　晴　十一月廿二

七時半起,倦甚,八時至王次齋家道喜,其子昨夕合卺禮也。至星垣家看報,至郵局看報,歸後早飯畢,鵬程、子書、振卿先後來坐談甚久去。午後至郵局竹戰戲,八時畢。九時歸,十時寢。

廿三日　晴　今日小雪節　十一月廿三

七時起,昨夜咳不停聲,飯後引遲生出城,便至次松家略坐,與遲生在小北門外小山閒眺約一小時。至三官殿吃茶旋即出,引遲生入城至郵局略坐,至電局謝服初處竹戰,因彼昨約余飯也。肴菜均佳,十時歸,十一時閱杜詩,轉鐘寢。

廿四日　晴　十一月廿四

七時起清理各事,飯後寫大聯十一副、中堂一件,適意者六副耳。晚間檢皮裘,於風處吹之,旋即檢入。春溪來與同至王次齋家中坐談,至星垣家談甚久。十時歸,十一時閱杜詩,十二時寢。

廿五日　晴　十一月廿五

八時起,昨夜嗽未愈,飯後寫聯二副。汪浪石着人來催客,余以其客多,酒僅一席,托故辭之。午後二時攜遲生出城,往先祖父母及胞叔墓傍省視一周,引遲生至江干一望。途遇叔和,同行約遊二小時,進城後至電局，知服初已病，至淬成家，以其忙，遂歸。飯後黃炳章來談弈法，叔和等來談甚久去。今晨接養吾、志雲函，養述近日時局，志催余往省，已一一作函覆之，且表示余暫不往省之意也。十時閱杜詩，十二時寢。

廿六日　晴　十一月廿六

九時起，王次齋來述洋棚官司事，求余書一條與春溪去。子書、浪石同來，飯後王久旎來坐，遂與同出城，攜遲生至西山靈泉寺坐談甚久。一僧能卜，浪石請決出門休咎，據談利西北或東北，不利南方，冬臘兩月偶有事，惟須劫財耳。爲余卜此月或臘月有人來延攬否？據談定有人來請，財政界或商家也，此月有動機，冬臘利云云。食東坡餅甚適口，給錢二竿與之。四時半方下山，興盡歸來之概。今午得省寓信，並轉黃師函兼述時局，餘爲志雲二函無所事也。自卜牙牌數證僧語，觀其象似有人約爲來之意，有理數原僅一畫天之句，或者交冬至而後有機會歟？果爾，則在十一月廿二前後也。又問西北中央軍事，得數爲中下、中平、中平，似相持之語，就斷詞則終有主持和平下地之意。晚至樂峰、子恒處略坐，九時歸，彈琴一小時，上弦一小時，轉鐘一時方寢。恐咳病作，遲睡求熟耳。

廿七日　晴　十一月廿七

三時半因家母咳嗽發氣疾遂起，天氣極寒，四時再寢，鷄鳴初次，余嗽甚，七時起。八時春溪、次齋同來，爲代陳授卿寫一信與黃岡縣署，仍爲洋棚事也。飯後未出，閱雜書。午後四時至次松家略坐，五時歸，吃晚飯。六時半小睡，七時醒，叔和、淬成來坐談，九時至春溪家略坐即歸。十時教遲生認字、更生讀書畢，彈琴一小時，閱杜詩。十二時半寢。

廿八日　晴　十一月廿八

八時起，九時王次齋、袁夏村、陳受卿說洋棚事。午後至電局、郵局略坐，便至次松家略坐，晚閲杜詩，十二時寢。今日寫對聯六副。

廿九日　晴　十一月廿九

九時起，王次齋又來説其家事。午後外出一次，寫聯一副。晚至王錫五家拜生卒壽辰也。九時歸，閲杜詩，十二時寢。

三十日　晴　十一月卅日

九時半起，爲汪浪石題碑刻，晉磚也，文曰："余於石刻素無研究，晉石所見尤少。丙午以後，沈雪廬師雖屢有指導，至今猶難別真贋，是美術中余於石刻天分甚拙也。浪石仁兄持此搨囑爲題誌，據稱甲子三月任廣州大本營參謀時餞日本中將井上謙吉歸國，謙吉慨然以此物見贈，又稱此物爲匋齋尚書拓貽李文石明府，明府贈李協和將軍，將軍轉貽謙吉者。細審則楊、陳、王、費諸名家已有鑒別題語矣。余既不能以不知爲知，亦何敢妄爲評斷耶？因書此物與受之由□之己巳孟冬之月，下浣峕山山人朱繼昌云云。"蓋此搨由端在陝得之，趙主簿家楊星吾跋語駁之非晉石，程道存、王仁俊、費念慈、楊鐘羲所題，則趨承端匋齋意旨駁星吾，其實此磚非晉大康字體，星吾見石刻甚多，説理充足，自當以楊星吾所論爲確也。午前十一時浪石來取此件去，午後至叔和家略坐，旋與福坪、春溪至電局坐談甚久。三時至次松家略坐，五時半歸，寫泥金大聯一副，厚安請求者也。晚至星垣家略坐，十時閲杜詩，十二時寢。

十一月

初一日　晴　十二月一日

九時起，飯後淬成來約至浪石家看畫，至則浪石已出門，便至楊芝藩塾中略坐。午後三時回家，晚間閲杜詩二小時。十二時寢。

初二日　大風　寒甚　微雪　雨

九時浪石來，余未起，飯後叔和來談一時去。十二時至次松家知其未起，與少松談片刻出。午後三時春溪請客，同席者淬丞、服初等六人，酒肴甚豐。晚至次松家談一時許出，寒雨濕街矣，閱杜詩一小時，十二時寢。轉鐘後北風加緊，雪子急下，寒甚，不成寐。

初三日　大風寒甚　陰

十時起，飯後與叔和至浪石家看畫，宋畫二佛，絹本不可靠，張船山花鳥繪金條，羅四峰所藏物也，不可靠，羅搜索題跋多無効也。沈石田寫牡丹真跡，題跋亦多名家，均可靠，惟石田翁寫花卉少，寫牡丹尤少見，令人不無疑談耳。竹禪畫甚妙，黃慎寫《淵明愛菊圖》亦頗肖真跡，惟菊一朵用渲染法嬰瓢子，無此畫法也。閱一小時畢，至漢槎相弔，緣和泰倒塌，彼放有千元之賬也。汪小仙之母卒，途遇少松始知之，遂與叔和等同去弔唁，談數語出。晚間丁國鎮來奉看，談一時去，十二時閱杜詩畢，遂寢。今夕遷家母房於前屋，以前房風稍弱。余遷後房中，天寒，展轉不寐。

初四日　晴

八時起，得黃師信，内有介紹書，囑赴漢往禁煙局沈公慓處投交，欲薦余充秘書也。此事恐未能成，沈雖為粵人，恐與彼無甚感情。且余往投函求見，於身分上不合，然姑往一行耳。晚在謝服初家坐談甚久，十時歸，閱《雨軒筆記》。十二時寢。

初五日　晴

八時起，李長青寄洋七十元來，午後兌取，了結郵局雜帳。飯後往次松家作竹戰戲，余負甚。傍晚吃飯歸，叔和等來談，坐一時半去，十時教遲生認字，頗能講解，遲生穎慧異常，兒今年八月廿日滿四歲，天真活潑，可喜。十一時畢，十二時寢。

初六日　陰寒

七時起，叔和、淬成來，八時至夏乃卿、周子書家道喜，婚事也。歸後早點，旋即小睡，午後服初、子雲來坐談，夏宅催客，托故辭之，聞有地方官在座也。晚至樂峰家坐談，八時歸，福坪等來談甚久去。九時清理明日往省各事，十二時寢。

初七日　陰　風雨　本日大雪節

四時天大風雨，余在枕上聞之，到省之念頓息。九時起，十時早飯。十一時浪石來云戰事起變化，淬成來托帶物件。午後王利章來余其今晚同往漢。四時晚飯，五時渡江到洋棚後小睡，未能安枕，十時下水，武陵丸到甚早，創例也。轉鐘二時半湘和船上水未能搭，而日清公司誤爲洛陽丸到黃也。

初八日　晴　夜轉鐘後大風雨

四時半江新輪抵黃州，余遂搭此船，因恐洛陽丸不能到也。划子將開時，聞洛陽丸已來，甚悔之。十時船到漢，江新輪行甚速，十時半已抵碼頭，蓋自黃到漢僅六小時也，他船則否。余自廿歲以後歷次搭怡和、太古、日清諸輪，俱記之，上水非七小時不能到埠。當即渡江至省寓與蕙芳詢各事，飯後過漢陽晤志雲談各事。晚六時歸寓，九時寢。

初九日　陰

九時起，身體倦甚。十時渡江訪仲和，十一時訪吳仲行，談片刻，知雨香在該處就二等科員也。出門時遇宣祉，邀入室中，蓋往爲主任，余實不欲見之耳。在室談各語，余勉答之，旋出渡江，在淩卿家吃酒，今早便過之，早酒後彼堅約余同至伯英寓未晤，留語囑其即來寓。然余知其不能來，特向其弟婦聲明之耳。晚回寓略坐談，十一時寢。

初十日　晴

八時半起，倦甚。端平來談各事去，旋渡江訪仲行談各事，就其寓午餐。至仲和寓談各語，至佛波寓，晤劉子健及陳登甫。陳曾至余寓約余者，乃值於此，甚快。子健係佛波時時誇獎之人，今日見之未多語，貌陋，似有思想者，談片刻，未叙深言也。晚渡江，十時寢。

十一日　陰雨

十時起，飯後訪諧音未值，訪登甫聞已渡江，便訪王扶廬，問亞佛地址，知已遷矣。訪養吾未遇，聞亦渡江，囑其家人明晨到余寓一談。遂渡江訪芝安談各事，訪劉南田未遇，至曹漢丞棧探服初來否，訪陳同如未晤。傍晚渡江回寓，飯後寫信三件，與蕙芳談家事。十二時寢。

十二日　陰

九時起，諧音來談各事，慶雲、賢林同來。午後渡江至仲和處還借款，至仲行寓查一事。四時渡江，途遇端平、杏樓，各立談片刻。五時回寓，飯後進神問余事，謂七日後可得政界事，漢地也。十二時方畢，轉鐘一時寢。

十三日　陰雨　晚北風寒甚

八時起，雇車出門購印色、茶葉、小帽等事。午後一時取裱件便訪養吾，問鼎三歸後各事。二時歸寓吃飯後送《覆瓿集》二本，訪彭梓師欲其作序言，至則聞其渡江矣，交二世兄手收，囑數語，原車回寓。飯後攜件渡江，在輪遇卓爾談數語，余前往滬時在鳳陽輪遇之，遂與同搭大福輪，談甚快，買得十一號房艙，先後談三小時。十一時寢，轉鐘二時半醒數次，熱甚，因房艙中空氣不流通也。

十四日　陰雨　大風　下小雪

五時船啟椗，七時余起旋睡，八時再起，漱後早餐，與卓爾談各事。九時半抵黃州，下划子後旋即渡江，北風順利。十時到家見家母甚好，內子、兒輩俱往張躍龍家作客去。飯後解衣睡，三時許再起，淬成來，與談一時許。九時半寢。

十五日　陰雨　大風寒甚　下雪子　雷聲作

三時天大風雷，此月尚未交冬至，雷乃發聲，異事也。十時起，飯後往淬成、星垣家略坐談，晚間服初、叔和、淬成、紫威等來談甚久，服初擬明晨往漢，便托其帶七絃琴至漢交劉南田代收，順交省寓查收者也。服初去後，天氣更寒，十二時寢。

十六日　陰　大風寒甚　雨雹　大雷雨

五時天大風雷，兼雨雹，奇事也。九時起，進祖宗放鞭炮燃香燭，因更生係今日生期，由庚申至己巳已十齡也。正午敦五、茂林、小堂來賀，晚福坪來賀。余至郵局一次，七時理弦彈琴半時許。傍晚叔和、淬成同來，天寒甚，圍爐談心，飲酒二盞，樂甚，九時半別去。十一時半寢。

十七日　陰　大雪半時　晚雨

九時起，天氣更寒，午後大雪至郵局、汪同昌二處略坐談，晚飯後整理歷年日記，欲重訂齊整，亦美術性也。晚間叔和、淬成來坐談。十時半日記整理畢，彈琴一時許。十一時半寢。

十八日　陰雪　寒甚　寒暑表零度下

十時起，天寒甚，未出門。晚七時飲酒一盞，閱《聽雨軒筆記》一册畢，十二時寢。

十九日　雪　結冰　寒暑表零度下三度

十二時起，寒甚，着狐裘，猶寒。午後三時至郵局略坐談，五時至星垣家略坐即歸。飯後閱《聽雨軒筆記》二冊畢，十二時寢。

二十日　雪　寒甚結冰　寒暑表零度下

十一時起，頭痛，倦甚。正午後閱《聽雨軒筆記》三冊畢，三時至星垣、淬成兩處略談即歸。晚閱筆記四冊及半數，十二時寢。

廿一日　陰寒結冰　間下小雪　表零度下

十一時起，飯後至淬成處略坐，服初已由漢回，述各事。午後四時歸，閱筆記四冊畢。十二時寢。

廿二日　晴　寒　消雪　本日冬至

十二時半起，象虛、叔和、俊甫先後來坐談。傍晚外出一次，至次齋、子恒家坐談甚久。晚七時半淬成等來談至九時去，轉鐘二時寢。

廿三日　晴　寒　結冰

八時起，清理各事，囑周福料理桌椅杯筷等件。午後二時淬成、服初、叔和、茂林、敦五等先後來十人，四時開席，六時散去。七時王次齋來談，云明晨船到甚早，余準備明日往漢也。九時至淬成、服初兩處面托各事，旋歸。十一時寢。

廿四日　晴　寒甚　結冰

五時起，王僕云已天曙矣，余起漱畢，見中庭月色甚佳，知爲時誤，坐二時曙光已分。余同王僕至次齋家中，彼未起，呼之又立候半時，寒氣不可耐，與次齋同渡江至洋棚。候至下午一時，余欲回鄂城，而路濘不能行，又勉候至三時南陽丸始到，設法借履上船。十時抵漢口，旋即渡江，已十一時矣。敲門到寓，十二時寢。

廿五日　陰

十時起，倦甚，夏秋舫來寓，余始知其在人世也，相見甚快，談二時許去。飯後渡江訪李佛波、仲和、仲行及禁煙局長沈，均未遇。傍晚渡江，飯後寫信七件畢，至轉鐘一時寢。

廿六日　陰　小雨

十時起，倦甚，十一時至教育廳訪陳子雲、周斌宜、吳步瀛，此余交卸後第一次往教廳也，均未遇。至省立師範訪明生、敬庵兼晤及周生、家幹，兩人俱爲該校主任矣。堅請余往酒肆一叙，十二時飯畢，旋渡江訪佛波、仲行、宣祉，均晤見談甚久。晚七時渡江回寓，十二時寢。

廿七日　雨　兼下雪子　寒甚

十一時起，今日以寒甚飲酒三次，未出門。晚伯英來談一時許去，閱漢報一時，十一時寢。

廿八日　雪　寒甚　晚結冰

十一時起，身體疲倦。飯後渡江與伯英同往佛波寓談甚久。佛波與登甫約余訪胡肖巖，車行雪地，余車翻，幸靠牆上，否則不能起矣。所購藍絨包，皮厚，墮泥水中，亦未汙，幸矣。至則胡已外出，余當即渡江，寒風凜洌。六時半到寓，飯後遂寢。

廿九日　雪　寒甚　結冰

十一時起，飯後渡江訪佛波知近事，訪仲和談各事，晚回寓。飲酒三次，十一時半寢。

三十日　早雪　午後晴

十二時起，午後一時至鴻槃樓洗澡，至次誠寓吃飯，昨彼預約者也。

良卿亦在座，亮澄久請以光學詢其五弟卒後狀況，余以其誠也，應之，施法，久未至。次誠樓上去歲曾請神三次，未來，此屋屢請不驗，奇哉！九時歸，余便購香楮就寓中請神，約半時至，並解決李宅各事。詢余事，請先公來，云七時有事，係政界事。不能將來驗否？十二時寢。

臘　月

初一日　陰寒　陽曆十二月卅一日

十一時起，漢卿來談數語，即囑其往李佛波等處探信。晚七時至李亮澄寓中請神，未至，又移至門外進神，仍未來，此屋想有他項關係也。八時歸，九時彈琴一時許。今晚登甫來約余並接佛波函，謂黃達雲約余明日談話云云。十二時寢。

初二日　陰寒　小雨　結冰　陽曆十九年一月一日

秋舫來，余九時方起，談一時許，留吃早飯。正午渡江，攜七弦琴至佛波寓。二時黃達雲來談甚久，人頗不俗，黃埔軍官第一期畢業者也。與余論各事，頗洽，傍晚別去，謂明晨須開差赴前方也，並稱二星期內返漢與余相見。黃長沙人，自述求學及家庭遭遇甚苦。七時渡江回寓，與蕙芳談人情，甚爲感慨。十二時寢。

初三日　陰　小雨　午後三時雪　結冰　一月二日

十一時起，倦甚。午後渡江訪李佛波、伯英談各事。余連日用度缺乏，個人甚困。四時晤仲行，談半時許，五時向仲和左洋廿元應用，就其家晚飯。九時歸，十二時寢。

初四日　大雪　奇冷　結冰　一月三日

十二時起，陳賢林渡江來，便留吃飯。午後爲竹戰之戲，九時畢，天奇冷，此爲民國來僅見者，余幼年記得光緒十八年壬辰如此奇冷也。十二時寢。

初五日　微雪　晚大風　奇冷　結冰　一月四日

十一時起，淬成來信，謂家母病又加重，云武漢無事可速歸。余心意已亂，飯後至電報總局訪章小霞及惠聲兄弟，請拍電向鄂城局着人往家中探問，如緊急余即歸。蓋今日伯英約知安面談，知安曾着少荃約余渡江也。坐電局中候半時，鄂城電話已來，謂母病已轉灣略好，緩歸亦可。余心始安，回寓與蕙芳談片刻，出門渡江，先令漢卿約伯英在東方旅館候余等來談，余至知安座船中談一時許，與同雇小舟往一碼頭。舟小風大水急，面如刀割，如此奇冷，使余在家足於衣食，決不作此妄想也。至伯英處談片刻便至酒飯吃飯，知安説各事甚悉。與伯英別後至佛波寓未晤，面囑其子數語出，請其虔忱代家母圓光也。與漢卿同渡江至一碼頭時大風忽起，輪船候一時許方開，裝客一千餘，頗可驚愕。抵武昌後風緊雪飛，路冰如鐵，地質學家所謂"奇冷世界"者庶幾近之。車行至中西藥房門口，購西藏青果一盒，車夫爲黄安人，便與談心，頗爲可憫，據稱黄安無一寸乾净土地。余壬子、癸丑作吏黄安時，盛言爲吾鄂安樂土無逾黄安者，地僻民淳，幾有世外桃源之擬，見於余之雜詩者不一而足，可見地之安危無常，人情之美惡無定也。抵寓後另以百文給車夫，已十時半矣，十一時寢。

初六日　晴　奇冷　滴水成冰　大東北風　一月五日

十二時起，倦甚。飯後陸潤甲、田靖、明哲三生來寓談甚久，圍爐叙及十年前舊事，恍如昨日事也。張紫威來述冶邑近日共黨大興，幾及鄂城云云。五時渡江抵伯英寓館與談數語，問該館帳房，云今晚無下水輪船，乃親至大吉船上一問，知明日午前十一時開黃州，隆和輪亦如此，蓋今日禮拜，不能開關上下貨物也。不得已仍渡江回寓，與蕙芳談各事，十一時寢。

初七日　陰　奇冷　滴水成冰　本日小寒節　一月六日

八時起，漱後雇車出門，渡江到漢口正九時。雇車上大吉輪船，買鋪位，甚貴，去洋一元。午前十一時開船，下午四時到黃州，奇冷不可耐。五時到家，見家母病已略轉，帶歸藏青果進之，晚七時又服云茯神，又服豆梔湯。十一時寢，不甚安神。轉鐘三時夢各事甚奇離，一見野燒三四處，又一處焚及余袍，余入豆棚避之，寒甚。二見新開土井泉出寬漸約六七尺，一龍見爪大如蒲扇。龍青綠色，狀獰惡，有多數人持錘欲擊，余止之。未幾龍起，眾人閉門，余乃開門表示不畏狀。三見人燒鼠，鼠亂竄。四見仲蘇，餘事甚雜。余枕中猶云"見神在田，利見大人"二句。

初八日　陰　奇冷　結冰　一月七日

十一時起，聞汪浪石來旋去，漱畢，知家母病稍愈。晚間外出一次，十時寫信三件，轉鐘二時寢。

初九日　晴　寒甚　結冰　一月八日

十二時起，知家母病漸愈，連日服云神、西洋參、藏青果均有大效。晚至樂峰家略坐談，十二時寫信四件。轉鐘一時寢。

初十日　晴　寒甚　結冰　一月九日

十二時起，家母病已大痊，且能安寢，仍服青果水、西洋參、茯神等藥，有大效。晚間叔和、服初、福坪、淬成來談甚久去，今石叔名回縣云漢口小河初七初八兩日冰結，船破數十艘，死人無算，且冰塊自上流來撞船，船碎，奇災也。河南戰事，死兵無算，凍死者僵者壘壘，天災人禍相□而來，何窮兵黷武者不知悟也！十二時寫信二件，轉鐘一時寢。

十一日　早陰晚晴　奇冷　　結冰　一月十日

十一時起，漢口佛波、漢卿俱來信催余速往漢，佛波告近事尤堪注意，余擬明晨往。晚至次齋寓探船信，至叔和、淬成、福坪三處略坐談。九時歸，十二時寢。

十二日　晴　奇冷　結冰　一月十一日

十一時起，朱茂林來，飯後湯茸如來，黃生同呂君來奉看，未晤，傍晚劉蜀疆來云爲官事，其堂姪盜賣其田也。朱孟貽、鄧勉之來，均晤見，至郵局略坐談即出，歸後清檢各事，預明晨往省。十時寢，今日往小西門程宅祭程師母，求家母病速愈，默稟三事：一、晚間母安睡，病轉危爲安；二、繼續丁卯年余在先公神前所懇之減壽五年，以益母壽之盟誓；三、求余今臘得事，臘底設法濟親戚之窮困者。稟畢焚楮略坐，與程少松之夫人談片刻歸。

十三日　晴　寒甚　結冰　一月十二日

六時起，鷄三鳴矣，囑老王燒水，漱畢與家母說數語出門，朝暾已見，恐時晏，匆匆往大北門雇舟渡江，到洋棚時與許雲圃、楊存安、周子南遇。乘鳳陽輪，開行時八點半，購得統艙位，小睡一時許，賬房周監文請余至房艙中吃飯畢，與談半時許仍回鋪小睡半時。午後三時抵漢口，至東方旅社，則伯英房間已退，並不知彼往何處矣。訪李佛波，登甫在寓，談數語，渡江到寓與蕙芳談各事，發信二件，囑勉之等候信。十一時寢。

十四日　陰　寒甚　晚仍結冰　十月十三日

十時起寫信，四信致勉之，命夏僕送漢口匯源棧請其便帶甚速也。餘三信致秋舫、立群等。午後三時至淩卿家略談，訪劉季奘，見其母兼知伯英地址，至鴻榮樓洗澡一次，歸寓吃飯，寫一信與伯英，命漢卿明晨送渡去。晚十時寢。

十五日　晴　寒　夜月色甚佳　一月十四日

十時起，候伯英不來，飯後渡江訪伯英於一三里，略談即同至漢皋旅館開房間。三時至知安船中，告以余今晚宿處，至厚安棧房，約與同出至鄭宇平家道喜。新娘出見，一稚氣女子也，談片刻，宇平歸，略談，與厚安同出。余訪仲行、仲和，便在仲和寓吃飯，至亞佛寓未晤，訪佛波，談甚久，伯英同往也。轉鐘歸館，二時方寢。今日爲先公忌日，擬在寓夜供，乃以事□，此心殊悵惘。

十六日　陰　八時半至九時大雪　一月十五日

七時半起，昨夕睡未穩，八時潄畢，早點出門。至仲和寓，彼未起，與談數語出。至次松寓吃午飯，至佛波寓談甚久，晤張景漢，號星儕。晚四時渡江，五時到寓，勉之來談片刻，渡江。六時飯畢，九時半祀先公，回首靈椿，不禁涕涔涔也。先公歿於甲寅十二月十六日午時，屈指十五年矣。十一時寢。

十七日　陰　大雪　寒甚　一月十六日

十一時起，倦甚。飯後至彭師寓未晤，取《覆瓿集》二本出。至幼虛宅中略談，便請其作《鄂州金湖集》《峙山詩餘》三册叙言，彼上月所允者也。當即渡江訪伯英，彼此相左，晚與勉之等開通商旅館十三號房間，便訪佛波，談甚久，途遇馬俠男，新自寧來者也，立談數語。今日事忙頭痛，轉鐘二時寢。

十八日　晴　寒　晚有月色　一月十七日

八時半起，早點後至佛波家中談片刻出，至各處談事。晚七時晤袁正德，九時渡江。十時到寓，十二時寢。

十九日　晴　寒　一月十八日

十一時起，倦甚。飯後渡江晤伯英、雲衢、文旆、佛波等商各事，伯英事或可望成也。晚十時渡江回寓，十二時寢。

二十日　晴　寒　結冰　一月十九日

十時起，身倦如昨。飯後渡江晤伯英、文旆等，伯英事可望有成。晚在文旆處吃飯，十時渡江回寓，十二時寢。

廿一日　晴　寒　一月廿日

十時起，飯後渡江，便至各舊友處，伯英事可望成。晚九時渡江回寓，吃飯後寫信四件。十二時寢。

廿二日　晴　今日大寒節　一月廿一日

十時起，飯後往傅幼虛、余宜泉、朱次誠、趙雄群、安海平各處。晚六時歸，吃飯，漢卿來謂伯英事已發表，囑余即渡江，至則仍未成。余以伯英語不可靠，然又非替其為力不可。十一時渡江回寓，十二時寢。

廿三日　晴　一月廿二

十時起，倦甚。彭梓師來坐談，留其吃早飯。周淬成來信，稱家母舊病甚重，囑即回縣。飯後至電局晤章小霞、彭大椿，請其用電報詢服初，便至余家探問，請服初覆電告知。余當即渡江問伯英及佛波處，代墊各款已有成矣。晚六時半伯英約同見仲德，始知事有變，當囑伯英回佛波信。余於九時渡江，而躉船旁停一裝軍服差輪，來船二次均不能靠近，行人不能上下差輪，又不讓碼頭，且大言欺渡客，牽延至十時一刻，船方近躉船。余渡江後已十時半，雇車到電報局晤小霞並交到謝服初覆電，又知家母病不甚重，余心已安。匆匆出，雇車回寓，蕙芳已辦年飯，準備明晨各件畢，余遂寢，已十二時矣。

廿四日　陰　微雪　一月廿三日

八時起，漱畢進香。十時吃年飯，循前年舊例也。漢卿、夏炳丞在寓，留與吃飯，國煌來。午後渡江至各處，晚九時渡江。十時回寓，十一時寢。

廿五日　陰　微雪　寒　一月廿四日

十一時起，倦甚。飯後渡江晤知安，取款卅元，便買各物，明、陸、田三生各送來十元，王連璧來函無效。三時渡江回寓，五時吃飯，同漢卿渡江搭鳳陽輪，晤周監文，便送一畫幅與之。晚在佛波家談各事，伯英亦來談二次，十時半佛波留余吃飯，十一時洗澡一次。十二時上鳳陽輪，購一統艙鋪位，熱不可耐，睡不能安，轉鐘五時船啟椗開行。

廿六日　陰　微雪　寒甚　晚晴　一月廿五

八時起，至船頭尾步行，呼吸空氣。十時船到黃州，旋渡江到家，見家母病仍似從前。飯後清理各事，檢近年日記送乾泰順切齊，並將今年日記裝訂就緒，付之併切，緣舊例係除夕前一日方整理也。晚淬成、叔和來談甚久去，朱卓爾所寄磁蓋碗並印色盒俱收到，甚快。十二時寢，不成寐。

廿七日　陰　一月廿六

昨夜家母睡不安枕，余亦不能寐。九時起，家母亦起床，飯後狀態仍好。午後出門二次，三時寫大聯三副：一金玉舫堂對，一送石鏡清禮，一送王錫五禮，補送做六十壽者也。寫信二件，致省寓並轉交田、陸、明三生函一件。晚囑家人辦年飯、菜蔬等事，轉鐘一時寢。

廿八日　陰　寒　一月廿七

四時醒，四時半起，五時漱畢。六時焚香進神及祖宗，略如往日儀式。客歲廿八日在蒲坼，欲行此或未果也。黎明諸事畢，八時半吃年飯，九時半畢，十時換字畫。今年草草了事，一以房屋未合意，則余身體不如前三年之健也。午後四時飯畢，解衣寢，六時半再起，出門二次。鏡清、夏村、舜欽等先後來談，十一時寢。

廿九日　晴　一月廿八

十時起，清理各事，飯後檢各物件，尋前六年日記稿不可得，此係追記入塾時各事也。左邊書房漏濕，存信已有爲鼠所傷者。檢存得金衡意太史信二件，金爲余夙所欽仰之人，十五歲時得其會試硃卷，愛不忍釋，去年臘月寄信探問，旋得其覆，乃知其尚存也。覆函文采斐然，可謂名下無虛。附來《五十述懷》四律，戊午秋作者，詩多用典，似李長吉而略變，詞句又似孟、賈一類，而參以己見爲倡格者，詩曰：＂早時文采動人主，今是天涯一禿翁。自注：山谷詩：五十天涯一禿翁。溝壑餘生來日短，輿□賤役本州充。自注：盧諶詩，豈謂鄉曲譽謬，充本州役，余以辛亥改革時被推爲縣知事。一身骨肉喪亡盡，滿目山河破碎中。我自無家世無國，高年不幸褚司空。＂末句用褚典，寫身分尤切。第二首云：＂柳樹婆娑生意盡，菊花消息客心驚。人呼彭澤陶元亮，自注：余以迴避本籍，奉令改授江西彭澤令。我愧青山費冠卿。待覓下泉盟息壤，文因長假厭承明。自注：余在舊代，以告養歸。讀書來信香山達，逐歲編詩過一生。＂其三曰：＂已到白頭吟望地，猶能青眼縱高歌。背人白目堂堂立，於我浮雲薄薄過。哀樂中年怕絲竹，流離道路苦兵戈。藏金身後真無用，聞長者言當奈何。自注：末二句，用淵明《雜詩》語。＂是詩爲其五十歲時作。其四：＂魚鹽近市三弓宅，芋栗貧家半畝園。生不雞豚遠父母，死寧牛馬爲兒孫。挂冠舊恨乘黃屋，自注：余以洪憲中辭官歸。乞食餘年托白門。自注：余歸後依江蘇齊省長震巖同年幕府數年。萬事微塵付杯酒，誰能立馬看中原。＂細閱四律起二句，均對句類，頭聯以下對句極工：＂我自無家＂＂人呼彭澤＂＂留金身後＂＂生不雞豚＂等句雙管齊下，用典慰貼之至，真槃之才也。余丙午肄業湖堂時，再讀其會試卷，已欲師事之，而無由探問，見搢紳錄中歷年□翰林班中有此名,細檢似未得過學差主考者,已疑其告終養矣。本年正月廿四日得其自鎮江焦山松寥閣發來一函,知已承主江蘇通志局矣。函中略敘,余以菽水之養出山,彼則以風木之思歸田誓墓等語。知其詩第二首"我愧青山費冠卿",句句真摯且切也。余交卸後曾發一函,在滬又發一函,前月陽曆年節又發一賀片,則均無回信,此公是否尚存則難揣耳。晚六時外出一次,淬成、叔和來坐談,送洋五元交蘇鵬程於除夕代發給小貧家,餘五元由余自分給貧家之已知者。上月余因家母病,曾許願以十元於除夕時給貧戶也。作善量力,余今年係借款作善者也。十二時寢。

三十日　晴　一月廿九

十時起,飯後叔和來,余允捐除夕送赤貧零用洋十元,換錢四十六串,除送蘇鵬程廿三串外,又加送四串,以五串付叔和便帶王、張二嫗,三串自送范大爹外,餘則由蘇負責代發而已。此次借款濟貧出於自願,廿日以前在省忽有此念,了九先生所謂物雖薄而施心甚真,即某氏女入寺施捨千金為半、二文為滿之說也。午後佈置各事,出門三次,檢藥一次,家母病,昨服子衡藥能安寢四小時,因再檢原方加服一劑。晚六時引遲生行各處看燈,且帶銅元二千,遇街上叫化者男女六七人,分給小許,此真前生作惡者也。九時歸,十時飲團年酒畢,外出至電局對鐘點,至淬成家略坐,與同出,欲至叔和家,途遇顧幼松,堅約至其家,小坐片刻即出。余回家料理夜香等事,轉鐘二時寢。

余自甲寅以後,每年除夕解衣寢時必作夢,雖時間甚短亦必有夢,夢則關於一年休咎也。今年解衣寢後至次日五時半起,竟無夢。